GOD'S † KNIGHT
ORIGIN

가즈 나이트 3
ORIGIN

이경영 지음

네오픽션

차
례

등장인물

5장_ 12신장, 바위의 몰킨
1. 꿈속으로 들어간 사나이 13
2. 도둑과 애꾸눈 검사 34
3. 되살아난 바위의 몰킨 54

6장_ 12신장, 나무의 라우소
1. 키망구이 노인의 이야기 95
2. 도시로 내려온 식인(食人) 식물 113
3. 나무의 라우소와의 대결 136

7장_ 폐허가 된 레프리컨트 왕국
1. 수정 목걸이의 의미 157
2. 레프리컨트의 젊은 여왕 168
3. 왕궁을 지키는 실력자들 178

8장_ 돌아온 떠돌이 기사
1. 프로빌리아 마을에 사는 소녀 209
2. 나찰에게 당한 리오 225

9장_ 떠돌이 기사의 숙명
1. 세이아의 맹세 241
2. 수수께끼의 현상 수배범 257
3. 여왕과 조커 나이트 270
4. 꼬마 전사들 279

10장_ 왕궁 무도회

1. 형제의 재회　　　　　　　　　　305
2. 환영 기념 만찬　　　　　　　　　329
3. 파트너　　　　　　　　　　　　349

11장_ 되살아나는 전설

1. 육체가 완성된 12신장　　　　　375
2. 천공의 루카　　　　　　　　　　380

12장_ 파괴된 도시

1. 정찰(精察)　　　　　　　　　　399
2. 도스톨 가(家)의 대피소　　　　417
3. 맨티스 크루저의 동굴　　　　　431
4. 정신을 빼앗긴 세 여걸　　　　　448
5. 맨티스 퀸의 위력　　　　　　　456

외전 5 바람이 되고 싶었던 아이　473

용어 해설

등장인물

리오 스나이퍼
전편에서 다른 차원으로 날아간 리카를 찾기 위해 레프리컨트 왕국을 4년 동안 돌아다닌 가즈 나이트. 리카에 대한 실마리는 자신이 현재 있는 차원에 그녀가 보내졌다는 것뿐인데…….

지크 스나이퍼
전편의 일을 마치고 다시 자신의 세계로 돌아온 가즈 나이트. 그러나 다른 일을 위해 또다시 자신의 세계를 떠나게 된다. 이후 무슨 일이 생길지 전혀 알지 못한 채.

루이체 스나이퍼
스나이퍼 가의 막내이자 유일한 여성. 사실은 주신계 천사로 백 살(인간의 나이로 열 살) 때 입양됐다. 지크에게 무술을 배운 적이 있다.

사바신 커텔
땅의 가즈 나이트. 전 가즈 나이트 중 물리적 힘이 가장 강하다. 반면 너무나 단순한 면도 없지 않다.

케톤 프라밍
레프리컨트 왕국의 전설적인 검사, 하롯 프라밍의 손자이자 역사상 최연소 근위대장. 검술에 뛰어나며 불의를 보면 참지 못하는 성격이다.

라세츠 후작

레프리컨트 왕국의 후작(侯爵). 지적 능력이나 정치력 면에서는 뛰어나지만 비열한 성품을 가지고 있다. 잘생긴 외모와 교활한 처세술로 출세를 위해서는 무슨 짓이라도 하는 인물이다.

베르니카 페이셔트

케톤 이전의 근위대장. 왕국 최고의 검술사로 불리는 그레이 공작의 수제자이기도 하다. 어떤 이유로 인해 한쪽 눈에 상처를 입었지만 시력을 잃지 않았는데도 안대를 하고 다닌다. 노엘과는 소꿉친구다.

미네리아나 레프리컨트

현 레프리컨트 여왕의 친동생. 제1왕녀지만 왕족의 신분에 얽매이지 않고 소박하게 살아간다. 지크의 도움을 받아 함께 수도로 돌아가게 된다.

마티 키드렉

어릴 때 고아가 된 후 선천적으로 빠른 발을 이용해 좀도둑 생활을 한다. 그러나 그녀의 스승에게 발견된 후 암살자의 길을 걷게 된다.

몰킨

12신장(神將) 중 고대의 여신 요이르에게 속한 신장, 제2위의 지위를 가지고 있다. 1천 년 전 육체를 잃고 성역에 봉인되었지만 최근 솟아오른 기둥들과 함께 다시 등장한다.

라우소

12신장 중 몰킨과 함께 고대의 여신 요이르에게 속한 신장, 12위의 지위를 가지고 있다. 아무리 화가 나도 존칭을 쓰는 예의바른 태도를 보여 준다.

그레이 공작

레프리컨트 왕국의 공작. 선왕이 승하한 후 후계자로 남겨진 어린 여왕과 미네리아나 자매가 클 때까지 왕국을 대신 통치한 인물. 여왕 자매에겐 아버지와도 같은 존재이며 왕국에서 가장 존경받는 인물이다. 케톤의 조부 하롯 프라밍과 함께 왕국 최고의 검술 실력을 자랑한다.

현자 레이필

로드 덕과 마력 면에서는 맞먹는다고 알려진 인물. 그레이 공작의 부인이기도 하다. 노엘의 마법 스승이며 여왕 자매에겐 어머니와도 같은 존재다.

세이아 드리스

프로빌리아 마을에 사는 소녀. 한때 눈이 멀었을 때 리오가 보살펴 준 적이 있어 서로 애틋한 감정을 가지고 있다. 동생 라이아와 함께 꿋꿋하게 살아가며, 긴 은발이 특징이다. 특기는 요리.

와카루 박사

차원을 넘어온 다른 세계의 과학자. 벨로크 왕국의 마동왕 밑에서 일한다. 천재적인 매드 사이언티스트로서 나찰(羅刹)을 최근 완성했다. 12신장의 육체를 제조할 정도의 실력을 갖추고 있다.

마동왕

타운젠트 21세의 개칭한 이름.

루카

12신장. 제3위의 권한을 가지고 있다. 천공의 힘을 가지며, 자존심이 상당히 강하다. 특히 자신의 지위를 상당히 의식하곤 한다.

맨티스 퀸

요이르의 수하로서 12신장 중 가장 강한 차원장 워닐보다 훨씬 강한 힘을 가지고 있다. 우월 의식이 상당히 강하며 성격이 잔혹하다.

5장
12신장, 바위의 몰킨

1

꿈속으로 들어간 사나이

"오지 마! 난 이런 것 정말 싫어! 왜 또 이러는 거야!"

노엘은 반쯤 이성을 잃은 채 몸부림쳤다. 그러나 그녀의 몸은 제자리에서 꿈틀대기만 할 뿐, 마치 가위에 눌린 사람처럼 꼼짝하지 못했다.

새파랗게 질린 노엘의 시선은 자신에게 점점 다가오고 있는 한 남자에게 고정되어 있었다. 그림자에 잠겨 마치 거대한 흑색 조각상과도 같은 그 남자의 눈엔 이상한 광채가 흘렀다.

"싫어! 오지 마!"

"……."

그녀의 외침이 귀에 거슬렸는지, 남자는 노엘을 향해 거칠게 달려들었고 완력으로 노엘의 옷을 찢기 시작했다. 노엘은 온 힘을 다해 몸부림치며 다시금 소리쳤다.

"제발 그만해! 그만해요, 라세츠!"

"……컥!"

순간 남자의 비명이 퍼지며, 동시에 옷을 찢던 손이 멈췄다.

노엘은 남자의 등과 가슴을 관통한 보라색 칼끝을 보며 마른침을 꿀꺽 삼켰다. 놀랍게도 남자의 상처에서는 피 한 방울 흐르지 않았다.

"몽마……인가?"

또 다른 남자의 음성이 들려왔다. 그리고 노엘을 압박하고 있던 남자의 몸이 옆으로 나가떨어졌다.

"다, 당신은……?"

노엘은 자신을 구해 준 붉은 장발의 남자를 보고 믿을 수 없다는 표정을 지었다.

그 남자는 자신의 회색 망토를 반라가 된 그녀에게 던져 주며 반대쪽으로 고개를 돌렸다.

"어서 걸쳐요."

"……."

노엘은 떨어진 안경을 고쳐 쓴 후 리오가 던져 준 망토를 몸에 걸쳤다. 거칠고 차가워 보이는 겉가죽과는 달리 망토 안쪽은 무척 부드럽고 따뜻했다. 일어선 노엘은 리오에게 다가가며 조심스럽게 입을 열었다.

"고, 고맙습니다, 스나이퍼 씨."

"별말씀을. 그건 그렇고……."

예의 그 따뜻한 미소를 지으며 말하던 리오는 발밑에서 몽마가 살아 꿈틀대자 디바이너로 머리를 내리찍었다. 목숨이 완전히 끊긴 몽마는 본래의 흉측한 모습으로 변하더니 곧 증기가 되어 사라져 버렸다.

리오는 숨을 한 번 푹 내쉬며 말했다.

"이제 이 녀석들이 떼로 몰려올 겁니다. 빨리 당신에게 걸린 저주를 풀어야겠어요."

노엘은 흠칫 놀라며 물었다.

"저, 저주라뇨?"

"노엘 선생님은 지금 나이트메어라는 저주에 걸렸습니다. 피술자의 아픈 기억을 부각시키는 저주죠. 간단히 말해 방금 전과 비슷한 상황이 끊임없이 일어나는 것입니다."

"……!"

그 말을 들은 노엘의 얼굴이 하얗게 질렸다. 그녀의 눈에서 이내 굵은 눈물이 쏟아졌다.

"그렇게 되면 저는 미쳐 버릴 거예요! 차라리 저를 죽여 주세요! 죽으면 다시는 당하지 않을 거 아닙니까!"

"이렇게 나약한 분이었나요!"

평소 같지 않게 부르르 떨며 울먹이는 노엘을 진지하게 마주 바라보며 리오가 말했다.

"당신과 또다시 말싸움하긴 싫지만 이것만은 말해야겠군요. 죽는다고 모든 일이 끝날 줄 아십니까? 평상시의 당신처럼 논리적으로 현재 상황을 직시해 보십시오. 정말로 그렇게 죽길 바라십니까……? 당신은 혼자가 아니지 않습니까. 현실 세계에서도 그렇고 지금 이 자리에서도 그렇고 말입니다."

노엘은 흠칫 놀라며 리오를 바라보았다. 순수하고 진지한 기사의 모습 그대로였다. 리오는 계속 주위를 살피며 조용히 말했다.

"내가 당신의 꿈속 세계에서 해 드릴 수 있는 일은 달려드는 몽마들을 없애는 것뿐입니다. 근본적인 문제는 당신 스스로 해결해야 합니다."

그녀는 눈을 크게 뜨며 물었다.

"근본적인 문제라뇨?"

"이곳은 당신의 꿈 속입니다. 마음먹기에 따라 저보다 더 강해질 수도 있죠. 그 힘을 이용해 나이트메어를 스스로 이겨 내야 합니다. 자, 일단 나가죠."

리오는 건물 밖으로 발걸음을 옮겼다. 그러자 공포감을 떨치지 못한 노엘은 허겁지겁 그를 따라 나섰다.

둘은 천천히 이동했다. 특별히 목표가 있는 것은 아니었다.

노이로제 때문일까. 자신과 리오만 단둘이 이 세계에 있다는 생각이 노엘의 머릿속을 이상하게 휘저어 놓았다. 이 남자도 시간이 지나면 다른 남자들처럼 변하는 건 아닐까 하는 의문이 들었다.

하지만 그녀의 걱정과는 달리 길을 걷는 동안 리오는 그녀에게 눈길 한번 흘리지 않았다.

얼마나 걸었을까. 레프리컨트 왕궁으로 보이는 큰 성에 거의 도달할 무렵 리오가 입을 열었다. 대화를 하다 보면 노엘의 긴장과 공포가 약간이나마 풀어질까 생각해서였다.

"선생님은 왜 학자가 되실 생각을 하셨죠?"

"예? 그, 그건……."

겁에 질려 있던 노엘은 갑작스러운 질문에 어떻게 대답해야 할지 몰라 주춤거렸다.

이윽고 생각을 정리한 그녀가 대답했다.

"전 어릴 때부터 수학이나 물리 등의 학문이 재미있었어요. 기계에도 관심이 많았죠……. 마법 공부는 그리 재미있지 않았지만……."

16

"예? 하지만 선생님은 마법도 고급 수준이지 않습니까?"

"후훗…… 즐겁게 공부하지 못한 것뿐입니다."

리오는 오랜만에, 아니 처음 보는 노엘의 웃음이었다. 그녀는 옛일을 회상하듯 허공을 바라보며 계속 말했다.

"전 마력이 낮은 사람도 원하는 곳에 언제 어느 때든 갈 수 있는 세상을 꿈꾸었습니다. 그래서 물과 열의 힘으로 움직이는 증기기관을 만들기도 했죠……. 그런데 너무 일에만, 꿈에만 집착한 나머지 현실 세계에 적응을 하지 못했던 것 같습니다. 결국 이런……."

그녀는 말을 맺었다. 결국 어떻게 됐다는 것일까?

하지만 리오는 그다음 말을 듣지 않고도 충분히 짐작할 수 있었다.

그녀의 어깨 위에 리오의 두툼한 손이 올려졌다. 리오는 의아한 눈으로 바라보는 그녀의 어깨를 다독거리며 부드럽게 말했다.

"당신이 잘못한 건 아무것도 없습니다. 주눅 들 이유도 전혀 없습니다. 노엘 메이브랜드, 제게는 누구보다 당당하게 자기 삶을 살아가는 분의 이름입니다."

"……."

노엘은 자신이 잠시나마 흔들린 것을 느꼈다. 자기가 얼마나 무서운 말을 하고 있는지 이 남자는 모르는 것일까.

"후훗…… 이제 조금 알 것 같군요."

"예?"

노엘의 뜬금없는 말에 리오는 그녀를 빤히 쳐다보았다.

"제가 졌습니다. 당신이 예전에 말한 기사의 의지, 그리고 숭고함, 이제 모두 인정하겠습니다."

"……."

리오는 말없이 미소만을 지었다. 하지만 그 미소는 그리 오래가지 못했다. 그는 대답 대신 디바이너를 뽑으며 자세를 취했다.

"당신의 마음이 진정되는 걸 몽마들이 싫어하는 모양이군요."

"예?"

노엘은 움찔하며 주위를 둘러보았다. 레프리컨트 수도의 모습을 하고 있던 배경이 점점 흐릿해지더니 이내 벌판으로 변했다. 그리고 몸을 숨기고 있던 몽마들이 하나둘 모습을 드러내기 시작했다.

"시, 싫어……!"

둘의 주위를 빽빽이 둘러싼 몽마들의 모습이 차츰 한 남자의 형상으로 변하자, 노엘은 다시금 옛 기억에 몸서리를 쳤다.

잠시 후 하늘에 노엘의 기억으로 보이는 광경들이 펼쳐지기 시작했다.

"……쳇!"

리오는 하늘에 비친, 노엘이 겁탈당할 때의 영상을 보고 인상을 구겼다. 당사자인 노엘은 눈과 귀를 틀어막은 채 무릎을 꿇고 말았다.

"라, 라세츠! 아, 안 돼요! 이런 건 싫어요!"

그녀는 넋이 나간 채 마구 비명을 질러댔다. 그리고 몽마들은 점점 위협적으로 가까이 다가왔다.

"젠장, 어쩌지……? 아, 그래!"

순간 리오의 머릿속에 뭔가 스쳤다.

"뭐? 나이트메어의 효과가 줄어들고 있다고?"

라기아는 믿을 수 없다는 표정으로 마귀 삼인중을 쏘아봤다. 그들은 움찔하며 죄인처럼 몸을 움츠렸다. 라기아는 고개를 가로저으며 홱 돌아서더니 소리 질렀다.

"어서 일어나! 리오 녀석이 또 무슨 수를 쓴 모양이군. 이대로 가만히 있지 말고 어서 그곳을 습격해라! 아니면 노엘 꿈 속의 몽마들을 더 늘리든가!"

그녀의 명령이 떨어지자마자 마귀 삼인중은 눈을 붉게 빛내며 리오 일행이 있는 여관 쪽으로 날아갔다. 혼자 남은 라기아는 입술을 깨물며 분한 듯 중얼댔다.

"어디까지 방해할 셈이냐, 리오 스나이퍼!"

한편 케톤에게 상황을 전해 들은 로드 덕은 급히 테크를 데리고 리오 일행이 있는 여관으로 달렸다. 테크와 케톤은 로드 덕을 사이에 두고 가끔씩 노려보며 경쟁하듯 달렸다.

"나이트메어! 그 저주를 풀 방법은 단 세 가지뿐이네. 첫 번째는 그 주술을 건 사람을 없애는 것이고, 두 번째는 엄청난 능력을 지닌 성자에게 데리고 가는 것이야. 마지막 하나는 대상자의 꿈 속으로 들어가 몽마들을 처리하고 대상자 스스로 나이트메어에서 깨어나게 하는 것이지. 상황이 어찌 되었는지는 모르지만 빨리 가보세!"

"예!"

로드 덕은 자신의 최고 제자가 위험하다는 소리를 듣고 나이를 잊은 듯 밤거리를 달렸다.

여관에 가까워졌을 무렵, 테크는 자신들과 같은 방향으로 빠르게 날아가는 세 개의 그림자를 보았다. 그 그림자들은 케톤의 눈에도 들어왔다.

"마귀 삼인중! 저들입니다, 로드 덕. 저들과 저들을 부리는 라기아라는 서큐버스가 노엘 선생님에게 나이트메어를 걸었습니다!"

케톤의 말을 들은 로드 덕의 눈이 날카롭게 빛났다. 그는 마귀 삼인중을 쏘아보며 양손을 모아 마법진을 전개했다.

"제자의 복수다! 호밍 파이어!"

마법진에서 방출된 수십 개의 화염탄이 살아 움직이는 곤충처럼 마귀 삼인중을 향해 날아갔다.

로드 덕의 기습 공격에 마귀 삼인중은 상당한 충격을 받은 듯 바닥을 굴렀고 케톤과 테크는 누가 먼저랄 것 없이 그쪽을 향해 달려갔다. 두 젊은이의 혈기 넘치는 모습을 본 로드 덕은 빙긋 웃으며 그들에게 소리쳤다.

"내가 노엘을 도울 시간을 만들어 주게나! 자네들만 믿네!"

"예!"

로드 덕은 두 청년에게 뒤를 맡기고 다시 여관을 향해 뛰어갔다.

테크는 때를 기다렸다는 듯 케톤을 향해 거칠게 소리쳤다.

"지금은 사람 생명이 달려 있는 일이니 협조해 주마! 하지만 일이 끝난 다음은 네 차례다, 케톤 프라밍!"

"흥, 그때까지 살아만 있어라!"

케톤은 피식 웃으며 레드노드를 뽑아 들었다. 테크도 맨이터를 뽑았다.

마귀 삼인중이 떨어진 지점에 도착한 둘은 마귀들의 모습이 어디에도 보이지 않자 잔뜩 긴장하며 주위를 살폈다. 어디에서도 그들의 기척은 느껴지지 않았다. 아니, 그들로선 느낄 수 없었다.

"멀리 가진 못했을 텐데?"

케톤의 생각에 테크 역시 동감했다. 분명 어딘가에 숨어서 자신들을 노리고 있을 것이 분명했다.

잠시 후, 그들의 머리 위쪽 벽에서 슬그머니 솟아오르는 세 개의 그림자가 있었다. 그러나 테크와 케톤은 그때까지도 전혀 눈치채지 못하고 주변을 두리번거릴 뿐이었다. 마귀 삼인중은 케톤과 테크가 등을 보일 때를 노리고 있었다.

주위를 둘러보다 우연히 아래를 보게 된 케톤은 슬쩍 테크에게 신호를 보냈다. 신호를 어렵지 않게 간파한 테크는 뭐냐는 듯 인상을 구기며 바닥을 쳐다보았다.

"……!"

그는 바닥에 나타난 그림자를 보고 순간 마른침을 꿀꺽 삼켰다. 휘어진 거대한 낫의 그림자가 바닥에 선명히 나타나 있었다.

두 사람이 자신들을 눈치챈 것을 느낀 마귀 삼인중은 재빠르게 몸을 날렸다. 목표가 된 둘은 서로 반대 방향으로 엇갈리게 나아가며 각자의 무기를 마귀 삼인중에게 휘둘렀다.

테크의 맨이터는 길게 뻗어 마귀 하나의 목을 관통했고, 케톤의 레드노드도 충돌한 마귀의 낫과 마귀의 몸을 단번에 동강 내 버렸다. 간단히 마귀 둘을 해치운 두 사람은 다시 자세를 바로잡으며 혼자 남은 마귀를 향해 돌아섰다.

"……큭!"

케톤과 테크의 화려한 협공을 받고 몸이 세 토막 난 마귀가 바닥에 쓰러진 건 그야말로 눈 깜짝할 사이의 일이었다. 맨이터를 정상으로 만든 테크는 손을 탈탈 털며 바닥에 널브러진 마귀 삼인중을 바라보았다.

"흥, 별것 아닌 자식들이잖아. 이런 녀석들에게 당했다니 노엘이란 여자도 알 만하군."

"뭐라고?"

테크의 고약한 말버릇은 케톤을 자극하기에 충분했다. 테크는 좋은 기회라는 듯 그와 거리를 벌리며 자세를 잡았다.

"억울하다면 덤벼라, 애송이! 아침에 못 가른 승부를 다시 가려 보자!"

"흥, 원한다면 좋다! 각오해랏!"

이번엔 케톤도 그냥 넘어갈 수 없다는 듯 레드노드의 끝을 테크에게 돌리며 외쳤다. 자신은 몰라도 자신의 가족과 일행을 욕하는 건 참지 못하는 그였다.

둘의 검은 아침 이상으로 심하게 충돌하며 불꽃을 튀기기 시작했다. 그 불꽃의 강렬함만큼이나 둘은 어느 때 이상으로 긴장한 채 대결에 임했다.

그러나 그사이 마귀 삼인중의 몸이 천천히 땅속으로 사라져 가는 것을 그들은 알지 못했다.

"공주님을, 린스 공주님을 생각하십시오! 당신이 이대로 무너진다면 그분께서 얼마나 슬퍼하시겠습니까!"

"……!"

리오의 외침을 들은 노엘의 눈에 일순간 빛이 돌아왔다. 하늘의 영상 역시 다른 장면으로 바뀌었다. 불행했던 과거의 장면 대신 건강하게 웃고 있는 금발 소녀의 모습이 떠올랐다. 그와 함께 노엘의 떨림도 점차 진정되는 듯했다.

"쿠악!"

위기감을 느낀 몽마들이 한꺼번에 달려들기 시작했다. 노엘의 의식 속에 떠오른 린스의 모습도 갑작스러운 상황에 흐려지는가 싶었지만 처음과 같은 악몽으로 되돌아가진 않았다. 그녀는 혼자가 아니라는 사실을 의식하려고 애썼다.

"당신은 린스 공주를 지켜야 하지 않습니까! 당신은 제가 지킬 테니 걱정 마십시오! 하앗!"

"스, 스나이퍼 씨?"

보랏빛 검광이 노엘의 주위에서 눈부시게 번득였다. 몰려들던 몽마들은 단숨에 검은 증기로 화하여 사라져 갔다.

리오는 이마에 흐르는 땀을 토시로 닦아내며 또다시 몰려드는 몽마들을 날카롭게 노려보았다.

"제 곁에 바짝 붙으십시오, 노엘. 떨어지면 위험합니다."

노엘은 리오가 '선생님'이라는 말을 떼고 이름을 부르자 이상한 느낌을 받았다. 물론 리오는 다급해서 그렇게 부른 것이지만 자신을 구해 준 상황과 그때 리오의 모습이 아직도 눈에 선한 노엘에겐 간단히 받아들여질 문제가 아니었다.

노엘은 리오의 등 뒤에 바짝 붙어 서며 그의 팔에 매달렸다. 그 순간 그녀의 표정은 지금까지의 이성적이고도 서슴없이 독설을 내뱉던 때와 사뭇 달랐다.

"너무 바짝 붙으면 제가 행동하기 어렵습니다. 적당히 거리를 두세요!"

"아, 죄송해요."

"하앗!"

노엘이 거리를 벌리자 리오는 달려드는 몽마를 디바이너로 세게 올려쳤다. 또 한 마리의 몽마가 비명과 함께 증기로 화하여 사라졌다.

동료들이 계속 당하자 다른 몽마들은 리오가 확실히 강하다고 느낀 듯 거리를 두고 리오와 노엘을 노려보았다.

리오는 숨을 돌린 뒤 노엘에게 물었다.

"아까와 같은 악몽을 자주 꾸셨나요?"

"예? 자, 자주는 아니지만……."

"당신의 정신세계는 생각 이상으로 헝클어져 있군요. 아무리 나이트메어에 걸렸다고는 하지만 몽마의 숫자가 이 정도일 줄은 상상도 못했습니다. 이대로 가다간 끝이 없을 것 같군요. 속전속결 외엔 방법이 없겠습니다. 마법을 준비해 주세요. 뒷일은 제가 처리하겠습니다."

"아, 알겠습니다."

노엘은 고개를 끄덕였지만 그리 자신 있는 표정은 아니었다. 그녀는 천천히 양손을 교차하며 마법진을 그리기 시작했고, 리오는 디바이너를 불끈 움켜쥐었다.

둘의 분위기가 심상치 않자 몽마들은 천천히 거리를 좁혔다. 그들의 작은 육체들가 하나로 뭉치더니 이내 거대한 거인의 모습을 갖추었다.

"아……!"

형상 없이 꿈틀대던 거인의 얼굴이 차츰 형태를 이루자 노엘의 정신이 또다시 흐트러졌다. 리오는 움찔하며 그 거인의 얼굴을 바라보았다.

"저 남자는?"

"시, 싫어…… 라세츠……!"

노엘을 겁탈한 그 남자의 얼굴인 듯했다. 노엘의 마력은 절벽에서 떨어지듯 낮아졌다.

순간 떨리는 그녀의 몸을 뒤쪽에서 리오가 강하게 끌어안았다.

"다시 흐트러지는 겁니까! 정신 차리십시오, 노엘. 녀석을 똑바

24

로 쳐다보십시오! 녀석을 없애는 겁니다! 공주님을 위해, 그리고 당신 자신을 위해!"

그러나 그녀의 정신은 쉽사리 돌아오지 않았다.

"노엘 메이브랜드……."

남자의 목소리가 들려왔다. 그 목소리를 들은 노엘의 얼굴에서 그나마 거의 없던 핏기마저 사라졌다. 깔끔히 다듬어진 금발을 쓸어 넘기며 그는 천천히 노엘에게 다가왔다. 노엘은 식은땀을 흘리며 뒷걸음질치기 시작했다.

"오, 오지 마, 라세츠! 당신은 내 이름을 부를 자격도 없어!"

이성을 잃은 노엘의 외침에 남자는 싸늘한 미소를 지었다.

"훗훗, 약간 강제성이 있긴 했지. 그래도 노엘, 네 첫 남자에게 이럴 수는 없는 거야. 안 그런가?"

"듣기 싫어!"

그 말에 노엘은 귀를 틀어막으며 크게 소리쳤다. 남자는 재미있다는 듯 웃으며 노엘을 지켜보았다.

"날 사랑한다는 건 거짓이었어! 사랑한다면서 강제로 나에게 그럴 순 없는 거야! 난 당신을 증오해. 증오한다고!"

한편 리오는 아무 말도 하지 않았다. 지금 상황은 노엘 스스로 이겨 내야 했다. 하지만 그의 걱정은 점점 더해 갔다.

거대 몽마는 피식 웃으며 다시 노엘에게 말했다.

"후, 그 일이 있은 지 2년이야. 이젠 풀어질 때도 됐지 않았나?"

"그렇지 않아! 고통이 쉽게 지워질 거 같아? 그렇지만 이제 거기에 내 시간을 허비하기도 싫어! 내가 허락하지 않아!"

노엘의 당당한 외침과 동시에 그녀 몸에서 흰색의 빛이 뿜어 나왔다. 주위를 감싸고 있던 레프리컨트 수도의 모습도 어느새 사라졌다.

"크오오오오옷!"

피술자의 의지로 나이트메어가 깨어지자, 거대 몽마는 고통스럽게 울부짖으며 바닥을 뒹굴었다.

"쿠, 쿠우우…… 라, 라기아 님…… 아아악!"

처절한 비명 소리와 함께 꿈틀대던 거대 몽마의 몸은 이윽고 먼지처럼 사라져 버렸다.

잠시 후 그녀와 리오는 트립톤에 있던 노엘의 연구실 한가운데서 있게 됐다.

이렇게 악몽은 끝난 걸까? 리오는 혹시나 하는 생각에 노엘을 바라보았다.

"괜찮습니까, 노엘 선생님?"

"아, 아뇨……."

노엘은 탈진한 사람처럼 비틀대며 나무의자에 주저앉았다. 하지만 그리 걱정할 필요는 없을 듯했다. 그녀는 오랫동안 잠을 자지 못한 사람처럼 의자에 앉자마자 꾸벅꾸벅 졸기 시작했다.

"다행이군요. 그럼 전 이제 돌아가 보겠습니다. 그러니 잠은 조금 있다가 주무시겠습니까?"

리오는 노엘의 볼을 토닥이며 말했다. 그녀는 감기는 눈꺼풀을 겨우 뜨며 고개를 끄덕였으나 이내 다시 눈을 감고 말았다.

"서, 선생님. 제 망토를 좀……."

그러나 노엘은 더 이상 대답하지 않았다. 고민에 빠진 리오는 어떻게 할까 생각하다가 눈을 질끈 감으며 노엘에게 손을 뻗었다.

"지금은 절 용서해 주십시오, 선생님. 악의가 있어서 이러는 건 아닙니다."

그는 조심스럽게 자신의 망토를 벗겨 냈다. 노엘의 속살이 드러났지만 이런 상황에 흔들릴 리오는 아니었다.

"후, 이제 다 끝났으니 그만 나가 볼까?"

망토를 챙긴 리오는 그녀의 세계에서 나가기 위해 연구실 문으로 향했다. 그때 나지막한 소리가 들려왔다.

"고마워요……."

노엘은 그 한마디를 겨우 하고 다시 고개를 떨궜다.

리오는 오랜만에 흐뭇한 미소를 지으며 연구실 문을 열었다.

리오가 사라졌던 자리에서 몇 번의 스파크가 일자 그곳에 있던 린스와 련희, 그리고 뒤늦게 도착한 로드 덕은 안도감 섞인 미소를 지었다.

"아가씨, 성공한 건가?"

로드 덕의 물음에 련희는 살짝 고개를 끄덕였다.

"예, 그렇습니다. 이제 안심하셔도 좋습니다."

련희의 마무리 주문에 의해 리오는 완전히 꿈의 세계에서 빠져나올 수 있었다. 다시 진짜 세상에 나타난 리오의 얼굴엔 두 공간을 이동하느라 쌓인 피로가 역력히 드러났다.

"휴, 선생님은 무사합니다. 걱정하지 마십시오. 으음……."

리오는 그 말을 남기고 스르르 쓰러져 잠에 빠져들었다. 모두 그의 모습을 보면서 안도의 한숨을 돌렸다.

하지만 린스는 아직 안심할 수 없었는지 침대에 누워 있는 노엘에게서 시선을 떼지 않고 계속 바라보았다. 다행히 그녀는 이제 아주 편한 얼굴로 잠들어 있었다.

련희가 의자에서 몸을 일으키며 린스에게 말했다.

"나이트메어 저주는 풀렸습니다. 걱정하지 마십시오, 공주님. 그런데 아직 일이 끝나지 않은 것 같습니다. 로드 덕 님, 이 방 주위에 결계를 쳐 주십시오. 불길한 기운이 이 여관 근처에 도사리고 있습니다. 제 언니의 차례가 온 것 같군요."

말을 끝낸 련희의 머리색이 차츰 진홍색으로 변했다. 그 광경을 본 로드 덕은 벌어진 입을 다물 수 없었다.

"세, 세상에! 한 몸에 두 영혼이 존재한단 말이오?"

련희, 아니 가희는 늘어뜨린 머리카락을 하나로 묶어 올리며 고개를 끄덕였다.

"나중에 설명드리겠습니다. 그럼, 이곳을 부탁드립니다."

가희는 련희의 복장을 벗어 던지며 잽싸게 창밖으로 몸을 날렸다. 련희는 항상 자신의 옷 속에 무도복을 입고 있어서 급박한 상황이 닥쳐도 문제없었다.

"오…… 대단하군! 그래서 디텍터가 그런 반응을……!"

"이봐요, 할아범. 지금 감탄할 때가 아니잖아요."

"아, 죄송합니다, 공주님."

가희가 나간 창문을 멍하니 바라보던 로드 덕은 린스가 자신의 어깨를 두드리자 그제야 정신을 차리고 련희가 시킨 대로 결계를 치기 시작했다.

"하아아앗!"

케톤의 날카로운 공격이 자신의 머리카락을 스치자 테크는 이를 악물고 반격을 날렸다. 여러 개의 날이 겹쳐 있는 맨이터이기에 레드노드에서 마찰 불꽃이 심하게 튀었다.

검의 연속성에서는 케톤이 테크를 능가하지만 임기응변에서는 테크가 한 수 위였다. 어떤 상황에서도 케톤의 검을 막아내는 테크였고, 테크의 약삭빠른 공격을 방어하는 케톤이었다. 둘의 호각지세는 언제까지고 계속될 듯했다.

"쿠쿡, 대단한데그래! 기사 집안에 정통으로 계승되는 검술이 이 정도일 줄은 꿈에도 몰랐어! 내가 든 검이 맨이터가 아니었다면 내가 일방적으로 당했을 것 같군!"

레드노드가 날아오는 상황에서도 테크는 여유 있게 웃으며 말했다. 케톤은 이상하게도 아까처럼 화가 치밀어 오르지 않았다. 조부에게 검술을 배울 때처럼 재미를 느끼고 있는 그였다. 케톤 역시 웃으며 대답했다.

"훗, 별말을 다 하는군. 나야말로 헌터들이 사용한다고 들었던 변칙 검술에 놀라고 있어. 정통 검술이 이 정도로 약할 줄은 몰랐군."

말이 끝난 케톤과 테크는 동시에 검을 내렸다. 그리고 약속이나 한 것처럼 서로에게 손을 내밀며 말했다.

"좋아, 마음에 들었어. 케톤, 내일이면 헤어지겠지만 우리 친구가 되는 게 어때?"

"내가 하고 싶은 말을 먼저 하는군, 테크. 설마 바운티 헌터와 친구가 될 줄은 몰랐는데?"

둘은 마주 잡은 서로의 손에 굳게 힘을 주었다.

"……그런데 뭔가 빠진 것 같지 않아?"

"응?"

순간 둘의 뇌리를 번쩍하며 스치는 것이 있었다. 둘의 표정은 순식간에 하얗게 질리고 말았다.

"마귀들! 이런, 싸우느라 잊고 있었잖아! 너 때문이야, 케톤!"

"웃기지 마! 누가 먼저 시비를 걸었는데 그래? 어쨌든 그건 둘째 문제고 어서 녀석들을 찾아보자!"

그들이 뒤늦게 움직일 무렵, 마귀 삼인중은 가희와 혈전을 벌이고 있었다.

마귀 셋과 대결하는데도, 게다가 맨손인데도 가희는 전혀 밀리지 않았다. 가희의 무술은 날렵하고 깔끔했다. 부족한 힘을 탄탄한 기술로 보완하고 있었다.

마귀 삼인중의 휘어진 낫은 가희의 늘씬한 몸을 한 번 스치지도 못했다. 반면 작게만 보이는 가희의 주먹은 마귀 삼인중의 몸을 몇 차례나 강타했다.

결국 마귀 둘은 힘이 다한 듯 바닥에 쓰러졌고, 나머지 마귀 하나는 뒤로 주춤거리며 방어 자세를 취했다. 승기를 잡은 가희는 씩 웃으며 손가락을 움직였다.

"후훗, 날 너무 얕잡아 봤지? 착각이었다는 건 이미 알고 있을 테고…… 어쨌든 이제 네 차례야!"

가희는 양손을 모아 마지막 남은 마귀를 향해 강하게 내뻗었다. 그녀의 손바닥에서 짧지만 강력한 푸른색 불꽃이 쏟아졌다. 마귀는 재빨리 양팔을 들어 올려 방어했지만 가희가 내뿜은 기의 불꽃에는 소용이 없었다. 필살의 일격을 맞은 마귀는 소리도 지르지 못하고 벽에 부딪혀 쓰러지고 말았다.

"후, 저항하려고 폼을 잡는걸? 그래도 내 상대는 아니야."

가희가 머리카락을 풀어 헤치고 땀을 닦고 있을 무렵, 싸우느라 임무를 잊어버렸던 케톤과 테크가 그제야 허겁지겁 달려왔다.

"가희 양! 무사하십니까? 아, 아니?"

둘은 가희 주변에 쓰러져 있는 마귀 셋을 보고 눈을 휘둥그렇게 뜨며 물었다.

"가, 가희 양, 리오 님은 어디 계시죠?"

케톤의 말에 가희는 자존심이 상한 듯 눈살을 찌푸리며 소리쳤다.

"내가 물리친 거예요! 그건 그렇고 당신들 대체 어디서 놀다 이제야 나타난 거죠? 로드 덕 님은 여관 주변을 당신들이 지키고 있으니 염려 말라고 하시던데요?"

"그, 그게……."

둘은 고개를 숙인 채 아무 말도 하지 못했다. 가희가 자신들보다 훨씬 강하다는 것을 느껴서도 그랬고, 임무를 잊은 채 서로 싸우기만 한 자신들이 부끄러워서였다.

"이 바보 같은 것들! 인간 여자 하나 처리하지 못하고 진기가 빠져 쓰러졌단 말이냐! 그러니 너희는 하급 마족에 불과한 것이다. 변변치 못한 것들!"

가희의 목소리는 아니었다. 차가운 마성의 목소리였다. 가희, 케톤 그리고 테크는 소리가 들려온 방향을 돌아보았다.

"라기아!"

그들은 라기아가 어느새 쓰러진 마귀 삼인중 곁에 내려와 있자 흠칫 놀라며 뒤로 물러섰다.

쓰러져 있던 마귀 삼인중은 라기아가 내려오자 비틀거리며 그녀의 그림자 속으로 사라졌다. 마귀 삼인중을 흡수한 라기아는 빙긋 웃으며 자신을 바라보는 셋을 돌아보았다.

"후후훗…… 거기 있는 여자, 마귀 삼인중을 혼자서 처리했나? 괜찮은 실력을 가지고 있군. 너희 일행 중에 있는 리오란 남자에 비하면 새 발의 피지만 말야. 하지만 왠지 시험해 보고 싶은 충동이 이는 이유는 뭘까? 호호호홋…… 죽엇!"

순간 라기아의 눈에서 붉은색 사광(邪光)이 폭사됐다.

"으악!"

가까스로 눈을 가린 가희를 제외한 케톤과 테크는 그 빛을 본 순
간 몸을 움직이지 못하게 됐다. 가희는 라기아가 보통이 아니라는
것을 알았다. 그녀는 자세를 낮추고 몸의 기력을 끌어올리기 시작
했다.

"하아아아앗!"

기가 높아짐에 따라 그녀의 몸에서 아지랑이 같은 기운이 솟아
났다. 케톤과 테크는 아까 멈춰진 동작 그대로 몸이 굳어진 채 놀
라움에 눈을 동그랗게 떴다.

"가, 가희 양?"

"당신 검이나 빌려줘요, 케톤."

가희는 굳은 표정으로 케톤에게 다가가 그의 허리춤에서 레드노
드를 빼어 들었다. 그녀의 기에 반응이라도 하듯, 레드노드의 날은
금세 달궈진 쇠처럼 강렬한 붉은빛을 뿜어냈다. 레드노드가 이런
반응을 하는 걸 한 번도 본 적이 없는 케톤은 혀를 내두를 뿐이었다.

가희의 몸에서 뿜어지는 기와 레드노드를 본 라기아는 크게 웃
으며 가희 앞에 다가왔다. 마력을 이용한 신속 이동이어서 가희가
미처 반응하지 못한 것은 당연했다. 잔뜩 긴장하고 있는 가희의 가
녀린 목과 턱에 라기아의 차디찬 손길이 싸늘히 와 닿았다.

"호호홋, 귀여운 것. 감히 나에게 도전하려 들다니…… 너희 중
에 나를 상대할 수 있는 사람은 리오라는 남자뿐이라고 몇 번이나
말해야 알아듣겠나. 호호홋, 그러지 말고 언니랑 어른들의 놀이를
하지 않겠니? 보아하니 아직 한 번도 경험이 없군. 그렇지?"

"닥쳐!"

라기아의 음담과 손짓에 얼굴을 붉힌 가희는 힘껏 레드노드를
휘둘렀다. 그러나 이번에도 라기아는 순간 가속으로 지붕 위까지

피신한 후 소리쳤다.

"나이트메어가 풀렸으니 오늘은 이만 가 주마. 내가 너무 리오 녀석만을 의식한 것 같군. 나의 실수야. 그럼 다음에 또 보자!"

그렇게 말한 후 라기아의 모습은 곧 사라졌다. 가희는 기력을 내린 후 레드노드를 케톤에게 전해 주며 중얼거렸다.

"휴, 큰일 날 뻔했어요. 그런데 두 사람은 괜찮아요?"

라기아가 떠나자 금방 몸이 풀린 케톤은 면목이 없었는지 머리를 긁적였다.

"꽤, 괜찮습니다. 그런데 노엘 선생님은 어떠십니까?"

"예, 리오 님께서 잘 처리해 주셨어요. 자, 우리도 이제 그만 들어가죠. 오늘은 너무 힘든 하루였어요."

케톤은 고개를 끄덕이며 테크, 가희와 함께 여관으로 들어갔다.

피곤한 만큼 깊은 잠을 잘 수 있을 것 같아 기분은 그리 나쁘지 않았다.

리오는 여전히 런희의 침대에 누워 잠을 자고 있었다. 가희는 잠깐 곤란한 표정을 지었다. 동방에서 온 그녀로서는 한 방에서 남자와 같이 잠을 잔다는 사실이 꺼림칙하지 않을 수 없었다.

모두 잠자리에 들자 여관 주위는 곧 조용해졌고 밤은 깊어 갔다. 평화롭기만 한 밤이었지만 다음 날 무슨 일이 일어날지는 아무도 몰랐다.

2

도둑과 애꾸눈 검사

아르셴을 떠난 지 사흘째, 지크 일행은 오늘도 불편한 노숙을 하며 밤을 지새워야 했다. 지크는 셋 중에서 제일 얇은 모포를 덮으며 투덜대고 있었다.

"쳇, 저 녀석도 남자인데 왜 나만 이런 거적때기를 덮어야 하는 거야? 동생, 이거 너무 불공평하지 않아?"

"흥, 오빠는 거꾸로 매달려서도 잘 수 있는 사람이잖아. 투털대지 말고 어서 잠이나 자!"

지크는 인상을 살짝 쓰며 그대로 잠들었다. 루이체도 뒤따라 잠에 빠져들었다.

"……."

둘이 잠든 것을 확인한 마티는 슬쩍 자리에서 일어나 근처 호숫가로 나갔다. 달이 매우 밝은 밤이어서 호수의 물이 마치 거울처럼 잔잔했다.

호숫가에 웅크린 마티는 터번을 벗고 자신의 얼굴을 물에 비춰 보았다.

"내가 그렇게 남자처럼 보이나?"

그녀는 한숨을 쉬며 쓸쓸한 표정을 지었다. 보통 사람보다 약간 검은 얼굴에 옅은 황색 머리카락을 가진 마티의 얼굴은 햇볕에 그을린 미소년처럼 보였다. 하지만 긴 속눈썹 때문에 보통 때처럼 인상만 쓰지 않으면 충분히 여자로 보일 만큼 예쁜 얼굴이었다. 물론 여자였지만.

"남자가 남자처럼 보이지, 그럼 어떻게 보이냐? 멍청이."

"흑!"

마티는 흠칫 놀라며 뒤를 돌아보았다. 트레이드마크인 붉은색 재킷을 벗고 면티만 입은 지크가 주머니에 손을 찔러 넣은 채 서 있었다. 마티는 얼른 표정을 찡그리며 앞을 바라보며 말했다.

"뭐하러 여기 온 거지? 설마 날 죽이려고?"

그 말을 들은 지크는 순간 멍한 표정을 지었다가 피식 웃으며 마티 곁에 앉았다. 그는 그녀 어깨에 팔을 두르며 나지막이 말했다.

"그렇다면 어쩔래? 헤헷, 잠이 하도 안 와서 너랑 얘기 좀 하려고 그래. 뭐, 같이 수도까지 가려면 우정을 돈독히 하는 것도 괜찮잖아. 안 그래?"

마티는 픽 하고 실소를 하며 쏩쓰레하게 말했다.

"우정? 언제 널 죽일지 모르는 사람과 우정을 거론하다니, 너도 참 멍청한 녀석이군."

"이 자식이……."

지크는 주먹으로 그녀의 머리를 살짝 치며 말을 이었다.

"누가 쉽게 죽어 준대? 하루 이틀 만에 쉽게 죽어 줄 생각은 없어. 꽤 오래 걸릴 테니 친분을 가지는 것도 괜찮겠지. 그래야 나중에 너에게 죽을지도 모르는 상황이 되었을 때 살려 달라고 빌면 살려 줄 확률이 높아질 거 아냐. 헤헤헷."

마티는 웃고 있는 지크의 옆모습을 멍하니 바라보았다. 그의 웃음소리에서 전혀 걱정이 없는 자유분방함이 느껴졌다. 게다가 여태껏 느껴 보지 못했던 이상한 감정이 들었다.

계속 웃던 지크는 마티가 자신의 얼굴을 멍하니 바라보고 있자 인상을 쓰며 물었다.

"뭐야, 너 나한테 관심 있어?"

"……!"

지크의 입에서 갑자기 그런 말이 나오자 마티는 흠칫 놀라며 얼른 고개를 돌렸다. 지크는 얼굴이 달아오른 마티에게서 급히 떨어지며 중얼댔다.

"젠장, 이상한 취미가 있는 녀석이잖아? 예쁘장하게 생겨서는…… 이봐, 난 바이칼이란 녀석 말고는……. 음, 생각해 보니 바이칼이 너보다 예쁘구나. 히히힛……."

"……남자인데?"

"응? 하핫, 녀석의 미모는 여자도 무색하게 만들지! 하는 행동도 얼마나 귀여운데. '리오'라는 단어 다음으로 좋아하는 게 사탕하고 과자야. 어떤 심각한 일도 그걸로 입막음이 가능하지."

마티는 지크의 그 말을 얼른 이해할 수 없었다. 잠시 뒤 지크는 벌떡 일어나며 말했다.

"좋아. 결심했어!"

마티는 지크의 돌발 행동에 눈썹을 찡그리며 물었다.

"뭘?"

지크는 마티의 터번을 또다시 푹 누르며 대답했다.

"너에게 스나이퍼의 무술을 가르쳐 주지! 아마 너 정도면 충분히 익힐 수 있을 거야. 자, 그럼 스나이퍼 무술의 기본을 보라고!"

지크의 몸이 마치 제비처럼 가볍게 공중으로 날아올랐다. 그뿐 아니라 호수를 향해 떨어지던 그의 발은 놀랍게도 수면 아래로 떨어지지 않고 그대로 다시 떠올랐다. 코 밑까지 내려온 터번을 이마 위로 올린 마티는 눈이 휘둥그레졌다.

"어, 어떻게 한 거야?"

지크는 씩 웃으며 대답했다.

"헤헷, 바로 '기'라는 걸 이용한 거지. 마법사들의 마력과는 반대 개념이야. 마력이 정신적인 에너지라면 기는 육체적인 에너지지. 누구나 기를 가지고 있지만 그걸 활용할 줄 아는 사람은 별로 없어. 기를 활용할 줄 알면 너도 지금보다 훨씬 강해질 거야."

"진짜?"

마티의 순진한 표정에 지크는 당당히 자신의 가슴을 두드렸다.

"그럼! 자, 배워 볼래?"

지크의 유혹에 넘어간 마티는 즉시 고개를 끄덕였다.

마티는 결국 지크에게 무술을 배우기 시작했다. 그리고 가까스로 첫 수련을 끝낸 마티는 기절하다시피 바닥에 쓰러져 버렸다. 기의 수련이라는 것이 이 정도로 힘들 줄은 생각도 못한 그녀였다.

'아, 피곤해…… 괜히 배운다고 했나? 차라리 아르센으로 돌아가 스승님께 임무를 달성하지 못했다고 용서를 비는 게 나을지도…….'

지크의 첫 수련 과제는 단전호흡이라는 것이었다. 하복부로 호흡을 하는 단순한 기 훈련이었지만 그녀는 기라는 것을 느껴 보지도 못했다. 그저 몸이 보통 때보다 따뜻해진다는 것이 첫 수련에서 얻은 전부였다.

그렇게 고된 훈련에 끙끙 앓던 마티는 어느새 자신도 모르게 잠에 빠져들었다. 그녀는 알지 못했다. 지금부터의 수련이 자신의 미래를 바꿀지도 모른다는 사실을…….

다음 날 무엇인가 타는 냄새에 잠이 깬 마티는 흐릿한 눈으로 주위를 둘러보았다. 어디서 잡아 왔는지, 지크가 멧돼지로 보이는 동물을 굵은 나뭇가지에 통째로 꿰어 모닥불에 굽고 있었다. 갈색이 된 살이나 피 냄새가 나지 않는 것으로 보아 구운 지 꽤 된 듯했다.

"……쩝."

기름이 줄줄 흐르는 통돼지 구이를 본 마티는 자신도 모르게 입맛을 다셨다. 그 소리를 들은 지크가 마티를 돌아보며 손짓을 했다.

"오, 먹을 복 하나는 타고났구나. 먹고 싶으면 이리 와. 돈 내라는 소리는 안 할 테니까."

하지만 마티의 입은 본능을 거부했다.

"그딴 거 안 먹어! 암살자는 고기를 많이 먹으면 몸을 가볍게 유지하기가 어렵다고!"

"……쳇."

마티의 냉담한 반응에 지크는 어쩔 수 없다는 듯 콧방귀를 뀌며 누워 있는 마티를 한 팔로 들어 올렸다.

"이, 이게 무슨 짓이야!"

소리치는 마티를 모닥불 옆에 강제로 앉힌 지크는 그녀의 머리를 살짝 쥐어박으며 말했다.

"인마, 이거 먹어 봤자 얼마나 찐다고 그래? 비계는 떼어 놓고 살

점만 골라 먹어도 되니까 잔말 말고 먹어. 고기를 먹으며 운동을 해야 근육도 붙고 힘도 좋아진다고. 사부의 말을 믿어."

맞은 부위가 아팠는지 마티는 머리를 쓰다듬으며 통돼지를 향해 고개를 돌렸다.

"동생은 안 줄 거야?"

마티의 말에 지크는 흠칫하며 그녀를 쏘아봤다.

"뭐? 설마, 네 녀석 루이체에게 관심 있는 건 아니겠지!"

"그, 그런 건 아냐!"

마티가 얼굴을 붉히며 소리치자 지크는 피식 웃으며 말했다.

"농담이야. 사실 이건 너 먹으라고 특별히 잡아 온 거라고. 어젯밤에 연습하느라 힘들었잖아. 배 속에 거지 들린 내 여동생이 이걸 보면 네 몫은 팍 줄어들어. 그러니 빨리 해치워야 돼. 알았지?"

지크는 미소를 지은 채 작은 나뭇가지로 통돼지의 살을 쿡 찔러 보았다. 살 사이로 흘러 나오는 기름에 그는 만족한 표정을 지으며 말했다.

"자, 먹자, 제자."

잘 구워져 구수한 냄새가 나는 고깃덩이를 받아 든 마티는 다시 열심히 고기를 자르는 지크를 슬며시 바라보았다.

무슨 생각이 들었는지 언제나 심각하게 구기고 있던 그녀의 얼굴이 살짝 펴졌다.

'의외로 좋은 구석이 있는데?'

"야! 한 번만 더 그런 표정 지으면 죽는다!"

마티의 얼굴을 힐끗 본 지크는 경악하며 루이체가 살짝 깰 정도로 크게 소리를 질렀다. 마티는 다시 인상 쓰며 속으로 중얼거렸다.

'……취소야.'

아르센을 떠난 지 닷새째, 지도를 쳐다보던 루이체는 환성을 지르며 지크에게 말했다.

"우아! 근처에 '가바라'라는 마을이 있어, 오빠!"

약간 더운 날씨라 재킷을 벗어 어깨에 걸치고 있던 지크는 무표정으로 일관하며 물었다.

"그게 어쨌다는 거야?"

루이체는 순간 인상을 찌푸리며 지크의 벨트를 뒤에서 세게 끌어당겼다. 욱 소리를 낸 지크는 그 상태로 루이체에게 잠시 동안 끌려다니기 시작했다.

"다시 또 나에게 노숙을 하라고 하면 더 이상 오빠라고 하지도 않을 거야! 오빠는 노숙을 해도 괜찮을지 모르지만 난 하루 노숙을 할 때마다 피부가 거칠어진다고! 노숙은 정말 싫어!"

"아, 알았어! 알았으니 이거 좀 놔!"

겨우 풀려난 지크는 한숨을 내쉬며 중얼댔다.

"넌 얼굴이 두꺼워서 피부가 거칠어져도 상관없다고. 몰랐니?"

"뭐라고!"

화가 치솟은 루이체는 지크의 둔부를 걷어차려 했으나 번번이 헛발질만 할 뿐이었다. 마티는 보다 못해 루이체에게 말했다.

"이봐 아가씨, 헛발질을 할 거면 아예 차지를 말아."

그러자 루이체는 무슨 소리냐는 듯 마티를 돌아보며 말했다.

"그런 소리 말아요. 오빠는 내 차기를 일일이 피하고 있다고요. 바람난 너구리 같으니! 이얏!"

다시금 루이체의 기습 공격을 피한 지크는 한쪽 눈 밑을 죽 내리며 혀를 내밀었다.

"거지병 환자에게 얻어맞을 엉덩인 없다! 덤벼!"

"시끄러워!"

한편 마티는 이상하다 생각하며 루이체의 동작을 자세히 쳐다보았다.

"……!"

그 순간 마티는 놀라움을 금치 못했다. 차기 동작 때 바람 소리가 나지 않았다. 그것만 하더라도 루이체가 어느 정도로 빠른지 말할 필요도 없었다.

'지크에게 배워서 그런가? 루이체도 이 정도였다니!'

마티는 자신이 제일 약한 건 아닐까 고민하며 고개를 저었다.

다음 날 한 시간 가량 걷던 일행은 루이체가 말했던 가바라 마을에 도착했다. 산 근처에 자리잡은 마을치고는 약간 큰 마을이어서 하루나 이틀쯤 쉬어 가기에 좋을 것 같았다. 제일 좋아한 사람은 역시 루이체였다.

"아, 드디어 목욕할 수 있게 됐다! 난 마티 씨랑 먼저 여관을 알아볼 테니 오빠는 마을을 둘러보고 정황을 좀 살피고 와. 알았지? 얏호!"

루이체는 다짜고짜 마티의 손을 붙잡고 여관 거리로 뛰어가기 시작했다. 지크는 빙긋 웃으며 반대 방향으로 걸어갔다.

"자, 짐 덩이 두 개가 풀렸으니 어디 한번 돌아다녀 보실까? 작은 마을이긴 하지만 그래도 모르니까."

조용한 걸 그리 좋아하는 성격이 아닌 지크였다. 너무 조용하면 괜스레 지나가는 사람 아무나 붙잡고 농담을 걸기도 했다.

그러나 신은 지크의 편이었는지 일은 벌써부터 벌어지고 있었다.

"어라? 저게 뭐야?"

산이 있는 마을 북쪽에서 한창 먼지구름이 일고 있었다. 그것을 본 지크는 눈을 반짝이며 양손 관절을 풀었다.

"헤헤헷, 나이스 타이밍……!"

그 먼지구름이 무엇을 뜻하는지 지크는 알고 있었다. 바로 말이 달릴 때 날리는 흙먼지였다. 그것은 곧 많은 사람들이 말을 타고 마을로 몰려온다는 뜻이었다.

지크는 일단 가까이 있는 나무 위로 올라가 사태를 관망하기로 했다.

그 무리의 주인은 레프리컨트 왕국에서 2년째 기승을 부리고 있는 대도적단 름페 일당들이었다.

도적 무리들은 마을 초입에서 일단 몇 명만 말에서 내렸다. 그들은 각자 가지고 있던 검과 나이프, 도끼 등의 무기를 들고 두목의 명령이 떨어지면 바로 쳐들어갈 태세였다.

"자! 돈이나 귀중품은 모조리 가져와라! 하지만 살인은 하지 마! 착하게 얻어 오란 말이다! 하하하핫!"

그들의 두목으로 보이는, 뻗침 머리에 붉은 머리띠를 두른 청년이 호탕하게 웃으며 명령을 내렸다. 그의 손에 들린 거대한 목도는 그가 탄 말도 한 방에 거꾸러뜨릴 것 같은 위압감을 풍겼다.

"예, 알겠습니다!"

드디어 도적단 수십 명은 살기등등한 모습으로 마을을 향해 쳐들어가기 시작했다.

"으하하핫! 죽기 싫으면 가진 거 다 바쳐라!"

도적들은 저마다 험상궂은 표정으로 고함을 지르며 마을의 골목골목을 누볐다. 마을은 곧 비명 소리와 우왕좌왕하는 주민들로 아수라장이 되었다. 그들의 칼 앞에 주민들은 아무 저항도 못하고 보물과 음식 등을 갖다 바칠 따름이었다. 모두들 살기라도 해야한다는 생각에 고개를 들지도 못하고 땅바닥에 죽은 듯이 엎드려있었다.

"거기까지다, 도적놈들!"

한창 도적들의 약탈이 진행되는 가운데, 누군가의 날카로운 목소리가 갑자기 분위기를 갈랐다.

나무 위에서 관찰하던 지크는 갑작스러운 노호에 의아한 표정을 지으며 소리가 들려온 쪽을 쳐다보았다. 물론 그쪽을 바라본 것은 그뿐만이 아니었다.

그곳엔 가벼운 갑옷을 입고 있는 여성이 몸매와는 어울리지 않는 대검을 들고 서 있었다. 시력을 확대하여 그녀의 얼굴을 바라본 지크는 한쪽 눈썹을 추켜올리며 중얼댔다.

"뭐야, 애꾸잖아?"

도적들에게 도전할 정도로 그녀의 인상은 도적들 못지않게 험악했다. 왼쪽 눈엔 검은색 안대를 하고 있었고, 그 안대 위아래로는 흉터가 길게 비어져 나와 있어서 그야말로 무시무시했다.

"뭐야, 저 여자는……?"

도적들은 그녀와 동료들을 번갈아 바라보며 황당한 표정을 지었다. 남자 검사에게 도적질이 막힌 적은 있었으나 여자 검사에게 도적질이 막힌 적은 한 번도 없었다.

"후하하하핫! 저 이쁜이가 말한 걸 들었나? 우리보고 방금 전에 멈추라고 소리친 거 맞지? 귀여운 것, 하하하하핫!"

도적들은 배를 움켜쥔 채 여검사를 향해 조소를 던졌다.

그녀의 한쪽 눈썹이 꿈틀거린 건 바로 그때였다.

"꺼져랏!"

아직까지 웃고 있던 도적을 향해 내달린 여검사는 상상 이상의 빠른 속도로 맨 앞에 있던 도적 세 명의 팔을 단숨에 잘라 버렸다.

"으아악!"

팔이 떨어져 나간 도적들은 비명을 지르며 바닥을 구르기 시작했다. 웃고 있던 다른 도적들은 그 모습에 이내 웃음을 멈춘 후 각자의 무기를 들고 여검사에게 달려들었다.

"이 계집! 네 팔다리도 바쳐랏!"

한편 그 광경을 지켜보던 지크는 나무 아래로 가볍게 착지하며 씩 웃었다.

"대단한데? 내가 만나 본 여자 중에서 검술이 가장 뛰어나."

지크의 눈은 정확했다. 여검사는 남자도 들기 힘든 양손 대검을 한 팔로 가볍게 휘두르며 도적들의 팔다리를 베었다. 마치 물 흐르듯 가뿐한 동작이어서 도적들은 여럿이면서도 속수무책이었다.

도적의 선봉은 여검사 한 명에게 결국 깨끗이 당하고 말았다. 후방에서 그 광경을 보던 도적 두목은 팔다리를 잃은 채 땅바닥에서 신음하고 있는 부하들의 모습을 보고 이를 부드득 갈았다.

"젠장, 누가 내 허락 없이 함부로 덤비라고 했어, 멍청이들아! 그리고 거기 언니! 당신은 내가 맡아 주지!"

두목은 자신의 목도를 들고 말에서 훌쩍 내렸다.

"뭐야, 저 녀석 보통이 아니잖아!"

그 두목의 눈빛과 심상치 않은 모습에 지크는 약간 발걸음을 빨리하여 상황이 벌어지고 있는 장소로 달려갔다. 두목의 솜씨가 보통이 아닌 듯싶었다.

도적 두목이 강하다는 것은 여검사도 느낀 듯했다. 그녀는 자세를 고치며 자신에게 다가오는 두목을 노려보았다.

두목은 여검사의 몇 미터 앞에서 발을 멈추며 크게 소리쳤다.

"이봐 언니! 내 부하들의 목숨을 건드리지 않은 건 고맙지만 팔다리를 자른 건 이 녀석들의 두목인 내가 용서할 수 없다! 내 이름은 사바신 커텔이다! 나와서 대가를 치러라!"

그 사나이의 이름을 들은 여검사는 피식 웃었다.

"후, 처음 듣는데? 내 이름은 베르니카 페이셔트! 그럼 간다!"

그때 그들의 동작을 멈출 만한 큰 웃음소리가 근처 가옥 지붕 위에서 들려왔다. 허리를 굽힌 채 웃고 있는 불한당, 바로 지크였다.

"하하핫! 상대를 잘못 골랐어, 젊은 언니! 녀석에게 언어맞으면 그 자리에서 처녀귀신 될 텐데 그 녀석은 나에게 양보하시지?"

"뭐, 뭐라고?"

베르니카는 인상을 쓰며 지크를 올려다보았다. 그것은 도적 두목 사바신도 마찬가지였다.

"이봐, 어디서 굴러먹다 온 말 뼈다귀인지는 몰라도 빨리 꺼지는 게 신상에 이로울걸. 젊은 남녀 간의 점잖은 대화를 방해하지 말고 말이야!"

지크는 곧바로 비웃었다.

"오호, 어디에 점잖다는 말을 함부로 갖다 붙이는 거냐, 뻗침 머리. 어쨌든 네 상대는 나니까 어서 덤……."

"날 방해하지 마, 건달!"

"잉?"

갑자기 상황은 돌변하고 말았다. 베르니카는 자신의 대결에 찬물을 끼얹은 남자에게 칼끝을 겨눴다. 순식간에 목표를 잃어버린 사바신은 괴상한 표정을 지으며 뒤로 물러났다.

"네가 어떤 녀석인지는 몰라도 날 방해하는 건 용서하지 않겠다! 저 도적을 없애기 전에 너부터 없애 주마!"

여자의 검이 지크를 향해 여지없이 직선으로 찔러 들어 왔다. 상황이 엉뚱한 쪽으로 흐른 것에 당황한 지크는 급히 손을 내저으며 말했다.

"이, 이봐, 안대 언니. 난 그냥 당신을 도와주려고……."

"시끄러워! 남의 도움 따윈 필요 없다! 건달 따위의 도움은 특히!"

베르니카는 자존심이 상한 듯 다짜고짜 지크를 향해 검을 휘둘렀다.

"하아앗!"

긴 기합성과 함께 베르니카의 검이 지크를 향해 맹렬히 호선을 그었다. 지크는 여유 있게 그 날카로운 섬광을 피했다.

검을 계속 피하던 지크는 입맛을 다시며 무명도에 손을 가져갔다.

"너무 무르군. 사람을 베어 본 지 너무 오래되었나? 그럼 이 몸이 한 수 가르쳐 주지!"

"윽?"

지크의 말이 끝남과 동시에 살기를 느낀 베르니카는 혼신의 힘을 다해 몸을 웅크렸다.

베르니카는 자신의 눈앞에서 흩뿌려지는 자신의 머리카락을 황망히 바라보았다. 조금이긴 했지만 잘려 나가는 느낌도, 잘리는 상황도 느낄 수 없었을 만큼 순식간의 일이었다.

그녀가 아차 하고 정신을 차렸을 때 이미 지크는 베르니카의 뒤로 돌아가 있었다.

"이 정도로 저 녀석에게 덤비려 한 거야? 헤헷, 어림없지."

자기 뒤에서 지크의 목소리가 들려오자 베르니카는 경악하며 몸을 돌렸다. 순간, 무명도의 차가운 칼끝이 그녀의 목 언저리에 닿왔고 그녀는 포기한 듯 눈을 감았다.

지크는 피식 웃으며 무명도를 거두었다.

"풋, 그럼 여기서 잘 보고 있어. 헤헤헷……."

"……!"

지크는 베르니카의 어깨를 툭 친 후 사바신을 향해 걸음을 옮겼다.

"자, 엉아에게 덤벼 봐라, 뻗침 머리 얼간이. 똑바로 안 하면 혼나."

지크는 자신의 목을 엄지로 그어 보이며 말했다. 사바신은 이번엔 상황이 다르다는 걸 느꼈는지 씩 미소를 지으며 물었다.

"무기로 할래, 아니면 맨몸으로 할래?"

의외의 제의였다. 지크는 재미있다는 듯 가볍게 선택했다.

"맨몸으로 하지, 뭐. 꽤나 자신 있는 얼굴인데그래? 헤헷…… 윽!"

순간 길게 뻗어 온 주먹에 지크는 흠칫하며 몸을 숙였다. 그러나 그것만으로 끝이 아니었다. 뒤이어 연달아 날아오는 발차기에 지크의 여유는 점점 사라졌다.

"자식이!"

파악.

지크는 지지 않겠다는 듯 전력을 다해 돌려차기를 날렸다. 둘의 차기가 중앙에서 충돌한 순간 바닥에 있던 흙먼지가 둘의 몸을 타고 공중으로 세차게 흩날렸다.

'뭐, 뭐야, 이 녀석? 드래곤 피라도 마신 거야? 왜 이리 힘이 세?'

돌려차기의 회전 속도를 조금이라도 늦췄다면 지크는 자신의 허리가 돌아갔을지도 모른다는 생각이 들었다. 하지만 그와 비슷한 생각을 하기는 사바신도 마찬가지였다.

'이 자식, 속도가 장난 아닌데? 뼛속까지 저려 오네?'

동시에 다리를 뗀 둘은 적당히 거리를 벌린 후 다시 기회를 노리기 시작했다. 하지만 둘은 서로에게서 빈틈을 찾아볼 수 없었다. 누가 더 강하다고 할 수 있는 수준이 아니었다. 그저 한쪽이 더 빠르고 한쪽이 더 힘이 세다는 것뿐이었다.

"젠장!"

"빌어먹을!"

둘은 동시에 비슷한 욕지거리를 터뜨리며 공격을 날렸다. 그러나 이번만큼은 지크의 승리였다.

사바신의 긴 차기를 공중에 떠서 피한 지크는 그대로 공중제비를 돌며 사바신의 후두부를 발로 강타했다. 보통 사람 같았으면 두상이 터져 나가고도 남았을 텐데 사바신은 앞쪽으로 약간 몸이 수그러들었을 뿐이었다.

'웅? 이럴 리가!'

지금까지 주먹깨나 쓴다는 사람들과 수도 없이 상대해 본 지크였다. 하지만 자신의 숨골차기를 정통으로 맞고 이렇듯 멀쩡한 상대는 처음이었다.

"어이쿠, 꽤 센데? 헤헤헷."

사바신은 뒷머리에서 묻어난 피를 보며 싱긋 웃었다. 실로 엄청난 맷집이었다.

그는 오른팔을 천천히 주무르며 황당해하고 있는 지크에게 다가갔다. 지크는 무엇이 올까 잔뜩 긴장한 채 사바신을 노려보았다.

"이 사바신 님의 펀치를 받아 봐라, 말라깽이!"

사바신의 이번 공격은 의외로 단순한 것이었다. 그저 풀 스트레이트일 뿐이었다. 하지만 당하는 입장은 달랐다. 지크는 분명 옆으로 몸을 피했는데도 공격의 영향권에 몸이 말려 들어갔다.

"당할까 보냐!"

지크는 특유의 빠른 순발력을 발휘해 왼손으로 사바신의 팔뚝을 붙잡았다. 그의 가죽 장갑에서 마찰로 인한 연기가 뿜어졌다. 지크는 아랑곳하지 않고 사바신의 팔 밑에서 자세를 전환했다.

"안녕이다!"

"큭!"

지크의 어깨가 무방비한 사바신의 옆구리를 강타한 순간 사바신의 입에서 선혈이 길게 뿜어 나왔다. 그러나 그뿐이었다.

"젠장, 귀찮은 녀석!"

놀라울 정도의 맷집을 보인 사바신은 팔을 이리저리 휘둘러 자신의 팔에 매달린 지크를 멀찌감치 날려 버렸다.

"으악!"

너무 강한 힘에 떠밀린 탓에 채 낙법도 하지 못한 지크는 그대로 날려가 근처 담벼락에 처박히고 말았다.

그가 무너진 담벼락 속에서 꿈틀댈 동안 사바신은 지크의 어깨에 가격당한 자신의 갈비뼈를 손으로 두드려 맞추었다. 우두둑 하는 뼈 소리가 났고 그럴 때마다 사바신의 굵직한 눈썹이 꿈틀댔다. 부러진 갈비뼈를 맞출 때 느껴지는 통증 때문이었다.

"세상에……!"

둘의 육탄전을 지켜보던 베르니카는 놀라움을 금치 못했다. 체술만으로 이뤄지는 대결에서 이런 살벌한 광경이 펼쳐지는 것은 난생처음 보았다.

그때 넋을 잃고 바라보는 그녀 옆을 누군가 빠르게 스쳐갔다.

"오빠! 사바신!"

"응?"

무너진 담을 밀치고 겨우 일어선 지크와 팔을 맞추고 있던 사바신은 동시에 크게 놀라며 어느새 달려온 루이체를 쳐다보았다.

둘에게 다가간 그녀는 한심하다는 듯 말했다.

"지크 오빠는 도대체 뭘 하는 거야! 그리고 사바신은 왜 여기 있는 거예요!"

"나는 그저 도적 두목을 잡기 위해……."

"난 이 건달을 혼내 주려고……."

둘은 비슷한 포즈, 비슷한 얼굴로 루이체를 바라보며 머리를 긁적였다. 루이체는 한숨을 길게 쉬며 정신감응을 이용해 둘에게 말했다.

「서로가 가즈 나이트라는 사실을 모르는 거예요? 참 나, 아무리 피엘 님께서 지크 오빠와 사바신이 서로를 못 알아볼 거라고 하셨지만 너무하잖아요.」

"뭐라고?"

지크는 설마 하는 시선으로 사바신을 바라보았다. 사바신 역시 믿을 수 없다는 시선으로 지크를 쏘아보았다.

바람의 가즈 나이트 지크와 땅의 가즈 나이트 사바신. 이후 주신계의 '건달 콤비'라 불릴 둘의 운명적인 만남은 그렇게 시작되었다.

지크와 루이체가 들은 땅의 가즈 나이트 사바신의 이야기는 대강 이러했다.

물의 가즈 나이트 레디, 그리고 어둠의 가즈 나이트 바이론과 함께 이 세계에 임무를 맡고 온 그는 원래 팀이었던 레디와 함께 정보를 얻을 겸 레프리컨트 왕국 도적단의 두목과 부두목이 되었다. 그것은 무언가를 찾기 위해서였는데 사실 둘은 별 소득 없이 시간만 축내었다. 결국 정보 수집을 위해 레디는 도적단을 떠나 레프리컨트 왕국을 떠돌아다니고 있고, 사바신은 도적단에 계속 남아 있다는 것이었다.

"머리 나쁘면 평생 고생이라더니, 맞는 말이네."

지크는 측은함이 담긴 눈으로 사바신을 바라보며 빈정댔다. 사바신은 지지 않겠다는 듯 애써 웃음을 지으며 맞받아쳤다.

"흥, 너나 나나 머리 쓰는 건 백보오십보지 뭘 그래?"

그 말에 루이체와 지크의 얼굴이 멍하게 굳어졌다. 지크가 머리를 감싸 쥐며 말했다.

"바보 같은 녀석, 오십보백보야, 백보오십보가 아니라."

그러나 사바신은 당당히 팔짱을 끼며 말했다.

"내 말은 내가 백 보고 네 녀석이 오십 보라는 거야."

"뭐라고?"

또다시 살벌해진 두 사람의 분위기를 보며 루이체는 할 말을 잃고 고개를 설레설레 저었다.

'거의 비슷한 수준이군……'

빨리 두 사람의 관심을 다른 쪽으로 돌려야 했다. 결국 그녀는 사바신의 등을 두드리며 말했다.

"그럼 사바신, 나중에 기회 봐서 우리랑 합류해요. 아, 그런데 별다른 정보는 없나요?"

사바신은 조금 후 뭔가 떠오른 듯 대답했다.

"아, 네 오빠 리오 스나이퍼를 봤어."

리오라는 말에 루이체와 지크의 눈이 휘둥그레졌다. 전혀 기대하지 않았던 반가운 이름이었다.

"저, 정말요? 정말 리오 오빠를 봤나요?"

"응, 일주일 전인가. 레프리컨트 왕국 수도로 간다는 것 같았어. 그리고 너, 나 잘 알잖아. 헛소리는 해도 거짓말은 안 한다는 거."

"그, 그럼요. 물론이죠. 그럼, 나중에 봐요, 사바신."

"그래. 그럼 난 저 녀석들을 처리하고 바로 올게. 여관 주소나 좀 적어 줘."

루이체에게 받은 주소와 자신의 거대 목도를 챙겨 든 사바신은 자신의 부하들 쪽으로 향했다.

오랜만에 자신보다 힘이 센 사람과 대적한 지크는 피곤한 얼굴로 몸을 풀며 말했다.

"자, 가자, 루이체. 천하장사 씨랑 싸우느라 피곤해 죽겠어."

"응, 그래, 오빠."

"잠깐, 내 할 말은 아직 안 끝났어."

그때 안대를 한 검사 베르니카가 지크의 앞을 가로막고 섰다.

지크는 팔짱을 끼며 베르니카를 바라보았다.

"뭐야, 언니? 한판 더 붙어 보자는 거야?"

"아니, 살기 띤 녀석이랑은 붙을 생각 없어. 뭐 한 가지 물어보고 싶은 게 있어서 그럴 뿐이야……. 너, 이곳 사람이 아닌 것 같은데, 혹시 많이 돌아다녔나?"

"그렇다면?"

지크는 팔짱을 낀 채 여검사를 빤히 쳐다보며 물었다.

"사람을 찾고 있는데 혹시…… 노엘이란 여자 과학자에 대해서 들어 봤나?"

지크는 고개를 갸웃거리며 생각해 보았으나 그의 짧은 기억 속에 노엘이란 이름은 새겨져 있지 않았다.

"모르겠는데, 그런데 그 여자는 뭐하러 찾는 거지?"

그 말을 들은 베르니카는 씁쓸한 표정을 지으며 대답했다.

"갚을 빚이 있어서……. 너 따윈 몰라도 돼."

지크는 뭔가 안 좋은 일이 있구나, 하고 생각하며 잠자코 있었다. 볼일을 마친 베르니카는 뒤로 손을 흔들며 지크 일행에게 가볍게 인사를 했다.

"좋아, 가 봐. 이후 다시 만나지 않길 빌어. 그럼……."

베르니카는 말을 마친 후 총총히 사라졌다. 인상을 살짝 쓴 채 그녀를 바라보던 지크와 루이체는 무시하자는 생각에서 터벅터벅 걸어가며 중얼댔다.

"저런 말 들으면 꼭 다시 만나던데. 저 여자 다시 만나면 어쩔 거야, 오빠?"

"바람둥이의 제물로 던져 줄 거야."

지크의 말을 제대로 이해하지 못한 루이체가 되물었다.

"바람둥이? 누구?"

"리오."

둘은 다시 티격태격하기 시작했다.

3

되살아난 바위의 몰킨

도적들과 작은 전투를 치른 다음 날, 지크 일행이 머물고 있는 여관에 뜻밖의 손님이 찾아왔다.

"오, 안대 언니잖아? 어쩐 일로 날 찾아왔지?"

지크의 미소 섞인 질문에 베르니카는 인상을 찡그린 채 대답했다.

"내키진 않지만 내 힘만으로는 어려운 일이 있어서 도움을 청하러 왔다."

"응? 뜻밖인데? 엄청 자존심이 센 줄 알았는데 도움도 청할 줄 알고? 그래 그래, 사람은 서로 돕고 살아야지. 도대체 무슨 일인데 그래?"

여검사는 지크의 너스레에 질려 그냥 가버릴까 하다가 꾹 참고 얘기했다. 아침에 찾고 있는 사람 중 한 명에 대한 정보를 입수하고 고민 끝에 달려온 그녀였다.

"혹시…… 네 여신의 전설을 알고 있나?"

식사 중이던 지크는 눈앞에서 포크를 휘두르며 가볍게 대답했다.

"아니, 몰라."

베르니카는 건들거리는 남자를 베어 버리고 싶은 충동을 최대한 억제하며 설명을 곁들였다.

"그럼 간단히 말하지. 이 마을 근처엔 봉인된 네 여신 중 한 명 요이르의 성역이 있다. 조용하고 아름다운 곳이라 근처 사람들에게는 좋은 휴양지로 이름난 곳이지. 근데 이틀 전에 그곳으로 놀러 간 아이들과 인솔하던 선생이 사라졌다고 해. 그래서 찾으러 갈까 하는데, 도와주지 않겠나? 물론 보수는 충분히 지불해 주지."

"글쎄, 난 좀 바빠서……."

아이들이 실종됐다는 소리를 듣고도 지크는 덤덤한 반응을 보였다. 그도 그럴 것이 그는 수도에 가서 해야 할 더 큰 임무가 있었기 때문이다. 실종 사건이라면 자기까지 나서서 도울 필요는 없을 것 같았다. 하지만 루이체와 마티는 그렇지 않았다.

지크의 냉담한 반응을 본 루이체는 당장에 지크의 정강이를 발로 차며 말했다.

"사람 목숨이 달린 문제인데 반응이 그게 뭐야, 오빠? 오빠가 가지 않겠다면 나와 마티 씨라도 가겠어. 그럴 거죠, 마티 씨?"

"으, 응……."

마티가 자신 없는 목소리로 대답했다.

결국 지크는 정강이를 쓰다듬으며 일어섰다. 물론 그의 입에서 나온 대답이 '아니오'일 리는 없었다.

"쳇, 사람 마음 약하게 하는 데는 뭐 있다니까……. 가면 될 거 아냐, 가면."

반시간 뒤, 지크와 베르니카는 마을을 떠나 성역으로 향했다.

둘의 모습은 정말 판이하게 달랐다. 베르니카가 온갖 장비를 다 갖추고 걷는 것에 비해 지크는 오직 무명도 하나만을 지니고 있었다.

지크는 점점 거칠어지는 베르니카의 숨소리를 들으며 실소를 터뜨렸다.

"어이 안대 언니, 그러다 신전인가 뭔가에 도착하기도 전에 지쳐 쓰러지는 거 아냐?"

지크가 빈정대자 베르니카는 자존심이 상한 듯 고개를 휙 돌리며 말했다.

"남 일에 상관 마."

"예, 여부가 있겠습니까."

숲 사이로 난 길을 따라 얼마쯤 걷다 보니 드디어 둘의 앞에 커다란 회색 기둥들이 열을 지어 늘어선, 일명 요이르의 성역이 펼쳐졌다. 지크의 눈엔 아무리 보아도 위험할 것 없어 보였다. 단지 기둥이 헐고 잡초가 조금 무성할 따름이었다.

"뭐야, 이게 성역이야? 기둥뿐이고 신전 같은 건물도 안 보이는데. 여기서 실종되었다는 거 거짓말 아냐?"

"진짜야, 멍청이! 난 너처럼 덜렁대거나 진지하지 못한 성격이 아냐! 주위를 좀더 둘러보도록 하자."

"네네네네네."

지크는 아무 말 않고 베르니카의 뒤를 따랐다.

베르니카는 폐허로 가득한 성역 구석구석 살펴보기 시작했다. 그러나 특별히 이상한 점은 발견되지 않았다.

그렇게 한참 동안 성역을 조사하며 돌아다니고 있을 때, 갑자기 숲 안쪽에서 나무꾼 한 명이 어슬렁거리며 나왔다. 그는 지크와 베르니카를 보자마자 깜짝 놀라며 소리쳤다.

"엇, 당신들 여기서 뭐 하는 거요? 이곳에선 마물들이 출몰한단 말이오!"

"예? 무슨 말씀이시죠?"

베르니카의 눈동자가 흔들렸다. 나무꾼은 급히 그들에게 다가가 자세한 설명을 해 주었다.

"이상한 기둥들이 솟아오르면서 나타난 마물과 강철괴물들이 최근엔 성역 근처에도 득실거리고 있소. 위험하니 빨리 돌아가시구려."

"그렇습니까? 아, 혹시 숲에서 아이들 보신 적 없습니까?"

베르니카의 질문에 나무꾼은 고개를 갸웃거리며 기억을 떠올리려 했다.

그 모습을 멀리서 지켜보던 지크는 피식 웃으며 베르니카의 곁으로 다가왔다. 그리고 자신보다 키가 조금 작은 나무꾼을 내려다보았다. 나무꾼은 지크를 전혀 의식하지 않은 채 계속 생각했다.

"아, 그러고 보니 이틀 전에 숲 속에서 일곱 명의 아이들과 여선생을 본 기억이 있소. 저기 동쪽 숲이었나……. 아마 내 기억이 맞을 거요."

베르니카는 단서를 잡았다는 듯 주먹을 불끈 쥐었다.

"역시! 감사합니다. 나중에 꼭 사례하죠!"

베르니카는 지크와 같이 움직일 생각조차 하지 않고 나무꾼이 가리킨 동쪽 숲으로 뛰었다. 지크는 가만히 바라보다 그녀의 모습이 사라지자마자 나무꾼 어깨에 손을 올려놓았다.

"헤헷, 아저씨. 거짓말한 거 있지?"

나무꾼은 시비조로 다가오는 지크를 겁에 질린 눈으로 바라보았다.

"예? 무, 무슨 말씀이시죠?"

지크는 불량스러운 몸짓으로 나무꾼 이마를 툭 건드리며 말했다.

"일곱 명의 아이들과 여선생이라 했는데, 그 여자가 선생인지 아닌지 어떻게 아셨어? 헤헷, 대답하지 않으면 아프게 해 줄 거야."

"으, 으윽!"

나무꾼은 급히 도망치려 했으나 그의 어깨를 잡은 지크의 힘은 생각 이상이었다. 지크는 이번엔 나무꾼의 뒤통수를 퍽 치며 말했다.

"네가 뭐 하는 괴물인지는 모르겠지만 오늘 네 친구들은 운이 없는 거야. 너라도 어서 멀리 도망치는 게 좋을걸. 난 기억력이 나빠서 나에게 힌트를 준 괴물도 분간 못하고 없애 버리지. 헤헷, 그럼 난 이만. 네 친구들의 명복이나 빌어 줘."

그렇게 가볍게 말한 지크는 곧장 베르니카가 달려간 숲을 향해 뛰어갔다. 지크의 뒤를 끝까지 바라본 나무꾼은 이를 부드득 갈며 다른 방향으로 뛰어가기 시작했다.

숲으로 들어와 찾아 헤맨 지 꽤 오래됐지만 베르니카는 아이들의 모습은커녕 흔적도 발견할 수 없었다. 게다가 숲 속에 입사되는 햇빛의 양이 점점 줄어들고 있어 용감하기론 누구에게도 뒤지지 않는 그녀 역시 약간 불안해지기 시작했다.

숲을 계속 걸어갈수록 걱정이 더해 가던 그녀의 눈앞에 무언가 희미한 빛이 어른거렸다. 베르니카는 한숨을 휴 내쉰 뒤 빛이 새어 나오는 쪽을 향해 걸음을 재촉했다.

"응? 뭐지?"

빛이 있는 곳에 도착한 베르니카는 입을 다물 수 없었다. 그녀가 본 빛은 어떤 거대한 문 앞을 밝히는 횃불이었다. 그녀를 더욱 불안하게 만든 것은 그 불꽃이 움직임 없는 음침한 푸른색이라는 사실이었다.

"어, 어째서 여신의 성역에 이런 불길한 불꽃이 있는 거지?"

무심결에 그런 말을 내뱉은 베르니카는 정신을 가다듬으며 자기 앞에 놓인 거대한 문을 밀기 시작했다. 아이들과 선생이 있을 장소는 그곳뿐이라는 생각에서였다.

끼이이이잉.

듣기 거북한 강철 마찰음과 함께 비교적 쉽게 열린 문 안에는 거대한 공간이 있었다.

신전 내부처럼 생긴 그 방 중앙에는 높다란 제단이 자리 잡고 있었고, 천장엔 악마 형상의 흉측한 석상들이 마치 박쥐처럼 거꾸로 매달려 있었다.

"……왠지 싫군."

자신도 모르게 그렇게 중얼거린 베르니카는 천천히 안으로 걸음을 옮겼다.

방 안에도 역시 문밖에 위치한 움직임 없는 푸른색 횃불들이 상당수 있어 어둡지는 않았다. 베르니카는 두리번거리며 방 안으로 한 걸음씩 들어갔다.

"오호, 침입자인가?"

순간 굵직한 목소리와 함께 철문이 휙 닫혔다. 급히 문 쪽을 바라본 베르니카는 문의 자물쇠가 저절로 잠기는 것을 보고 재빨리 대검을 뽑아 들었다.

"누구냐! 비겁하게 숨어 있지 말고 모습을 드러내라!"

"흠, 길을 잃어 이곳으로 온 게 아닌가 보군. 미안하지만 난 아직 몸이 완전치 않아 모습을 드러낼 수 없어. 아, 마침 잘됐군. 제물 하나가 모자라 마을을 습격하려던 참이었는데 저절로 굴러 들어왔으니 말이야. 후후후후훗……."

방 안에 음산하게 울려 퍼지는 기분 나쁜 음성에 베르니카는 바짝 긴장하며 주위를 둘러보았다. 그러나 보이는 것은 돌제단과 석상들뿐, 어디서 소리가 나는지 알 수 없었다.

"음, 그런데 싸울 마음이 있는가 보군. 그럼 조금이라도 상대해주는 게 예의겠지? 자, 나와라, 가고일."

"키이이이익……!"

곧이어 놀라운 일이 벌어졌다.

명령에 반응하듯, 천장에 위치해 있던 악마 형상의 석상 중 한 쌍이 돌인 상태 그대로 조금씩 움직이기 시작했다.

베르니카는 깜짝 놀랐으나 단 두 마리뿐이어서 그나마 다행이라고 생각했다.

그러나 그 생각은 얼마 못 가 수정해야 했다.

"이, 이게 어떻게 된 일이야!"

검으로 아무리 내리쳐도 가고일의 몸에서는 돌가루만 조금 떨어질 뿐, 그녀의 힘이 전혀 통하지 않았다. 결국 지친 베르니카는 가고일의 공격에 복부를 가격당하고 힘없이 바닥에 쓰러지고 말았다.

그녀가 쓰러지자 가고일은 공격을 멈추었다. 보이지 않는 목소리가 다음 명령을 내렸다.

"자, 그 계집을 감옥으로 끌고 가라. 이틀 전에 잡은 제물들이 있는 방에 같이 넣어 둬. 인간들끼리니 외롭진 않겠지. 후후후훗."

명령을 받은 가고일 두 마리는 베르니카를 한 팔씩 붙잡고 제단 꼭대기를 향해 떠올랐다.

퉁퉁.

강철이 충돌하여 나는 공명 소리가 숲에 널리 울려 퍼졌다.

숲에서 발견한 철문을 몇 번 두드려 보던 지크는 고개를 갸웃거리며 투덜대기 시작했다.

"젠장, 여기 주인은 여자와 아이들만 좋아하는 모양이군……. 으으!"

몇 번을 밀어도 문은 꿈쩍도 하지 않았다. 지크의 힘으로도 밀리지 않는다는 것은 마법에 의한 결계 내지는 엄청난 잠금 장치가 돼 있다는 말이었다.

지크는 주위를 둘러보았다. 거대한 둔덕 밑에 있는 그 문을 외부에서 찾기란 꽤 어려울 것 같았다. 게다가 주위는 햇빛조차 거의 들지 않는 빽빽한 숲으로 둘러싸여 있어 보통 사람이 이 근처에 왔다면 아마도 울면서 탈출구를 찾으려 할 것이다. 아무래도 요상한 기운이 흐르는 문임에 틀림없었다.

"젠장, 어쩔 수 없지. 깨부숴 버리지 뭐."

씩 웃은 지크는 몸의 기를 끌어올리기 시작했다. 몸 전체에 스파크가 흐를 무렵, 그는 주먹을 굳게 쥐고 닫힌 철문을 쏘아보았다.

"침입자 등장이다!"

쿠우웅.

지크가 주먹으로 철문을 힘껏 후려치자, 열리지 않을 것만 같던 육중한 문은 타점을 중심으로 사방으로 금이 가며 부서져 내렸다.

상당히 오랫동안 사용하지 않은 듯 지크는 먼지 지옥을 감수해야만 했다.

콜록거리면서 안으로 들어선 그는 문 안에 펼쳐진 이상한 공간을 보고 한쪽 눈썹을 추켜 올렸다.

"뭐야, 이건……. 이게 성역의 진짜 모습인가?"

까마득히 보이는 천장에 매달린 악마 모양의 석상들, 그리고 방 중앙에 우뚝 솟은 거대한 제단. 아무리 봐도 성스러운 장소는 아닌 듯싶었다.

지크는 빠르게, 그리고 조용히 제단 주위를 둘러보았다. 베르니카를 비롯한 사람들이 이곳에 있을 게 분명한데 벽 어디에도 자신이 들어온 엄청난 철문 외에 다른 문은 보이지 않았다. 한참을 둘러 보던 지크는 팔짱을 끼며 한숨을 쉬었다.

"휴, 빌어먹을! 어딘가에 다른 구멍이 있을 텐데 어떻게 된 거야? 어이, 아무도 없어?"

그러나 지크 자신의 목소리만 메아리칠 뿐 대답 소리는 전혀 없었다. 지크는 고개를 갸웃하며 제단과 석상들을 발로 툭툭 차보았다. 혹시 비밀 단추 같은 것이 설치돼 있을지도 몰랐기 때문이다. 그러나 비밀 문은커녕 부옇게 먼지만 올라올 뿐이었다.

"누가 성스러운 재단에서 행패를 부리느냐!"

그때 어디선가 음침한 목소리가 들려왔다. 그 목소리를 들은 지크는 반가운 표정을 지으며 허공을 향해 소리쳤다.

"아하! 역시 있었군, 친구. 거두절미하고, 여기에 안대 한 언니 한 명 들어왔지? 솔직히 말하면 정상 참작해 줄 테니 어서 불어."

지크의 자신만만한 말투에 목소리는 잠시 말이 없었다. 그러나 다시 말소리가 들려왔을 땐 소리뿐만 아니라 천장에 매달려 있는 석상들까지 지크에게 달려들었다.

"넌 제물로 바쳐질 가치도 없는 인간이구나! 저 녀석을 단숨에 고깃덩어리로 만들어 버려라, 가고일!"

지크는 자신에게 날아오는 가고일 두 마리를 바라보며 태연하게 귀를 후볐다. 그는 피식 웃으며 나지막이 말했다.

"음, 굉장히 화가 난 모양이군, 친구. 좋아, 심심했는데 장난을 받아주지!"

양손 관절을 풀며 자세를 취한 지크는 가고일의 날카로운 손톱을 이리저리 피하며 주먹으로 한쪽 가고일의 복부를 가격했다. 그러나 가고일은 전혀 타격을 입지 않은 듯 계속해서 지크에게 달려들었다. 지크는 잠시 의아한 표정을 지으며 멀찍이 뒤로 물러서서 가고일들과 거리를 벌렸다.

"뭐야? 돌덩이들이라 힘이 안 통한단 말이야? 진작 말을 해 줬어야지, 친구!"

말을 마치자마자 지크는 다시금 기를 끌어올렸다. 다시 가고일의 손톱이 여지없이 급소를 향해 날아들었지만 이번엔 지크는 전혀 피할 생각을 하지 않았다.

"먹어랏!"

지크는 가고일의 공격을 그대로 맞받아쳤다. 그의 주먹과 정면 충돌한 가고일의 오른팔이 산산조각이 나 바닥에 떨어졌다. 지크는 오른팔이 부서진 가고일을 연속적으로 가격하기 시작했다. 그러자 가슴과 복부를 연타당한 가고일은 완전히 박살 나 순식간에 돌 파편으로 변하고 말았다.

"키이이이잇!"

또 다른 가고일의 공격이 날아든 건 지크가 연타로 가고일 하나를 박살낸 직후였다.

가까스로 기습을 피한 지크는 자신의 재킷 끝이 공격에 의해 약간 찢어진 것을 보고 인상을 찌푸리며 가고일에게 파고들었다.

"감히 하나밖에 없는 내 재킷을! 가랏!"

한 손을 가고일의 머리 근처에 가져간 지크는 자신의 팔에 모여진 기를 순간적으로 방출했다. 푸른색 불꽃을 정면으로 받은 가고일의 머리 한가운데는 구멍이 뻥 뚫리고 말았다. 제 기능을 잃은 그 몸체에 연속으로 차기를 날린 지크는 그 가고일마저 돌무더기로 변하자 회심의 미소를 지으며 자세를 풀었다.

"헤헷, 어떠냐! 이 따위 돌덩어리로 날 어떻게 해 보려 한 모양인데, 그건 이 형님에 대한 모독이라고. 자, 어서 순순히 정체를 밝혀라! 참고로 이 형님은 인내심이 별로 없다!"

수수께끼의 목소리는 여유를 두고 잠시 후 들려왔다.

"……후훗, 실력만은 칭찬해 주마. 인간치곤 예상밖에 강한 녀석이군. 그러나 넌 머리가 나쁜 것 같군."

"뭐, 뭐라고!"

"아이들과 두 여자가 내 손 안에 있다는 걸 모르느냐? 섣불리 행동하면 그들을 황천길로 보내 버리겠다. 잠자코 돌아가라!"

그 말을 들은 지크의 이마엔 푸른색 힘줄이 불끈 솟았다.

그는 억지로 웃음을 지으며 그 목소리를 향해 말했다.

"쳇, 좋아. 돌아가 주지. 대신 할 말이 있다."

"뭐냐?"

문 쪽으로 돌아선 지크는 자기 앞에 놓인 강철문과 가고일들의 파편을 가리키며 말했다.

"다시 만날 땐 널 결단코 이렇게 만들어 주지. 뒤를 조심하는 게 좋아, 친구."

말을 마친 지크는 자신이 들어온 철문을 통해 다시 밖으로 나갔다. 그가 사라지자 목소리는 마력으로 지크에 의해 부서진 문 대신 불투명의 결계를 설치했다.

"가고일을 맨손으로 쓰러뜨리는 녀석은 오랜만이군. 후훗……."

그 웃음소리엔 제법 긴장감이 서려 있었다.

"음…… 여기는?"

베르니카는 복부를 쓰다듬으며 겨우 몸을 일으켰다. 정신을 차린 그녀의 희미한 눈에 공포에 질린 일곱 명의 아이들과 침착한 표정의 여자가 들어왔다. 차분한 분위기를 풍기는 그 여성은 베르니카가 눈을 뜨자 안도의 한숨을 쉬며 말했다.

"저, 아프신 곳은 괜찮으신가요? 가고일들에게 이곳으로 끌려오셨을 땐 꽤 고통스러우신 것 같던데⋯⋯."

그러나 베르니카는 대답을 하지 않고 그녀의 얼굴만 뚫어지게 쳐다보았다.

그러기를 잠시, 안대를 하지 않은 그녀의 한쪽 눈에서 이내 눈물이 흘러내렸다.

"저, 저를 못 알아보시겠습니까?"

베르니카의 뜻밖의 태도에 그 여성은 깜짝 놀라며 베르니카의 얼굴을 유심히 바라보았다.

곧 그녀의 얼굴에도 놀라운 표정이 떠올랐다.

"아니, 베르니카? 당신이 어째서 여기에 있는 거죠?"

그 유치원 선생은 안대의 여검사를 알고 있었다.

베르니카 페이셔트, 28세. 전 레프리컨트 근위대장.

그녀가 왜 현 근위대장인 케톤에게 직위를 물려주었는지 이유는 밝혀진 바 없었다. 단지 노엘이 수도를 떠난 직후 얼마 안 돼 그녀 또한 떠났다는 것만이 알려진 사실이었다.

베르니카는 즉시 무릎을 꿇고 그녀에게 예를 갖추었다.

"미네리아나 마마! 전(前) 근위대장 베르니카 페이셔트, 인사를 올립니다!"

그 말을 들은 주위의 아이들이 눈을 크게 뜨며 베르니카에게 소리쳤다.

"무, 무슨 말씀이세요, 아줌마? 우리 선생님은 마마가 아니에요!"

아이들의 반응에 베르니카는 여선생―미네리아나―을 바라보았다. 미네리아나는 자신의 가느다란 검지손가락을 입술에 갖다대며 나중에 얘기하자는 신호를 보냈다.

베르니카는 고개를 끄덕인 후 미네리아나 옆으로 다가가 앉았다.

"베르니카, 당신을 여기에서 만나다니 정말 다행이군요. 아이들과 함께 일을 당하는구나 하고 생각했는데, 정말 고마워요."

미네리아나의 반가움이 섞인 말에 베르니카는 고개를 가로저으며 말했다.

"이 마을 저 마을 떠돌아다니며 마마를 찾았습니다. 수도에 그냥 계셔도 되실 분이 왜 이런 변방의 마을에서 아이들을 가르치고 계시나요?"

그 말에 미네리아나는 쓸쓸히 웃으며 나지막이 대답했다.

"언니에게 부담이 될 것 같아서요. 말이 안 된다고 생각하겠지만 사실이거든요. 린스 일도 그렇고…… 그리고 전 아이들을 좋아하거든요. 아, 라세츠 후작은 어떻게 지내나요? 별일 없나요?"

라세츠란 이름을 들은 베르니카는 인상을 흐리며 미네리아나에게 말했다.

"잘…… 계십니다. 하지만 그분은 마마와 어울리지 않는 인물이라고 생각합니다. 그의 일은 제발 잊으시는 게……."

"예? 후작이 무슨 일이라도 저질렀나요?"

아무것도 모르는 그녀의 순수한 표정에 베르니카는 금방이라도 터져 나오려는 말을 꿀꺽 삼키며 고개를 저었다.

"……아무 일도 아닙니다. 그건 그렇고 마마는 어쩌다가 여기에 갇히게 되셨습니까? 전 마마를 찾으러 이곳에 들어왔지만……."

미네리아나는 자신의 옆에 옹기종기 모여 앉아 있는 아이들의 머리를 손으로 부드럽게 쓰다듬으며 말했다.

"아이들과 성역 근처로 자주 놀러 오곤 했답니다. 그러다가 얼마 전 이곳으로 오기 직전에 어떤 나무꾼을 만났는데, 이 숲 안쪽에 꽃이 아주 많은 장소가 있다는 말을 하더군요. 숲이 우거져 있어 약간 위험해 보이긴 했지만 아이들이 더 즐거워하는 모습을 보고 싶다는 생각에 그만 너무 깊숙이 숲 안쪽으로 들어서고 말았죠. 출구를 찾아 이리저리 헤매다 불빛이 보이길래 이 신전에 들어왔다가 결국 이렇게 되고 말았어요."

"아니, 나무꾼이라고 하셨나요? 이럴 수가! 그럼 내가 감쪽같이 속은 거잖아, 제기랄!"

베르니카는 크게 한숨을 내쉬며 자신과 아이들, 그리고 미네리아나가 갇혀 있는 방을 자세히 둘러보았다. 마치 함정과 같은 방이었다. 벽이 천장을 중심으로 사다리꼴 모양의 경사를 이루고 있어 기어올라 탈출한다는 건 불가능해 보였다.

"탈출할 방법은 한 가지뿐이군요. 그 괴물이 우리를 제물로 쓰려고 이 방에서 꺼낼 때 탈출하는 것. 그 외엔……."

말은 그렇게 했지만 그녀로서도 장담은 할 수 없었기에 저절로 말꼬리가 사그라졌다. 말처럼 쉬운 게 아니었다. 게다가 그녀는 가고일에게 충격조차 입히지 못했기 때문에 정체 미상의 괴물로부터 도망칠 확률은 지극히 적었다.

"……하지만 누군가 도와주러 올지도 몰라요."

"예?"

미네리아나는 혹시 하는 마음으로 베르니카에게 되물었다.

베르니카는 자신과 함께 성역까지 왔던 '건달'을 떠올렸다. 하지만 자신이 여기에 있다는 걸 알지도 못할 거란 생각이 떠오르자 그의 존재는 이내 머릿속에서 지워졌다.

"……아, 아뇨. 어떻게든 해 봐야죠. 우선 아이들이 놀라지 않게 잘 다독거려 주세요, 마마."

미네리아나는 고개를 끄덕인 후 자신에게 찰싹 달라붙어 눈물을 머금고 있는 아이들에게 다정하게 얘기하기 시작했다.

정체불명 목소리의 협박에 어쩔 수 없이 마을로 되돌아온 지크는 괜히 여관 문을 발로 걷어차며 방으로 성큼성큼 올라갔다.

"어? 저 녀석 벌써 왔잖아?"

창가에 앉아 바깥 경치를 구경하고 있던 마티는 방 쪽으로 다가오는 발소리를 듣고서 의아한 표정을 지었다. 나간 지 약 두 시간 정도밖에 안 되었는데 벌써 행방불명된 아이들을 찾았다는 건 조금 이상했다. 게다가 발소리도 심상치 않았다.

"젠장!"

지크는 방문을 거칠게 열어젖히며 고함을 빽 질렀다. 그러더니 침대에 몸을 날려 신경질적으로 누운 뒤 눈을 질끈 감아 버렸다. 마티는 그 모습에 속으로 꿍얼댈 뿐이었다.

'무슨 일이 있었나……?'

"뭐야? 무슨 일이야, 오빠?"

소리를 듣고 달려온 루이체는 눈을 동그랗게 뜨고 지크를 바라보았다. 지크는 몸을 휙 돌리고 아무 말도 하지 않았다. 지크의 행동에 화가 난 루이체는 침대 가장자리에 털썩 앉아 지크의 몸을 흔들어 댔다.

"말을 해 봐, 오빠! 문짝에다 대고 화풀이한다고 될 일이야? 혼자 끙끙 앓지 말고 말해 보라니까."

"으휴……."

지크는 결국 한숨을 쉬며 침대에서 벌떡 일어섰다. 루이체는 가까운 의자에 옮겨 앉았다. 지크가 자신의 머리를 쥐어뜯으며 입을 열었다.

"이 마을 장로나 촌장을 만나 봐야겠어. 꼬맹이들 몇 명이 없어진 걸로 끝날 시시한 문제가 아닌 것 같아."

루이체는 눈을 크게 뜨며 지크에게 다시 물었다.

"뭐? 그럼 더 큰 문제란 말이야?"

지크는 일어서서 방문 쪽으로 걸어가며 말을 이었다.

"그래, 둘 중에 한 명 날 좀 따라와. 나 혼자선 좀 어려울 것 같으니까."

"응? 왜 둘 중 한 명이야?"

마티의 물음에, 지크는 짜증이 난 듯 눈살을 찌푸리며 말했다.

"네가 남아 있어, 알았지? 그럼 난 간다."

지크는 마티가 대답할 시간도 주지 않고 루이체만 데리고 재빨리 여관을 나가 버렸다. 그러자 마티는 이를 부드득 갈며 창밖으로 두 사람을 바라보았다.

지크와 루이체는 물어물어 촌장의 집에 도착했다.

예상 밖 손님에 놀란 촌장을 집 안으로 끌고 들어가다시피 하며 지크는 성역에서 있었던 자초지종과 수수께끼의 목소리에 관한 얘기를 했다.

그 말을 들은 촌장의 얼굴은 새파랗게 질렸다. 그는 지크가 어깨를 건드릴 때까지 아무 말도 하지 못했다.

"어이, 촌장님? 왜 그러세요?"

"아, 자네 지금 분명히 여신의 성전에서 들려온 목소리라고 했나?"

지크는 머리를 긁적이며 고개를 끄덕였다.

촌장은 즉시 자신의 서재로 달려가 먼지가 풀풀 나는 책 한 권을 꺼내 와서 지크와 루이체 앞에 펼쳐 놓았다.

"……아, 여기 있군. 이 세계는 1천 년 전 여신들에 의해 갈려…… 이 대목 보이지?"

지크와 루이체는 고개를 끄덕였다. 촌장은 심각한 표정으로 말했다.

"대부분 사람들에게는 이 대목만 알려져 있지. 그러나 아래를 보면 알겠지만 세 여신, 즉 새벽의 여신 이오스를 제외한 마그엘, 요이르, 이스마일 세 여신 밑에는, 한 여신당 네 명씩 신장(神將)이 있었다네. 네 여신들이 신벌을 받을 때 그 12신장은 육체를 완전히 분해당해 영혼만 존재하게 되었지. 그 영혼들은 여신의 성전이라 불리는 곳에 각각 갇히게 되었는데…… 아마 자네가 들은 목소리는 그 12신장 중 한 명, 고대 여신 요이르의 신장인 '바위의 몰킨'의 목소리일 것이네."

"네?"

지크는 상상외로 큰 일에 놀라지 않을 수 없었다. 루이체 역시 심각한 표정을 지었다.

루이체는 오빠의 팔을 잡아끌며 낮은 목소리로 말했다.

"오, 오빠. 잠깐 나와 봐……!"

밖으로 끌려 나온 지크는 얼굴이 하얗게 변한 루이체를 궁금한 표정으로 쳐다보았다. 루이체는 숨을 크게 들이마신 뒤 얘기했다.

"12신장이 어떤 녀석들인지 알고 있어?"

"아, 당연히 알지. 자(子), 축(丑), 인(寅), 묘(卯), 진(辰), 사(巳)…… 윽!"

지크가 사태의 심각성을 깨닫지 못하고 장난스럽게 말하자 '한 방'을 날린 루이체는 한심하다는 듯 자신의 머리를 감싸며 말을 이었다.

"12신장, 여신들을 보좌하는 임무를 맡은 그들의 힘은 오빠들 같은 가즈 나이트들에게겐 못 미치지만 한 사람 한 사람이 1급 투천사와 맞먹는 힘을 가지고 있어. 넷 이상 힘을 합친다면 아무리 지크 오빠라 해도 이길 수 없을지 몰라. 그들의 육체는 남김없이 파괴되어 완전히 부활할 수 없게 된 걸로 아는데 어떻게 된 걸까? 더구나 바위의 몰킨이라면 서열 2위의 신장인데…….."

투천사(鬪天使).

흔히 천사라고 하면 사람들은 귀여운 아기 천사나 아름다운 모습의 여자 천사들을 떠올린다. 그런데 그런 천사들의 모습은 표면적으로 활동하는 보통 천사들의 모습이고, 실제론 천사도 여러 모습과 계급이 존재한다. 투천사란 말 그대로 물리적 전투를 하기 위해서 만들어진 천사의 한 계급이다. 힘의 차이는 1급에서 7급까지 나뉘어져 있고 1급이 가장 강하다.

설명을 들은 지크는 입을 비죽 내밀며 말했다.

"……별 녀석들이 다 있었군."

"아무튼 이번 일은 보통 일이 아님에 틀림없어. 어쩌면 우리의 임무하고도 연관돼 있을 듯해."

"아, 그래……. 그렇다면 우선 촌장님께 얘기를 마저 들어 보자."

"응, 그래."

지크와 루이체는 다시 촌장의 집으로 들어갔다.

촌장은 손수 끓인 따뜻한 차를 두 사람에게 대접하며 얘기를 계속했다.

"요전에 벨로크 왕국의 군인들이 이 마을 근처에 온 일이 있었소. 그것과 무슨 관계가 있는지는 잘 모르지만, 그 후로 이 마을의 처녀들과 아이들이 가끔씩 없어지는 일이 생겼다오. 게다가 며칠 전엔 유치원 아이들과 새로 오신 선생님이 행방불명되었지요. 어떻게든 해야겠지만 힘없는 인간들이 뭘 할 수 있겠소."

얘기를 다 들은 지크는 고개를 끄덕이며 자리에서 일어섰다.

"알겠습니다, 촌장님. 사람들의 목숨이 걸린 문제니 나서지 않을 수 없죠. 저희를 믿어 보세요."

지크의 자신 있는 태도를 본 촌장은 빙긋 미소를 띠고 지크의 큰 손에 자신의 주름진 손을 포개며 말했다.

"부탁하오. 젊은이는 이상하게 믿음이 가는구려."

촌장의 간곡한 부탁을 받은 지크는 여관에 들르지 않고 루이체와 함께 곧 성역으로 향했다.

전과 같이 숲 사이를 비집고 들어가 성역에 도착한 지크는 문이 있던 장소에 불투명한 결계가 쳐져 있자 코웃음을 치며 결계에 가까이 다가갔다.

"결계인가? 헤헷, 까짓 거!"

"잠깐, 오빠!"

결계를 주먹으로 부수기 위해 지크가 오른팔을 내밀자, 루이체가 깜짝 놀라며 지크를 말렸다.

"응? 왜 그래?"

지크는 한쪽 눈썹을 추켜올리며 왜 그러냐는 듯 루이체를 바라보았다. 그녀는 고개를 가로저으며 자신의 발밑에 떨어져 있는 작은 돌멩이 하나를 집어 결계를 조준하고 말했다.

"이걸 보고 후려치시지, 무식한 오라버니. 에잇!"

루이체가 던진 돌멩이는 결계와 충돌하자마자 검은색으로 타들어가기 시작하더니, 이내 시커먼 탄소 가루로 변하여 바닥에 흩뿌려졌다.

그 광경을 본 지크는 휘파람을 불며 고개를 끄덕였다.

"오, 그랬군. 근데 난 이런 결계 마법 같은 건 잘 모르는데 어쩌지, 똑똑한 동생?"

약간 비꼬는 듯한 말투로 지크가 말하자 루이체는 인상을 찌푸리며 양손을 앞으로 모아 결계 쪽으로 향하며 말했다.

"내가 나서야지, 뭐, 바람난 너구리 씨."

루이체는 서서히 성력(聖力)을 끌어올려 자신의 손바닥에 모았다. 곧 그녀의 양손은 흰색의 빛을 뿜어내기 시작했다. 루이체는 곧바로 성력이 담긴 양손을 결계에 갖다 댔다. 곧이어 문을 가로막고 있던 결계에서 검은 스파크와 함께 큰 파문이 일었다.

"윽?"

루이체는 깜짝 놀라며 급히 결계에서 떨어졌다. 결계는 처음처럼 다시 잔잔해졌다.

급히 떨어진 바람에 뒤로 넘어진 루이체는 땅바닥에 부딪힌 둔부를 쓰다듬으며 믿을 수 없다는 듯 중얼댔다.

"이, 이럴 수가! 디스펠이 먹히지 않는 결계가 있다니……?"

뒤에서 그 모습을 지켜보던 지크는 땅바닥에 주저앉아 있는 동생의 머리를 손으로 슬슬 쓰다듬으며 말했다.

"헤헷, 내가 아무리 마법을 모른다고 결계까지 모른다고 생각하면 이 오빠를 너무 우습게 본 거다, 동생. 이 결계는 마법으로 만든 결계가 아니라서 너의 디스펠이 걸리지 않는 거야. 마력에 의해 생성되긴 했지만 말이지. 이건 차원 결계야. 이걸 깨려면 두 가지 방법이 있지."

루이체는 신기하다는 듯 지크를 올려다보았다.

"오오, 오빠가 그런 것도 알아? 힘만 센 너구리인 줄 알았는데, 의외인걸? 그건 그렇고 방법이라는 게 뭐야?"

지크는 결계에 시선을 둔 채 대답했다.

"저 결계를 만든 마력 이상의 파괴 마법이나 그 이상의 물리적 파괴력이 저 결계와 충돌하면 깨는 건 간단하지. 문제는 마법사라면 주술을 한번 써 보고 아, 이건 아니구나 하며 다른 주술을 쓸 수 있는데, 나같이 몸으로 먹고사는 사람이 결계를 뚫으려면 한 번의 기회밖엔 없거든. 간단히 말해 전사에게 이 결계를 깨는 건 죽기 아니면 살기야."

그 말을 들은 루이체는 걱정스러운 표정을 지었다.

"그럼 내가 해야 한다는 소리네? 하지만 난 함부로 마법을 쓰면 정신력 소모가 커져서……."

순간 지크의 큰 손이 루이체의 입을 가로막았다. 지크는 다시 고개를 저으며 말했다.

"……아직 내 얘기 안 끝났어. 내가 지금까지 말한 건 보통 전사들에게만 해당되는 거야. 이 지크 님에겐 해당 사항이 아니지, 헤헤헷……. 네 말대로 넌 너무 큰 마법을 쓰면 좋지 않으니 여기서 놀고 있어. 이 오빠가 처리하지!"

말을 끝낸 지크는 전신의 기를 오른팔에 모으기 시작했다. 푸른 스파크가 다른 어느 때보다 더욱 강렬하게 일어났다. 지크는 오른팔을 뒤로 돌리며 자세를 취했다.

"간다! 천공(穿孔), 제1격(擊)!"

일갈과 함께 지크의 오른팔이 결계에 박혔다. 결계는 아까와 마찬가지로 검은 스파크를 동반한 파문을 일으켰다. 자신의 팔이 결계 깊숙이 파고든 걸 확인한 지크는 오른손 손바닥을 펴며 다시금 소리쳤다.

"천공 제2격!"

지크가 결계의 내부에서 기를 폭발시키자 결계는 지크의 팔을 중심으로 크게 벌어지는가 싶더니, 곧 거짓말처럼 스르르 사라져 버렸다.

"짜자잔! 어떠냐, 동생?"

"우아, 대단해! 정말 대단해, 오빠!"

"헤헷, 그럼 이제 본격적으로 시작해 볼까?"

지크는 기를 회복시키기 위해 오른팔을 휘휘 돌리며 문 안으로 들어섰다. 루이체는 지크의 뒷모습을 경탄 어린 눈으로 바라보며 그를 따라 안으로 들어갔다. 안으로 들어선 지크는 숨을 크게 들이마신 뒤, 허공에 대고 크게 소리쳤다.

"나와라, 멍청이! 궁둥이를 차 주마!"

"음?"

미네리아나는 갑자기 눈을 동그랗게 뜨고 감옥 천장을 올려다보았다. 베르니카 역시 그녀와 마찬가지로 위를 바라보았다.

"마마, 지금 무슨 소리 들으셨죠?"

"예, 들었어요. 남자의 목소리 같군요. 누군가 우리를 도와주러 온 걸까요?"

그 말을 들은 베르니카의 머릿속엔 다시 건달의 모습이 스쳐 지나갔다. 그러나 베르니카는 머리를 흔든 뒤 미네리아나에게 말했다.

"좀더 두고 보지요, 마마. 기대감이 크면 실망도 크니까요."

미네리아나 곁에 앉아 있던 아이들은 그 말을 듣고서 자신들의 선생님에게 더욱 달라붙었다. 그러고는 이틀 동안 참았던 울음보를 마침내 터뜨리고야 말았다.

"선생님! 무서워요!"

"누가 우리 좀 구해 줘요!"

성격이 그리 부드럽지 못한 베르니카는 아이들의 울음소리와 구해 달라는 소리에 자기도 모르게 화가 치밀어, 결국 평균 연령 7세의 아이들에게 소리를 지르고 말았다.

"조용히 해! 너희가 떠들면 나갈 수 있는 것도 못 나간단 말이야!"

"으아아앙!"

한바탕 크게 소리를 지른 지크는 미소를 지은 채 주위를 둘러보았다. 어디선가 들려온 꼬마들의 울음소리 때문이었다.

"헷, 살아 있군, 아직."

"응? 누가?"

루이체의 물음에 지크는 머리를 긁적이며 대답했다.

"누구긴 누구야. 실종됐다던 꼬맹이들이지……. 그건 그렇고 너무 조용한 거 아닌가, 친구? 다시 돌아온 사람을 박대하면 벌받아요, 하핫."

지크의 말에 자극을 받았는지, 지금까지 조용히 있던 그 '목소리' 가 다시 들려오기 시작했다.

"멍청한 놈. 제 발로 무덤을 찾아오다니, 그 용기만은 높이 사지."

지크는 어깨를 으쓱하고는 한 발 한 발 앞으로 나서며 말했다.

"난 남의 무덤에 가는 걸 좋아하거든. 목소리만 있는 얼간이의 무덤은 특히 말이야."

목소리는 잠시 들려오지 않았다. 지크의 농담이 그에게 충분히 자극을 주었다는 증거였다. 지크는 계속 말했다.

"납치한 아이들과 여자들은 무사한 모양이군. 하긴, 그게 너에겐 다행이지. 그 애들이 무사하지 않았다면 네 엉덩이만 차는 걸로 끝나진 않았을 테니까. 자, 어서 애들과 여자들을 내놔. 난 성질이 급해서 오래 못 기다리는 성격이거든?"

"……좋아, 내 제물이 될 아이들과 여자들을 돌려주마."

지크와 루이체는 의외의 말에 놀라지 않을 수 없었다. 그러나 지크는 감정을 드러내지 않고 고개를 끄덕이며 말했다.

"물론 조건이 붙겠지? 네가 자선단체 회장이 아닌 이상 말이야."

"후훗, 그렇다. 마침 내 육체가 얼마 전에 새로 생겼거든. 전에 있던 육체와 비교해 전혀 손색이 없는 것으로 말이야. 벨로크인가 하는 왕국에서 온 녀석들이 나에게 육체를 주었지. 더 이상 긴 설명은 필요 없을 것 같군. 가고일!"

천장에 거꾸로 위치해 있던 석상들이 목소리의 명령에 반응하며 움직이기 시작했다.

"제물들을 꺼내 와라."

석상들은 곧 높다란 제단의 꼭대기로 올라갔다. 그리고 정상에 있는 구멍을 통해 그 안으로 들어가, 곧 일곱 명의 아이와 두 명의 여자를 데리고 나왔다.

지크와 루이체 옆에 그들을 놓아준 가고일이라 불린 석상들은 다시 천장에 거꾸로 매달렸다.

지크는 기뻐하는 아이들의 모습을 보다가 그 옆에 있던 미네리아나와 시선이 마주쳤다.

"당신이 선생님이세요? 헤헷, 엄청 예쁘시네요? 어쨌거나 이틀 동안 고생하셨습니다."

"어머, 별말씀을요. 감사가 늦어서 죄송합니다."

미네리아나는 미소 지으며 고개를 숙였다. 그때 베르니카가 그녀를 막아서고 눈을 번뜩이며 지크를 쏘아봤다.

"오긴 왔군, 건달. 고맙다고 얘기할 필요 없을 것 같군. 가고일들이 스스로 우리를 풀어 준 거니까."

지크는 혀를 내밀 뿐이었다.

"너에겐 바라지도 않았으니 신경 끄시지. 자, 얼간이? 그 조건이란 걸 이제 말해 보실까? 궁금한데그래?"

구구구구궁.

바로 그때 성역 전체가 심하게 진동하기 시작했다. 점점 갈라지기 시작하는 바닥을 내려다본 지크는 피식 웃으며 루이체에게 손짓을 했다.

"헷, 이 녀석 이럴 줄 알았어. 동생아, 이분들 좀 데리고 나가거라."

떨어지는 돌 부스러기를 이리저리 피하느라 정신이 없던 루이체는 나가라는 지크의 말을 듣고서 대답할 겨를도 없이 미네리아나와 베르니카, 그리고 아이들을 데리고 성역을 빠져나갔다. 결국 성 안에는 지크 혼자 남게 되었다.

미네리아나는 안쓰러운 표정으로 지크의 뒷모습을 바라보며 베르니카에게 물었다.

"베르니카, 저 남자분은 도대체 누구예요? 아는 분이세요?"

베르니카는 인상을 굳힌 채 고개를 저으며 대답했다.

"마마께서 아실 가치가 없는 하품 인간입니다. 어서 이쪽으로!"

지크를 혹평하는 말을 들은 미네리아나는 고개를 갸웃거리며 아이들과 함께 숲을 빠져나가기 시작했다.

얼마쯤 달렸을까?

루이체의 안내를 받아 성역을 둘러싸고 있던 숲에서 탈출한 아이들과 미네리아나, 베르니카는 겨우 한숨을 돌리며 자신들이 있던 성역을 돌아보았다.

"그 오빠는 괜찮을까?"

이틀 동안 씻지 않아 더러워지고 옷에 먼지가 낀 한 여자아이가 지크를 걱정하며 중얼거렸다. 나머지 아이들과 루이체, 미네리아나 역시 그 아이와 같은 표정을 지으며 성역 쪽을 돌아보았다.

콰아앙.

그 순간 흙먼지가 거대한 분수처럼 성전 방향에서 치솟아 올랐다. 모두 하나같이 놀란 눈으로 흙의 분수를 바라보았다. 그 흙더미의 여파는 루이체와 꼬마 일행들이 있는 숲 건너편까지 미쳤다. 그들은 옷 등으로 얼굴을 가리며 밀려오는 흙먼지를 최대한 마시지 않으려 애썼다.

잠시 뒤 흙더미가 내던 굉음이 멈추고 먼지 폭풍마저 멈추자 그들은 흙 분수가 일었던 곳을 슬며시 바라보았다.

"뭐, 뭐야, 저게?"

지면을 뚫고 공중에 떠오른 거대한 물체를 바라본 모두는 경악을 금치 못했다. 마치 거대한 갑옷을 연상시키는 그 물체는 황색의 빛을 뿜어내며 공중에 떠 있었다. 불길한 느낌을 받은 루이체는 급히 정신을 차리고 지크를 찾았다.

"오빠! 지크 오빠!"

루이체는 먼지를 푹 뒤집어쓴 채 숲에서 터벅터벅 걸어 나오는 지크를 보고 안도의 숨을 내쉬었다. 그러나 지크의 표정은 말이 아니었다.

"제길, 저 녀석이 설마 저렇게 클 줄은 상상도 못했어."

지크는 먼지를 툴툴 털며 투덜댔다.

그사이 공중에 떠 있던 갑옷은 차츰 그 크기가 줄어들었다. 확 줄어든 그 황색의 갑옷은 곧 인간의 형상으로 바뀌어 곧바로 지크 일행이 있는 곳으로 빠르게 날아왔다.

파앙.

지면에 충돌하듯 착지한 그 황색의 갑옷, 아니 괴한은 씩 웃으며 지크를 바라보았다.

"후후후, 그래 네 말대로 실력을 겨루어 보자, 인간이여. 나는 바위의 몰킨. 요이르 님 밑에 있는 제2위의 신장이다."

자신을 몰킨이라 소개한 신장의 목소리를 들은 지크는 재미있다는 표정을 지으며 몰킨의 앞으로 천천히 다가갔다.

"오, 네가 바로 몰킨이구나? 재미있겠는걸. 1천 년 만에 되살아난 신장과 한판 붙다니 말이야. 헤헷."

"오빠! 너무 방심하지 마!"

루이체의 걱정 어린 말을 들은 지크는 빙긋 웃으며 엄지손가락을 쳐들어 보였다.

"이 지크 님의 사전에 방심이란 단어는 없어!"

"홍, 어떤 사전인지는 몰라도 상당히 얇겠군."

"……."

베르니카의 비아냥거림은 지크의 투지를 조금이나마 꺾기에 충분했다.

"쳇, 하여튼 시작해 볼까, 돌덩이?"

지크는 앞쪽에 멀찍이 떨어져 있는 몰킨을 향해 검지손가락을 까딱거렸다. 몰킨은 빙긋 웃으며 고개를 끄덕였다.

"기다렸다."

몰킨은 자신의 왼손을 하늘 높이 추켜올렸다. 그의 손바닥에서 검은색의 광채가 폭발하듯 공중으로 뿜어져 올랐다. 그 빛은 곧 검은색의 윤기 흐르는 긴 창으로 변했고 몰킨은 그 창을 잡고 자세를 잡으며 지크 쪽을 향해 시선을 돌렸다.

"오, 묘기 부리는 것을 보니 역시 가고일과는 다르군. 보통이 아닌 것 같은데?"

지크가 조롱하는 듯한 말투로 조잘대자 몰킨은 여유 있게 웃으며 말했다.

"칭찬해 주니 고맙군. 후후후."

지크는 그 말에 어깨를 으쓱하며 입을 열었다.

"칭찬? 난 보통이 아닌 것 '같다'고만 말했는데…… 어쨌든 상관없어. 관객들이 기다리시는 것 같은데 어서 진행하지. 때마침 내 몸도 달아오르고 있으니 말이야!"

미네리아나는 위험도 잊고 눈을 반짝이며 지크와 몰킨이 대치하고 있는 모습을 바라보았다.

베르니카는 그녀가 더 이상 지크를 보지 못하도록 다가가 말했다.

"마마, 저쪽은 위험하니 빨리 아이들과 함께 마을로 돌아가시죠?"

베르니카의 권유에 미네리아나는 고개를 저었다.

"돌아가는 것도 좋겠지요. 하지만 은인께서 우리를 위해 저러시는 데 그냥 지나칠 순 없습니다. 그리고 저 남자분이 얼마나 강한지 너무나 궁금한걸요? 만약 위험한 일이 생긴다 해도 베르니카가 제 곁에 있는데 무엇이 걱정이겠어요. 보세요, 아이들도 보고 싶어 하잖아요?"

베르니카는 찜찜한 표정으로 아이들을 바라보았다. 아이들은 눈을 초롱초롱 빛내며 막 시작되려는 지크와 몰킨의 대결에 시선을 집중하고 있었다. 베르니카는 결국 한숨을 쉬며 고개를 끄덕였다.

"후…… 알겠습니다. 하지만 저 건달이 지기라도 한다면……."

"오빠는 지지 않아요."

베르니카는 자신의 말을 끊은 루이체를 바라봤다. 그녀는 매서운 시선으로 베르니카를 쏘아보았다.

"흠, 저 건달의 여동생인가 보군. 근데 아가씨는 무슨 배짱으로 저 건달이 이길 거라고 자신하는 거지? 저 녀석이 저 고대 마물을 이길 수 있을 거라고 생각해?"

베르니카의 말에 루이체는 코웃음을 치며 고개를 끄덕였다.

"당연히! 당신이 지크 오빠에게 확실히 당해 보지 않아서 모르는 것 같은데, 우리 오빠도 만만치 않은 괴물이라고요. 한마디로, 보면 아니까 잠자코 지켜보기나 해요."

그 말을 들은 베르니카는 그 오빠에 그 동생이라 생각하며 지크와 몰킨을 바라보았다.

"어?"

순간 둘의 모습이 자신의 시야에서 갑자기 흐려지자 베르니카는 자신도 모르게 짤막한 탄성을 내질렀다. 시신경의 반사 속도를 넘어선 속도가 아니라면 일어날 수 없는 일이었다.

"타앗!"

지크의 빠른 돌려차기가 자신의 허리를 노리고 들어오자 몰킨은 여유 있게 물러서며 손에 든 창으로 지크를 찔렀다. 하지만 지크는 그것을 예상이나 한 듯 몸을 깊이 숙여 피하며 몰킨의 왼쪽으로 돌아 들어갔다.

"흥, 빠르군!"

헛찌르기를 한 몰킨은 아차 하며 다시 팔을 구부리려 했으나 이미 때는 늦었다. 지크의 오른손은 이미 몰킨의 왼쪽 손목을 잡고 있었다. 그리고 지크의 어깨는 몰킨의 팔꿈치 관절 밑에 닿아 있었다.

"쪼끔 아플 거다!"

파각.

"크윽!"

왼팔이 반대 방향으로 꺾인 몰킨은 오른팔로 창을 급히 휘둘러 지크의 다음 공격을 저지했다. 후속타가 막혀 버린 지크는 아깝다는 듯 입맛을 다시며 뒤로 물러섰다.

"칫, 조금만 더 했으면 끝인데!"

왼팔을 완전히 으스러뜨릴 수 있었다는 말이었다.

다시 거리가 벌어지자 몰킨은 쓴웃음을 지으며 자신의 왼쪽 팔꿈치 관절을 회복시켰다. 우두둑 소리와 함께 팔이 다시 정상으로 돌아가자 지크는 허무하다는 듯 한숨을 쉬었다.

"쳇, 좋은 몸을 가졌군. 나도 그 정도의 탈골을 회복하려면 반시간가량 걸리는데 말이야."

"후, 내가 생각했던 것 이상으로 강하군. 그럼 어디 계속해 볼까?"

지크는 알고 있었다. 지금 서로 오고간 공격은 탐색전에 불과하다는 것을. 그는 긴장을 늦추지 않고 계속 몰킨을 쏘아봤다.

"아, 아니 어떻게 관절이 다시 정상으로 돌아간 거지?"

일행 중 가장 먼저 베르니카가 터뜨린 감탄사였다.

지크가 돌려차기의 빈틈을 무시하고 몰킨에게 재차 공격을 가한 것도 놀라웠지만 몰킨의 엄청난 회복 능력에 그녀는 더더욱 놀랐다.

"당신 말대로 고대 마물이니 저 정도는 당연한 거 아니에요?"

그러나 베르니카는 자신에게 쏘아붙인 루이체를 쳐다볼 겨를이 없었다. 지크와 몰킨이 다시 싸움을 시작했다.

"이걸 받을 수 있을까?"

팔이 회복된, 게다가 진짜로 시작된 몰킨의 공격 속도는 정말 대단했다. 지크가 움찔하는 사이에 그의 재킷 어깨 부분이 터지듯 날아갔다.

"젠장!"

가까스로 몸의 상처를 면한 지크는 이를 갈며 몰킨에게 반격을 개시했다.

"맨손만 봐 왔지? 이건 어떠냐!"

기합과 함께 지크는 자신의 허리춤에 매달려 있는 무명도를 빠르게 뽑아 들었다.

"쌍섬(雙閃)!"

상대방의 칼이 가공할 만한 스피드로 자신에게 날아오자 몰킨은 정신을 집중하여 엄습하는 칼날을 창으로 막아 내려 했다.

그러나 막았다고 생각한 순간 상황은 돌변했다.

"헉!"

몰킨은 그만 허리를 굽히고 말았다. 고통스러운 표정을 짓고 있는 그의 등 뒤엔 무명도의 퍼런 날이 튀어나와 있었다. 지크는 칼을 더욱 깊숙이 밀어 넣으며 말했다.

"헤헷, 창이란 무기는 방어할 때 검의 베기엔 강하지만 찌르기엔 약하다. 물론 내가 너무 빠른 탓이지만. 헤헤헷…….."

복부를 관통당한 몰킨은 가만히 지크의 말을 듣고 있다가 그의 말이 끝나자 실소를 터뜨리기 시작했다.

"크후후, 그렇군. 하하하핫!"

지크는 칼날이 박힌 몰킨의 복부를 슬쩍 바라보았다. 투명한 적색의 액체가 그의 복부에서 흘러나오고 있었다. 지크는 가만히 몰킨의 얼굴을 올려다보며 나지막이 말했다.

"끝낼까?"

파악.

지크는 무명도를 비틀어 칼이 박힌 몰킨의 복부부터 오른쪽 어깨까지 그대로 그어 올렸다.

잘린 몰킨의 몸에서 붉은색의 액체가 터지듯 줄줄 흘러내렸다.

"욱!"

그 광경을 본 루이체를 제외한 일행은 모두 고개를 돌렸다.

지크는 쓰러진 몰킨의 몸을 잠시 내려다보다가 한숨을 푹 쉬며 일행 쪽으로 몸을 돌렸다.

"……오늘은 이 정도로 끝내 주지, 돌덩이. 더 이상 인형을 가지고 놀면 이상한 놈 취급을 받을 테니까 말이야."

그러나 쓰러진 몰킨에게선 더 이상의 목소리가 들려오지 않았다.

"오빠, 그 몰킨이라는 자 말이야. 화려한 등장에 비해 너무 빨리 죽은 것 같지 않아?"

돌아오는 길에 루이체는 걱정스러운 표정을 지은 채 다른 사람에겐 들리지 않을 만큼 작은 소리로 물었다. 지크는 고개를 숙여 루이체의 머리에 입을 맞춘 후 역시 작은 목소리로 대답했다.

"저 여자들과 아이들을 다시 마을로 돌려보내는 게 더 급하다고 생각했지. 그 몰킨이란 돌덩이는 물론 죽지 않았어. 가까운 시일 내에 다시 만나게 되겠지."

"그, 그래……?"

한숨을 내쉰 지크는 루이체의 어깨를 토닥거리며 말했다.

"저 짐 덩어리들에겐 절대 말하지 마. 알았지?"

루이체는 씩 웃으며 지크의 등판을 살짝 쳤다.

"당연한 거 아냐? 그럼 어서 가자, 오빠. 마티 씨 쓸쓸하겠다."

아이들과 선생이 무사히 돌아오자, 마을에선 아이들이 실종됐을 때보다 더 큰 소동이 벌어졌다. 아이들의 부모들마저 거의 포기하고 있었기 때문에 온 마을이 들썩거릴 만도 했다.

소동이 귀찮았던 지크는 미네리아나에게 미리 말해 두고 슬쩍 먼저 여관으로 사라졌다.

자신의 방으로 들어온 지크는 침대에 쓰러져 자고 있는 마티를 보고 실소를 하고 말았다.

"흠, 기다리는 것도 일은 일이겠지. 하지만 암살자가 되겠다는 애가 이렇게 퍼져 자고 있으면 곤란한 거 아닌가?"

재킷을 벗어 던진 그는 옆 침대에 누우며 몰킨과 싸웠을 때를 회상했다.

'그건 피가 아니었어. 그렇다고 물감이라고 하기에도 그렇고……. 맞아, 마치 기계의 오일 같았어. 만약 내 추측이 맞다면 몰킨뿐만 아니라 다른 12신장들도 모조리 인공의 육체를 가지고 부활했을 텐데…… 하지만 왜 재수 없게 내가 있는 세계의 기술처럼 생각되는 거지?'

오랜만에 진지한 생각을 하던 지크는 몇 분 뒤 그대로 잠이 들고 말았다.

다음 날 루이체는 지크를 찾아왔다는 손님들을 보고 의외라는 듯 눈빛을 반짝였다. 그 손님들은 어제 성전에서 구해 준 선생과 베르니카였다.

"진짜로 오빠를 찾아오셨나요?"

미네리아나는 만면에 미소를 띤 채 살짝 고개를 끄덕였다.

"예, 어제 일도 감사드리고 또…… 부탁드리고 싶은 것이 있어서요."

미네리아나의 말을 들은 베르니카는 곤란한 얼굴로 말했다.

"당, 당치도 않습니다! 이렇게 저자세로 나가실 이유는 없……."

그러나 미네리아나는 그냥 웃을 따름이었다. 베르니카는 어쩔 수 없다는 듯 고개를 숙였다. 루이체는 이상하다는 듯 둘을 바라보았다.

"……알았어요. 여기서 잠시 기다리세요."

루이체는 둘을 여관 1층에 놔두고 지크의 방으로 재빨리 뛰어 올라갔다.

방문을 연 루이체는 이불도 덮지 않고 아직도 자고 있는 지크의 모습을 보고 고개를 설레설레 흔들며 중얼댔다.

"휴, 주신님도 참 이해할 수 없다니까. 이런 사람 어딜 믿고 가즈나이트를 시킨 거지? 하긴 실력은 쓸 만하지만……. 그래도 나 같으면 절대 안 시켜."

"뭐라고?"

"윽!"

루이체는 깜짝 놀라며 지크를 바라봤다. 지크는 누운 채 인상을 찡그리고 있었다. 루이체는 미안한 듯 머리를 긁적였다.

"히힛, 미안해, 오빠. 그건 그렇고 어제 우리가 구해 준 그 선생 말이야. 재수 없는 안대 언니랑 같이 오빠를 찾아왔어. 어서 내려 가 봐. 기다리고 있으니까."

침대에서 일어난 지크는 헝클어진 머리를 대충 매만지며 기억을 더듬어 봤다.

"선생? 아, 그 미인 누나 말이지? 진작 말하지, 녀석."

지크는 급히 신발을 신고 여관 1층으로 뛰어 내려갔다.

그 소리에 놀라 마티가 깨어났다. 그녀는 아직도 잠이 덜 깬 듯 두리번거리다가 루이체를 보고 힘없이 물었다.

"……언제 돌아왔어? 그리고 녀석은?"

루이체는 속으로 웃으며 대답했다.

"어제 왔어요, 마티 씨. 그리고 오빠는 아래층에 사람을 만나러 잠깐 내려갔고요. 자고 싶으면 더 자요."

그 무렵, 지크는 눈을 동그랗게 뜬 채 미네리아나를 바라보고 있었다. 베르니카가 미네리아나를 정식으로 소개했기 때문이다.

현 레프리컨트 왕국 여왕의 친동생이자 제1왕녀 미네리아나 레프리컨트. 나이는 그리 많지 않지만 왕국 최고 현자 두 명의 교육을 모두 소화해 냈을 정도로 지식 수준이 뛰어났다. 그런데 신분도 나무랄 데 없는 그녀가 왜 갑자기 수도를 떠났는지에 대해서는 아직도 의문으로 남아 있었다.

'젠장, 만화 속에서 흔히 접했던 내용이지만 직접 접하니 멍한데?'

지크가 속으로 꿍얼대며 자신만을 바라보고 있자 미네리아나는 수줍은 듯 웃으며 말했다.

"어머, 숙녀를 그렇게 바라보시면 실례라는 거 모르세요? 아, 제가 아직 당신에 대해 잘 모르는군요. 성함이……?"

지크는 아차 했지만 갑자기 저자세로 나가긴 싫었기 때문에 그냥 미네리아나를 빤히 보며 자신을 소개했다.

"지크 스나이퍼라고 합니다."

셋 사이에 잠시 침묵이 흘렀다. 지크가 자기소개를 좀더 할 것이라고 여기고 두 여성이 가만히 있었기 때문이다.

미네리아나는 지크가 가만히 있자 그만 웃음을 터뜨리고 말았다.

"호호, 더 소개하실 건 없나요?"

지크는 자신이 왜 이러나 생각하며 더 말하려고 고민해 봤다. 그러나 그의 머릿속에선 더 이상의 이야깃거리가 떠오르지 않았다.

"예? 그, 그러니까 스물넷이고요…… . 뭐 별다른 건 없습니다."

지크 자신이 생각해도 너무나 어설픈 자기소개였다. 미네리아나는 웃음을 참으며 자신의 용건을 말하기 시작했다.

"호훗, 참 재미있는 분이시군요. 사실은 한 가지 부탁드릴 게 있어서 또다시 지크 님을 찾아뵌 것이랍니다. 실은 이번에 아이들 일도 있고 해서 이 마을 선생 자리를 그만두게 되었답니다. 그래서 다시 원래 있던 곳으로 돌아가고자 합니다만 아시다시피 이 레프리컨트 왕국에선 요즘 험한 일들이 자주 발생한답니다. 평소엔 나오지 않던 많던 마물들과 도적단들이 활개를 치고 다니지요. 어제 지크 님께서 마물과 대결하는 모습을 보고 생각했습니다."

'아뿔싸…… !'

지크는 다음 말이 무엇인지 대충 짐작할 수 있었다.

미네리아나가 계속 말을 이었다.

"저와 함께 레프리컨트 왕국의 수도까지 가 주셨으면 합니다만, 어떠신지요?"

지크는 '수도'라는 말을 듣자 안도의 숨을 내쉬었다. 반대 방향이면 어쩌나 고민하던 그에겐 정말 구원의 말과도 같은 것이었다.

"마침 잘됐군요. 제 일행도 레프리컨트 왕국 수도로 향하는 중이었거든요. 같이 가 드리지요. 헤헤헤헷."

"아, 정말 감사합니다, 지크 님. 그런데 언제 출발하실 생각이시죠?"

지크는 팔짱을 끼며 이제야 속이 풀렸다는 듯 예전처럼 씩씩하게 시작했다.

"당연히 지금 출발해야죠. 그럼 올라오시겠습니까? 제가 데리고 다니는 꼬마들과 인사를 나누셔도 괜찮을 것 같은데요."

"예, 그러죠."

미네리아나는 지크의 안내를 받아 위층으로 올라갔다. 지켜보던 베르니카는 탐탁지 않은 표정으로 지크를 쏘아보며 중얼거렸다.

"흥, 어째서 마마께선 저런 건달에게 부탁을 하시는 거지? 아무리 내가 부족하다지만……."

그때 베르니카의 시선을 느낀 지크가 그녀를 돌아보며 말했다.

"어서 올라와, 안대 언니. 달갑지 않더라도 같이 갈 사람들인데 인사는 해야 하지 않겠어?"

"흥!"

베르니카는 고개를 휙 돌리며 그를 따라 위층으로 올라갔다.

"한 분씩 소개해 주시겠습니까, 지크 님?"

미네리아나의 부탁을 받은 지크는 루이체부터 차례로 소개했다.

"여기 이 애는 루이체라고 합니다. 제 여동생이죠. 그리고 저기 있는 시꺼먼 녀석은 마티라고 하는데, 최고의 암살자가 되겠다고 용을 쓰는 녀석이죠."

그 말을 들은 마티와 베르니카는 눈을 휘둥그렇게 떴다. 자신의 신상을 거리낌없이 발설해 버린 것과, 그녀가 암살자라는 말에 각각 놀란 것이었다. 그러나 역시 미네리아나는 침착함을 잃지 않고 태연히 웃으며 베르니카에게 진정하라는 손짓을 했다.

"괜찮아요, 베르니카. 지금 이분이 암살을 하신 것도 아니잖아요. 직업으로 사람을 판단하는 건 좋지 않아요. 게다가 마티 님은 아직 정식 암살자도 아니신 것 같은데요?"

베르니카는 못마땅하다는 듯 헛기침 소리를 내며 눈을 감아 버렸다. 마티도 아무 말 없이 시선을 다른 곳으로 돌렸다.

"자, 그럼 저희 소개를 하겠습니다. 저는 미네리아나 레프리컨트. 현 레프리컨트 왕국의 제1왕녀입니다."

"엉? 왕녀?"

침대에 앉아 미네리아나를 바라보던 루이체는 그 말을 들은 순간 소스라치게 놀라며 눈을 크게 떴다. 마티 역시 반응은 하지 않았지만 충분히 놀랐다.

미네리아나는 웃으며 말을 이었다.

"호호, 너무 그렇게 놀라실 건 없어요. 아무리 왕족이라 해도 보통 사람과 다를 바 없으니까요. 여러분은 저를 그냥 스물세 살의 여자라고 생각해 주시길 바랍니다. 그리고 여기 계신 분은 베르니카 페이셔트. 제가 성 안에 있을 때 근위대장을 하신 분이지만 갑자기 방랑 생활을 시작하셨죠. 나이는……."

"스물여덟……입니다."

베르니카의 나이를 들은 지크는 놀란 듯 웃으며 중얼거렸다.

"헤, 어쩐지 생각하는 게 노인네 같다 했지."

베르니카는 순간 화가 치밀었으나 미네리아나 왕녀 앞이라 참기로 했다.

양쪽의 소개가 다 끝나자, 지크는 일어서며 미네리아나에게 말했다.

"미네리아나 왕녀님, 왕국 수도로 가는 길은 잘 아시겠죠?"

"당연하지요. 길 잃을 염려는 하지 않으셔도 좋습니다."

지크는 고개를 끄덕이며 좋다는 표시를 했다. 그에 맞추어 루이체와 마티도 자리에서 일어섰고, 곧 모두는 여관을 나서게 되었다.

"어이! 감전된 얼간이!"

멀리서 검은 복장의 남자가 활짝 웃으며 달려왔다. 자신의 도적단을 모두 정리하고 돌아온 사바신이었다.

"오호, 돌아온 땅강아지 아니신가? 헤헷, 뒷정리는 다 끝냈어?"

지크와 손을 마주친 사바신은 킥킥 웃으며 고개를 끄덕였다.

"두말하면 얻어맞지. 근데 뒤에 있는 숙녀분은? 낯익은 누님도 보이는데?"

지크는 그녀들에게 손을 뻗으며 간단히 소개를 했다.

"응. 내가 왕국 수도까지 모셔다 드릴 분이셔. 안대 언니는 같이 따라온다더라고."

"내, 내가 언제 그랬어! 그리고 저 도적은 왜 또 여기 있는 거야!"

베르니카는 도저히 이해할 수 없었다. 어제까지만 해도 도적단 두목이었던 남자가 돌아왔다느니 어쩌느니 하며 같이 갈 태세로 앞에 서 있는 게 아닌가.

사바신은 씩 웃으며 말했다.

"이봐, 남의 사생활을 들추려 하지 말라고. 이건 우리들의 세계야."

"쳇, 도적 주제에! 당장 여기서 네 녀석의 목을 베어 주마!"

두 사람이 티격태격하는 가운데 지크 일행은 왕국 수도를 향해 다시 출발했다.

그러나 12신장이란 거대한 존재는 지크와 루이체의 머릿속에 무겁게 남아 있었다.

6장
12신장, 나무의 라우소

1

키망구이 노인의 이야기

"음……?"

피곤함에 지쳐 잠이 들었던 리오는 머리를 흔들며 주위를 둘러보았다. 자신의 옆 침대에 노엘이 편안히 잠들어 있었다.

그는 어이쿠 하며 자리에서 몸을 일으키려다가 자신의 침대에 누군가 또 다른 사람이 있는 것을 보고 머리를 긁적였다.

"련희 양? 어째서 여기 이렇게……."

련희는 리오가 자던 침대 옆 의자에 앉아 침대의 빈 공간에 상반신을 웅크리고 잠들어 있었다. 리오는 살며시 미소를 지으며 련희를 침대에 바로 눕혀 주었다.

"수고하셨습니다. 후훗……."

중얼거리며 방에서 살짝 빠져나간 리오는 창밖을 바라보며 시간대를 확인했다.

"어디 보자……. 그리 이른 아침은 아니군. 그럼 먼저 식사라도 할까?"

리오는 여관 식당으로 내려가 빵 몇 개와 우유를 주문했다.

"저, 손님, 아직 빵이 덜 구워졌거든요? 좀더 기다리셔야 하는데……."

"아, 괜찮습니다."

리오는 턱을 괴며 한숨을 쉬었다.

"후, 오늘은 아무 일도 없었으면 좋겠군. 기를 소모하는 일이 이틀 연속 생기면 아무리 나라도 견디지 못할 거야."

사실 리오는 그리 피곤한 것은 아니었다. 다만 오늘은 그도 별로 움직이고 싶지 않았다. 그렇게 음식을 기다리고 있는 그의 어깨에 누군가의 손이 살짝 닿았다.

"이봐, 격다리."

리오는 한숨을 내쉬며 고개를 푹 숙이고 말았다. 자신을 괴롭히는 몇몇 일 중 하나가 그의 뒤에 서 있는 탓이었다. 리오는 애써 웃음을 지으며 뒤를 돌아보았다.

"예, 공주님. 어쩐 일로 이렇게 일찍 일어나셨나요?"

리오의 아침 인사가 그리 반기는 것 같지 않다고 느낀 듯, 린스는 표정을 구기며 리오의 옆에 털썩 주저앉았다.

"뭐야, 나도 일찍 일어난다고. 그건 그렇고 노엘은 괜찮아? 어제 한 방에서 같이 잤으니 알 거 아냐."

말이 좀 이상하게 들리긴 했어도 부정할 수는 없었다. 리오는 웃으며 고개를 끄덕였다.

"일어나서 보니 잘 주무시더군요. 너무 걱정 마세요, 공주님, 근데 공주님은 어디 이상 있는 데 없으십니까?"

"응, 나? 난 괜찮아……. 근데 그 련희인가 하는 여자애 말이야,

좀 이상한 거 같지 않아?"

리오는 린스의 입에서 뜻밖에 련희의 얘기가 나오자 의아한 듯 바라보며 물었다.

"예? 련희 양이 뭐가 말입니까?"

그때 마침 주문한 빵과 우유가 김을 뿜으며 리오 앞에 놓였다. 린스는 잘됐다는 듯 먹는다는 말도 없이 우유를 훌쩍 들이마셨다. 리오는 점원에게 우유 한 잔을 더 주문하고 린스의 대답을 기다렸다. 우유 반 정도를 한꺼번에 마신 린스는 입가에 묻은 우유를 대충 닦아 낸 후 대답했다.

"글쎄, 내 방에서 자도 괜찮다고 해도 한사코 자기 방에 가서 자겠다는 거야. 참 이상하지? 혹시 무슨 보물이라도 숨겨 놓은 게 아닐까?"

리오는 알 수 없다는 듯 미소를 지으며 고개를 갸웃거렸다.

"글쎄요…… 후훗, 잘 모르겠는데요? 그런 문제는 나중에 생각하기로 하고, 식사 안 하셨으면 이 빵도 같이 드십시오. 전 괜찮습니다."

린스는 리오의 말이 떨어지자마자 기다렸다는 듯이 빵 하나를 덥석 집어 오물오물 먹기 시작했다.

"고마워. 잘 먹을게."

리오는 다시 나온 우유를 보며 잠깐 생각했다.

'속을 도대체 모르겠단 말이야. 철부지인지, 후훗……'

린스는 빵 네 조각을 먹고 나서 먼저 자신의 방으로 올라갔다. 리오 역시 주문한 빵을 다 먹은 뒤 위층으로 올라갔다.

복도를 거닐던 중, 리오는 한 작은 소녀가 창가에 서서 근심 어린 표정으로 밖을 내다보고 있는 모습을 보았다.

리오는 고개를 갸웃거리다가 아무것도 아니겠지 하고 슬쩍 지나

처 자신의 방으로 들어갔다. 방 안에는 케톤이 침대에 앉아 레드노드를 닦고 있었다.

"아, 일어났군, 케톤. 어제 수고했어."

케톤은 리오를 보고 환한 미소를 지으며 고개를 끄덕였다.

"아, 리오 님이야말로 어제 고생하셨습니다. 노엘 선생님은 괜찮으십니까?"

리오는 침대에 걸터앉으며 고개를 끄덕였다.

"음, 다행히 잘 이겨내 주셨지. 그건 그렇고 밖에선 아무 일도 없었나? 별로 피곤해 보이진 않는데?"

그 말에 케톤은 머리를 긁적이며 어색한 표정을 지어 보였다. 리오는 알고 있었다. 케톤이 이런 표정을 지을 땐 말하기 곤란한 일이라는 것을. 하지만 케톤은 의외로 당당히 대답했다.

"하하, 일이 있긴 했었는데 저는 구경만 하고 말았답니다. 가희 양께서 다 처리해 주셨죠. 정말 강하시던데요?"

리오는 가볍게 웃으며 말했다.

"흠? 그럼 지금까지 가희 양을 우습게 봤던 말이야? 하긴 나도 그랬으니까. 내가 생각하기론 련희 양은 마력에 있어서 노엘 선생님 이상의 수준인 듯하고, 가희 양은 전투력에 있어서 우리 일행 중 최고에 속할 거야. 뭐, 그렇다고 케톤이 약한 건 아니니 걱정하진 마……. 그 정도 수준이니 여자의 몸으로 엄격한 동방에서 홀홀 유학 왔겠지. 동방 대륙에선 자연과의 융합을 기초로 한 체계적인 무술이 여럿 존재한다고 해. 이 서방 대륙의 검술과는 판이하게 다르지. 게다가 서방 대륙에선 검술이 전승되는 일이 거의 없는 데 반해, 동방에선 뛰어난 무술을 계속 전승시키고 발전시키지. 개인 무술로만 따진다면 동방이 아마 더 강할걸? 마법은 잘 모르겠군.

들은 게 별로 없어서…….”

리오의 얘기를 들은 케톤은 고개를 끄덕이며 말했다.

“예…… 근데 만약 리오 님께서 가희 양과 대결한다면 누가 이길까요?”

의외의 질문에 리오는 어깨를 으쓱했다.

“흠, 글쎄, 숙녀분과는 싸우기 싫은걸? 후홋…….”

“당연히 리오 님께서 승리하시죠.”

리오와 케톤은 말을 멈추고 목소리가 들려온 방향을 바라보았다. 가희가 어느새 문을 열고 들어와 있었다.

“제가 지금까지 느껴 본 리오 님의 힘은 상상을 초월해요. 전투 때마다 그 한계를 느끼지 못할 정도니까요. 그건 그렇고 왜 제 얘기를 나누는 거죠? 설마 흑심을 품은 건……?”

그 말에 케톤은 얼굴을 붉히며 강하게 부정했다.

“그, 그럴 리가요! 전 지금까지 여자에 대해 전혀 생각해 본 일이…….”

“홋, 순진한 척하지 마, 케톤. 그냥 무술에 관한 얘기를 좀 하고 있었습니다. 가희 양, 오해는 마시길.”

가희는 웃으며 케톤 옆에 살짝 앉았다.

“당연히 오해는 안 해요. 저도 농담이었는걸요. 아 참, 고맙다고 련희가 전해 달라던데요, 리오 님?”

“아, 별말씀을. 그 정도는 해 드려야죠.”

둘의 이야기 사이에 끼여 아무 말 없던 케톤은 불안한 눈으로 리오를 바라보며 생각했다.

‘리오 님은 어딜 가나 여자들에게 인기가 좋으시구나. 물론 인기가 없을래야 없을 수 없겠지만……. 하지만 린스 공주님이 가만있

지 않으실 텐데······.'

계속 이야기를 나누던 리오는 여관 창가에서 멍하니 창밖을 바라보던 아이가 떠올라 가희에게 물었다.

"오는 도중에 여자아이 한 명 못 보셨나요? 창밖을 보고 있는······."

"아, 봤어요. 하도 표정이 안 좋아서 제가 말을 걸었는데 대답을 안 하더라고요. 그런데 왜요?"

리오는 가만히 생각하다가 침대에서 일어서 밖으로 나섰다.

"아이에게 한번 가 보겠습니다. 얘기 나누고 계십시오."

리오는 아이가 있던 창가로 다시 가봤다.

아이는 아직도 그곳에서 밖을 바라보고 있었다. 그는 조용히 아이 옆으로 다가갔다.

"······."

리오는 아이의 시선에 맞춰 자신의 눈을 돌려 보았다. 그 시선이 머문 곳에 있는 것은 바로 산이었다. 리오는 그 아이에게 물었다.

"저 산에 뭔가 있나 보구나. 얘기해 주지 않을래?"

여자아이는 그제야 리오 쪽을 돌아보더니 다시 산 쪽으로 고개를 돌리며 말했다.

"저 산에 아빠랑 오빠가 있어요."

알 수 없는 말이었다. 그게 어떻단 말인가? 사냥이라도 갔나? 아이의 말은 계속되었다.

"사람들 말로는 나무랑 함께 살고 있대요······. 이제 저와 엄마는 보고 싶지 않은가 봐요. 엄마 심부름 때문에 이곳에 왔다가 저 산이 보이기에 여기 있는 거예요. 아, 그러고 보니 엄마가 기다리겠어요. 아저씨, 안녕."

아이는 말을 끊고 재빨리 여관 1층으로 뛰어 내려갔다.

리오는 고개를 갸웃거리며 이해가 가지 않는 아이의 말을 되뇌어 보았다.

"나무랑 함께 살다니, 도대체 무슨 말이지?"

리오는 아이가 바라보던 산으로 다시 시선을 돌렸다. 그냥 나무가 우거진 평범한 산일 뿐이었다.

"꼬마가 안됐긴 하지만 함부로 자리를 뜰 수는 없지. 그리 큰일은 아니길 바라는 수밖에."

리오는 산을 향해 자신의 시력을 최대한 증대해 보기도 했지만 별다른 건 보이지 않았다.

"아야, 머리가……?"

눈을 뜬 노엘은 갑자기 밀려오는 심한 두통에 오른손으로 머리를 감싸 쥐며 인상을 찌푸렸다. 어젯밤 나이트메어의 후유증인지도 모른다는 생각이 통증에 휩싸인 그녀의 머릿속을 맴돌았다.

그러나 다행히 통증은 곧 가셨고, 노엘은 자리에서 일어나 따로 마련된 세면장으로 향했다.

거울에 자신의 모습을 비춰 본 그녀는 순간 웃음을 짓지 않을 수 없었다. 밤사이 헝클어진 머리가 마치 사자 갈기처럼 붕 떠 있었다.

세면을 마친 노엘은 옷을 갈아입고 방 창문을 활짝 열어젖혔다. 거의 정오가 다 된 시각이어서 약간 따뜻한 바람이 방 안으로 밀려들었다.

하지만 그 바람조차 노엘은 상쾌하게 느껴졌다. 가슴속에 묻어두었던 무언가가 밤사이 싹 가신 듯했다.

"휴, 상쾌하다. 아, 공주님은 괜찮으실까?"

노엘은 창문을 닫고 밖으로 나가 보았다.

때마침 여행객인 듯 보이는 장비를 갖춘 남자 일곱 명이 큰 소리를 내며 도시 북쪽으로 향하는 모습이 보였다. 노엘은 그 뒷모습을 보며 빙긋 미소를 지었다.

"혈기 넘치는 남자들이네, 후훗."

그런 생각을 하다 노엘은 흠칫 놀랐다. 남자들한테 거부감이 사라진 것이었다.

산책 겸 복도를 계속 거닐던 노엘은 리오가 창밖을 진지한 표정으로 바라보고 있는 것을 발견했다. 그녀는 그에게 다가가 감사의 인사도 할 겸 말을 걸어 보려고 했다.

그런데 이상하게도 막상 리오 곁에 다가가니 한 마디도 떠오르지 않았다.

'이, 이상하다? 내가 왜 이렇지?'

이처럼 가슴 뛴 적이 한 번도 없었던 노엘은 말을 걸지도 못 한 채 그만 자신의 방으로 뛰어 들어가고 말았다.

산에 집중하느라 노엘이 곁에 다가왔는지조차 모르고 있던 리오는 발소리를 듣고 나서야 그녀가 옆에 있다 간 것을 알 수 있었다.

"음? 말씀하실 거라도 있었나?"

리오는 자신이 실수한 건 아닌가 생각했다.

리오 일행이 머물고 있는 외곽 도시 렌톨 근처에 위치한 이름 모를 큰 산에서 사나이들의 큰 목소리가 울려 퍼지고 있었다. 모두 일곱 명의 사나이들은 잠시 장비들을 내려놓고 흘러내리는 땀을 바람에 씻고 있는 참이었다. 그들 모두 옆에 하나씩 무기를 가지고 있었다.

"이봐! 시장이 말한 그 나무 괴물 말이야. 자네들 중 들어 본 사람 있어?"

머리에 띠를 매고 있는 중년 사나이가 동료들에게 물었다. 그들 중 녹색 모자를 쓰고 있는 남자가 확실하지 않은 어투로 대답했다.

"나무의 정령이 사람에게 이야기를 했다는 소리는 들었어도 나무가 사람을 잡아먹는다는 소리는 들어 본 역사가 없다네. 어찌 된 영문인지……. 하긴 요즘 들어서 그런 일이 어디 한두 가지인가? 우리가 각자 들은 얘기만 해도 셀 수가 없을걸?"

옆에 있던 가죽 갑옷의 남자도 맞장구를 치며 말했다.

"맞아. 내가 저번에 들은 얘기 중엔 강철괴물이 물에 베여서 죽는 걸 본 사람도 있었으니까. 정말 세상 참 요상해졌지?"

그들이 이런저런 얘기를 나누는 동안 해는 뉘엿뉘엿 산 중턱을 넘어가고 있었다. 그들은 붉게 저물어 가는 해를 바라보며 마음이 평화로워지는 걸 느꼈다.

"시장이 지나치게 노파심이 많은 걸지도 몰라. 이렇게 고요하기만 한데 괴물은 무슨 괴물이야. 덕분에 이렇게 모여서 여행을 하게 되니 심심하지 않아 좋긴 하지만."

그들은 다시 장비를 차려 산을 넘어갈 채비를 했다. 해가 완전히 저물기 전에 조금이라도 더 가야 했다.

그들이 짐을 챙겨 들고 일어서자 주위는 다시 정적에 휩싸였다. 이상한 낌새도 전혀 없었다. 들리는 건 오직 바람에 나뭇잎이 부딪치는 소리뿐…….

'왜 갑자기 뛰어 들어가시는 거지?'

리오는 언제나 이성적이고 자신에게는 독설을 서슴지 않는 노엘이 갑자기 말도 없이 방으로 들어가 버리자 자신이 아는 체도 안

해서 기분이 나빴나 하는 의구심이 들어 그녀의 방으로 향했다.

'뭔가 급한 일이 생각났는지도 모르지. 그렇지 않아도 상태를 물어봐야 하니까.'

노엘의 방 앞에 도착한 리오는 주먹을 살짝 쥐고 방문을 두드렸다. 그러자 노엘의 목소리가 들려왔다.

"예, 누구십니까?"

리오는 노엘 목소리에 별 이상이 없자 안심하며 대답했다.

"리오입니다. 잠시 뵈어도 될까요?"

그러나 방 안에서는 아무런 대답도 들려오지 않았다. 리오는 다시 한 번 방문을 두드렸다.

"선생님, 들어가도 되겠습니까?"

방 안에서 대답이 들려오지 않자 리오는 포기하고 고개를 저으며 자신의 방 쪽으로 향했다.

그때 문이 열리는 소리와 함께 노엘의 목소리가 들려왔다.

"드, 들어오셔도 괜찮습니다, 스나이퍼 씨."

그녀는 조그맣다 못해 더듬거리기까지 하며 말했다. 마치 수줍음을 타는 소녀처럼.

리오는 노엘의 태도가 하룻밤 사이에 너무나 달라져 아연해지지 않을 수 없었다. 하지만 그는 내색하지 않고 노엘의 방으로 들어갔다.

"그럼 실례하겠습니다, 선생님."

두 개의 침대에 각각 마주 앉은 둘은 잠시 동안 말이 없었다. 리오는 숨 막히는 분위기를 견딜 수 없어 결국 먼저 이야기를 꺼냈다.

"몸은 괜찮으신가요?"

계속 바닥만 바라보고 있던 노엘은 리오의 질문에 아무 대답도 하지 않았다.

결국 리오는 허리를 굽혀 노엘의 시선이 향한 곳으로 얼굴을 들이대며 이름을 불렀다.

"노엘 선생님?"

"앗!"

리오의 얼굴이 갑자기 시야에 들어오자 노엘은 깜짝 놀라며 비명을 터뜨렸다. 그 모습을 본 리오는 황당함을 감추지 못하고 실소를 터뜨렸다.

"후훗, 무언가 생각하시는 게 있나 보군요. 하지만 어울리지 않습니다, 노엘 선생님. 곤란한 것이 있으면 언제든 말씀하십시오. 시간은 많으니 말입니다."

리오가 시종일관 아무렇지도 않게 말하자 노엘의 두근거림도 이내 사라졌다. 노엘은 자신의 안경을 고쳐 쓰며 고개를 끄덕였다.

"아, 별일 아닙니다. 어젯밤 일 때문에 그렇습니다. 감사하다는 말씀을 드려야 하는데 잘 나오지 않는군요. 죄송합니다."

노엘의 말투가 다시 예전처럼 돌아오자 리오는 빙긋 웃으며 자리에서 일어섰다.

"전 괜찮으니 공주님께 인사나 드리세요. 어젯밤 선생님 걱정을 가장 많이 하셨으니 말입니다. 그럼 나중에 뵙죠."

노엘은 나가는 리오의 뒤를 따라 일어섰다. 문을 열고 나가던 리오는 노엘을 돌아보며 말했다.

"사실, 이전에 선생님과 말다툼을 할 때 전 선생님께서 진심으로 그런 말씀을 하신 거라고 생각하지 않았습니다. 무슨 이유가 있을 거라고 생각했죠. 후훗, 이제 말싸움을 안 할 생각을 하니 아쉬워지는데요? 그럼 편히 쉬십시오."

그 말을 남기고 리오가 나가자, 노엘은 빙긋 웃으며 다시 침대에 걸터앉았다. 그리고 잠시 생각에 잠겨 있던 그녀는 턱을 괴며 나지막이 중얼거렸다.

"그래, 아직 일이 남아 있으니 리오 씨 일은 나중에 천천히 생각하자. 그가 그때까지 죽진 않을 테니까. 후훗."

일곱이었던 일행 수는 어느새 두 명으로 줄었다. 그들은 숨을 거칠게 몰아쉬며 산 아래로 뛰어 내려갔다. 두 사람 표정은 올라갈 때처럼 밝지 않았다. 사냥꾼에게 쫓겨 두려움과 공포에 휩싸인 한 마리 짐승과도 같았다.

핏.

순간 공기가 갈라지는 소리와 함께, 달리던 사나이 중 한 명의 머리가 공중으로 튀어 올랐다.

결국 혼자 남은 사나이는 포기한 사람처럼 자신의 허리에 매인 검을 부여잡고 뒤를 돌아보며 소리쳤다.

"오, 오너라 괴물! 이대로 죽을 성싶……!"

핏.

그 사나이가 말하는 도중 예의 그 소리가 다시금 들려왔다. 잠시 후 눈을 동그랗게 뜬 사나이의 머리는 공중으로 날려가 풀밭 속에 처박히고 말았다.

마지막 남은 사나이를 쓰러뜨린 '그것'은 미소를 지으며 두 사나이의 시체를 수거하여 다시 산을 오르기 시작했다.

"이상하군. 분명히 일곱인 줄 알았는데 먹이가 여섯이라니……내가 한 마리 놓친 걸까? 아냐, 그럴 리 없어. 처음에 잘못 세었겠지. 그건 그렇고 오늘은 먹이가 많아 좋은걸? 저번엔 두 마리밖에 없어서 간에 기별도 가지 않았는데 말이야…… 키키키."

목 없는 두 사람의 시체를 어깨에 짊어지고 가는 괴물의 뒷모습과 함께 그날 하루도 점점 저물어 갔다.

동료들과 함께 시체들을 말끔히 '섭취'한 괴물들은 통통하게 부풀어 오른 배를 쓰다듬으며 떠들어 대기 시작했다.

"이봐, 1천 년 만에 먹이를 먹어서 그런지 아무리 먹어도 양이 안 차는데? 무슨 좋은 방법 없을까?"

"할 수 없잖아. 만약 우리가 움직여 없어진 걸 라우소 님이 아신다면 불벼락이 떨어질 게 뻔해! 하지만…… 배를 맘껏 채워 보는 것도 좋을 것 같군. 키키키, 인간의 도시가 바로 산 밑에 있지?"

"그래, 게다가 우리의 전투 능력을 능가할 인간은 그리 많지 않으니 라우소 님이 눈치채지 않게 빨리 배를 채울 수 있을 거야. 가자!"

괴물들은 빠른 속도로 도시를 향해 내려가기 시작했다.

아침과 점심을 충분히 먹은 탓에 저녁은 먹을 필요가 없겠다고 생각한 리오는 여관 밖으로 나가 거리를 돌아다녔다. 정보도 얻을 겸, 이 세계의 문명도 좀더 파악할 겸해서였다.

레프리컨트 왕국과 벨로크 왕국은 현재 국가적으로는 대립 상태였지만 경제적으로는 교류가 활발했다. 2개월 전 벨로크 왕국이 레프리컨트 왕국을 침공했을 때도 렌톨을 비롯한 경제도시엔 아무 피해를 입히지 않았고 오직 수도로 가는 길목에 있는 요새 도시만을 공략했다. 그리고 전쟁이 잠시 휴전 상태로 들어가자마자 상인들에게 다시 교역을 허가해 주었다. 물론 국외 무역을 할 수 있는 범위는 렌톨과 벨로크 왕국의 국경 도시로 한정되어 있었다.

길을 걷던 리오는 구운 열매를 파는 할아버지에게 문득 시선을 돌렸다. 그의 깊은 주름살에 파묻힌 두 눈동자엔 집에서 기다리고 있을 손자들의 모습이 떠올라 있는 듯했다.

리오는 노인의 열매 구이 통을 두드렸다.

"저, 어르신, 말씀 좀 여쭤도 될까요?"

통 두드리는 소리에 눈이 밝아진 노인은 붉은 장발의 손님을 보고 고개를 살짝 굽혔다.

"어서 오시오, 젊은 양반. 키망을 몇 개나 드릴까?"

리오는 잠깐 머뭇거리다가 검지손가락 하나를 들어 올리며 대답했다.

"하나면 됩니다."

노인은 리오의 큰 키와 넓은 어깨를 보고서 도저히 키망 하나 가지곤 배를 채울 수 없을 것처럼 보였는지 고개를 갸웃거렸다. 하지만 잠자코 철통을 열어 잘 구워진 키망 하나를 골라 그에게 건네주었다. 리오는 갑자기 별 생각 없던 먹을 것을 사 들고 환하게 빙긋 웃어 보였다.

"감사합니다, 할아버지. 근데 얘기 좀 나눠도 괜찮을까요?"

노인은 껄껄 웃으며 고개를 끄덕였다.

"좋소이다. 어차피 조금 있으면 집으로 돌아가야 하니 심심함도 달랠 겸 얘기나 합시다. 이 동네엔 처음 왔소?"

"예."

리오는 노인의 곁에 자리를 잡고 쭈그려 앉으며 말했다.

"할아버지는 이 도시에서 오래 사셨나요?"

"그렇다오. 그야말로 이 지방 토박이지. 이 지방에 대해 궁금한 게 있으면 물어보시오. 이래 봬도 꽤 많은 걸 알고 있으니."

"아, 네…… 혹시 이 도시에선 첨탑이 솟아오르고 나서 이상한 일이 생기지 않았나요?"

"왜 아니겠소? 나도 70 평생 살아오면서 이런 괴이한 일은 처음 겪는다오. 강철괴물이 나오질 않나, 산에서 사람들이 죽고 머리만 남아 있지 않나……. 휴, 정말 큰일이야."

산이라는 말에 리오는 아침에 창가에서 멍하니 산을 바라보던 여자아이가 생각났다.

"그렇군요……. 아 그런데 참, 오늘 아침에 여관에서 어떤 아이와 얘기를 나누었습니다만, 도시 외곽에 있는 산에서 그 아이의 아버지와 오빠가 나무랑 함께 살고 있다는 말을 하더군요. 혹시 그산에 무슨 특별한 나무라도 있습니까?"

조용히 리오의 말을 듣던 노인의 표정이 갑자기 굳어졌다. 리오는 무언가 있구나 생각하고 노인의 대답을 기다렸다. 노인은 고개를 절레절레 흔들고 크게 한숨을 쉰 후 말하기 시작했다.

"나무랑 함께 산다고 했단 말이지요? 그건 어른들이 꼬마 아이들을 안심시키기 위해서 한 말일 거요. 최근에 산에 가서 사람들이 실종되는 일이 많아 그렇게 거짓말을 하는 경우가 종종 있지요……. 내 생각에 12신장 라우소가 다시 나타난 건지도 모르겠소……. 아, 그건 최악의 상황이오. 라우소가 다시 나타난 게 아니라면 그의 부하들인 '글래시'들일지도……."

"……글래시요?"

고개를 끄덕이며 듣고 있던 리오는 처음 듣는 이름에 노인을 쳐다보며 되물었다.

'그렇소. 나도 어릴 적에 할아버지에게 들은 이야긴데 1천 년 전에 살았던 식인(食人) 식물이라오. 할아버지에게 전해 들은 이야기로는 라우소보다 그 글래시들이 더 잔혹하다고 했소. 식물이긴 하나 양분을 생산하지 못해 다른 것의 양분을 빨아 먹고 사는데, 그 다른 것이란 게 주로 인간이오. 인간들을 조각내 피 한 방울, 살 한 조각 남기지 않고 먹어 치운다 하오. 참 잔인하지. 내 추측이 둘 중 하나라도 맞지 않길 바랄 뿐이지만. 그냥 산짐승에게 당했다 생각 하시오. 그렇게 생각하는 게 여행객에겐 더 편할 거요. 그리고 산 을 넘어갈 거면 꼭 몇 명씩 팀을 이루어 가시오."

그 말을 들은 리오의 표정은 더없이 굳어졌다. 그는 노인의 눈을 정면으로 바라보며 다시 물었다.

"그 12신장 라우소의 정체가 뭡니까? 글래시란 녀석들을 부하로 두었을 정도면 굉장히 강한 녀석이겠는데요."

노인은 리오의 눈빛에서 무언가 심상치 않은 기운을 느낄 수 있 었다. 그가 70 평생을 살아오면서 쌓인 연륜이 노인에게 그렇게 말 하고 있었다. 노인은 입을 열었다.

"12신장에 대해 들어 본 일이 있소?"

리오는 그의 동생 루이체에게서 12신장에 대해 한 번 들어본 일 이 있었다. 아주 오래전에 들은 내용이어서 거의 기억은 나지 않지 만 신벌을 받은 네 여신 중 세 여신 밑에 네 명씩 존재하는 강자들 이라는 것이었다. 리오는 고개를 끄덕였다.

"예, 조금은……."

"오, 요즘 젊은이들은 12신장에 대해 잘 모르는데 들어 봤다니 기특하구려……. 라우소는 고대 여신 요이르의 부하로서 전체 신 장 중 제12위에 속하오. 하지만 1천 년 전에 육체가 멸해졌으니 다 시 깨어날 리는 없소. 누가 육체를 만들어 주면 모를까……. 어, 젊 은이, 키망이 다 식잖소. 키망은 식으면 맛이 없소."

그 말을 들은 리오는 멋쩍게 웃으며 키망을 한입 깨물었다. 구웠는데도 키망에서는 새콤달콤한 물기가 배어 나왔다. 마치 언젠가 지크의 세계에서 먹어 본 귤이란 과일과 비슷한 맛이었다. 물론 지크의 세계에서는 생과일로 먹긴 했지만.

"저는 적당히 식은 키망을 좋아하거든요. 뜨거운 것은 맛을 느끼기가 힘들어요. 그럼 이만 가 보겠습니다, 할아버지. 많이 파세요."

"허헛, 언제든지 오시오. 살펴 가시오, 젊은이."

노인은 리오의 모습이 어둠 속으로 사라질 때까지 계속 바라보았다.

"……저런 눈빛을 가진 청년은 정말 처음이야. 그렇게 강한 눈빛을 뿜어낼 수 있다니. 허헛, 부럽구먼. 젊음이란 정말 좋은 거야."

노인이 혼자말을 중얼거리는 사이 시 경찰들이 급히 그의 앞으로 다가왔다. 노인은 탐탁지 않은 표정으로 경찰들을 바라보았다.

한 경찰이 급히 경례를 하며 말했다.

"실례하겠습니다. 시장님! 또 사건이 터졌습니다. 일곱 명의 여행객들이 또 사고를 당했습니다! 한 명만 겨우 살아서 돌아왔는데 거의……."

"뭐라고? 지금 어디 있는가? 어서 가 보세."

노인은 키망 구이 통을 정리할 틈도 없이 급하게 일어서며 경찰들을 따라 뛰어갔다.

거리를 좀더 둘러보다 여관으로 돌아온 리오는 여관 앞에 사람들이 시끌벅적 몰려 있자 걸음을 빨리했다. 왠지 안 좋은 느낌이 그의 감각을 자극했다.

사람들 틈에 케톤이 끼여 있는 것을 본 리오는 다가가 그의 어깨를 두드렸다.

케톤은 리오를 보며 근심 어린 표정으로 사람들에게 둘러싸여 있는 한 사나이를 손으로 가리키며 말했다.

"아, 잘 오셨습니다, 리오 님! 저 사람은 아침에 다른 동료 여섯과 함께 저쪽 산을 넘으려고 갔던 여행객인데요, 다른 사람들은 모두 죽고 저 사람 혼자 왼쪽 팔뚝을 잃은 채 돌아왔다는군요. 느낌이 좋지 않은데요?"

리오는 한숨을 쉬며 울부짖고 있는 남자의 얼굴을 바라보았다. 그 사람의 표정은 그야말로 공포 그 자체였다.

"저 사람에겐 더 들어 볼 것 없어. 이미 제정신이 아니니까…… 아니, 근데 저 할아버지는?"

리오는 돌아서려다 말고 경찰들 한가운데 서서 명령을 내리고 있는 키망 구이 노인을 보고 황당한 표정을 지었다. 케톤이 리오의 표정을 보고 말해 주었다.

"저 노인이 이 도시의 시장이라는군요. 옷은 저렇게 허름하게 입었어도 꽤 존경받는 분인가 봐요."

"그랬군……. 그건 그렇고 케톤, 로드 덕 일행을 불러 주겠어?"

"예? 예!"

리오의 표정을 본 케톤은 리오가 무엇인가 알고 있다는 것을 느꼈다.

케톤은 급히 로드 덕 일행이 있는 여관을 향해 달려갔다.

리오는 조용히 주위의 공기를 느껴 보았다. 해가 기울기 직전과는 달리 무엇인가 알 수 없는 음침한 기류가 이 여관 주위를 맴돌고 있는 듯했다.

"……피곤하군. 하루도 쉴 틈이 없단 말인가?"

리오의 탄식과 함께, 도시의 두 번째 사건이 시작 종을 울렸다.

2

도시로 내려온 식인(食人) 식물

"글래시라고? 그게 사실인가?"

로드 덕이 안색을 바꾸며 묻자, 리오는 고개를 끄덕이며 자신이 아는 내용을 전부 로드 덕에게 설명했다.

"그 녀석들 외엔 없습니다. 케톤이 살아 돌아온 남자에게 들은 말에 의하면 그들은 몹시 굶주린 것처럼 사람들을 잡아먹었다고 합니다. 식물이면서 인간을 먹이로 삼는, 게다가 동물처럼 움직이는 존재는 그들밖에 없겠죠."

로드 덕은 굳은 표정으로 중얼거렸다.

"……그렇다면 자네 생각은 혹시…… 그 녀석들이 산을 내려와 이 도시를 덮칠지도 모른다는 것인가?"

리오는 고개를 끄덕이며 말했다.

"그렇습니다. 그들은 몹시 잔인한 본성을 지녔다고 들었습니다. 게다가 몹시 굶주려 있다고 하니 지나가는 사람들을 잡아먹는 것으로 양이 차지 않을 것입니다. 그런데 알다시피 이 도시에서 그 녀석들을 막을 사람들은 지금 이 자리에 모여 있는 사람들뿐입니다. 군인들은 별 도움이 안 되겠죠."

리오와 로드 덕이 대화를 나누고 있는 장소는 리오 일행이 쉬고 있는 여관의 식당이었다. 그 자리엔 리오 일행과 로드 덕 일행이 모두 모여 있었다.

"나, 난 그 사람들 속에 포함 안 되겠지, 설마?"

린스는 긴장된 표정으로 물었다. 리오는 고개를 끄덕였다.

"공주님은 노엘 선생님 옆에 계시기만 하면 됩니다. 너무 부담 갖지 마십시오."

린스는 안도의 한숨을 내쉬었다.

리오는 다시 정색을 하며 얘기를 계속했다.

"먼저 이 도시의 안쪽을 제가 탐색할 생각입니다. 나머지 사람들은 세 명 이상씩 팀을 짜서 이 도시의 부분부분을 맡아야 합니다. 그 글래시란 녀석들이 어느 쪽으로 내려올지 모르기 때문에 그렇게 해야만 합니다."

"잠깐."

그때 조용히 리오의 얘기를 듣고만 있던 테크가 이의를 제기하려는 듯 입을 열었다.

"나머지 사람들이 팀을 이루는 건 나도 동의하겠는데, 왜 당신만 혼자 행동하지? 그만큼 자신 있다는 소리야, 아니면 으스대는 거야?"

그 말에 리오는 어깨를 으쓱하며 대답했다.

"글쎄, 경험이랄까? 난 이런 일은 늘 혼자 해 와서 말이야. 어쨌거나 빨리 시작합니다. 그럼 팀은 여러분이 짜 주십시오."

"그래요. 리오 님은 여기 신경 쓰지 말고 어서 가 보세요."

테크는 맘속으로 불만이 가득했지만 모두 다급하다는 듯이 그의 말을 무시하고 서둘렀기 때문에 넘어갈 수밖에 없었다.

런희, 아슈탈, 테크가 제1조, 케톤, 리마, 로드 덕이 제2조로 각기 편성되었다. 서로의 장점과 단점을 살리고 보완할 수 있도록 나름대로 팀을 짠 그들은 여관 앞에서 각각 맡은 구역으로 흩어졌다.

여관에는 린스와 노엘 단둘만 남게 되었다. 여관이 조용해지자 린스는 심심한 듯 노엘의 옆에 바짝 다가가 앉았다.

"……몸은 괜찮아, 노엘?"

노엘은 평소와 같이 웃어 보이며 린스를 안심시켰다.

"예, 당연하지요, 공주님. 여러분들이 힘써 주신 덕분에 지금은 아무렇지도 않답니다."

확실한 어투의 대답을 들은 린스는 노엘의 어깨에 머리를 기대며 말했다.

"그래, 다행이야, 정말. 이제 날 떠나면 안 돼, 노엘. 알았지?"

노엘은 린스의 손을 꼭 잡으며 대답했다.

"예, 공주님. 걱정 마세요."

렌톨의 밤은 매우 추웠다. 케톤과 같은 조에 속한 리마는 달달 떨며 한 시간째 계속 투덜거리고 있었다.

"으으, 이거 너무 춥잖아! 내 고향 아르센은 밤에도 후덥지근해서 안 좋았는데 이 동네는 또 왜 이리 추워! 아으!"

구부리고 앉아 있던 케톤은 추위와 심심함을 달랠 겸 리마에게 얘기를 걸었다.

"리마 씨는 암살자 수업을 받으셨다면서요? 근데 왜 암살자란 직업을 놔 두고 떠돌이 생활을 하나요? 물론 좋은 직업은 아니지만 그래도 암살자는 엄청난 수입이 보장된다고…….”

“시끄러워, 미소년.”

리마는 케톤의 말을 끊었다. 그리고 벌레 씹은 표정으로 말을 이었다.

“암살자? 그야 겉보기엔 편하고 화려해 보이겠지. 하지만 그게 얼마나 힘들고 까다로운 직업인 줄 알기나 해? 적응하려면 자기 자신을 버리고 또 버려야 해. 난 암살자 수업을 꾸준히 잘 받았어. 하지만 마지막 수업에 실패하고 말았지. 도저히 할 수가 없었어. 왜 대부분의 사람들이 마지막 수업을 통과하지 못하는 줄 알아? 너같이 궁전에서 얌전하게 검술이나 익힌 사람이야 알 턱이 없지……. 흔히 암살자를 눈 감았을 때 코 베어 가는 자로 비유하곤 하지. 흐훗, 그게 얼마나 어려운 일인지 알아? 특히 그 코가 어린아이나 노인의 코였을 때, 어떨 것 같애?”

“아, 그렇군요. 죄송합니다.”

케톤은 실수를 깨달은 듯 즉시 사과했다. 암살자는 자신처럼 정당한 이유를 두고 무력을 행사하는 직업이 아니었다. ‘의뢰’라는 뒷거래를 통해 대가를 받고 자신과 전혀 관계없는 사람을 죽이는 직업이었다. 잠시나마 수입만을 따져 가벼운 질문을 던졌던 자신이 부끄러웠다.

“아, 그러고 보니 생각난다. 내가 거의 마지막 수업에 다다랐을 무렵에 한 신입생이 들어왔어. 갈색 피부를 가진 귀엽게 생긴 여자애였지. 부모를 일찍 여의고 암살자가 되겠다고 기를 쓰고 열심히 하더군. 꼭 나를 보는 것 같아서 귀여워했지……. 하지만 한 달간 같이 생활해 봐서 아는데, 아마 그 애도 마지막 수업은 통과 못 했을 거야. 그 애는 너무 상냥했거든. 후훗…….”

"예…… 아, 그런데 그 마지막 수업이라는 게 대체 뭡니까?"

리마는 피식 웃으며 대답했다.

"훗, 너 지나가는 사람 아무나 칼로 벨 수 있어? 그냥 손가락만 슬쩍 베는 것이 아니고 목을 일격에 벨 수 있느냐는 말이야. 스승과 함께 공원에 나가 눈에 띄는 첫 번째 사람을 죽이는 것이 마지막 수업이지. 날 가르쳐 준 그 늙은 꼰대가 그러더군. 내가 하지 못하는 게 무리는 아니라고. 통과하는 사람이 수업을 받은 1백 명에 하나라나? 그러니 어쩌겠어. 그럴 정도의 용기가 없었던 난 결국 여기까지 흘러왔지, 뭐."

케톤은 고개를 끄덕이고는 앞을 바라보며 말했다.

"그렇군요. 역시 이 세상에 쉬운 일은 하나도 없는 것 같아요. 어둠의 직업이든 빛의 직업이든……."

둘의 이야기가 끝나자, 로드 덕이 바로 이어서 케톤에게 말을 걸었다.

"근데 케톤 군, 리오는 언제 만난 사람인가?"

"린스 공주님과 왕국 수도를 떠난 직후에 만났지요. 펠튼 고원에서 우연히 신세를 지게 된 게 인연이 됐죠."

로드 덕은 자신의 수염을 쓰다듬으며 질문을 계속 던졌다.

"그래? 그 정도로 강한 남자가 펠튼 고원에 처박혀 지냈다니, 정말 이해하기 어려운 부분이군. 내가 보기엔 그레이 공작이나 자네 조부인 하롯보다 더 강할 것 같은데 말이야."

"예, 그게 저도 의문이었습니다. 전설이라 불리는 마법검까지 단독으로 사용할 수 있는 정도의 강자가 은거하고 있었다니……. 게다가 성격도 부드럽고 잘생겨서 여자들도 많이 따르고요. 도저히 혼자 숲 속에서 오래 은거한 사람처럼 보이지 않아요."

"허허허헛! 케톤, 어지간히 부러웠던 모양이군. 자네가 그런 말까지 하다니, 허허허허헛."

케톤은 얼굴을 붉히며 몸을 일으켰다. 차가운 바람이 갑옷 사이로 비집고 들어왔다.

"하, 아침이 되면 좀 사그라지려나?"

케톤의 말을 끝으로, 셋은 다시 침묵에 싸여 자신들이 맡고 있는 구역의 경비에 온 신경을 집중하기 시작했다.

사사사삭.

바람에 나뭇잎 스치는 소리가 멀리서 들려왔다.

제1조인 테크, 련희, 아슈탈 세 사람은 아무 말 없이 경계에 온 신경을 곤두세우고 있었다.

한참을 그러고 있는 것이 괴로웠던 듯, 테크가 슬쩍 련희에게 다가와 말을 걸었다.

"어이, 동방 여자. 나랑 얘기 좀 하지 않을래? 어차피 그 글래시인가 이파리인가 하는 녀석들 오늘은 안 올 것 같은데 말이야……."

그러나 남자가 이렇게 접근하는 것을 싫어하는 련희는 묵묵히 고개를 돌렸다. 테크는 피식 웃으며 련희의 어깨에 손을 올려놓았다.

"아하, 알았다. 그 빨간 머리가 무서워서 그러는구나. 어차피 그 빨간 머리는 여기 없다고. 너랑 나랑 놀아도 그 녀석이 모를 거란 말이야."

"후, 죽지 못해서 안달을 하는군."

아슈탈이 특유의 무시조로 비꼬아 말하자 테크는 인상을 팍 찡그리며 투덜댔다.

"홍, 너야말로 그 빨간 머리에게 기죽어 있는 거 아냐?"

아슈탈은 조소를 흘리며 말했다.

"쿡, 난 사람이 아닌 자와 힘을 논하는 바보가 아니다. 괜히 다칠 궁리나 하지 말고 일이나 열심히 하시지."

"……쳇, 언제나 맘에 안 드는 녀석! 어쨌든 동방 여자, 얘기나 계속…… 응?"

다시 련희에게 눈을 돌린 테크는 련희의 머리카락이 진홍색으로 바뀌어 있자 깜짝 놀라며 뒤로 주춤거렸다. 위기 상황을 느낀 가희가 련희 대신 나온 것이었다.

가희는 테크에게 조용히 말했다.

"이봐 깡패, 내 동생 련희는 이미 마음이 딴 데 있으니 무리하지 말아. 더 이상 추근거리면 내가 혼내 줄 거야."

"흥."

어제 가희의 활약상을 눈으로 직접 확인했던 테크는 벌레 씹은 표정을 지으며 고개를 돌렸다.

가희는 빙긋 웃으며 다시 련희의 몸으로 변했다. 지금은 무예가 출중한 사람들이 많이 있기 때문에 정신술을 쓸 수 있는 련희로 있는 것이 유리했다.

다시 정신을 가다듬은 련희는 호흡을 조절하며 주위에 온 정신을 집중했다. 그러나 별달리 느껴지는 건 없었다.

사사사삭…….

바람에 잎사귀 스치는 소리가 들려왔다. 숲이라면 어디서나 들을 수 있는 자연스러운 소리였다.

"……!"

그러나 련희는 달랐다. 그녀는 즉각 노란색 종이 수십 장을 꺼내 사방으로 흩뿌린 후 양손을 모으고 주문을 외우기 시작했다.

그녀가 갑자기 이상한 행동을 하자 아슈탈과 테크 역시 긴장하며 각자의 무기를 꺼내 들고 주위를 둘러보기 시작했다.

"저게 말로만 듣던 '부적'이라는 건가?"

아슈탈은 눈을 좌우로 굴리면서 중얼거렸다. 그 역시 동방에 대해 약간의 지식은 있는 듯했다. 그러나 지금 상황에서 그것이 중요한 건 아니었다.

주문에 반응한 부적들은 생명의 힘을 받은 듯 공중으로 솟구쳐올라 련희를 중심으로 세 명의 주위를 빠르게 회전하기 시작했다. 주문을 마치고 손을 푼 련희가 테크에게 말했다.

"큰일입니다. 저희가 싸워야 할 적들은 기가 느껴지지 않습니다. 생명체이긴 하지만 식물과 같기 때문에 보통 사람들은 그들의 기를 느끼지 못할 것입니다. 조심하세요."

테크와 아슈탈은 침을 꿀꺽 삼키며 계속해서 주위를 둘러보았다. 하지만 역시 보이는 것은 없었다.

파지지직.

순간 무엇인가 타는 듯한 굉음이 들려왔다. 일행은 즉시 소리가 들려온 자신들의 머리 위쪽을 올려다보았다.

"뭐, 뭐야, 저건?"

테크는 도저히 믿을 수가 없었다. 아슈탈도 마찬가지였다.

자신들의 머리 위에서 부적에 둘러싸인 채 몸을 떨고 있는 것! 그것은 분명 인간의 형상은 하고 있으나 인간은 아니었다. 잎으로 만든 두꺼운 옷으로 치장한 원시인에 비유하면 될까.

"어서 공격하십시오! 주위에 많이 있습니다!"

련희의 외침에 아슈탈은 블루노드로 부적에 둘러싸인 그것을 찔렀다.

"키이이이이이!"

비명 소리와 함께 그것의 복부에선 덩굴과 같은 내장 기관이 시큼한 냄새를 내며 비어져 나왔다. 그것은 몸을 한 번 부르르 떨더니 이내 움직임을 멈추었고, 곧 수백 장의 갈색 낙엽으로 변해 바닥으로 떨어졌다.

그 광경을 본 테크는 맨이터를 잡은 손에 힘을 주며 중얼거렸다.

"이, 이 녀석들이 글래시?"

파지지직.

일행의 왼쪽에서 또 하나의 글래시가 걸려들었다. 테크는 기합과 함께 맨이터의 날을 늘려 글래시의 몸을 휘감았다.

"이얏, 녹즙으로 만들어 주지!"

테크는 맨이터의 날을 즉시 당겼다. 글래시의 몸을 휘감은 맨이터의 요철식 날은 분쇄기처럼 글래시의 몸을 산산조각 냈다.

그 글래시 역시 재로 화하여 사라지자, 련희는 검지와 중지를 모아 미간에 가져가며 주위를 확인했다.

"이젠 없습니다. 근처에 글래시들은 이 둘뿐이었나 봅니다. 그나저나 걱정입니다. 다른 분들은 괜찮으실지."

입맛을 버린 듯, 테크는 침을 바닥에 탁 뱉으며 말했다.

"어서 다른 곳으로 가 보자고, 동방 여자. 다른 사람들뿐 아니라 이 도시의 주민들이 위험할 거 아냐."

련희는 주문을 외워 부적들을 주위에 맴돌도록 한 후 테크, 아슈탈을 따라가기 시작했다.

"다른 데도 별일 없겠지……."

밤늦도록 아무 일도 없자 케톤은 다른 사람들이 걱정되기 시작했다. 하지만 지금 걱정한다 해도 자신이 할 수 있는 일은 없었다.

 딸랑.

 그때 갑자기 들려온 방울 소리에 케톤은 정신을 번쩍 차리며 주위의 기척을 느끼려고 했다. 그러나 더 이상 아무런 기척도 들려오지 않았다.

 "뭐지?"

 별거 아니라고 생각하며 앉으려 했던 케톤은 리마 역시 일어서는 것을 보고 다시 주위를 둘러봤다.

 "뭔가 있어, 미소년!"

 리마는 자신의 등에 장비된 두 개의 중형 나이프를 뽑아 들고 주위를 재빨리 둘러봤다. 케톤 역시 레드노드를 잡고 자세를 취했다.

 "아까 여기에 와서 트랩을 설치했거든. 지금의 방울 소리는 신호를 내는 트랩이야. 다음의 트랩은……."

 "크아아아악!"

 리마의 말이 끝나기도 전에 어디선가 찢어지는 괴성이 들려왔다. 리마는 그곳으로 달려가며 말을 이었다.

 "발목 지뢰야! 무언가 걸렸어! 할아범, 프로텍트를 걸어 줘요!"

 "아, 알았다!"

 리마의 요청에 로드 덕은 즉시 리마와 케톤에게 프로텍트를 걸어 주었다. 프로텍트는 물리적 충격을 막아 주는 마법 배리어를 타인에게 생성시켜 주는 보조 마법이었다.

 케톤은 얼떨결에 프로텍트를 받고 로드 덕에게 인사할 겨를도 없이 리마가 달려간 장소를 향해 달려갔다.

 '기척이 느껴지지 않았는데?'

 리마를 따라 괴성이 들려온 곳으로 달려간 케톤은 리마가 장치한 트랩에 발목이 걸려 녹색의 체액을 뿌리며 몸을 뒤틀고 있는 괴생물체를 보고 경악을 금치 못했다. 생전 듣도 보도 못한 무시무시한 생물체의 모습이었다.

"키이이이익! 인간…… 죽인다!"

고통에 찬 표정을 짓고 있는 그 괴물은 놀랍게도 인간의 언어를 사용하며 포효했다. 그 괴물은 자신을 보느라 정신이 쏙 빠져 있는 케톤을 향해 손바닥을 펼쳤다.

픽.

순간 공기가 갈라지는 소리와 함께 케톤은 비명을 지르며 뒤로 강하게 튕겨 나갔다.

"미소년!"

놀란 리마는 즉시 나이프를 쓰러져 있는 괴물에게 날렸다.

목이 날아간 괴물은 비명도 지르지 못하고 갈색 낙엽으로 화하여 사라졌다. 리마는 허겁지겁 케톤에게 달려가 그의 상태를 확인했다.

"미소년! 괜찮아?"

케톤은 몇 번 켁켁거리더니 자신의 목을 움켜쥔 채 쓰디쓴 표정으로 고개를 끄덕였다. 가까스로 콱 막혔던 숨을 다스린 케톤이 이윽고 입을 열었다.

"후, 프로텍트 마법이 아니었다면 목이 날아갔을 거예요. 근데 그 공격은 도대체 무엇이었을까요? 거의 보이지도 않았는데……."

"공기의 압력이야."

뒤늦게 헐레벌떡 달려온 로드 덕이 대신 대답했다.

"풀밭에서 검을 강하게 휘두르면 주위의 풀들이 칼에서 일어난 바람에 움직이지 않나. 그 검을 조금만 더 빠르게 하면 그 바람은 면도날보다 날카로운 진공파가 되지. 저 마물은 아마도 그걸 응용한 기술을 가진 듯하군. 주위에 또 있을지 모르니 주의해야겠어. 자, 다른 곳으로 이동해 보자고."

"예."

케톤은 자신의 목을 계속 쓰다듬으며 로드 덕, 리마와 함께 글래시들이 나타날 만한 구역으로 이동하기 시작했다. 간접 타격이라고는 마법에 의한 타격밖에 당해 보지 못했던 케톤에게 진공파라는 간접 공격 기술에 당한 것은 충격이 아닐 수 없었다.

'리오 님의 검술 중에도 비슷한 게 있었는데…… 그럼 도대체 얼마나 빨리 검을 휘둘러야 하는 거지?'

"뭘 해, 멍하니! 정신 똑바로 차리지 않으면 진짜 머리통이 날아갈지 모른다고!"

"아, 죄송합니다."

리마의 호통에 정신을 차린 케톤은 미안하다는 듯 고개를 끄덕인 후 다시 걸음을 옮기기 시작했다.

"크윽!"

하나 남은 글래시와 혈전을 벌이던 아슈탈은 어깨 보호구에 글래시의 손에서 분출된 진공파를 맞고 말았다. 하지만 어깨 보호구가 상당히 두꺼웠기에 상처는 어깨의 모세혈관이 약간 터지는 것에 그쳤다. 만약 가죽 재질의 얄팍한 보호구였다면 아슈탈의 어깨는 단숨에 떨어지고 말았을 것이다.

"빌어먹을!"

아슈탈은 피가 흐르는 자신의 어깨를 반대쪽 손으로 잡고 고통을 참기 위해 애썼다.

한편 분노한 테크는 눈을 뒤집고 글래시에게 달려들기 시작했다.

"죽여 버리겠다, 잡초 자식! 아슈탈은 내 허락 맡고 죽여야 한다는 걸 모르나!"

그러나 마땅한 보호구가 없는 테크였기에 글래시의 진공파에 신경을 쓰지 않을 수 없었다. 위력이 굉장한 만큼 직격으로 맞는다면 최소한 어디 한 군데를 쓰지 못하게 될 것이 확실했다.

핏.

"흐앗!"

간발의 차이로 몸을 돌려 진공파를 피한 테크의 가슴 보호구에 무엇인가에 스친 듯한 자국이 나타났다.

테크는 침을 꿀꺽 삼키며 뒤로 물러났다. 무작정 달려들다간 금세 고깃덩이가 되고 말 것 같았다.

"멈추지 말고 좌우로 계속 움직이십시오! 그러면서 거리를 좁히십시오!"

"쳇, 떠벌리지 마!"

하지만 테크는 련희의 말에 따라 몸을 빠르게 지그재그로 움직이며 글래시에게 접근하기 시작했다. 풋워크, 즉 발동작만큼은 누구에게도 지지 않는 그였다. 직선 공격이 주무기인 글래시에게 테크처럼 좌우로 빠르게 움직이는 상대란 공격하기 어려운 존재임이 확실했다.

"크으읏? 이 인간이!"

진공파의 조준이 어려워지자 글래시는 눈을 번뜩이며 테크가 걸어오는 지그재그 방향의 중심 쪽으로 달려들기 시작했다. 글래시가 갑자기 가운데를 집중 공격해 오자 테크는 그 자리에 멈추어 방어 자세를 취했고, 글래시는 자신의 양팔을 날카롭게 뻗으며 테크를 공격했다.

"죽어랏!"

글래시의 공격이 상상 이상으로 빠르자 테크는 거리를 약간 벌리며 맨이터의 칼날을 접근용으로 바꾸었다.

"좋아! 다시 와 봐, 잡초 나부랭이!"

그의 거친 말투에 자극을 받은 글래시가 사납게 달려들자 테크는 왼팔에 장비된 프로텍터로 글래시의 오른팔 공격을 받아내려 했다.

파악.

테크는 자신의 왼팔에 무엇인가 꺼림칙한 것이 와 닿는 것을 느꼈다. 하지만 그는 자신의 반사신경이 낼 수 있는 최대한의 속도로 글래시의 복부에 맨이터를 찔러 넣었다.

"죽어 버렷!"

쿠직.

그러나 맨이터의 날카로운 칼날은 글래시의 복부에 조금밖에 꽂히지 못했다. 글래시가 왼팔로 맨이터의 칼날을 막아 급소를 지켜낸 탓이었다.

테크는 쓴웃음을 지으며 글래시를 향해 중얼거렸다.

"크윽! 운이 좋았군, 잡초 나부랭이!"

그러나 글래시는 회심의 미소를 지었다.

"너야말로 그렇구나, 멍청한 인간!"

테크는 흠칫 놀라며 글래시의 시선이 박힌 자신의 왼팔을 바라보았다. 칼과 같은 글래시의 오른팔이 프로텍터를 무시하고 자신의 팔에 박혀 있었다.

"쳇, 빌어먹을!"

테크와 글래시의 대치 상황은 계속되었다. 누구 하나가 힘을 뺄 경우 빼는 쪽의 상황이 극도로 불리해질 게 뻔했다.

테크는 맨이터에 더욱 힘을 가하기 시작했다. 맨이터의 칼날을 막고 있던 글래시의 왼쪽 팔에 난 관통상은 점점 커졌다. 글래시도 질 수 없다는 듯 자신의 오른팔에 힘을 넣었고, 테크의 왼팔 역시 상처가 심했다.

피가 몸을 타고 흘러내리는 상황이었지만 테크는 내색하지 않고 웃으며 말했다.

"후, 이대로라면 내가 이기겠군, 잡초 나부랭이. 난 너의 급소를 노리고 있으니까 말이야!"

그러나 글래시는 표정을 바꾸지 않고 팔을 더더욱 밀며 말했다.

"누구 팔이 먼저 두 조각 날까? 게다가 난 너와 같은 약한 인간이 아니다. 내 상처는 금방 회복된다. 한쪽 팔이 날아가도 완전히 재생할 수 있지. 그러니 내가 더 유리하다. 키키키킷."

사실 테크가 왼팔에 프로텍터를 장비하지 않았다면 그의 팔은 지금쯤 두 조각이 나고도 남았을 것이다. 단기적으로 보면 모르지만 장기적으로 보면 테크가 불리한 상황이 분명했다.

"테크 씨! 도와드리겠습니다!"

련희도 상황을 알고 있는 듯 테크에게 소리쳤으나 테크는 눈 하나 깜짝하지 않았다.

"죽고 싶어! 잘 들어? 날 도와주면 잡초 대신 널 고깃덩이로 만들 거야! 이 잡초는 내가 죽인다!"

테크의 험한 말을 들은 련희는 주술을 쓰기 위해 교차시켰던 양 손을 풀었다. 그의 승부 근성에 내심 감탄한 그녀의 머리색이 이내 진홍색으로 바뀌었다.

"좋아. 죽든 말든 맘대로 해. 대신 주위는 내가 맡을 테니 뒤는 걱정하지 마라. 잘해 봐!"

가희는 테크와 글래시를 뒤로한 채 앞으로 달려갔다. 테크는 킥킥 웃으며 중얼댔다.

"이해해 줘서 고맙군, 동방 여자. 빚은 꼭 갚아 주지. 우선 이 녀석을 죽인 뒤에!"

테크는 손가락으로 맨이터의 손잡이를 천천히 돌리기 시작했다. 그러자 접근 전용으로 변해 모두 안으로 들어갔던 요철식 날들이 다시 비죽비죽 솟아나기 시작했다.

"이건 이름 그대로 맨이터(Man Eater), 즉 인간을 먹어치우는 검이다. 완벽한 대인살상용 무기지. 물론 원시인 나무괴물도 포함된다!"

테크는 갑자기 뒤로 빠르게 물러섰다. 그에 따라 맨 이터의 날이 글래시의 왼팔에 박힌 채 늘어나기 시작했다.

"뭐, 뭘 하는 거냐, 인간!"

테크가 갑자기 뒤로 물러서자 그의 왼팔에 박혀 있던 글래시의 오른팔이 뽑혀 나갔다. 피와 살점이 공중으로 튀었지만 테크의 미소는 변함없었다.

"뭘 하긴 뭘 해! 널 죽이려는 거다!"

맨이터가 갑자기 늘어나자 글래시는 당황한 듯 멍하니 서서 자신의 팔에 박힌 검을 바라보았다. 그 틈을 놓치지 않고 테크는 글래시 쪽으로 뛰었다. 그리고 글래시의 몸 주위를 빙빙 돌며 소리쳤다.

"난 한다면 하는 사람이야!"

어느새 늘어난 맨이터는 글래시의 몸을 밧줄처럼 꽁꽁 감아 가고 있었다. 어느 정도 감기자 테크는 멈추어 선 후, 맨이터의 자루를 양손으로 잡고 세게 끌어당겼다.

"꺼져 버려!"

순간 글래시의 몸에 감겨 있던 칼날들이 고속으로 회전하며 잡고 있던 글래시의 몸을 갈아 버리기 시작했다.

"키아아앗!"

비명 소리도 잠깐, 글래시는 곧 녹색의 침엽(針葉)처럼 변해 땅으로 흩어졌다. 글래시의 사체는 순식간에 재로 화했다.

싸움이 끝나는 걸 뒤에서 지켜보던 아슈탈이 테크에게 천천히 다가오며 말했다.

"흥, 굼벵이도 구르는 재주가 있다더니 너도 꽤 쓸 만하군. 감동했다, 테크 퍼밀리온."

"……닥쳐."

테크는 그 말을 남기고 땅바닥에 쓰러지고 말았다. 아슈탈은 테크의 출혈이 생각보다 심각한 것을 알고 주위를 둘러본 후 테크를 어깨에 들쳐 멨다.

"이봐! 테크는 괜찮나?"

"윽!"

주위를 정찰하러 갔던 가희가 때맞춰 돌아왔다.

순간 아슈탈은 도둑질하다 들킨 좀도둑처럼 어깨에 매고 있던 테크를 바닥에 그대로 내동댕이쳤다.

"이, 이봐! 무슨 짓이야!"

가희는 아슈탈의 행동을 이해할 수 없었다. 다행히 테크는 기절한 상태라 비명은 지르지 않았지만 왼팔의 상처는 심각해 보였다.

아슈탈은 어깨를 툭툭 털며 중얼댔다.

"흥, 난 시체를 처리하려고 했을 뿐이다. 아쉽게도 녀석은 죽지 않았군."

가희는 어이없다는 듯 실소를 터뜨리며 말했다.

"그냥 솔직히 말해. 테크가 걱정돼서 그런 거라고. 참 나, 아무튼 별종들이야. 그렇게 멀뚱히 서 있지만 말고 주위나 감시해 줘."

"흥, 마음대로 상상하는군."

말과는 달리 아슈탈은 멋쩍은 듯 머리를 긁적였다.

계속 달려가던 케톤 일행은 멀리서 여인의 찢어지는 듯한 비명 소리가 들려오자 그곳을 향해 뛰기 시작했다.

"어, 어디야, 미소년?"

리마의 다급한 목소리에 케톤은 자신의 감각을 집중시켜 소리가 들려온 방향을 알아내기 위해 안간힘을 썼다.

"왼쪽이에요! 왼쪽 가정집!"

그 소리는 바로 산 밑에서 가까운 가정집에서 나는 소리였다.

케톤은 즉시 대문을 부수고 그 집 안으로 들어갔다. 1층 거실에는 아무것도 없었다. 케톤은 곧바로 위층으로 올라가는 계단을 찾기 시작했다.

"아, 안 돼! 아기만은, 아기만은 제발 안 돼……. 꺄아악!"

여자의 목소리가 절규로 바뀌자 늦었다는 것을 깨달은 케톤은 이를 악물며 위층으로 뛰어 올라갔다.

"허, 허억!"

그러나 용감히 뛰어 올라갔던 케톤도 2층에 벌어진 참상에 정신을 빼앗기고 말았다.

가장 먼저 눈에 띈 것은 기습당했다는 것을 말해 주듯 머리가 없는 채 소파에 기대 앉아 있는 남자의 시체였다. 그의 부인으로 보이는 여자는 한 팔을 잃은 채 바닥에 쓰러져 소리를 지르고 있었다. 그리고 아기는 이미 절반을 글래시에게 먹히고 있었다.

한 발 늦게 올라온 리마가 멍하니 서 있는 케톤을 거칠게 밀며 소리 질렀다.

"이 멍청아! 가만히 있으면 사람을 구할 수 없잖…… 꺄앗!"

아무리 암살자를 지망했던 리마였지만 상상을 초월한 그 참극을 보고서 소리를 지르지 않을 수 없었다. 리마의 비명 소리에 식인을 중단한 글래시는 입가에 묻은 피도 닦지 않고 혼이 빠진 듯 서 있는 케톤을 향해 오른팔을 내뻗었다.

파싯.

"크앗!"

진공파에 머리를 정면으로 맞은 케톤은 프로텍트 덕분에 큰 상처는 입지 않았지만 무방비 상태였기에 그만 정신을 잃고 계단 아래로 굴러떨어지고 말았다.

케톤이 당하자 정신을 차린 리마는 자신의 양팔을 글래시를 향해 강하게 내뻗었다.

쉿.

리마의 팔에 숨겨져 있던 열 개의 암기(暗技)가 동시에 글래시를 향해 날았다.

"뭐야? 인간인가?"

글래시는 옆으로 몸을 틀며 그 암기들을 모조리 피했다. 글래시가 몸을 비트는 동안 리마는 다시 양손에 아사신 나이프를 거머쥐고 괴물을 향해 뛰어올랐다.

"멍청한 인간!"

리마가 공격하기 직전, 글래시는 들고 있던 아이를 내던진 후 더 빨리 움직여 리마를 어깨로 밀쳐 버렸다.

"크윽!"

중심을 잃고 뒤로 날아가 쓰러진 리마의 위로 글래시의 피 묻은 양손이 덮쳐 왔다. 리마는 아사신 나이프로 몸을 최대한 방어하며 이를 악물었다.

"죽어라, 인간!"

엄청난 속도로 찍어 내려오는 글래시의 양팔은 리마에게 순간 죽음의 공포를 안겨 주었다. 보통 인간이라면 당연한 반응이었다.

"라이트 스피어!"

리마에게 구원의 손길이 미친 것은 정말 아슬아슬한 순간이었다.

뒤에서 뿜어져 나온 빛의 창에 가슴을 관통당한 글래시는 그대로 뒤로 나가떨어졌고 위기를 간신히 모면한 리마는 일어나 몸을 바로 하며 자신을 구해 준 뒤쪽의 은인을 흘끔 쳐다보았다.

"어디에 한눈을 파는 거야! 이 노인네 볼 생각 말고 어서 저 녀석이나 없애! 뒤는 내가 받쳐 줄 테니!"

로드 덕의 호령을 들은 리마는 자신감을 얻은 듯 정신을 가다듬고 다시 글래시를 공격했다. 쓰러져 있던 글래시는 재빨리 몸을 일으키며 다시금 리마를 어깨로 밀치기 위해 몸을 앞으로 숙였다.

"헙!"

글래시의 어깨가 움찔거린 순간, 리마는 기합과 함께 글래시의 머리 위로 솟아오르며 두 개의 나이프로 글래시의 목을 휘감았다. 나이프의 등이 톱날로 되어 있어 글래시의 목은 그대로 걸려들었고, 리마는 착지하는 반동을 이용해 글래시를 바닥에 내동댕이쳤다.

"또 당할 것 같아?"

리마는 쓰러진 글래시의 목 위에서 아사신 나이프를 교차시켰다. 글래시의 머리는 간단히 목에서 떨어져 나갔다. 그리고 글래시의 몸은 한 번 부르르 떨더니 곧 수백 장의 갈색 낙엽으로 변하여 사라져 버렸다.

리마는 땀을 닦으며 주위를 둘러보았다. 아이의 어머니는 목숨을 부지했지만 다행이라고 할 수도 없었다. 남편과 아이를 한꺼번에 잃고 이미 정상이 아닌 것 같았다. 리마는 입술을 깨물며 글래시의 잔악성에 치를 떨었다.

"어떻게 이럴 수가 있죠, 영감님? 이 사람들이 무슨 잘못을 했기에 이렇게 고통스러운 죽음을 당해야 하나요!"

로드 덕은 묵묵히 아래층으로 내려가며 대답했다.

"……도살장에서도 이렇지. 인간은 아무 죄 없는 동물들을 서슴없이 죽이고서 돈을 받고 다른 사람들에게 고기를 넘긴다……. 이 글래시의 입장에선 우리가 고기로밖에 보이지 않는 거야. 자, 케톤 군을 진정시키고 어서 다른 곳으로 가보자, 리마."

리마는 한숨을 쉬며 로드 덕을 따라 아래층으로 내려갔다. 리마가 내려가서 본 것은 위층의 광경을 목격하고 넋이 나가 버린 케톤의 멍한 모습이었다. 기사가 되었음에도 케톤은 아직 이런 광경엔 익숙지 못한 것이었다.

"이봐, 미소년, 정신 차려."

리마는 케톤의 어깨를 툭툭 치며 말을 걸어 보았으나 그는 여전히 멍하니 앞만 바라볼 뿐이었다.

리마는 두 손을 들고 말았고, 결국 로드 덕이 오른손에 주문을 모아 케톤의 앞에 가져가며 말했다.

"이 주문은 상대방의 정신을 부수는 '마인드 브레이크'란 주술을 치료용으로 약하게 만든 거지. 아마 머리가 약간 따끔할 거야. 자!"

로드 덕의 손에서 불똥이 튀는 듯하더니 잠시 후, 케톤은 순간적으로 숨을 들이쉬며 잠에서 깨어난 사람처럼 주위를 둘러보았다. 로드 덕은 빙긋 웃으며 말했다.

"괜찮은가? 하긴 늙은 나도 저런 광경은 많이 보질 못했으니 어린 자네야 오죽하겠나. 그래, 소감이 어떤가?"

케톤은 머리가 약간 아픈 듯 이마를 감싸 쥐며 대답했다.

"예전에도 리오 님에게 이런 식으로 실례를 했는데…… 저는 아직 많이 부족한 모양입니다."

한숨을 내쉬며 일어서는 케톤에게 로드 덕은 충고하듯 입을 열었다.

"말이 나왔으니 말인데, 리오란 사나이 말일세, 이런 상황을 시도 때도 없이 많이 겪은 것 같더군. 자네는 기사니까, 리오란 사나이에게 배울 수 있는 한 많이 배워 두게. 떠돌이 기사지만 자네에게 반드시 큰 도움이 될 것이네……. 자, 이런 얘기는 나중에 계속하고 다른 장소로 가보세나."

케톤은 앞서가는 리마와 로드 덕, 그리고 자신의 검 레드노드를 바라보며 마음을 굳게 다졌다.

자기 자신의 부족한 점을 수긍하고 고칠 줄 아는 겸손함이 바로 최연소 근위대장 케톤 프라밍의 미덕 중 하나였다.

일행은 다시 밤거리를 뛰기 시작했다. 하지만 더 이상 글래시의 모습은 찾아볼 수 없었다.

"아무 일도 없을까, 노엘?"

침대에 누워 과일을 먹던 린스가 옆에서 과일을 깎고 있는 노엘에게 약간 불안한 듯 말했다. 노엘은 부러 쾌활하게 웃으며 대답했다.

"그럼요. 지금 나간 사람들은 여왕님 직속 정예부대와 비교해도 손색없을 정도로 강하답니다. 너무 걱정 마시고 과일이나 더 드세요."

그렇게 말은 했지만 노엘 역시 불안하긴 마찬가지였다. 전설상으로 내려오던 마물 글래시가 얼마나 강한지 그녀도 모르기 때문이었다.

"하지만…… 스나이퍼 씨께서 계시니 걱정은 없겠지요……."

"응? 껑다리?"

리오를 생각하며 자신도 모르게 내뱉은 노엘은 얼굴을 붉히며 어색한 표정을 지었다. 그러나 린스는 아무렇지도 않게 과일 조각을 하나 더 집으며 말했다.

"맞아. 리오는 보통 검사가 아니니까……. 근데 참 이상하단 말이야, 그 련희라고 하는 동방 여자애, 다른 사람 앞에선 인형처럼 가만히 있는데 껑다리하고 같이 있으면 가끔씩 웃더라고. 이상하지?"

노엘은 련희가 왜 그러는지 알고는 있었지만 린스에게 솔직히 말할 수는 없었다. 린스의 반응이 어떨지 뻔히 아는 그녀였다.

3

나무의 라우소와의 대결

더 이상 글래시를 발견하지 못한 케톤과 로드 덕, 리마는 사전에 미리 얘기되었던 집결 장소로 향하기 시작했다. 다섯 시간이 넘도록 글래시들을 발견하지 못하면 이 도시의 중앙 분수대 앞으로 모이라는 리오의 말이 있었던 것이다.

"저기가 중앙 분수대 같군. 이제 천천히 좀 가자고. 노인을 생각해 줘야지, 이 사람들아."

그 말에 리마와 케톤은 멋쩍어하며 로드 덕에 맞추어 천천히 걸어갔다.

"근데 그 괴물들은 다 처치된 걸까요? 아까 그 가정집 이후 사람들의 비명 소리가 잠잠해졌는데요."

"그럴 거란 생각은 들지 않는군. 또 모르지. 벌레들처럼 어디 한군데 모여 있을지."

둘의 이야기를 계속 들으며 걷고 있던 리마는 중앙 분수대가 새벽의 희미한 빛에 확실히 보일 정도로 가까이 가자 자신의 눈을 믿고 싶지 않았다. 분수대 근처에 열 마리가 넘는 글래시들이 우글대고 있었기 때문이다.

"자, 잠깐만요, 둘 다! 더 이상 가면……!"

그러나 리마의 경고도 이미 늦었다. 글래시들은 벌써 인기척을 느끼고 달려오는 중이었다. 세 사람의 얼굴은 동시에 하얗게 질렸다.

"혀, 현자님! 어쩌면 좋죠?"

로드 덕은 매서운 눈으로 글래시들을 바라보았다. 그는 자신의 수염을 매만지며 나지막이 대답했다.

"리마, 케톤, 그동안 즐거웠네."

"……그런 재수 없는 말 하지 마세요, 영감님!"

리마는 로드 덕이 그런 말을 하자 공포심에 그만 화를 버럭 냈다.

케톤은 자신의 등에 식은땀이 흘러내리고 있음을 느낄 수 있었다. 그것은 바로 공포감에서 오는 것이라고 그는 생각했다.

"와 봐라!"

순간 케톤이 잡고 있던 레드노드에서 붉은빛이 예전보다 크게 방출되었다. 그 빛을 본 글래시들은 멈추더니 자기들끼리 수군거리기 시작했다.

"이, 이봐. 저 녀석 설마 붉은 전사 아냐?"

"설마. 저렇게 어수룩하게 생긴 녀석이 '워닐' 님이 말씀하신 그 붉은 전사겠어?"

"맞아, 맞아! 아직도 양이 차지 않는데 빨리 먹어치우자! 음, 군침이 도는군!"

다시 소리를 지르며 글래시들이 공격해 오자 로드 덕은 끌어모은 마법을 일순간 폭발적으로 전개했다.

"가거라, 커미트!"

로드 덕의 손에서 방출된 거대한 빛의 기둥이 글래시들을 집어삼키며 분수대를 향해 돌진했다. 분수대에 아직 남아 있던 글래시들은 소리를 지르며 사방으로 흩어졌다.

콰아앙.

굉음과 함께 커미트에 의해 박살 난 분수대가 공중으로 물을 하염없이 뿜어 올리기 시작했다. 주위는 순식간에 물바다가 되고 말았다.

"역시 현자님! 이제 몇 마리 남았죠?"

로드 덕은 자신의 손을 툭툭 털며 사방으로 흩어진 글래시들의 수를 세어 보았다.

"음, 한 아홉쯤 남았군. 어, 잠깐……."

로드 덕의 계산이 틀린 건 아니었다. 그러나 공교롭게도 물을 맞은 글래시들은 자가분열을 하기 시작했다.

"저, 저런! 분열 생식을 하다니!"

아홉에서 순식간에 열여덟 마리가 된 글래시들은 분열을 하느라 배가 다시 고픈 듯 괴성을 지르며 일행에게 달려들었다. 케톤은 황급히 로드 덕 쪽을 바라보았다.

"현자님! 다시 주문을!"

"안 돼! 모을 시간이 없어!"

글래시들은 거침없이 그들에게 달려들었다.

셋은 이제 끝장이구나, 생각하며 눈을 질끈 감았다.

"흠, 아직도 남아 있었나?"

순간 뒤에서 낮은 음성이 들려 왔다. 굶주림에 미쳐 달려들던 글래시들의 발도 멈췄다.

"리, 리오 님!"

목소리를 알아들은 케톤이 먼저 반갑게 소리 지르며 뒤를 돌아보았다. 다행히 늦지 않게 도착한 리오는 씩 웃으며 중얼거렸다.

"홋…… 무사하니 다행이군."

리오의 여유에 긴장이 풀린 케톤은 약간 휘청대며 힘없이 미소 지었다.

"휴, 왠지 모르게 리오 님을 따라다니는 여자들의 기분을 알 것 같군요. 오셔서 정말 다행입니다."

"……."

그 말을 들은 로드 덕과 리마, 그리고 리오는 동시에 굳은 표정을 지었다.

"아, 알았으니 너무 깊게 파고들진 마. 자, 그럼 여러분은 편히 쉬고 계시길."

리오는 앞으로 나서며 자신을 바라보고 있는 글래시들에게 나지막이 말했다.

"오너라, 육식주의자들. 채식도 몸에 좋다는 걸 가르쳐 주지."

말이 끝남과 동시에, 리오의 몸에선 푸른색 기가 크게 번져 올랐다. 그 광경을 본 로드 덕 일행은 흠칫 놀라며 서로를 바라보았다.

"뭐, 뭐야, 저건? 저런 믿기지 않는……!"

로드 덕은 손을 부르르 떨며 중얼거렸다. 디텍터 없이도 로드 덕은 알 수 있었다. 지금 느껴진 리오의 수준은 인간과 거리가 먼 것이었다.

"이, 인간이 아니야, 저 젊은이는!"

그 말을 들었는지 못 들었는지, 리오는 부서진 분수대에서 솟구치는 물을 맞으며 여유 있게 글래시들의 수를 세었다.

"음……열여덟이군. 미안하지만 내가 좋아하는 숫자는 0이야!"

리오는 곧바로 글래시들이 있는 곳으로 돌진했다. 글래시들은 자신들에게 다가오는 리오를 집중 공격하기 위해 괴성을 지르며 빠르게 움직였다.

"키이이이익…… 응?"

곧이어 새벽 하늘에 푸른색 안광을 번뜩이는 그림자가 엄청난 속도로 치솟아 올랐다. 그걸 보고 글래시들은 피하려 했으나 그들의 신경 전달 속도보다 리오의 검이 더 빨랐다.

"마인 크래시!"

콰아앙.

리오는 디바이너로 땅을 맹렬히 내리찍었다.

일순간 지면을 흔든 초진동에 열여덟 마리의 글래시들은 번개를 맞아 부러진 나무처럼 다리 쪽부터 터지면서 땅바닥에 벌렁 나자빠졌다.

"크아아아악!"

하반신과 기동력을 한꺼번에 잃은 글래시들은 고통에 몸부림쳤다. 리오는 안됐다는 듯 고개를 저으며 꿈틀대는 글래시들의 머리를 디바이너의 끝으로 하나하나 찍어 나갔다.

"훗, 좀더 세게 할걸 그랬나? 하지만 그렇게 하면 곤히 자고 있을 도시 사람들이 몽땅 깨어날 테니 고통스럽더라도 조금 이해해 줘. 북쪽에서 죽어 간 너희 동족들이 먼저 저승에서 기다릴 테니 심심하진 않을 거다."

마지막 하나 남은 글래시는 그 말에 움찔했다.

"뭐, 뭐라고? 설마 북쪽을 맡은 친구들을 몰살한 게 바로 너……?"

그 글래시의 이마에도 디바이너는 예외 없이 파고들었다.

리오는 고개를 끄덕였다.

"바로 그게 나다."

간단히 글래시들을 처치한 리오는 일행 쪽으로 돌아서서 한쪽 팔을 들어 올렸다. 다 끝났다는 신호였다.

긴 밤이 끝난 것을 느낀 케톤과 리마는 환호하며 서로를 부둥켜안고 즐거워했다.

한편 로드 덕은 계속 리오를 바라보다 예전에 읽었던 고서적의 한 글귀를 머릿속에 떠올렸다.

신의 무력을 대행하는 자. 절대 악도 아니고 절대 선도 아닌 자. 자신들이 최선이라 생각하는 방법으로 신의 임무를 이행하는 자들에 대한 짧막한 기록이었다.

"……가즈 나이트?"

그러나 그 중얼거림은 누구의 귀에도 들리지 않았다. 너무나 낮은 음성이었기에.

이윽고 테크, 아슈탈, 가희 일행도 그들이 있는 곳으로 돌아왔다. 모두 무사한 것을 확인한 리오는 아직 물기가 남아 있는 자신의 붉은 머리카락을 털며 동료들에게 말했다.

"자, 돌아갈까요, 다들?"

리오가 평소와 같은 미소를 지으며 말하자, 일행들 역시 웃으며 고개를 끄덕였다. 로드 덕도 미소 지으며 고개를 끄덕였다. 증명되지 못한 기록으로 남을 판단하는 것은 그의 성격에도 맞지 않는 일이었다.

그러나 일은 아직 끝난 게 아니었다.

"……!"

미소를 짓던 리오의 표정이 일순간에 살기로 일그러졌다. 일행들 역시 흠칫 놀라며 주위를 두리번거리기 시작했다.

"뭐, 뭐야, 이 느낌은? 이런 무시무시한 느낌은 처음인데?"

출혈 탓인지 얼굴이 해쓱해진 테크가 일행 모두의 마음을 대변하듯 말했다.

한편 리오는 뒤로 한 걸음 물러선 뒤 디바이너에 손을 가져 간 채 중앙 분수대 쪽을 쏘아보았다.

구구구구궁.

땅에 진동이 일기 시작했다. 그 진동은 점점 파괴력을 더해 갔다.

잠시 후 바닥을 덮고 있던 돌 블록들은 모조리 부서져 버렸고, 주위의 가옥에 금이 가기 시작했으며, 문을 닫은 상점 간판들이 떨어져 나뒹굴었다.

이윽고 굉음과 함께 중앙 분수대를 뚫고 검은 물체가 솟아올랐다. 그것을 본 리오의 몸은 글래시보다 강한 상대를 대면한다는 생각과 투쟁 본능이 일으키는 흥분에 더한층 푸른색으로 빛을 내기 시작했다.

"후훗…… 드디어 행차하셨나?"

리오는 디바이너를 뽑아 들며 분수대를 뚫고 솟아오른 물체를 향해 천천히 걸음을 옮겼다.

검은 물체. 마치 죽순을 연상시키는 그 물체는 리오가 다가가자 천천히 벌어지기 시작했다. 노출된 그 물체의 안엔 갈색의 갑옷을 입은 마른 얼굴의 남자가 다리를 꼬고 앉아 있었다.

"오호, 꽤 잘생긴 얼굴이군요. 그렇게 살기등등한 얼굴은 정말 1천 년 만에 처음입니다."

그 사나이는 리오의 모습을 보고 빙긋 웃으며 일어섰다. 리오는 그 자리에 멈춰 서며 사나이에게 물었다.

"네가 12신장 라우소겠지?"

갈색 갑옷의 사내 라우소는 고개를 끄덕이며 대답했다.

"예. 저를 아시나 보군요. 어쨌든 부하들이 도시 주민들을 살해한 것은 매우 유감입니다. 부하들이 마음대로 행동한 점, 저도 무척이나 화가 나는군요. 그러나 그 덕분에 인간 중에서도 당신 같은 분이 있다는 것을 알게 되었습니다. 후후……."

리오는 피식 웃으며 실소를 흘렸다.

"훗, 그런가? 어쨌든 네 부하들은 다 정리됐으니 볼일 끝났으면 가 보도록. 뭐, 남아 있다면 나도 사양하지 않겠다."

라우소는 알아들었다는 듯, 고개를 끄덕이며 자신의 망토 끝을 잡아 가슴까지 끌어 올리며 말했다.

"알겠습니다. 하지만 먼저 말해 두지요. 저는 육체를 다시 얻었습니다. 1급 투천사라고 아실지 모르지만 지금의 저는 그들보다 강하답니다. 당신이 인간인 이상, 절대 저를 이기지 못합니다. 당신의 한계를 알고 저에게 도전하심이……."

턱.

순간 라우소는 리오의 손이 자신의 목을 덮치자 놀라움에 눈을 크게 떴다. 자신이 느낄 새도 없이 이 사나이는 다가온 것이다. 리오는 라우소의 목을 놓아준 뒤 적당히 거리를 벌리며 말했다.

"난 말장난을 싫어하지. 이런 상황에선 농담도 안 해. 내가 인간이라고 깔봤다간 넌 이 세상과 영영 이별이다."

"으, 크으으윽!"

라우소는 자신의 목을 매만지며 리오를 쏘아보았다. 자존심이 매우 상한 듯, 라우소는 자신의 투기를 거세게 방출하며 일갈을 터뜨렸다.

"당신은 죽는 겁니다!"

폭음과 함께 라우소 주위에 엄청난 폭풍이 일어났다. 그로 인해 리오의 뒤에 서 있던 일행들은 모조리 날려가 그만 정신을 잃고 말았다.

멀쩡히 서 있던 리오는 디바이너를 앞에 꽂으며 기절한 일행들을 슬쩍 바라보았다. 그리고 웬일인지 씩 웃으며 디바이너를 다시 움켜쥔 채 입을 열었다.

"고맙군. 저 사람들 때문에 내가 힘을 절반 이상 못 썼거든? 후훗, 그럼 싸우기 전에 장담해 볼까."

리오는 왼손으로 자신의 오른손 장갑을 단단하게 조인 후 라우소를 바라보며 말했다.

"넌 이제부터 지옥을 맛보게 된다."

리오의 말에 분노를 터뜨린 라우소는 자신의 양손을 앞으로 펼치며 소리쳤다.

"오너라, 나의 검 라도발트! 나무의 영원한 생명을 머금어라!"

라우소의 소환 주문이 끝남과 동시에 그의 양손에선 녹색의 빛덩어리가 생성되었다. 그리고 빛은 곧 청록색 빛을 내뿜는 검으로 바뀌었다.

라우소는 칼끝을 리오에게 겨누며 소리쳤다.

"당신이 얼마나 강한지 확인하고 싶군요! 만약 저보다 강하지 않다면 당신에겐 죽음이 있을 뿐입니다!"

"좋다. 오너라!"

리오는 순간 기를 최대한 끌어올렸다. 그의 주위에 흩뿌려져 있던 돌들이 기의 압력에 의해 공중으로 치솟아 멀찍이 떨어졌다.

기를 폭발시킨 리오는 곧바로 라우소에게 돌진했다. 라우소 역시 리오를 향해 검을 휘두르며 앞으로 나아갔다.

차앙.

두 검이 충돌하자 강한 스파크가 일었다. 그 충격에 리오와 라우소 둘 다 뒤로 튕겨져 날아가고 말았다.

리오는 씁쓸한 표정을 지으며 바닥에 착지한 반면, 라우소는 그대로 지면에 충돌하여 입에서 녹색 체액을 뿜어냈다.

"크윽!"

"누워 있으면 곤란하지!"

리오는 때를 놓치지 않고 검을 지면에 세차게 내리꽂았다. 그 충격파는 땅을 날카롭게 찢으며 쓰러진 라우소 쪽을 향해 일직선으로 다가갔고, 라우소는 온 힘을 다해 공중으로 몸을 날려 위험한 순간을 아슬아슬하게 모면했다.

"끝나지 않았다! 라이트 스플래시!"

리오가 순간적으로 전개한 마법진을 통해 수십 개의 날카로운 광탄이 라우소를 향해 날았다. 라우소는 그것들을 피하며 자신도 역시 양손에서 마법진을 전개했다.

"4급의 마법은 저에게 장난입니다. 라운드 소드!"

마법진에서 뿜어진 넓은 광탄은 리오의 광탄을 먹어 치우듯 흡수해 버렸다. 광탄은 계속해서 리오가 있는 장소를 향해 빠르게 떨어져 내렸다.

꿍음과 함께 마법이 지면에서 폭발하자 라우소는 빙긋 웃으며 땅으로 내려가려 했다.

"도와주지!"

그때 라우소의 머리 위에서 리오의 목소리가 들려왔다.

"어, 어느새?"

라우소는 흠칫 놀라며 피하려 했으나 리오의 검이 더 빨랐다.

퍽.

리오의 디바이너 자루가 라우소의 등을 강타했다.

갑옷이 깨지는 소리와 함께 라우소는 지면에 충돌하고 말았다. 흙먼지를 헤치며 곧바로 자세를 바로 잡은 라우소는 검에 힘을 넣으며 소리쳤다.

"이젠 도저히 당신을 봐줄 수 없군요! 으윽?"

그러나 라우소의 말은 거기서 끊기고 말았다. 리오가 왼손으로 라우소의 안면을 잡아 지면에 강타했다. 리오는 라우소의 머리를 더욱더 짓누르며 중얼거렸다.

"후훗, 난 말뿐인 사람을 싫어해."

리오의 압도적인 힘에 의해 바닥에 눌려 있던 라우소는 일순간 리오의 왼팔을 잡으며 히죽 웃었다. 리오는 움찔하며 라우소에게서 떨어지려 했으나 라우소는 상대의 팔을 결코 놓아주지 않았다.

"정말 놀랐습니다. 인간들 중에 당신처럼 강한 사람이 있을 줄은 상상도 못했거든요. 지금의 당신은 1천 년 전의 저를 충분히 능가하고도 남는 것 같군요. 그러나 저는 예전보다 훨씬 강해져 있습니다. 증거로 당신의 왼팔을 가지고 싶은데요?"

리오는 피식 웃으며 말했다.

"내 왼팔이라, 과연 가질 수 있을까?"

리오는 디바이너로 라우소의 가슴을 찔렀다.

"우욱!"

라우소의 갑옷과 몸을 관통한 디바이너는 그대로 땅속 깊숙이 박혔다. 라우소의 상처에서 녹색의 체액이 크게 방출됐다.

"자, 특별 선물이다."

리오는 디바이너를 잡은 채 마력을 끌어올리기 시작했다.

"지난 4년간 좀 시간이 있었지. 넌 모르는 얘기니까 신경 꺼도 돼. 4년 동안 이리저리 돌아다니다 우연히 알아낸 기술이다. 너에게 쓰긴 아깝지만 왼팔을 잃는 것보다야 낫겠지."

리오는 오른손을 자신의 얼굴 앞에서 이리저리 교차한 후 주문에 들어갔다. 그러자 디바이너에서 녹색의 아지랑이가 피어올랐고, 라우소는 움찔하며 리오의 왼팔을 놓고 빠져나가려 했다. 그러나 그의 팔은 제대로 움직여 주지 않았다.

"도, 도대체 무슨……!"

라우소가 말을 하려 할 때, 디바이너를 중심으로 바닥에 타원형의 마법진이 그려졌다. 라우소는 그 마법진의 모양을 본 후 경악을 금치 못했다.

"이건! 고대 마법검 비술 펜타그램! 당신이 어떻게 이런 고대 마법을 사용하시는 겁니까!"

그 질문에 리오는 씩 웃으며 대답했다.

"후훗, 몰라도 돼."

"으, 으윽……!"

케톤은 눈을 희미하게 뜨며 주위를 둘러보았다. 자신을 제외하고는 모두 아직도 의식을 회복하지 못한 듯했다. 판금 갑옷을 입고 있었기에 다른 사람보다 충격을 적게 받은 케톤은 비틀거리며 광장 중앙을 바라보았다.

그곳에선 리오가 공중을 날아오르며 라우소와 싸우고 있었다. 그 모습을 본 케톤은 침을 꿀꺽 삼키며 속으로 중얼거렸다.

'내, 내가 저런 사람과 같이 여기까지 왔단 말인가? 리오 님이 저

정도로 강할 줄은 상상도 못했는데……?'

계속 싸우던 리오가 마법을 전개해 공중에 떠 있는 라우소를 공격하자 케톤의 놀라움은 더욱 커져만 갔다. 리오의 마법은 라우소의 또 다른 마법에 밀려 사라졌고 라우소가 만든 넓은 마법탄은 빠르게 리오가 있는 장소로 떨어졌다. 그 순간 케톤은 자신의 눈을 의심하지 않을 수 없었다.

"저럴 수가!"

리오의 모습은 광탄이 내려오기 직전 지면에서 사라져 버렸다. 광탄이 지면에서 폭발할 때 리오는 이미 라우소의 등 뒤로 가서 그를 내리쳐 지면에 떨어뜨리는 것이었다.

라우소가 일어서려 하자 리오는 다시 그의 안면을 잡아 지면에 처박았다. 조금 후 라우소는 자신의 검을 놓고 리오의 왼팔을 잡았지만 리오는 검을 라우소의 가슴에 박은 뒤 무언가 주문을 외웠다. 그와 라우소 주변엔 곧 타원형의 거대한 마법진이 생성됐다.

거기까지 남김없이 지켜본 케톤은 온몸을 부르르 떨며 중얼거렸다.

"차, 차원이 달라. 내가 생각하고 있는 기사들의 싸움과는 차원이 달라!"

그는 지금까지 자신이 배우고 생각했던 모든 것을 뛰어넘는 리오의 무시무시한 전투 방식을 보고 공포심마저 느꼈다. 하지만 역시 그 공포심 속엔 경외심도 섞여 있었다.

"나도 저렇게 할 수 있을까? 리오 님의 반만이라도 강해진다면……!"

케톤이 그런 생각을 하고 있을 때, 광장 중앙에 그려진 마법진에서 엄청난 양의 빛이 공중으로 분출되기 시작했다. 케톤은 팔로 얼굴을 가리며 그 빛이 그치기만을 기다렸다.

"크아아아아!"

마법진 중앙에 위치한 라우소는 처절한 괴성을 지르며 괴로워했다. 라우소의 손이 느슨해지자 리오는 마법진 안에서 급히 빠져나왔다. 리오의 비술 펜타그램은 마법진 안에 있는 모든 생물에게 피해를 주는 마법이기에 주술을 건 리오 역시 피해를 입을 수 있었다. 리오는 얼굴을 찡그린 채 중얼거렸다.

"발동이 너무 늦게 걸리는 마법이라 괜히 배웠다고 생각했는데 쓸 데가 있었군. 자, 이제 끝날 때가 됐지?"

리오의 말대로, 마법진에서 뿜어지던 빛은 서서히 줄어들었고, 라우소는 이내 마법진과 함께 사라졌다. 라우소가 있어야 할 자리엔 디바이너와 라우소의 것이라 생각되는 팔뚝이 그을린 채 뒹굴고 있을 뿐이었다. 리오는 한숨을 크게 한 번 쉰 후 디바이너를 칼집에 넣었다.

"……근데 너무 시시하게 끝난 게 이상하군. 1급 투천사보다 강하다면 펜타그램 정도는 그럭저럭 버틸 수 있을 텐데."

부스럭.

"음?"

리오는 자신의 발밑에서 갑자기 소리가 들리자 그곳을 급히 바라보았다.

그는 곧 자신의 눈을 의심하지 않을 수 없었다. 잘리고 그을리다시피 한 라우소의 팔이 손가락으로 기어가기 시작하더니 이내 두더지처럼 땅을 파고 사라지는 것이었다.

늦었다 생각한 리오는 쓴맛을 다시며 옆에 떨어진 라우소의 검을 바라보았다. 그 검은 주인과 멀리 떨어졌다는 것을 증명하듯 수십 개의 잎으로 변했고 불어오는 바람에 휘날려 사라졌다.

"쳇, 방심했군……. 이런 녀석들이 열한 명이나 더 있다니 기가 막힐 노릇인데? 나 혼자 다 처리할 수 있을까?"

리오는 고개를 가로저으며 일행이 쓰러져 있는 장소로 걸어갔다.

케톤은 그가 돌아온 즉시 기절한 척했다.

소파에 앉은 린스와 노엘은 서로에게 기대어 잠을 자고 있었다.

"이런, 이런. 기다리다 지치셨나 보군."

여관으로 들어온 리오는 그 둘의 모습을 보고 빙긋 미소를 지었다.

하지만 다른 사람들은 그 모습을 볼 사이도 없이 뿔뿔이 방으로 향했다. 너무나 피곤했는지 체면 따질 겨를도 없이 침대고 바닥이고 아무 데나 널브러져 자기 시작했다.

리오는 사람들을 방으로 데려다준 후, 린스와 노엘이 있는 1층으로 다시 내려왔다.

"제일 편히 주무시는군. 하지만 방에서 주무시는 게 더 낫겠지."

리오는 노엘과 린스의 어깨를 동시에 흔들며 그녀들을 깨웠다.

먼저 눈을 뜬 것은 노엘이었다. 노엘은 붉은 머리카락이 보이자 깜짝 놀라며 안경을 고쳐 썼다.

"아, 스나이퍼 씨. 돌아오셨군요? 다른 사람들은요?"

리오는 천장 쪽을 손가락으로 가리키며 말했다.

"꿈나라에 가고 싶어 안달을 하는군요. 모두 무사하니 걱정 마십시오."

리오는 잠이 덜 깬 린스의 이마를 손가락으로 살짝 튀겼다.

"아얏!"

린스는 이마를 매만지며 반쯤 잠긴 눈으로 리오를 쏘아봤다. 리오는 미소를 띤 채 린스에게 물었다.

"안녕히 주무셨나요?"

린스는 약간 부은 자신의 얼굴을 비비며 고개를 저었다.

"소파에 앉아서 잤는데 잘 잤을 거라고 생각해? 네 기준으로 생각하지 마."

"후훗, 죄송합니다. 그럼 올라가셔서 마저 주무세요. 잠깐 노엘 선생님과 할 얘기가 있으니까요."

"응? 노엘하고? 알았어……. 그럼 나중에 봐."

반쯤 풀린 눈으로 린스는 고개를 끄덕이고는 2층으로 향했다.

그녀가 올라가자마자 리오는 표정을 굳히며 노엘을 바라보았다. 어지간한 일이 아니면 그런 표정을 짓지 않는 리오였기에 그녀는 깜짝 놀라며 물었다.

"스나이퍼 씨, 무슨 일이 있었습니까?"

"아, 당장 시급한 문제는 아닙니다. 하지만 큰 문제니 잘 들으십시오. 제가 말씀드리고 싶은 것은 12신장에 관한 일입니다."

"……예?"

노엘은 12신장에 대해 아는 것이 거의 없었다. 그녀가 자신을 멀뚱히 쳐다보기만 하자 리오는 헛기침을 시작으로 키망 구이 노인에게 들었던 12신장에 관해 설명했다.

"12신장이란 네 여신 중 이오스를 제외한 세 여신에게 배속된, 간단히 말해 수호신들이죠. 1천 년 전 여신들이 신벌을 받고 봉인된 직후 그들도 사라졌는데, 지금 그들이 움직이기 시작한 것입니다."

"뭐라고요? 아니, 어째서죠?"

"그것까진 모르겠지만, 어쨌든 그들이 움직이자 그들의 부하인 글래시들도 이 도시까지 내려오게 된 것입니다. 문제는 한 명씩이라면 모를까, 그 열두 명의 신장들이 한꺼번에 움직인다면 저도 막을 방법이 없다는 겁니다."

노엘의 표정은 어느 때와 비교할 수 없을 만큼 굳어졌다. 리오는 피로에 푸석해진 자신의 얼굴을 비비더니 계속 말을 이었다.

"아무래도 이번 일은 지구전이 될 것 같습니다. 그들이 레프리컨트 왕국에 네 명만 쳐들어온다 해도 제가 예상하기에 왕국의 전력으로 막기 어려울 것입니다. 그래서 왕국에 도착해도 다른 곳으로 갈 수는 없을 것 같습니다. 12신장에 관한 일이 처리될 때까지 왕국에 남아 있어야 할 것 같은……."

순간 노엘은 갑자기 얼굴을 활짝 펴며 환영하듯 양팔을 벌렸다.

"아! 그러시다면 우리 왕국도 대환영입니다! 원하신다면 왕궁 안에서 숙식을 제공해 드릴 수도 있죠! 아마 여왕님께서 당신의 힘을 보신다면 장군 직위까지 내려 주실 겁니다!"

"예?"

리오가 의아하다는 표정을 짓자 무안해진 노엘은 고개를 숙이며 말을 멈췄다. 리오는 그녀의 어깨를 토닥이며 말했다.

"후훗, 아무래도 잠을 불편하게 주무신 것 같군요. 올라가서 편히 주무십시오. 이 얘기는 다음에 계속하죠."

"아, 예."

노엘은 얼굴이 빨개진 채 2층으로 올라갔다. 리오는 한숨과 함께 소파에 길게 걸터앉으며 생각했다.

'그렇다고 진짜 왕국에 눌러앉을 수는 없지. 그쪽에서 전면 공격을 하지 않는 이상 몇 년이 소요될 수도 있으니 말이야. 어쩌지? 지크 녀석이라도 있다면 그래도 가벼운 마음으로 다른 곳에 가 볼 수 있을 텐데.'

리오의 고민과 함께 그날 새벽은 너무나도 빨리 지나갔다.

일행들은 그날 저녁이 되어도 식사할 생각조차 하지 않고 줄곧 잠만 잤다. 결국 리오와 노엘, 린스 셋만 오붓한 저녁 식사를 하게 되었다.

"근데 껑다리, 수도엔 언제쯤 갈 거야? 이 도시에서 그리 멀지 않은데 말이야."

빵 덩어리 하나를 맛없게 씹고 있던 리오는 린스의 질문에 빵을 삼킨 후 대답했다.

"위에서 자고 있는 사람들이 깨어나면 바로 출발해야죠. 어쨌거나 오늘 새벽 일이 힘들긴 힘들었나 봅니다. 저 정도 사람들이 만사 제치고 잠만 잘 정도니 말이죠."

턱을 괸 채 리오를 보고 있던 린스는 살짝 인상을 쓰며 다시 물었다.

"어? 너도 같이 갔잖아. 근데 왜 저 사람들은 저렇고 넌 멀쩡해?"

리오는 다른 빵을 집으며 대답했다.

"전 이런 일엔 이골이 나서 괜찮습니다. 다른 때도 멀쩡했지 않습니까."

"……첫, 하여튼 괴물이라니까."

리오는 빵을 입에 물고 내일 일정을 생각해 봤다. 물론 그 일정도 자고 있는 일행이 일어난 후의 일이었다.

7장
폐허가 된 레프리컨트 왕국

1

수정 목걸이의 의미

"나 참, 재미없게."

지크는 자신의 머리카락을 헝클어뜨리며 앞에 박혀 있는 안내판을 다시 한 번 들여다보았다.

그 안내판엔 정확히 '레프리컨트 왕국 수도'라고 적혀 있었다. 지크는 사바신을 바라보며 투덜거렸다.

"아무리 안내자가 좋다지만 이건 너무 빨리 온 거 같지 않아, 땅강아지?"

"너무라는 말이 약하게 들릴 정돈데."

사바신 역시 얼떨떨한 표정을 짓고 있었다.

바위에 앉아 다리를 두드리던 마티도 내색하지 않았지만 속으론 충분히 놀라고 있었다. 루이체와 같이 앉아 있던 미네리아나가 웃으며 설명해 주었다.

"호홋, 왕족만이 아는 지름길이랍니다. 다른 여행자들이 모르는 건 국가 기밀이기 때문이죠."

미네리아나의 말을 들은 지크는 씁쓰름한 표정을 지으며 일행에게 가자는 손짓을 했다.

"자자, 그럼 수도란 동네가 어떻게 생겼는지 한번 가보자고."

일행과 함께 수도의 외곽 문 앞에 당도한 지크는 반쯤 부서진 성문을 보며 고개를 갸웃거렸다.

"어라? 이 동네 왜 이래요, 미네리아나 왕녀님? 재정이 달리나요?"

"몇 주 전에 벨로크 왕국이 수도를 침공했다는 말을 들었어요. 하지만 이 정도로 파괴됐을 줄은……."

미네리아나는 슬픈 눈으로 군데군데 그을린 성벽과 박살난 성문을 바라보았다. 지크는 심한 농담을 했다는 생각이 들었는지 무안한 표정을 지으며 성문 안으로 들어가려 했다.

그러나 수도 안쪽으론 들어가기가 힘들었다. 병사들이 창으로 지크를 저지한 것이었다.

"잠깐! 차림새가 수상하니 신분증이나 통행증을 제시하시오!"

지크는 자신을 막은 두 명의 병사를 멍하니 바라보다가 피식 웃으며 어깨를 으쓱거렸다.

"어제 까마귀가 물어 갔어요. 헤헤헷……."

"뭐라고!"

지크의 장난스러운 대답에 화가 치밀어 오른 병사들은 지크의 가슴에 창끝을 들이댔다.

"잠깐."

그때 지크의 뒤에서 안대를 한 검사가 나타나자 병사들은 혼비백산하며 차려 자세를 취했다.

"베르니카 님!"

베르니카는 엄숙한 분위기를 풍기며 병사들에게 다가갔다. 병사들은 더욱 목에 힘을 주며 자세를 바로 하려 애썼다.

그 모습을 본 사바신은 지크의 귀 쪽으로 슬며시 입을 가져갔다.

"오, 저 여자 엄청 무섭게 굴었나 봐. 자식들 이마에 핏발 선 거 봐."

"눈에 안대를 괜히 했겠어?"

"맞아, 맞아."

둘의 진지한 대화를 얼핏 들은 베르니카는 주먹을 부르르 떨었다. 겨우 마음을 진정시킨 그녀는 살짝 옆으로 비켜서며 병사들에게 말했다.

"미네리아나 마마께서 돌아오셨다. 그분께 먼저 예를 갖추도록 해라."

"예? 이런 세상에! 죽여 주십시오, 마마!"

병사들은 황급히 무릎을 꿇었다. 루이체와 같이 있던 미네리아나는 손으로 입을 가리며 부드럽게 웃은 후 말했다.

"호홋, 오랜만에 뵙습니다. 저는 괜찮으니 어서 일어나세요."

"예! 황공하옵니다!"

병사들은 인형처럼 절도 있게 일어났다.

지크와 사바신은 같은 표정, 같은 포즈로 턱을 쓰다듬으며 중얼댔다.

"역시 미네리아나 왕녀님은 얼굴만 예쁘신 게 아니라 덕도 있으시군. 누구하고는 달라."

"응, 안대를 한 누구하고는 너무나 달라."

베르니카는 둘의 말을 애써 못 들은 척하며 병사들에게 설명했다.

"저기 있는 두 바보와 소녀, 검은 피부의 청년은 미네리아나 마마를 호위하고 있다. 통행증은 내 이름으로 즉시 발급할 테니 그리 알고 통과시키도록."

그녀의 말을 들은 병사들은 지크와 사바신을 이해가 가지 않는다는 눈길로 쳐다보았다.

"아, 아니, 돈이 없으셨습니까? 저런 싸구려 용병들을 고용하시다니⋯⋯."

"⋯⋯!"

순간 지크와 사바신의 표정은 딱딱하게 굳어졌고 옆에 있던 루이체와 마티는 다음 장면을 보지 않겠다는 듯 눈을 질끈 감으며 시선을 돌렸다.

"아라차!"

자존심이 상한 듯, 기합과 함께 몸을 날린 사바신은 이마로 성벽을 강하게 들이받았다. 그가 들이받은 곳을 중심으로 성벽은 눈에 띌 정도로 파손됐고 병사들의 눈은 이내 벌어졌다. 소리가 얼마나 컸던지 성벽 근처 주민들까지 모여들어 구경을 할 정도였다.

"타앗!"

이어서 지크는 근처의 아름드리 나무 사이를 순식간에 오가며 발차기를 날렸다. 나무들은 연속 격파되며 모두 바닥에 쓰러졌다. 그것까지 본 병사들은 식은땀을 줄줄 흘리며 지크와 사바신을 바라보았다. 증명 작업을 마친 둘은 불량스러운 몸짓으로 다시 병사들 쪽으로 다가왔다.

"이래도 이 지크 님이 싸구려야! 바보라는 말보다 더 심하게 들리는 게 싸구려라는 말이야!"

"용병 따위와 우리를 비교하지 말라 이거야! 누구 이마에 피 나는 거 보고 싶어?"

"아, 알았으니 어서 통과하십시오! 부탁드립니다!"

둘은 그제야 웃으며 병사들의 어깨를 툭툭치고 나서 성안으로 들어갔다.

둘의 모습을 지켜보던 베르니카는 팔짱을 끼며 투덜댔다.

"얼간이 녀석들……!"

어떻게 처리가 됐건, 일행은 무사히 수도에 들어갔다.

성안 역시 성 밖과 다를 바 없었다. 어지간한 가옥들은 거의 피해를 입었으며 가로수들도 부러지지 않은 것이 거의 없었다. 그러나 한 가지 특이할 만한 점은, 그 피해를 복구하는 사람들의 표정에선 절망이나 그늘진 구석을 찾아볼 수 없다는 것이었다.

모두 다 활기찬 표정으로 열심히 일을 하고 있었기에 지크는 역시 수도구나 생각하며 고개를 끄덕였다.

"오빠, 뭐 하는 거야?"

지크의 얼굴이 보통 때와 달리 진지하자 루이체는 이상하다는 듯 물었다. 지크는 떫은 표정으로 그녀를 돌아보며 대답했다.

"음, 네 허리가 굵을까 저 나무 줄기가 더 굵을까 생각하고 있었어."

"……뭐야?"

루이체가 노려보자, 지크는 피식 웃으며 어깨를 으쓱했다.

"헤헷."

"죽어 버려, 너구리!"

루이체는 결국 지크에게 공격을 가하기 시작했고 지크는 그 공격을 슬쩍슬쩍 가볍게 피하며 춤추듯 계속 길을 걸었다. 그리고 마티는 둘을 진지하게 바라보았다. 마티의 사정을 알지 못하는 베르니카는 고개를 갸웃거리며 이상하다는 눈초리로 그 셋을 바라봤다.

"정말 저들은 수도까지 와서도 변함이 없군요. 구제불능이야……."

"호홋, 너무 그렇게 생각하지 말아요, 베르니카. 나름대로 재미

있고 즐겁게 사는 분들이잖아요. 그럼 계속 가죠, 베르니카."

"……예."

"야야, 그만해, 동생…… 으윽!"

지크가 사정하는데도 루이체의 공격은 계속되었다. 결국 지크는 진지하게 둘의 모습을 바라보고 있던 마티의 뒤로 급히 몸을 숨겼다.

"앗! 마티 씨!"

루이체는 미처 공격을 멈추지 못하고 마티 쪽을 향해 공격을 날리고 말았다. 결국 급히 피한 지크 대신 마티가 맞고 말았다.

"으악!"

마티가 비명을 지르며 쓰러지자, 루이체는 사색되어 지크와 사바신을 번갈아 바라보았다. 지크는 마티를 안아 올리며 혀를 찼다.

"쯧쯧…… 하여튼 누구 동생인지 여자애가 그렇게 난폭해서 어디에 쓰겠냐?"

"미, 미안해, 오빠. 사바신, 어떻게 좀 해봐요!"

어느새 담배를 입에 문 사바신은 팔짱을 끼며 일부러 건성으로 대답했다.

"내가 알 바 아니지."

"……."

루이체가 거의 울려고 하자 사바신은 그제야 마티를 자신의 다리 위에 비스듬히 눕힌 뒤, 마티의 뺨에 손을 갖다 대고 진찰을 했다. 이런 방면에 일가견이 있는 그였다.

"역시 암살자는 내구력이 약하군. 어쨌든 급소는 가까스로 피했으니 너무 걱정하지 마."

사바신의 말에도 루이체는 여전히 불안한지 겁먹은 표정으로 지크에게 물었다.

"지, 진짜 괜찮을까, 오빠?"

마티를 등에 업은 지크는 피식 웃으며 대답했다.

"사바신이 쳤으면 모를까, 아무 일 없을 테니 걱정 끊어."

뒤에서 지켜보던 미네리아나도 걱정이 되었는지, 지크 옆에 다가와 물었다.

"꽤 세게 맞은 것 같던데요, 지크 님. 정말 괜찮을까요?"

지크는 등에 업고 있는 마티의 머리를 자신의 뒤통수로 툭툭 치고는 고개를 끄덕였다.

"당연하죠. 설마 이 녀석도 무술을 한 남자인데 그거 한 방에 죽기라도 할까요. 그럼 여기서 헤어져요, 미네리아나 왕녀님. 이 녀석을 눕혀 놓아야 할 것 같으니까요."

그의 말에 미네리아나는 잠시 생각하다 자신의 목에 걸려 있는 붉은색 수정 목걸이를 지크에게 넘겨주며 말했다.

"그럼, 이걸 가지고 계세요. 이 목걸이를 경비병에게 보여 주면 언제든 통과를 허락해 줄 거예요."

그때 곁에 서 있던 베르니카가 흠칫 놀라며 지크에게 소리쳤다.

"이봐, 얼간이! 만약 그 목걸이를 받으면 나에게 죽음을 면치 못할 거다!"

"엉?"

지크는 얼떨떨한 표정으로 베르니카를 바라보았다. 그녀는 이어서 미네리아나에게 말했다.

"마마! 그 목걸이를 넘겨주신다는 것은……!"

미네리아나는 고개를 끄덕여 베르니카의 말을 막았다.

"알아요, 베르니카. 하지만 이 목걸이가 아니면 이분들은 왕궁에 들어오지 못합니다. 어쩔 수 없어요. 이해하세요, 베르니카……

자, 받으세요, 지크 님. 그리고 언제든 찾아오시기 바랍니다."

미네리아나는 거리낌 없이 목걸이를 지크에게 넘겨주었다.

지크는 진지한 표정으로 자신의 손바닥 위에 놓인 목걸이를 가만히 바라보았다.

결국 베르니카는 더 이상 만류하지 못하고 미네리아나와 함께 왕궁으로 향했다.

그들의 뒷모습을 지켜보던 지크는 씩 웃으며 사바신에게 말했다.

"……잠깐 이 암살자 좀 업어라, 땅강아지."

지크의 뜻을 알아챈 사바신은 웃으며 대신 업었다. 루이체는 궁금한 얼굴로 물었다.

"뭐하려고, 오빠?"

지크는 미네리아나가 간 방향으로 뛰어가며 대답했다.

"넌 몰라도 돼, 인마!"

"쳇. 나쁜 너구리 같으니."

미네리아나는 정숙한 몸짓으로 계속 걸어갔다. 베르니카는 그 모습을 안쓰럽게 바라보다 결국 참지 못하겠는지 미네리아나의 앞을 막아서며 소리쳤다.

"마마! 제발 소인의 말을 들어주십시오! 그 목걸이는 선대왕께서 마마와 여왕님께 하나씩 나눠 주신 소중한 물건입니다! 게다가 그 목걸이를 다른 남자에게 넘겨준다는 것은…….."

미네리아나는 쓸쓸히 웃으며 고개를 끄덕였다.

"알아요. 그 목걸이를 넘겨주면 어떻게 된다는 사실도 압니다. 하지만 베르니카도 봤잖아요. 성 외곽이 처참하게 부서진 모습을요. 다시는 그런 일이 없게 하려면 저를 희생해서라도 지크 님이나 사바신 님의 힘을 얻어야만 합니다. 어쩔 수 없어요."

베르니카는 침통한 얼굴로 미네리아나의 손을 잡았다. 그녀의 마음이 조금이라도 약했다면 눈물을 흘리고 말았을 것이다.

"아, 알겠습니다. 마마의 뜻이 정 그러시다면 어쩔 수 없겠죠. 죄송합니다, 마마. 제가 더 강했더라면 이런 일이 없었을 텐데……!"

"이봐, 그런 대사는 그대에게 안 어울린다고, 안대 언니."

"엉?"

베르니카와 미네리아나는 깜짝 놀라며 뒤를 바라봤다. 그곳엔 지크가 미네리아나에게 받은 목걸이를 손가락으로 빙빙 돌리며 서 있었다. 베르니카는 순간 발끈해서 외쳤다.

"이, 이 무례한 녀석! 감히 마마가 하사하신 보물을 그런 식으로 가지고 놀다니!"

지크는 위로 시선을 돌리며 중얼거렸다.

"흥, 남이사. 그건 그렇고 미네리아나 왕녀님, 이거 도로 받아요."

미네리아나의 오른손을 잡고 수정 목걸이를 넘겨준 그는 그녀의 손을 자신의 손으로 쥐어 주며 말했다.

"그 목걸이가 없어도 저는 왕궁에 들어갈 수 있어요. 그리고 아무 대가 없이 당신을 도와줄 수도 있고요. 헤헷, 아무 염려 마세요. 자, 그럼 저는 가 볼 테니 무슨 일 생기면 찾아오세요."

그렇게 말하고 지크는 다시 루이체와 마티가 있는 곳으로 달려갔다.

"……여자도 자신의 손으로 행복한 미래를 만들어야 해요, 미네리아나 왕녀님! 저 같은 건달 때문에 버릴 그런 것이 아니라고요!"

지크는 중간에 한 번 뒤돌아보더니 한마디 덧붙이고는 다시 뛰어갔다.

미네리아나와 베르니카는 멍하니 지크의 뒷모습을 바라볼 뿐이 었다.

잠시 후 미네리아나는 목걸이를 들고 있는 자신의 오른손을 왼손으로 감싸 쥐며 중얼거렸다.

"……고마워요, 지크 님."

"목걸이 왜 도로 주고 왔어? 네 성격상 그런 건 받고 보자 아닌가?"

마티를 업은 사바신은 여관 거리를 거닐며 옆에서 걷고 있는 지크에게 넌지시 물었다. 지크는 별것 아니라는 표정으로 대답했다.

"응, 그 수정, 가짜였거든. 근데 내가 왜 받냐?"

"풋, 네가 그렇지, 뭐."

지크는 살짝 윙크를 해 보였다. 사바신은 킥킥 웃으며 시선을 돌렸다.

"그랬구나……. 난 또 그 수정 목걸이가 무슨 '언약' 비슷한 거여서 오빠가 도로 준 줄 알았네."

루이체의 말에 지크는 속으로 뜨끔했다. 사실, 지크 자신도 그렇게 생각했기 때문에 그 수정 목걸이를 돌려준 것이었다. 속을 드러내기 싫어하는 성격의 지크는 루이체가 그렇게 생각하는 것이 오히려 잘됐다고 생각했다.

"후훗…… 이 녀석은 일어날 생각을 안 하는구나. 정말 골칫덩이란 말이야. 쳇, 어쩔 수 없지. 이 녀석 팔자가 그런 건지도. 어이, 루이체. 이 여관은 어때냐?"

지크는 한쪽 벽에 금이 가긴 했지만 빨간색 벽돌로 아담하게 치장된 깨끗한 집을 가리켰다. 돌벽과 지붕이 전체적으로 빨갛게 칠해져 있는 그 집 문에는 '수도 여관'이라는 간판이 걸려 있었다.

피곤한 루이체는 이것저것 따질 여유는 없었다. 일행은 그 여관에 들어갔다.

　방문을 열고 들어선 지크는 우선 마티를 침대에 눕혔다. 사바신과 번갈아 업기는 했지만 대부분 그가 들쳐 업고 왔기 때문에 어깨가 결렸던 지크는 인상을 찡그리며 말했다.

　"아, 자식. 생각보다 되게 무겁네. 그건 그렇고 치료부터 해야……. 아냐, 나도 좀 쉬어야지. 우선 잠이나 자볼까?"

　피로가 꽤나 축적되었는지 지크는 정신을 잃듯 잠에 빠져들었다. 사바신 역시 별말 없이 침대에 쓰러졌다.

2

레프리컨트의 젊은 여왕

레프리컨트의 여왕은 근심 어린 표정으로 한숨만 쉬고 있었다. 린스 공주를 떠나보낸 지 벌써 3주가 되어 가는데 그녀에 관한 소식이 한 건도 들어오지 않은 탓이었다.

걱정에 사로잡혀 있는 그녀 앞에 시녀가 몸을 숙인 채 다가왔다.

"마마, 라세츠 후작께서 마마를 뵙고자 합니다만……."

여왕은 슬쩍 눈을 뜨며 힘없이 말했다.

"모시거라. 후작을 뵌 지도 꽤 오래되었으니까."

"예, 마마."

시녀가 알현실에서 나간 뒤, 금발을 뒤로 넘긴 깔끔한 미남이 알현실로 들어와 예를 갖추며 말했다.

"오랜만에 뵙습니다, 여왕 폐하. 라세츠, 문안 인사 드릴 겸 찾아왔습니다."

여왕은 고개를 끄덕인 후 자세를 바로 하며 그에게 물었다.

"그래요, 오랜만이오. 그런데 한 달간 어딜 다녀오신 거죠, 후작? 여왕인 나에게도 말할 수 없는 무언가가 있는 모양이죠?"

의심 섞인 질문에 라세츠는 빙긋 웃으며 대답했다.

"하핫, 그렇지 않습니다, 마마. 국경 근처에 살고 계시는 부모님들을 뵈러 잠시 자리를 비운 것뿐입니다. 다른 이유는 없습니다."

여왕은 고개를 끄덕이며 말했다.

"그렇다면 다행이군요. 난 그대가 벨로크 왕국의 군인들에게 당한 줄 알고 매우 걱정했답니다."

라세츠는 더욱 고개를 숙이며 부드러운 목소리로 답했다.

"하하, 이런 변변치 못한 몸을 걱정해 주시다니, 영광일 따름입니다, 여왕 폐하."

"크크큭…… 자신이 변변치 못하다는 사실을 잘 아는 걸 보니 그리 머리가 나쁘진 않은가 보군……. 크크크큭."

"아, 아니?"

음침한 목소리에 깜짝 놀란 라세츠는 목소리가 들려온 옥좌 쪽을 바라보았다. 그리고 곧이어 여왕의 뒤에 나타난 회색 피부의 사나이를 보고 경악을 금치 못했다. 라세츠는 급히 자신의 검을 뽑아들며 소리쳤다.

"너, 너는 누구냐! 감히 마마께 해를……!"

그러나 회색 피부의 사나이는 눈 하나 깜짝하지 않고 말했다.

"후…… 겁쟁이군. 난 너나 여왕에게 해가 되는 일 따위는 하지 않았다. 근데 검을 뽑다니, 이건 나에 대한 도전이라고 봐야겠지? 크크크큭, 잘됐군. 내 다크 팔시온이 거의 한달 동안 피 목욕을 못했는데 말이야. 크크큭."

그 사나이가 앞으로 걸어 나오려 하자, 여왕이 다급히 일어서며 앞을 가로막았다.

"바, 바이론 경, 그만하시오! 나를 봐서라도 참아 주시오!"

바이론은 자신을 막아선 여왕을 가만히 내려다보다가 획 돌아서
며 중얼거렸다.

"후, 또 방해하십니까, 여왕? 좋습니다, 제가 양보하죠. 나와 당
신의 계약 기간은 아직 남아 있으니까. 크크크큭……."

말을 마친 바이론은 소리 없이 그늘 속으로 사라졌다.

한편 바이론이 풍기는 공포감에 떨던 라세츠는 식은땀을 줄줄
흘리며 회색 거인이 사라진 쪽을 바라보며 말했다.

"마마, 저자는 대체……?"

가까스로 바이론을 말린 여왕은 손으로 이마를 짚은 채 앉으며
대답했다.

"한 달 전, 이 수도에 벨로크 왕국이 침공해 온 것은 잘 아시죠?"

라세츠는 자세를 단정히 하며 대답했다.

"예, 물론 알고 있습니다, 마마."

여왕은 잠시 뒤 계속 말을 이었다.

"궁지에 몰린 이 왕국을 구해 주신 분이 바로 바이론 경입니다.
수천에 달하는 벨로크 왕국의 강철괴물들을 혼자 힘으로 없앤 대
단한 분이시죠."

"예?"

라세츠는 깜짝 놀란 얼굴로 여왕을 바라봤다.

소수의 군대로 수만을 막았다는 레프리컨트 대공신 그레이 공작
의 이야기는 자신이 직접 보았기 때문에 믿었으나, 단 한 명이 수
천을, 그것도 강철괴물을 막았다는 말은 믿기 어려웠다.

"어쨌든 라세츠 후작께서도 가급적이면 바이론 경의 눈에 거슬

170

리는 행동을 하지 않도록 주의하세요."

라세츠는 아직도 믿을 수 없었으나 여왕이 이렇게 말하는 모습을 본 적도 없었기에 허리를 숙이며 대답했다.

"예, 알겠습니다, 마마."

"그런데 후작, 무슨 일로 나를 찾아오셨소? 후작이 인사하려고 일부러 올 사람은 아닐 텐데 말이오."

라세츠는 그 말을 기다렸다는 듯, 고개를 약간 들며 용건을 말했다.

"린스 공주님과 관계된 정보입니다만……."

"예? 공주에 대한 정보라구요? 그 애에게 무슨 일이라도 있소?"

여왕이 크게 놀라자, 라세츠는 어두운 표정으로 대답했다.

"확실한 건 아직 잘 모르겠습니다만, 어떤 이상한 사람과 함께 다니는 것 같습니다. 근위대장 케톤 프라밍과 학자 노엘 메이브랜드도 같이 있는 것으로 보아 공주님을 인질로 잡은 그 사람이 둘을 이용하고 있는 것 같습니다."

여왕은 도저히 믿을 수 없다는 표정을 지으며 자신의 머리를 감쌌다.

"세, 세상에 그럴 수가……! 린스가 인질로?"

라세츠는 여왕을 슬쩍 바라보며 계속 말을 이었다.

"린스 공주님을 인질로 잡은 장본인은 붉은 머리카락을 하고 있는 프리 나이트라 합니다. 차림새는 마치 용병과 같고 검술도 뛰어나다 전해집니다. 항구 도시 트립톤에서부터 공주님과 같이 다녔다는 목격자의 증언을 보아, 인질이 되신 지 꽤 된 것 같습니다."

그의 정보가 상당히 충격적이었는지 여왕의 얼굴은 금세 분노로 일그러졌다. 그녀는 결국 옥좌에서 벌떡 일어서며 라세츠에게 강한 어조로 말했다.

"가만둘 수 없소! 그 떠돌이를 곧장 잡아들이고, 공주를 구출할 계획을 세우시오! 모든 명령은 라세츠 후작이 맡아 주시오!"

"라세츠, 마마의 분부 받들겠습니다!"

라세츠는 머리를 조아리며 대답했다.

알현실에서 나온 그는 문이 닫히자마자 씩 웃으며 당당한 걸음으로 복도를 갔다.

"오랜만에 왕궁에 돌아오신 것 같군요, 미네리아나 마마."

왕궁 복도를 함께 걷던 베르니카가 말하자, 미네리아나는 활짝 웃으며 고개를 끄덕였다.

"예. 정말 기분이 새롭군요, 베르니카. 아, 베르니카도 저와 비슷할 것 같은데요?"

"……예."

베르니카는 자신의 왼쪽 눈을 덮고 있는 안대에 손을 갖다 대며 가볍게 웃었다. 미네리아나는 자신이 실수한 게 아닌가 걱정이 들었지만 사과를 하면 베르니카의 마음을 더 무겁게 할까 봐 잠자코 계속 걸음을 옮겼다.

알현실이 가까워질 무렵, 둘의 앞에 금발을 말끔히 뒤로 넘긴 미남자가 걸어왔다. 미네리아나는 반가운 표정으로 그에게 먼저 인사했다.

"아! 라세츠 후작님 아니세요? 정말 오랜만……."

"……."

그러나 라세츠는 미네리아나를 본 척도 하지 않고 지나쳐 버렸다. 미네리아나는 실망스러운 얼굴로 그의 뒷모습을 바라보았다.

베르니카는 굳은 표정으로 미네리아나에게 말했다.

"마마, 라세츠 후작은 목적을 위해 수단과 방법을 가리지 않는 사람입니다. 그에게 더 이상 접근하지 않으시는 게……."

그러나 미네리아나는 여전히 웃으며 고개를 저었다.

"아닐 거예요, 베르니카. 급한 일이 있어서 나를 미처 보지 못하셨겠죠. 그럼 계속 갈까요?"

그런 미네리아나를 보는 베르니카의 표정은 이내 근심으로 어두워지고 말았다. 그녀는 한숨을 짧게 내쉰 뒤 미네리아나를 따르며 옛일을 떠올렸다.

'노엘도 그때 마마와 같은 말을 했지…….'

"아, 여전히 수고하고 계시는군요, 여러분. 오랜만이에요."

"아…… 악!"

알현실 앞을 지키던 병사와 시녀들은 미네리아나가 초라한 복장으로 다가와 자신들에게 먼저 인사를 하자 깜짝 놀라며 무릎을 꿇었다. 그들에게 있어서 왕족이 먼저 인사한다는 것은 도저히 상상할 수 없는 일이었다.

"무, 무례를 용서하십시오, 미네리아나 마마! 저희의 목을 바치겠습니다!"

그러나 미네리아나는 손수 병사의 손을 잡으며 고개를 저었다.

"무슨 말씀이세요? 왕위 계승이 끝난 왕족은 별 볼일 없는걸요. 호홋."

"가만히 뭘 하고 있는 거냐! 어서 여왕 폐하께 미네리아나 마마가 오셨다고 고하거라!"

베르니카는 무릎을 꿇고 있는 시녀를 향해 소리쳤고, 시녀는 움찔하며 급히 알현실로 들어갔다.

베르니카는 미네리아나를 일으키며 그녀의 옷에 묻은 먼지를 털어 주었다.

"마마, 아무리 왕위 계승권이 없다 해도 왕족은 왕족이십니다. 이렇게 하시면 저들에게 더욱 부담감만 주실 뿐입니다."

"아, 미안해요, 베르니카. 명심할게요."

잠시 후 알현실 문이 열리며 나온 사람은 놀랍게도 시녀가 아닌 여왕이었다.

"미네리아나!"

미네리아나는 활짝 웃으며 여왕에게 허리를 굽혀 인사를 올렸다.

"미네리아나, 여왕 폐하께 인사 올립니다."

미네리아나의 모습과 초라한 옷차림을 본 여왕은 결국 눈물을 흘리며 그녀를 꼭 안고서 말했다.

"미네리아나! 돌아와 주었구나!"

여왕은 미네리아나의 손을 잡고 알현실로 들어갔다. 베르니카도 뒤따라갔다.

여왕은 시종일관 미네리아나의 손을 놓지 않고 얘기를 계속했다. 미네리아나 역시 여왕의 손을 꼭 잡고 있었다.

"미네리아나, 네가 와줘서 정말 다행이야. 린스까지 없는 지금…… 어쨌든 정말 다행이구나."

"린스? 린스가 없다고, 언니? 무슨 소리야?"

미네리아나는 린스가 없다는 말에 눈을 휘둥그렇게 뜨고 되물었다. 둘의 말투는 어느새 보통 자매와 같았다.

무릎을 꿇은 채 안도의 숨을 쉬며 계속 둘의 얘기를 듣고 있던 베르니카 역시 고개를 들고 여왕을 쳐다보았다.

"벨로크 왕국이 수도를 침공했을 때, 내가 마법으로 린스를 피신시켰단다. 그런데 상황이 나빠진 거야. 붉은 머리카락의 떠돌이 검사가 린스를 인질로 잡고 있다는구나. 노엘과 케톤까지 함께 붙잡혀 있다는데……. 라세츠 후작이 말해 주지 않았다면 어떻게 되었을까. 정말 상상하기도 싫구나."

'노엘이……?'

베르니카는 라세츠 후작이란 이름이 나오자 얼굴을 찡그렸다. 그러나 린스가 인질로 잡혀 있어 노엘 등이 고생한다는 말에 불안해져 그에 대한 생각은 뒷전으로 밀려났다.

"라세츠 후작께서? 역시, 그래서 그분이 나를 그냥 지나쳐 버린 거로구나. 그래서 어떻게 하기로 했어, 언니?"

"즉시 그 붉은 머리카락 남자를 수배하고 린스를 구해 오라고 했지. 하지만 어디에 있을지…… 라세츠 후작을 믿어 보는 수밖엔 현재로선 달리 방법이 없구나."

둘의 이야기는 계속되었고, 오랫동안 쌓인 얘기는 끝이 없었다.

"아, 아야야! 여기가 어디지?"

마티는 루이체에게 맞은 부위를 손으로 쓰다듬으며 자리에서 일어났다. 밖은 벌써 어두워져 있었다. 누워 있는 장소가 여관이란 사실을 깨달은 그녀는 헝클어진 터번을 풀며 주위를 둘러보았다.

"근데 누가 나를 여기에…… 앗?"

마티는 옆 침대에 누워 자고 있는 지크와 사바신을 보고 깜짝 놀랐다. 그러나 그녀는 곧 편안한 표정을 지으며 중얼거렸다.

"저 녀석들이 날 데리고 왔다면 그런 대로 다행이군. 후훗."

마티는 머리에 두른 터번을 벗고 일어서서 조용히 욕실로 향했다.

"지크, 일어나거라."

어두운 꿈의 세계 저편에서 지크의 머릿속을 울리는 목소리가 들렸다. 지크는 그 목소리를 듣고 인상을 잔뜩 찌푸리며 대답했다.

"싫어요. 피곤하단 말이에요."

지크의 반응에 목소리는 잠시 침묵을 지키다가 이내 크게 소리쳤다.

"이 녀석! 나랑 농담하자는 거냐! 일어나, 이 게으름뱅이야!"

깜짝 놀란 지크는 벌떡 일어서며 자신에게 소리를 친 회색 옷의 노인을 바라보았다. 노인은 그가 일어나자 헛기침을 몇 번 한 후 용건을 말하기 시작했다.

"오랜만이구나, 지크. 지난번 고신전쟁 때도 만나지 못했으니 말이야. 오늘은 네 힘 때문에 찾아왔다."

지크는 자신의 힘이란 말을 듣고 의아한 표정을 지으며 물었다.

"예? 제 힘은 갖춰진 상태 아닌가요? 이 무적의 지크에게……."

"내 말을 듣거라! 네 힘은 다른 가즈 나이트와는 다르다. 왜냐하면 넌 바람이니까. 바람에서 생성되는 것은 뇌력이 아니다. 진정한 바람의 힘을 넌 모르고 있어. 넌 바람을 내봤자 주먹이나 칼로 생성하는 진공파뿐이지 않느냐. 너의 진정한 힘을 모르기 때문에 넌 하늘을 날 수 없는 거야. 번개가 하늘을 향해 치솟는 거 봤느냐?"

지크는 자신의 턱에 손을 가져가며 일리 있다는 듯 고개를 끄덕였다. 노인은 다시 인상을 찡그리며 한탄하듯 말했다.

"네가 일 처리하는 모습을 보고 오죽 답답했으면 내가 네 꿈을 이용해 나타났겠느냐. 어쨌든 빠른 시일 안에 아직 개발하지 못한 그 바람의 힘을 일깨우거라. 알겠느냐?"

곰곰이 생각하던 지크는 갑자기 활짝 웃으며 돌아가려는 노인의 옷자락을 잡아당겼다.

"우욱, 이놈이!"

"할아버지! 그 힘을 일깨우면 리오보다 더 강해지나요?"

노인은 자신이 가지고 있던 지팡이의 끝으로 지크의 머리를 쿡 찍으며 대답했다.

"지금의 리오보다 강해지고 싶다면 네가 가진 속성을 초월하는 방법뿐이다. 아, 이것도 보너스로 말해 주지. 너희…… 지(地)·수(水)·화(火)·풍(風)의 속성들은 자신들을 초월하면 힘의 한계점을 높일 수 있다. 하지만 그래 봤자 광·암·무 세 개의 대속성이 가진 한계점과 비슷해질 뿐이야. 강해지고 싶다면 그들보다 몇 배의 수련을 하거라. 리오 등의 대속성 가즈 나이트들도 놀지는 않으니까 말이야. 알겠지? 이제 날 붙잡으면 가만두지 않을 테다."

노인은 서서히 어둠 속으로 사라졌다. 지크는 주위가 다시 어두워지자 고개를 몇 번 갸웃거린 후 다시 잠에 빠져들었다.

3

왕궁을 지키는 실력자들

"이봐, 일어나."

지크는 인상을 잔뜩 찌푸리며 눈을 살짝 떴다. 밝은 것으로 보아 현실 세계인 듯해 지크는 기지개를 켜며 자리에서 일어났다.

"음, 마티냐? 하아아암…… 몸은 괜찮아?"

마티는 기분 나쁜 표정을 지으며 대답했다.

"잠시 기절했던 것뿐이야. 그런데 저녁 안 먹을 거야?"

지크는 저녁이란 말에 고개를 저으며 자신의 트레이드마크인 붉은 재킷을 입었다.

"응, 괜찮아. 근데 네가 그런 소리도 할 줄 알아? 의외다."

마티는 피식 웃으며 창가로 가서 하늘의 별을 보았다. 지크는 이상한 녀석이다 생각하며 밖으로 나갔다.

"가만히 여기서 사바신하고 놀고 있어. 어디 나가서 일 벌이지 말고."

지크가 방에서 나가자 마티는 한숨을 쉬며 나지막이 중얼거렸다.

"흥, 바보."

루이체에게 말을 남기고 여관을 빠져나간 지크는 크게 심호흡을 한 후 멀리 보이는 왕궁을 향해 달리기 시작했다.

"미네리아나 왕녀님이나 보러 가야지! 헤헤헷!"

10분 후, 지크는 달빛에 그림자가 져서 어두운 서쪽 성벽 아래에 서 있었다.

"흠, 벨로크 왕국인가 뭔가가 침공한 이후 병사가 많이 줄었나 보군. 경비를 서는 사람이 거의 없잖아. 그렇다면 직행이지, 뭐."

지크는 자신의 손바닥을 몇 번 부딪친 후 왕궁 벽을 소리 없이 기어오르기 시작했다. 침투에 있어서는 전 가즈 나이트 중 최고라는 지크였다.

벽을 다 오른 지크는 궁성 안쪽의 정황을 살폈다. 정말 이상하리만큼 경비가 거의 없었다.

"헤헷, 이거 완전 나이스 타이밍인걸?"

궁 안으로 살짝 잠입한 지크는 몸을 최대한 낮춰 가까이 있는 큰 창문을 들여다보았다.

사람이 없는 것을 확인한 지크는 무명도로 창문의 고리를 자르고 안으로 들어갔다. 그리고 곧 복도로 나온 그는 천장에 붙어 소리 없이 이동하기 시작했다.

"쳇, 청소 좀 하지 이게 뭐야. 먼지귀신 되겠군."

투덜대며 2층으로 올라간 지크는 한 시녀가 큰 방문을 열고 나오며 인사하는 소리를 들었다.

"그럼 안녕히 주무십시오, 마마."

시녀가 복도 저편으로 사라지자, 지크는 피식 웃으며 생각했다.

'오호라, 마마! 그럼 여기인가 보군. 근데 방문 한번 큰데?'

복도 바닥에 안착한 지크는 가벼운 마음으로 방문 손잡이를 돌렸으나 문이 잠겨 있었다. 지크는 씩 웃으며 재킷 호주머니를 뒤지기 시작했다.

"헤헷, 놀래 줘야지. 노크는 내 체질이 아니야……. 언제든 찾아오라고 했으니까 괜찮겠지."

호주머니에서 지크가 꺼낸 것은 구불구불한 철사와 납작한 철봉이었다. 지크는 둘을 잘 조합하여 열쇠 구멍에 설치한 뒤 납작한 철봉을 살짝 비틀었다.

달칵 하고 문 열리는 소리가 들리자 지크는 도구를 다시 호주머니에 넣고 손잡이를 돌렸다. 문은 아까와는 달리 간단히 열렸다. 지크는 환한 미소를 지으며 안으로 들어갔다.

반투명 커튼이 설치된 으리으리한 침대를 발견한 그는 그 안에 누워 있는 여성을 향해 큰 목소리로 인사했다.

"미네리아나 왕녀님, 지크가 왔습니다!"

잠자던 여성이 벌떡 일어나 이불로 자신의 몸을 가리며 큰 소리로 외쳤다.

"누, 누구냐! 누가 감히 여왕의 방에 침입한 거냐!"

'오메!'

일이 엉뚱하게 되자 다급해진 지크의 운동신경이 곧바로 발동되었다.

그는 곧장 침대 커튼 안쪽으로 들어가서 여왕의 입을 손으로 막으며 눈을 질끈 감았다.

'아차, 여왕도 마마라고 부르지, 참! 방을 잘못 들어오다니, 지크 스나이퍼 최대의 실수다!'

"읍! 으으읍!"

여왕은 깜짝 놀라 소리를 지르려 했으나 지크가 그녀의 입을 강하게 틀어막고 있었기 때문에 목소리는 조금도 밖으로 새어 나가지 않았다. 지크는 낮은 목소리로 사과했다.

"죄송해요, 여왕님. 동생분 침실인 줄 알고 잘못 들어온 걸 사과드립니…… 응?"

여왕의 얼굴을 본 지크는 단숨에 사색이 되었다. 지크의 표정을 본 여왕도 깜짝 놀라며 반항을 멈추었다. 지크는 떨리는 목소리로 여왕에게 물었다.

"실례하지만 마마, 몇 살이세요?"

"……?"

레프리컨트의 여왕은 이 무례한 침입자가 왜 갑자기 자신의 나이를 물어보는지 알 길이 없었다. 하지만 확실한 건 침입자의 손에 입이 막혔기 때문에 대답할 수 없다는 것이었다.

지크는 잠시 후, 지금 상황에서 여왕의 나이는 그리 중요하지 않다고 느꼈는지 여왕의 목 뒤를 손가락으로 살짝 누른 후 그녀의 입을 막고 있던 손을 떼었다.

"휴, 하여튼 죄송합니다. 그건 그렇고 저는……."

"……!"

여왕은 지크의 말은 듣지도 않고 소리부터 지르려 했으나 소리가 나지 않았다.

지크는 어깨를 으쓱하며 여왕에게 더 크게 질러 보라는 듯한 표정을 지었다.

여왕은 다시 한 번 소리를 질러 보았으나 역시 아무 소리도 나오지 않았다. 결국 여왕은 겁에 질린 표정으로 지크에게서 멀어지려 애썼다.

지크는 안심하라는 듯 손을 내저었다.

"혈을 찔러 두었기 때문에 제가 풀어 드리지 않는 이상 소리를 내지 못하세요. 그전에 말씀드리고 싶은 건 여왕님을 어떻게 할 작정으로 온 건 아니니까 걱정 마시라는 겁니다."

지크는 머리를 긁적이며 주위를 둘러보다가 다시 여왕에게 물었다.

"미네리아나 마마가 어디서 주무시는지 아세요? 저는 사실 그분을 만나러 왔거든요."

여왕은 무엄한 건달을 멍하니 바라보다가 창문으로 보이는 방을 손가락으로 가리켰다.

지크는 고개를 끄덕이며 다시 한 번 미안하다는 말과 함께 여왕의 혈을 풀어 주었다.

"자, 그럼 안녕히 주무세요."

그렇게 말한 후 지크가 혈을 풀어 주자마자 여왕은 소리를 질렀다.

"경비병! 경비병 어디 있나!"

지크는 땅이 꺼져라 한숨을 쉬며 고개를 저었다.

"좀 심하잖아요, 여왕 폐하. 저는 괜찮지만 경비병들이 오늘 잠을 편히 못 잘 텐데요."

"시끄럽다! 경비병!"

곧이어 쿵쾅거리는 발소리가 가까이 들려왔고 갑옷으로 무장한 병사들이 침실 문을 부수고 우르르 몰려들었다.

"마마, 아니, 이게 웬 줄줄이 소시지냐!"

지크는 그 숫자에 놀란 듯 휘파람을 휙 불며 말했다.

"오오…… 꽤 많군. 하여튼 이제 탈출할 테니 어지럽더라도 이해해 주세요, 마마. 으라차!"

말을 마친 지크는 순간 몸을 날리며 맨 앞에 있는 병사의 얼굴을 무릎으로 가격했다.

"으악!"

일격을 맞은 병사는 뒤에 서 있던 다른 병사들과 함께 뒤쪽으로 우르르 밀려났다. 지크는 씩 웃으며 병사들에게 자신만만한 목소리로 말했다.

"이 지크 님을 방해하지 않으면 점잖게 나갈 테니 가만히 있어 주쇼, 아저씨들. 헤헷."

"버릇없는 녀석!"

지크의 도발에 가까운 태도가 결국 병사들을 심하게 흥분시키고 말아 수십 대 일의 난투극이 여왕의 침실 앞 복도에서 벌어졌다.

"어머? 이게 무슨 소리지?"

오랜만에 자기 방에서 쉬려고 했던 미네리아나는 밤중에 들려오는 비명 소리와 무언가 부서지는 소리에 놀라 창밖을 내다보았다. 그러나 아무 일도 없었다. 자세히 들어 보니 그 난동 소리가 들리는 쪽은 그녀의 언니, 레프리컨트 여왕의 방 쪽이었다.

"아니? 언니에게 무슨 일이 생긴 건가?"

그때 다급하게 방문 두드리는 소리가 들려왔다. 미네리아나가 걱정되어 달려온 베르니카였다.

"마마! 베르니카입니다! 괜찮으십니까?"

"아, 괜찮아요, 베르니카."

미네리아나는 곧바로 문을 열어 주었다. 베르니카는 방 안을 살펴본 뒤 안도의 한숨을 쉬며 말했다.

"다행입니다, 마마. 누군가 여왕 폐하의 침실에 침입해 난동을 부린다고 하더군요. 도대체 어떤 간 큰 녀석이 여왕 폐하의 침실에 난입한 걸까요?"

"글쎄요. 어쨌든 언니가 많이 놀랐겠군요. 빨리 가 보도록 해요!"

"으윽!"

"자, 더 덤벼!"

그러나 병사들은 더 이상 덤빌 엄두를 내지 못했다. 수십 명의 동료들이 괴한의 주먹 한 방에 추풍낙엽처럼 나가떨어지는 광경은 그야말로 두려움 그 자체였다.

"쳇, 시시한 녀석들."

병사들에게 투지가 사라진 것을 느낀 지크는 자세를 풀었다. 그리고 바닥에 쓰러진 병사들을 멍하니 바라보고 있는 여왕에게 시선을 돌리며 말했다.

"여왕님, 그러기에 소리 지르지 말라고 했잖아요…… 응?"

여유만만하던 지크의 표정이 사라진 건 바로 그 순간이었다. 자신의 뒤에서 느껴지는 엄청난 살기. 그는 그 살기의 주인공을 잊고 싶어도 잊을 수 없었다.

지크는 천천히 돌아서 자신의 뒤에 서 있는 검은 실루엣을 바라보았다.

그늘에서 모습을 드러낸 검은 실루엣, 바이론은 웃으며 지크의 머리를 손으로 덮었다.

"크크큭, 상태가 좋아 보이는군, 꼬마. 쓸데없는 생각은 이제 안 하나 보지?"

지크는 피식 웃으며 바이론의 팔을 슬쩍 밀쳤다.

"넌 혈색이 더 안 좋아졌구나. 그런데 회색분자, 네가 왜 여기 있는 거지?"

"오, 안정된 직업을 원하는 건 누구나 마찬가지 아닌가? 크크 큭……."

바이론은 다시금 지크의 머리에 손을 올렸다.

지크는 팔짱을 끼며 자신보다 키가 20센티미터쯤 더 큰 바이론 을 쏘아봤다.

"……용건이 뭔데 시비야?"

"크큭, 난 왕궁을 침범한 자들을 맡고 있다. 너 역시 침범했으니 처리해야겠지. 크크큭."

"오호, 그래?"

지크의 미소에 점점 살기가 떠올랐다.

예전에도 그랬지만, 그는 바이론과 싸우고 싶어 했다. 휀과 함께 신계 전사의 양대 전설이라 불리는 바이론이 얼마나 강한지 몸으 로 느껴 보고 싶었던 것이다.

"한판 붙어 볼래? 정식으로 말이야."

지크의 주먹이 가슴에 와 닿자 바이론은 싸늘히 웃으며 말했다.

"너도 꽤 승부 근성이 있나 보군……. 좋아, 나하고 싸울 기회를 주지. 물론 결과는 뻔하겠지만 말이야……. 크크크크큭."

바이론은 천천히 정원을 향해 걸어 나갔다.

지크는 씩 웃으며 자신의 가죽 장갑을 조였다.

"헤헷. 빅 게임이겠는데그래?"

둘은 곧 왕궁 정원의 넓은 곳으로 나가 마주 섰다. 둘에게서 풍 기는 심상치 않은 분위기에 여왕을 비롯한 많은 병사들은 숨을 죽였다.

지크는 무명도의 칼자루에 손을 가져가며 자세를 취했다.

드디어 바이론이 암흑 투기를 내뿜고 있는 다크 팔시온을 뽑자 지크는 바닥에 침을 뱉으며 말했다.

"어쨌거나 의외구나, 회색분자. 네가 이 왕궁에서 하수인으로 일할 줄은 몰랐는데?"

바이론은 피식 웃으며 자신의 얼굴을 손으로 가렸다. 그 행동은 진짜로 자신의 얼굴을 가리는 건 아니고 화가 나기 시작했을 때 나타나는 바이론의 버릇이었다. 손가락 사이로 보이는 그의 눈은 광기에 불타 오르고 있었다.

"후…… 더러운 입버릇은 여전하군. 좋아, 시작해 볼까?"

"말은 필요 없겠지!"

지크의 대답을 시작으로 둘의 싸움은 시작되었다.

지크가 상상외의 속도로 자신의 왼쪽으로 돌아가자 바이론은 흠칫 놀라며 다크 팔시온을 움직였다.

곧 바이론의 등 쪽에서 금속끼리 부딪치는 맑은 소리가 들려왔다.

"이런 젠장!"

첫 번째 공격이 막히자 지크는 다시 자세를 바로잡으며 바이론의 움직임을 주시했다. 바이론 역시 지크를 돌아보며 자세를 취했다. 바이론은 쓴웃음을 짓고 중얼거렸다.

"크큭, 역시 속도 중시형은 다르군. 하지만 힘이 약해. 크크큭."

그 말에 자존심이 상한 지크는 한쪽 눈썹을 추켜올리며 바이론에게 손가락질을 했다.

"사지가 잘린 후에 그 말을 다시 해봐라, 회색분자!"

"말이 많다!"

바이론은 곧 전신에서 흑색의 투기를 방출했다.

지크는 갑작스레 밀려드는 오한에 어금니를 물었다. 엄청났다. 기합만으로 자신을 이토록 질리게 만드는 상대는 처음이었다. 처음 만났을 때의 리오도 이 정도는 아니었다.

"크크큭…… 남자는 말로 일하지 않는 거다, 꼬마. 내 사지를 자를 자신이 있다면 잘라 보시지. 물론 가능하다면……!"

"젠장, 어디서 설교냐!"

바이론의 말이 끝나기가 무섭게 지크는 자세를 잔뜩 낮춘 상태에서 바이론의 왼쪽으로 돌진해 들어갔다. 그가 왼손에 칼자루를 지니고 있는 것을 본 바이론은 지크가 접근해서 싸우려는 것을 육감으로 알 수 있었다.

지크의 공격 속도는 가즈 나이트들 사이에서도 빠른 축에 들었다. 공격받는 입장에선 그 속도가 배로 빨라 보일 수 있었다.

분명 힘을 제압하는 것은 속도였다. 그러나 속도를 제압할 수 있는 것이 힘이기도 했다. 또한 바이론은 거구에 비해 느리지도 않았다.

"먹어랏!"

지크는 기합과 함께 무명도로 바이론의 왼팔에 일격을 가했다. 바이론의 왼팔에선 곧 선혈이 튀었다. 그러나 그 양은 지크가 예상했던 결과에 훨씬 미치지 못했다.

"이, 이런?"

지크는 아차 하며 바이론의 오른팔을 바라봤다. 바이론의 검은 벌써 지크의 머리 위까지 내려와 있었다. 지크는 혼신의 힘을 다해 주먹으로 다크 팔시온의 날을 쳐냈다.

파악.

다크 팔시온은 지크의 가슴을 가까스로 비껴 지나갔지만 그래도 지크의 가슴에서 약간의 핏방울이 튀었다.

"젠장!"

겨우 자세를 바로 한 지크는 바이론과 다시 거리를 두었다. 바이론 역시 자세를 바로잡았다.

지크는 자신의 상처에서 나는 피를 손끝에 묻힌 후 맛을 보며 바이론을 향해 중얼거렸다.

"후, 독은 묻히지 않는 모양이군, 회색분자. 의외인데?"

바이론은 피식 웃으며 독이 없다는 것을 증명하듯 다크 팔시온의 날을 혀로 핥으며 말했다.

"크크크, 날 아주 저질로 알고 있군. 난 세상에서 독을 제일 싫어하지. 하지만 괜찮아. 나의 검을 인정하고 있다는 뜻으로 들리니까 말이야. 크크크큭……!"

지크는 다시금 자세를 낮추고 돌진해 들어갔다. 바이론 역시 웃음을 띠며 지크를 향해 돌진했다. 돌격으로 시작되는 지크의 공격을 처음부터 봉쇄할 생각인 듯했다.

"쓸데없다, 회색분자!"

지크 역시 바이론의 의도를 파악한 듯 소리치며 갑자기 어디론가 사라졌다.

지크의 모습이 사라진 순간 여왕을 비롯한 구경꾼들은 탄성을 질렀다.

바이론은 그가 사라지자 그 자리에 멈춰 서서 다크 팔시온을 등 뒤로 휘둘렀다.

"백스텝인가!"

바이론의 예상은 적중했다. 지크는 갑자기 바이론의 등뒤에 나타나 상대를 향해 날카로운 공격을 날렸다. 그러나 그 공격은 바이론이 미리 휘두른 다크 팔시온에 의해 허망하게 무산되고 말았다.

"아, 아니?"

"크큭, 리오에게 듣지 못했나 보군. 가즈 나이트끼리 이런 잔재주는 통하지 않는다. 정면 대결만이 있을 뿐! 크하하하핫!"

한바탕 크게 웃어 댄 바이론은 곧바로 검을 휘둘렀다. 바이론의 검을 받아 낸 지크는 갑자기 밀려온 엄청난 힘에 전율을 감추지 못했다.

'뭐, 뭐야! 사바신 녀석 이상의 힘이잖아!'

무차별로 공격하는 바이론을 향해 견제용 킥을 날린 지크는 바이론의 복부를 공격할 수 있었다.

그 틈을 이용해 다시 거리를 벌린 지크는 잔뜩 긴장한 얼굴로 자세를 바로잡았다. 하지만 킥의 충격으로 그의 한쪽 다리가 휘청거렸다. 바이론은 복부를 쓰다듬으며 조소를 던졌다.

"계속 도망만 다닐 거냐, 꼬마? 내가 무서운가 보군. 크크크큭."

바이론의 도발에도 지크는 섣불리 움직이지 못했다. 그는 조용히 바이론을 바라보며 생각했다.

'잔재주는 안 통한다. 정면충돌뿐……. 좋아, 그럼 그걸 써 보자!'

지크는 양팔을 펴며 기를 끌어 올렸다.

그의 몸 전체에 강렬한 스파크가 흐르자 주위에서 구경하던 많은 사람들은 놀라움을 금치 못했다.

"아니, 지크 님이……?"

뒤늦게 도착한 미네리아나와 베르니카는 지크가 자신들도 처음 보는 회색 피부의 사나이와 싸우고 있자 인상을 흐렸다.

"저 녀석 결국! 그런데 저 회색 피부의 남자는 누굴까요, 마마?"

미네리아나는 걱정스러운 얼굴로 고개를 가로저었다.

"모르겠군요. 하지만 지크 님께서 저런 표정을 짓고 있는 모습도 처음인 것 같은데요?"

그녀의 말대로, 지크의 얼굴은 살기로 잔뜩 일그러져 있었다.

지크는 무명도를 양손으로 잡고 자세를 낮추며 바이론을 향해 크게 소리쳤다.

"이걸 받아 봐라, 회색분자! 뇌천살(雷千殺)!"

"부인, 잠이 안 오나 보오……?"

침대에 누워 잠을 청하던 그레이 공작은 부인이 눈을 뜬 채 가만히 천장만 바라보고 있자 슬며시 물었다. 그의 부인인 현자 레이필은 빙긋 웃으며 고개를 끄덕였다.

"여왕 폐하가 계신 왕궁에 무슨 일이 벌어진 것 같네요. 마마가 걱정되어 잠을 이룰 수가 없군요."

그 말을 들은 그레이 공작은 자리에서 일어났다. 그는 즉시 방의 불을 켜고 옷을 갈아입기 시작했다. 레이필 여사는 미안한 표정을 지으며 공작에게 말했다.

"그냥 느낌일 뿐인데 너무 신경 쓰지 마세요. 옷까지 갈아 입으실 필요는……."

그레이 공작은 피식 웃으며 고개를 저었다.

"그런 소리 마시오. 당신이 불안하다고 말한 것은 다 그대로 일어나지 않았소? 우리가 젊었을 적 모험을 다닐 때도 당신의 예감이 적중해서 목숨을 구한 적이 한두 번이 아니고, 이번에 벨로크 왕국이 침공해 들어왔을 때도 당신 말을 듣고 치명적인 기습만은 면하지 않았소? 지금까지의 경우를 생각할 때, 지금쯤 하인이 방문을 두드려야……."

똑똑.

그 말이 끝나기가 무섭게, 노부부의 침실 방문을 누군가 두드렸다. 그리고 곧이어 젊은 여자의 목소리가 들려왔다.

"공작님, 왕궁에서 급한 전갈이……."

그레이 공작은 부인을 바라보며 그것 보란 듯 미소를 지었다.

"허헛, 그것 보시오. 내가 괜히 당신 남편이겠소?"

그레이 공작은 부인에게 윙크를 하며 벽에 걸린 장검을 챙겼다. 그는 밖에서 기다리는 시녀에게 말했다.

"그래, 곧 나간다고 전하거라."

하녀의 발소리는 곧 멀어졌다. 그레이 공작은 부인의 볼에 살짝 키스를 한 뒤에 검을 가지고 방문을 나섰다.

"다녀오겠소, 부인. 만약 힘이 부족하면 당신도 부를지 모르니 준비하는 게 좋을 거요. 우리 나라에서 마력이 뛰어난 사람은 당신과 로드 덕 님뿐이잖소. 허허헛……."

그레이 공작이 문을 닫고 나가자, 레이필은 한숨을 쉬며 창문 쪽으로 걸어갔다. 곱게 주름진 그녀의 얼굴에 걱정스러운 그림자가 드리웠다.

"하아, 미네리아나 마마나 공주님이 계시다면 여왕 폐하도 안심하실 수 있을 텐데."

말발굽 소리가 왕궁 쪽으로 향하는 것을 확인한 레이필 여사는 그대로 있으면 안 될 것 같다는 예감이 들었는지 자신도 옷을 갈아입기 시작했다.

"마마를 안심시켜 드려야 할 것 같아. 왕으로서의 능력은 충분하지만 아직 나이가 어리시니 이 늙은이가 도와드려야겠지."

복장을 갖춘 레이필 여사는 양손을 모으고 주문을 외우기 시작했다. 그녀의 몸은 곧 빛과 함께 어디론가 사라졌다.

"타아아앗!"
지크가 기합을 넣으며 돌진해 들어오자, 바이론은 피식 웃으며 다크 팔시온을 굳게 거머쥐었다.
"크하하핫! 내가 또 이긴 것 같구나, 지크! 헛점투성이 녀석!"
바이론은 대소하며 달려오는 지크를 향해 검을 깊숙이 찔러 넣었다.
"응?"
바로 그때 검에 찔린 듯했던 지크는 재킷만 남긴 채 어디론가 사라졌다.
바이론은 아차 하며 자신의 머리 위를 올려다봤다. 지크가 자신의 머리를 향해 칼끝을 겨누고 낙하하는 모습이 보였다. 지크와 바이론은 서로 쓴 표정을 지었다.
한쪽은 자신의 기술이 너무 빨리 간파되었다는 것에 인상을 구겼고, 또 한쪽은 자신의 두상이 상대방에게 잡혔다는 것에 인상을 구겼다.
파아앙.
두 칼의 충돌 지점에서 강력한 스파크가 튀었다. 주위에 있던 모든 사람들은 손으로 눈을 가리며 얼굴을 찡그렸다.
"이제부터 시작이야!"
지크는 일갈과 함께 무명도를 맹렬히 휘둘렀다. 기력이 실린 지크의 공격에 바이론도 눈을 크게 뜨며 다크 팔시온을 더욱 빨리 움직였다.
둘의 칼이 부딪치는 광경은 보통 사람들의 눈엔 유감스럽게도 보이지 않았다. 지크의 뇌천살은 관성과 물리적 운동 각도의 한계를 무시한, 보이지 않을 정도로 빠른 연속 자르기였기 때문이다.

덕분에 사람들의 눈엔 바이론을 중심으로 사방에 찍히는 지크의 발자국과 흐릿하게 보이는 회색 거인의 모습만 보일 뿐이었다.

"베, 베르니카, 저분들 보이나요?"

미네리아나는 둘의 움직임이 거의 희미하게밖에 보이지 않았다. 안대를 한 검사는 입을 벌린 채 아무 대답도 하지 못했다. 그만큼 지크와 바이론의 운동 능력은 보통 검술가의 상상을 초월하는 것이었다.

"으라아앗!"

지크가 이를 악물며 마지막 공격을 날리자 바이론은 뒤에 있는 돌기둥에 충돌하고 말았다.

바이론이 부딪친 거대한 돌기둥은 그대로 굉음을 일으키며 무너졌다. 그 모습을 보던 지크는 왼손을 꽉 쥐며 씩 웃어 보였다.

"하아, 하아…… 맛이 어떠냐, 빈혈 사나이! 하아, 하아……."

끌어올린 기력을 모두 소진한 지크는 숨을 거칠게 몰아쉬며 말했다. 그의 체력도 이젠 완전히 바닥났다.

"끄, 끝난 건가?"

둘의 싸움이 끝난 듯하자 주위에 있던 사람들은 서로를 돌아보며 동정을 살피기 시작했다.

우지직.

그 순간 무너졌던 기둥 조각들이 크게 꿈틀거렸다. 지크는 쓴웃음을 지으며 다시 자세를 취했다.

"하아, 하아…… 하긴! 딱 한 대 맞은 것 같고…… 하아, 하아…… 쓰러지면 섭섭하지, 후우, 후우……."

곧 돌무더기가 스르르 무너져 내리면서, 바이론이 몸의 먼지를 툭툭 털어 내며 일어섰다. 그러나 이상이 없는 것은 아니었다. 바이론의 가슴엔 긴 상처가 나 있었다. 바이론은 미소를 지으며 중얼거렸다.

"네 말대로…… 크큭, 천 번의 자르기 중 마지막 자르기를 막아 내지 못했다. 꽤 훌륭한 기술이었다, 꼬마. 만약 네가 극뢰(極雷)를 사용한 상태에서 이 기술을 사용했다면 아무리 나라도 열 번은 자르기를 맞았을지 모르겠군."

"……쳇, 칭찬이냐? 하아, 하아……."

"비슷하지. 크크크크큭…… 좋아, 오늘은 무승부로 해 주지. 서로가 여기 모여 있는 녀석들 때문에 최대 파워를 내지 못했으니까 말이야. 크크크……."

지크는 이해할 수 없다는 표정으로 반문했다.

"……뭐? 최대 파워를 내지 못했다니? 그리고 다른 사람이란 말은 또 뭐야?"

바이론은 가만히 지크를 바라보다가 다크 팔시온을 거두며 대답했다.

"예전에 내가 리오 녀석과 붙었던 때를 기억하나? 크큭, 그것만으로 첫 번째 질문에 대답했다고 생각되는데?"

"……!"

순간 지크의 왼쪽 무릎이 바닥에 닿았다. 허무했다. 패배감보다 더한 감각이 그의 정신을 흐려 놓았다. 사실 지크는 전력을 다한 상태였다.

그것을 아는지 모르는지 바이론은 웃으며 말을 이었다.

"저기 여왕이란 여자 보이지? 네가 알다시피 난 인간을 위해 일할 땐 계약을 한다. 저 여자와 계약을 했지. 담보가 무엇인지는 들을 필요 없어. 너라면 모르겠지만 리오 녀석이 들으면 골치가 아플 테니. 아마 날 지옥까지 따라오겠다며 난동을 부리겠지. 크크크크…… 대가를 받기 위해선 살려둬야 하겠지. 크크크, 이게 바로 착한 짓이라는 건가? 크하하하핫……!"

"……젠장, 잘났다 그래."

지크는 짧게 한탄한 뒤 무명도를 거뒀다. 그의 완전한 패배였다.

둘의 싸움이 끝난 것을 확인한 미네리아나는 곧바로 여왕에게 달려가 지크가 왜 들어왔는지 상황을 설명하기 시작했다. 그사이 바이론은 소리 없이 사라졌다.

지크는 호흡을 조절하며 소모된 기를 채웠다.

"후…… 어쨌거나 더럽게 강한 녀석이군."

병사들은 지크와 일정한 거리를 유지한 상태에서 그를 둘러싸고 있었다. 방금 전투를 본 이상 그를 포박할 용기가 나지 않는 듯했다.

"여봐라! 어서 비키지 않고 무얼 하는 거냐! 저 괴한은 내가 처리하마!"

"아, 레이필 현자님!"

병사들은 자신들의 뒤편에서 한 여자의 소리가 들려오자 즉시 사방으로 흩어졌다. 지크는 어리둥절한 표정으로 병사들에게 소리를 친 그 여자를 바라봤다.

"엉? 할멈?"

중년의 여성은 지크에게 지팡이 끝을 겨누며 소리쳤다.

"네 녀석! 감히 성스러운 레프리컨트 왕궁에 침입하며 난동을 부리다니. 이 현자 레이필이 네놈의 죄를 다스려 주마!"

공간이동 주문으로 급히 달려온 레이필.

그녀는 병사들이 지크를 둘러싼 채 가만히 있자 그가 범인일 것이라고 확신하며 병사들과 지크를 향해 호통을 친 것이었다.

"쳇!"

그러나 지크는 관심 없다는 듯 레이필에게서 시선을 돌렸다. 무시를 당한 레이필은 다시금 호통을 쳤다.

"가, 감히 누구를 무시하는 거냐! 정말 용서가 안 되는구나!"

지크는 덤덤한 표정을 지은 채 그녀에게 말했다.

"……20대나 10대의 팽팽한 마법사 언니들이 시비를 걸면 상대해 줄까 모르겠지만…… 뭐, 어쨌건 전 볼일 볼 테니 수고하세요."

말을 마친 지크는 청바지 주머니에 손을 찔러 넣은 채 주위를 둘러보며 미네리아나를 찾기 시작했다.

자존심이 상할 대로 상한 레이필 여사는 지팡이로 허공에 작은 마법진을 그리며 호통치기 시작했다.

"네 이놈! 내 나이가 쉰 다섯인데 무슨 할머니란 말이냐! 천벌이다!"

병사들의 응원과 아우성에 제대로 얘기하지 못하던 미네리아나는 레이필 여사의 목소리가 어렴풋이 들리자 병사들을 밀치며 광장 안쪽을 바라보았다. 예상대로 레이필이 마법진을 그리며 지크에게 호통을 치고 있었다. 그녀는 레이필을 향해 소리쳤다.

"멈춰요, 레이필 현자!"

"아, 마마?"

그러나 때는 이미 늦었다. 레이필이 만든 화염의 구체는 지크를 향해 일직선으로 날아갔고 미네리아나는 결국 눈을 가리며 뒤로 돌아섰다.

"……."

196

그러나 비명 소리와 폭발음을 포함한 어떤 소리도 들려오지 않았다. 미네리아나는 슬쩍 뒤를 돌아보았다. 그녀는 곧 눈을 비비며 멀쩡히 서 있는 지크를 뚫어지게 바라봤다.

  "어, 어떻게⋯⋯!"

  미네리아나뿐 아니라 레이필 여사의 입에서 동시에 이 말이 튀어나왔다. 지크가 자신이 만든 압축 파이어 볼을 공 잡듯 잡아 손에 가지고 노는 장면은 그녀 평생 처음 보는 광경이었다.

  지크는 자신의 손 안에서 레이필의 파이어 볼을 공 다루듯 하며 레이필에게 혓바닥을 내밀어 보였다.

  "헤헹, 난 공놀이는 농구밖에 못해요, 할머니. 이런 소프트볼은 싫어한다고요. 하하하하핫!"

  지크는 손에 힘을 가하여 파이어 볼을 터뜨렸다.

  자존심이 상할 대로 상한 레이필은 이를 악물며 다시 마법을 쓰려 했지만 이미 상황은 끝이었다.

  "잠깐 멈추세요, 레이필 현자! 그리고 그대도!"

  미네리아나에게서 자초지종을 들은 여왕이 직접 중재에 나섰다. 지크는 한숨을 길게 쉬며 팔짱을 꼈다.

  "쳇, 실컷 구경하고서 그만두라는군."

  "여, 여왕 폐하?"

  레이필은 어리둥절한 표정으로 지팡이와 마력을 거두었다.

  또다시 일어날 뻔했던 결투가 진정 국면으로 접어들자 미네리아나는 안도의 한숨을 쉬며 레이필에게 다가갔다.

  "현자 레이필. 정말 오랜만이군요."

  "아, 미네리아나 마마!"

  자신에게 미네리아나가 다가오자 레이필은 지팡이를 놓고 그녀

쪽으로 달려갔다. 그녀는 돌아온 제1왕녀의 손을 잡으며 반가움에 몸둘 바를 몰랐다.

"미네리아나 마마! 돌아오셨군요, 미네리아나 마마!"

지크는 둘이 서로 반가워하는 모습을 보고 어깨를 으쓱하며 중얼거렸다.

"그냥 좀 있다가 반가워하지, 왜 밖에서 이러는 거야. 난 지금 피곤해 죽겠구먼, 젠장."

한 시간 후.

정원에서의 상황은 대충 정리가 되었다. 지크가 더 이상 병사들에게 둘러싸일 걱정은 없었다. 여왕이 지크의 실수를 용서해 주었기 때문이다.

늦은 시각인데도 알현실 불은 다시 켜졌다. 뒤늦게 도착한 그레이 공작은 미네리아나에게 예를 갖추며 간만의 재회를 나누었다.

"돌아오셔서 정말 다행입니다, 마마. 이 늙은 몸의 걱정을 덜어 주시니 정말 고맙습니다."

"예. 조금이라도 더 일찍 왔으면 좋았을 걸 뒤늦게 도착해 걱정을 끼쳐 드려서 죄송해요."

그레이 공작은 이어서 자신의 수제자인 베르니카와 사제의 예를 나누었다.

"베르니카 페이셔트. 공작님께 인사 올립니다."

"음, 그래. 너도 잘 돌아와 줬구나, 베르니카. 그런데 그 안대는 무엇이냐?"

스승의 물음에 베르니카는 쓴웃음을 지었다.

"……깨달음의 훈장입니다."

그렇게 인사가 끝나자 미네리아나는 지크의 옆으로 다가가며 그를 모두에게 소개했다.

"저를 여기까지 호위해 주신 지크 스나이퍼 님입니다. 이분의 실력은 여왕 폐하나 레이펠 여사께서도 보셨듯이 정말 굉장하지요. 앞으로 호위를 맡아 주십사 하고 이곳으로 모셔 왔습니다."

지크도 처음 듣는 말이었다. 지크는 눈을 크게 뜬 채 팔을 휘저으며 강하게 부정했다.

"아, 아닙니다, 여러분! 저는 그저 미네리아나 왕녀님과 방향이 같아서 동행한 것뿐이랍니다! 저는 이곳에서 그리 오래 있지 않을 거라고요!"

오래 있지 않을 거라는 말에 레이펠과 베르니카는 안도의 한숨을 쉬었다. 지크는 그들이 그렇게 나오자 약간 인상을 찡그리며 말을 이었다.

"게다가 그 회색분자만 있어도 이 왕국의 호위는 완벽할 것 같은데요? 그리고 저 안대 언니하고 할멈도 그리 약한 것 같진 않고요."

그레이 공작은 '할멈'이란 말에 부인을 바라보며 말했다.

"당신을 말하는 것이오?"

"……."

그레이 공작은 부인이 아무 대답 없이 얼굴만 붉으락푸르락하자 피식 웃었다.

"미, 미안하오."

한편 여왕은 지크가 몇 겹의 경비를 뚫고 들어온 점, 회색 거한 바이론과 대등하게 결투를 벌였다는 점 등을 보고 내심 그를 인정하고 있었다.

곰곰이 생각하던 여왕은 지크를 바라보며 말했다.

"이분의 능력은 확실히 미네리아나가 높이 살 만합니다. 다른 분들도 그렇게 인정하고 계실 거라 생각합니다. 그러나 당사자가 거부를 하는데 어떻게 할 수 있겠습니까? 유감이지만 이 나라에 머무실 동안은 왕궁 귀빈의 자격을 드리는 것으로 만족하는 수밖에 없지요."

그 말을 들은 지크는 오른손을 쥐어 가슴 앞으로 끌어당기며 속으로 쾌재를 불렀다.

그러나 여왕의 말은 아직 끝나지 않았다.

"단, 지크 경은 오늘 중대한 죄를 저지르셨습니다."

"……네?"

힘이 들어가 있던 지크의 오른손은 곧 맥없이 풀렸다. 여왕은 계속 말했다.

"이유가 있었다 하더라도 당신은 오늘 신성한 레프리컨트 왕궁의 경비를 뚫고 무단 침입을 했습니다. 그것도 짐의 방에 들어와 제 몸에 함부로 손을 댔고……."

"그, 그런! 감히 네놈이 여왕 폐하의 고귀한 몸에 손을! 네놈의 목은 내가 베어 주겠다!"

이번엔 그레이 공작이 자신의 허리에 차고 있던 검을 뽑아 들며 노발대발했다.

지크가 나중에야 안 사실이지만 레프리컨트 왕국의 선왕은 여왕 자매가 아주 어릴 적에 세상을 떠났다. 그로 인해 잠시 국정을 맡은 그레이 공작은 부인 레이필과 함께 여왕과 미네리아나를 친딸처럼 기르다시피 한 사람이었다.

레이필 여사와 베르니카가 그레이 공작을 진정시키는 동안 여왕의 얘기는 계속되었다.

"또, 지크 경은 왕궁에 단 하나뿐인 정원에 피해를 입혔습니다. 그리고 부상자를 다수 배출시켰으며, 제 유모와 다름없는 분인 현자 레이필에게 해를 입히려고까지……."

지크는 고개를 푹 숙인 채 손바닥을 펴 보였다. 그만하라는 뜻이었다.

"예예, 그만해요. 충분히 알아들었으니 원하는 걸 말씀해 보세요."

여왕은 목소리를 가다듬으며 큰 소리로 말했다.

"지금 이 시간부터 당신은 미네리아나의 경호를 맡게 됩니다."

"어, 언니!"

그 말에 놀란 사람은 지크가 아닌 미네리아나였다. 여왕은 거침없이 말을 이었다.

"단, 왕궁 밖에서 임무를 수행해도 상관없습니다. 미네리아나가 원할 때 당신은 경호를 하면 됩니다."

지크는 그래도 다행이라는 듯 힘없이 웃으며 여왕에게 물었다.

"후…… 언제까지인데요, 마마?"

"미네리아나에게 배우자가 생길 때까지입니다. 다시 말해 미네리아나가 결혼할 때까지 당신은 미네리아나를 경호해야 합니다."

"뭐, 죗값치곤 후하네요. 알아들었습니다."

지크는 곧 고개를 끄덕였다.

한편 미네리아나는 지크에게서 고개를 돌렸다. 그리고 베르니카는 걱정 어린 표정으로 그녀를 바라보았다.

"자, 이제 각자의 방과 집으로 돌아가 편히 쉬세요. 짐도 이만 쉬어야 할 것 같습니다."

여왕에게만 간단히 작별 인사를 받은 지크는 터벅터벅 밤길을 걸으며 자신에게 아무 말 없이 방으로 돌아간 미네리아나 왕녀를 떠올려 보았다.

지크는 역시 미네리아나 왕녀가 자신에게 별 관심이 없구나, 생각하면서 자신의 시간으로 수개월 전에 만나 헤어졌던 한 여자를 떠올렸다. 파란 머리카락의 소녀를.

"어쩔 수 없지, 뭐. 난 신과는 관계없는 사람이었으니까. 지금은 뭘 하고 지낼까, 그 애는……?"

휘익.

여관 근처를 지나가던 지크는 어디선가 휘파람 소리가 들려오자 그쪽을 올려다보았다. 휘파람의 주인공은 한심하다는 표정으로 지크에게 말했다.

"실실 웃으며 오는 걸 보니 좋은 일이라도 있었나 보지?"

"헤헷, 글쎄다."

지크는 창가에 앉아 자신을 내려다보고 있는 마티를 향해 어깨를 으쓱거렸다.

"어디 갔다 왔어? 꽤 오래 나가 있었던 것 같은데."

마티는 침대에 털썩 쓰러지는 지크에게 넌지시 물어 보았다. 지크는 힘없는 목소리로 말했다. 하지만 그것은 그녀의 질문과는 전혀 관계없는 말이었다.

"너, 누구 좋아해 본 적 있나?"

마티는 가볍게 대답했다.

"아니, 내 나이가 몇인데. 좋아하는 여자 따윈 없어."

"……푸훗!"

그 말을 들은 지크는 실소를 터뜨렸다. 그러자 마티는 지크에게 화를 냈다.

"이봐! 사람이 진지하게 대답했으면 진지하게 받아 줘야지! 그럴 때마다 난 네가 정말 싫어!"

그 말을 계속 듣고 있던 지크는 고개를 돌리고 마티를 바라보며 물었다.

"그래? 미안해, 그럼."

마티는 지크가 평소와는 다른 말투로 나오자 놀란 눈으로 그를 바라보았다. 지크는 베개에 얼굴을 묻으며 말했다.

"한 4개월 전인가? 난 여자애 하나를 알고 있었어. 파란 머리카락에 순진한 얼굴을 한 애였지. 내가 애라고 해서 날 이상한 녀석으로 보지는 마. 그 애는 열아홉쯤 되었으니까. 어쨌든 그 애는 속사정이 좀 있는 녀석이었지. 결국 내 할아버지뻘 되는 사람에게 예전에 지은 죄의 용서를 빌기 위해 어디론가 가 버렸어. 오랜 시간 동안 외롭게 지내 온 녀석이었지. 다시 만나려면 꽤 오래 있어야 할 거야. 헤헷."

"……."

마티는 측은한 얼굴로 지크를 바라보았다. 걱정 없이 살 것만 같던 그가 그런 고민을 하고 있을 줄은 전혀 생각지도 못했다.

"네가 신경 쓸 일은 아냐. 아, 그런데 사바신 녀석은 어디 갔어?"

"응? 무슨 볼일이 있다며 나갔는데 언제 들어올 거라고는 얘기 안 했어."

마티는 곧 등불을 끄고 잠을 청했다. 불이 꺼져 아무것도 보이지 않자 마티는 조용히 지크가 있는 쪽을 돌아보았다. 지크가 지금처럼 약해 보인 적은 처음이란 생각이 문득 들었다.

'아, 아냐. 암살자에게 정따위 필요 없어. 냉정해, 마티!'

그녀는 눈을 질끈 감으며 자신을 질책했다. 그때 지크의 목소리가 다시 들려왔다.

"너, 가족 있어?"

"으, 응?"

생각에 잠겨 있던 마티는 지크가 조용히 묻자 소스라치게 놀라
며 큰 소리로 대답했다. 지크가 다시 물었다.

"가족이 없다면, 너 암살자 되는 거 포기해."

"뭐? 어째서!"

부스럭 소리와 함께 지크가 돌아눕는 소리가 들렸다. 지크는 곧
바로 말을 이었다.

"가족이 없는 사람은 마음 깊은 곳에서 '정'이란 것을 끝없이 요
구하게 되어 있어. 정작 정이 무엇인지도 모르면서 말이지. 그래서
가족이 있는 사람을 죽이려고 하면 그 가족의 모습을 보고 정신이
흐트러져 임무를 실패하게 되는 경우가 많아. 정이 무엇인지 아는
사람만이 그걸 거부하고 자신의 마음속에서 정을 지울 수 있는 거
야. 내 형제 중에 그런 녀석이 있지…… 들려 줄까?"

"응……"

후 하는 한숨 소리와 함께 지크의 긴 이야기가 시작되었다.

"그 녀석은 지금까지 살아오면서 많은 여자들을 만났지만 정작
마음을 준 여자는 딱 두 명이었어. 하나는 어릴 적 그 녀석을 살려
준 여자였고, 어떤 나라에서 우연히 만난 여자와 사랑에 빠진 것이
두 번째였지. 그런데 그 여자 중 처음 한 명은 그 녀석을 살리려다
죽었고, 다른 한 명은 그 녀석이 직접 죽였어."

"뭐라고?"

마티의 눈이 반짝였다. 지크는 머리를 긁적이며 계속 말했다.

"그 정도면 사랑이란 감정을 다시는 겪고 싶지 않을 만도 했지.
근데 네가 믿을지 모르겠지만 두 번째 여자가 환생을 했어. 그러나

그 녀석은 몰랐지. 결국 그 여자는 또다시 다른 사람들을 위해 목숨을 버렸고 그 녀석의 사랑은 이루어지지 않았어. 하지만 그 대가로 그 녀석은 더욱 강해진 것 같아. 마음속에 둘 것이 없어졌으니 그런 거겠지."

"……얼마만큼 강한 사람인데?"

그녀의 물음에 지크는 씩 미소 지었다.

"엄청 강하지. 솔직히 난 녀석보다 강하지 못해. 처음 만났을 때도 녀석에게 엉망으로 터졌으니까. 뭐, 어쨌거나 너에게 그 녀석 같은 신기한 경험을 요구할 수는 없을 거야. 어떠한 스승이라도 말이야. 하지만 너 스스로 정이 무엇인지 깨달으면 자신의 감정을 언제나 냉정히 유지할 수 있을 거야. 물론 머리 좋은 녀석에 한해서지만. 에휴, 더 이상 말할 힘도 없다. 나 내일 아침에 깨우지 마, 알았지?"

어두워서 보일 리 없는데도 마티는 고개를 끄덕였다.

지크의 숨소리는 어느새 조용해졌다. 마티는 눈을 반짝이며 새벽까지 곰곰이 무언가를 생각했다.

다음 날 아침, 루이체는 지크가 늦게까지 일어나지 않자 인상을 잔뜩 찡그린 채 방 안을 들여다보았다.

지크는 아직까지 잠들어 있었고 그 옆에 마티 역시 누에고치처럼 이불을 둘둘 말고 잠에 빠져 있었다.

"쳇, 오늘은 봐주지. 근데 마티 씨까지 왜 이렇게 늦게까지 자는 거지? 칼같이 일어나던 사람이 이상하네?"

루이체는 조용히 문을 닫고 밖으로 나갔다.

8장
돌아온 떠돌이 기사

1

프로빌리아 마을에 사는 소녀

린스의 안내에 따라 리오 일행은 생각외로 길이 잘 닦인 숲길을 걸어갔다. 린스의 말에 따르면 그들이 걷고 있는 길은 왕실 사람들만이 알고 있는 왕국 지름길이었다.

리오 일행은 많이 줄어 있었다. 로드 덕 일행이 빠진 탓이었다. 그들은 수도로 가는 것이 목적이 아니었기 때문에 리오 일행과 헤어졌다.

"테크 녀석, 팔 부상이 심하던데 괜찮을지······."

케톤은 붕대를 칭칭 감은 팔을 흔들던 테크의 모습을 떠올리며 한숨을 지었다. 리오는 그의 중얼거림을 들었지만 아무 말 없이 린스 곁에서 주위를 둘러볼 뿐이었다.

"······이 길에서 마력은 느껴지지만 괴물들의 살기는 느껴지지 않는군요. 꽤 강력한 결계가 쳐져 있는 것 같은데요?"

"응, 옛날에 어떤 대마술사가 이 길을 만들면서 길 주위에 아무

도 보지 못하고 들어올 수도 없는 결계를 쳐놓았대. 어떤 결계인지
는 모르겠지만 말이야."

린스의 말을 들에 리오는 놀랍다는 듯 고개를 끄덕였다.

"와, 그런 것도 알고 계셨군요?"

린스는 인상을 찡그린 채 리오를 바라보았다.

"날 바보 취급하는 거지?"

"하핫, 설마 그러려고요."

그렇게 계속 걷던 일행 앞에 넓은 길이 나타났다. 린스는 먼저
앞쪽으로 뛰어가더니 일행에게 손가락을 까닥였다.

"어서들 와. 이 숲길만 돌면 마을이 있으니까 거기서 쉬어 가자고."

린스의 안내로 숲을 빠져나간 일행은 언덕에 섰다.

모두 언덕 아래 작은 마을을 내려다보며 감탄을 연발했다.

동화 속과도 같은 마을의 정경과 멀리 보이는 거대한 바리바라
나무의 모습은 언제나 조용하던 련희마저 미소 짓게 만들었다.

하지만 리오는 제외였다.

"리, 린스 공주님 다, 다른 마을로 가시죠. 아직 해도 중천에 떠있
는데……."

"웃기지 마! 내가 쉬어 가자면 쉬어 가는 거야! 자, 어서 내려가
자고!"

그러나 리오는 계속 곤란한 표정을 지으며 가기를 꺼렸다. 확실
히 예전과는 다른 반응이었다.

"그, 그러면 저는 다른 곳에서 노숙을 할 테니……."

"안 돼! 도망가려고 그러는 거지!"

"아, 아뇨 그런 게 아닙니다."

린스와 리오가 실랑이를 할 무렵, 동네 아이들로 보이는 여자아

이 여럿이 언덕에 놀러 왔다가 리오 일행을 보고 잠시 주춤했다.

"……!"

아이들의 얼굴을 잠깐 둘러보던 리오는 침을 꿀꺽 삼키며 뒤로 돌아섰다. 다른 일행들은 리오의 행동이 오늘따라 이상하자 고개를 갸웃거렸다. 아무리 위험한 상황에서도 언제나 여유와 부드러움을 잃지 않았던 그가 아닌가. 결국 답답했던 노엘이 먼저 그에게 물었다.

"스나이퍼 씨, 왜 그러세요? 어디 열이라도 있으신가요?"

"아, 아닙니다. 전 이만……."

"리오 님, 도대체 무슨 일이세요?"

케톤이 그의 앞을 가로막았다. 그는 리오가 식은땀까지 흘리는 것을 보고 놀라움을 금치 못했다.

"……리오?"

한편 우물쭈물하고 있던 아이들 중 갈색 머리카락을 가진 여자 아이가 '리오'란 말을 듣고 깜짝 놀라며 일행에게 뛰어왔다.

"저, 잠깐만요! 거기 붉은 머리 기사님, 성함이 어떻게 되신다고요?"

노엘이 가볍게 대답해 주었다.

"리오 스나이퍼라고 하는데, 아는 사람이니?"

리오는 손바닥으로 얼굴을 쓸어내리며 다 끝났다는 표정을 지었다. 반면 여자아이는 기쁨을 이기지 못해 눈물까지 글썽이며 그에게 달려갔다.

"리오 기사님! 역시 돌아와 주셨군요!"

리오는 그 아이가 자신을 향해 달려오며 소리쳐 불러도 아무 말 없이 몸을 돌린 채 서 있었다. 리오가 아무 반응이 없자 아이는 조금 인상을 쓰며 리오 앞으로 돌아가 그를 올려다보았다.

"리오 기사님! 어떻게 이러실 수가 있어요! 언니와 제가 얼마나 기다렸는지 알기나 하세요?"

순간 린스의 표정이 흙빛으로 변했다. 심지어 그 말의 파장은 곁에 서 있던 련희까지 크게 휘청거리게 만들 정도였다. 사정을 모르는 아이는 계속 말했다.

"게다가 언니는 밤마다 기사님을 생각하며 운 적이 한두 번이 아니었다고요! 그렇게 언니를 소중히 생각하셨으면서 어떻게 축제 다음 날 편지 한 장 없이 사라질 수가 있어요!"

거기까지 말이 나오자 련희는 그만 혼절하고 말았다. 린스는 이를 부드득 갈며 리오를 쏘아보았다.

련희를 가까스로 부축한 노엘은 무슨 사정이 있겠지 생각하며 리오를 안쓰러운 얼굴로 바라보았다.

'영웅의 주위엔 여자가 따른다더니 진짜구나…….'

반면 케톤은 부러운 얼굴로 리오를 바라보았다.

아무 대답도 하지 않던 리오는 결국 포기한 듯 한숨을 내쉬었다. 그는 훌쩍거리는 소녀를 따뜻하게 안아 올리며 조용히 말했다.

"내가 늦었구나, 라이아. 미안하다."

리오는 일행과 따로 떨어져 라이아와 함께 2년 전 자신이 잠시나마 머물던 빨간 지붕 집으로 향했다. 물론 가기 전에 린스에게 엄청 욕을 먹긴 했지만 이 복잡한 상황은 그도 어쩔 수 없었다.

그의 심정을 모르는 라이아는 즐거운 얼굴로 멀리 보이는 집을 가리켰다.

"우리 집, 안 변했죠? 미장이 아저씨들이 특별히 4개월에 한 번씩 우리 집을 고쳐 주셨어요. 물론 리오 기사님이 떠나신 후죠."

그는 빨간 지붕 집 앞에 서서 잠시 옛일을 회상했다. 물론 그리 옛날도 아니었지만 그에겐 특별한 기억임에 틀림없었다. 그는 집에 들어가기 전에 눈을 감았다. 자신이 잠시나마 지켜 주었던 여성의 은색 머릿결이 눈앞에 스치는 듯했다.

"자, 들어갈까, 라이아?"

"아, 잠깐만요, 기사님! 들어가기 전에 약속 하나 해 주세요!"

"약속? 뭔데?"

리오는 궁금한 눈으로 아이를 바라보다가 곧 빙긋 웃으며 고개를 끄덕였다.

"세이아 언니를 보고 절대 놀라지 마세요, 아셨죠? 자, 그럼 들어가요, 기사님."

"……?"

리오는 고개를 갸웃거리며 현관문을 살며시 열었다. 집 안에선 2년 전과 다름 없이 향기로운 음식 냄새가 풍겼다. 리오는 역시 하며 빙긋 미소를 지었다.

라이아는 곧바로 부엌으로 달려가 소란을 피우기 시작했다.

"언니! 나와 봐, 언니. 손님이 오셨어!"

라이아의 목소리에 이어 맑은 여자의 음성이 들려왔다. 리오는 왠지 가슴이 두근거렸다. 그는 자신의 긴 앞머리를 연신 매만지며 숨을 크게 내쉬었다.

"왜 그러니, 라이아? 촌장님께서 오시기라도 하셨니?"

"하여튼 나와 봐, 언니! 깜짝 놀랄 손님이야!"

곧이어 발소리가 들려왔다. 부엌에서 라이아와 함께 나온 은발 여성을 본 리오는 놀라움을 감추지 못했다. 늘 먼 허공을 바라보던 그녀의 눈동자가 똑바로 자신을 향하고 있었다.

"세, 세이아 양?"

붉은 머리카락의 남자가 놀란 얼굴로 자신의 이름을 외치자 세이아는 고개를 갸웃거리며 물었다.

"저, 저를 아시나요? 처음 뵙는 분이신 것 같은데 어떻게 제 이름을……?"

그러나 리오는 그녀의 말이 귀에 들어오지 않았다. 고개를 흔들어 봤지만 눈앞의 현실은 달라지지 않았다. 리오는 떨리는 목소리로 물었다.

"누, 눈이 보이십니까, 세이아 양? 라이아, 어떻게 된 거지?"

라이아는 방긋 웃으며 설명해 주었다.

"히힛, 금년 초에 키가 큰 엘프 언니가 오신 일이 있었어요. 언니의 눈을 본 그 엘프 언니가 눈에 좋은 약이 있다고 하면서 언니의 눈을 말끔히 고쳐 주셨어요. 그다음 날 바로 가 버려서 인사도 제대로 못 했는데 정말 고마운 분이었어요."

이해할 수 없는 설명이었다. 하지만 리오는 미소를 지었다. 정말 오랜만에 가슴으로 느끼는 기쁨이었다. 그는 지그시 눈을 감으며 세이아에게 말했다.

"세이아 양. 이젠 하늘을, 아니 석양을 보실 수 있으십니까? 상상이 아니라 진짜로 말이죠."

"……아!"

순간 세이아는 들고 있던 행주를 바닥에 떨어뜨렸다. 그녀는 눈을 질끈 감았다. 그녀는 눈물이 복받치는 것을 가까스로 참았다.

"……늦으셨군요."

울음 섞인 목소리였다. 리오는 눈을 살며시 뜨며 물었다.

"오래 기다리셨나요?"

순간 세이아의 몸이 리오의 품에 안겼다. 그녀는 리오의 회색 망토에 얼굴을 묻은 채 대답했다.

"……예. 하지만 이렇게 돌아오셨으니 괜찮아요. 괜찮아요, 리오님……."

리오는 양팔로 그녀를 꼭 안아 주었다. 오랜만에 느낀 그녀의 체온은 따스하기 그지없었다. 그는 세이아의 은빛 머리카락을 부드럽게 쓸어 주며 말했다.

"미안해요. 정말, 미안해요."

"그 바람둥이 녀석!"

린스의 분노는 식을 줄을 몰랐다. 여자들에게 늘 선을 긋던 리오가 라이아라는 꼬마 아이에게 슬슬 기는 모습은 일행에게 큰 충격이 아닐 수 없었다. 더구나 그 아이의 입에서 나온 말은 일행의 상상력을 부풀리기에 충분했다.

일행은 모두 촌장 집에 머물고 있었다. 현재 일행 중에서 가장 바쁜 사람은 노엘이었다. 혼절했다가 깨어난 런희를 진정시키는 것과 흥분한 린스를 진정시키는 것, 두 가지 일을 동시에 한다는 것은 정말 어려운 일이었다.

"오! 공주님이 오셨다고!"

그때 텁수룩하게 수염을 기른 한 사나이가 문을 박차고 들어오며 소리쳤다. 그는 노엘을 보고서 반가운 표정을 지으며 또 한 번 소리쳤다.

"이야! 노엘 메이브랜드! 여기서 자네를 보게 될 줄은 상상도 못했네!"

노엘은 애써 웃으며 고개를 끄덕였다.

"오랜만이군요, 버크 단장님. 아, 지금은 버크 씨라고 불러야 할까요?"

버크는 자신의 두꺼운 가슴에 엄지손가락을 가져가며 고개를 끄덕였다.

"하하핫, 어떻게 불러도 상관없어! 근데 공주님은……?"

노엘은 버크가 린스를 찾자 검지를 입술에 가져가며 조용히 말했다.

"지금 흥분 상태이시니 조용히 인사해 주세요. 아셨죠?"

"응? 알았네. 근데 자네들과 함께 리오란 사나이가 돌아왔다고 하던데, 사실인가? 그렇다면 이거 결혼식 준비라도 해야 하는 거 아닌지 모르겠군. 세이아 자매가 정말 좋아하겠네. 하하하핫."

노엘은 버크의 말을 듣고 뭔가 알아낼 수 있을 거라고 생각했다. 희미한 눈으로 소파에 앉아 있던 련희도 귀를 기울였다.

"아, 한 가지 여쭤 보겠는데요, 그 세이아란 아가씨와 스나이퍼 씨는 어떤 관계였죠?"

그 질문에 버크는 머리를 긁적이다가 호쾌하게 웃으며 대답했다.

"아, 하하하핫. 그 둘은 정말 멋진 커플이었지. 꽤 오랫동안 한 집에서 살기도 했어."

"뭐, 뭐라고요!"

"으응…….."

그의 대답에 다시금 충격을 받은 련희는 신음 소리와 함께 다시 혼절하고 말았다.

"도, 동거를 했다는 말씀이세요?"

노엘의 질문에 버크는 고개를 갸웃거리며 대답했다.

"동거? 글쎄, 동거는 동거겠지. 어쨌든 같이 살았으니까. 하지만 자네가 상상하는 불순한 사이는 아니었으니 걱정하지 말아. 내가 보장할 수 있으니까. 하핫, 그렇고 그런 사이라면 동네 사람들이 욕을 하지 아직도 칭송하겠나. 신이 내려 준 최고의 커플이라는 전설을 만든 남녀인데 말이야. 아 어쨌거나 저 동방 아가씨 좀 어떻게 하게."

버크는 노엘에게 뒤를 돌아보라는 손짓을 했다.

"아! 련희 양!"

노엘은 깜짝 놀라며 련희의 의식을 회복시키기 위해 안간힘을 썼다. 그동안 버크는 계속 화를 내고 있는 린스에게 다가가 공손히 인사를 올렸다.

"공주님, 전(前) 제3기사단장 버크 그란벨. 오랜만에 인사 올립니다."

자기 앞에서 기사의 예를 갖춘 버크를 본 린스는 고개를 갸웃거리다가 손바닥을 마주치며 말했다.

"아하! 버크 단장 아냐? 기사단장을 그만두고 뭐 하나 했더니 여기 있었어? 많이 변했네? 완전 아저씨가 다 됐잖아?"

버크는 껄껄 웃으며 말했다.

"세월은 막을 수 없는 것이니까요, 공주님. 그럼 편히 쉬고 계십시오. 전 나가 보겠습니다."

"웅, 신세 좀 질게."

노엘과 련희가 있는 거실로 돌아온 버크는 다시 리오와 세이아 얘기를 해 주었다.

"음…… 이 얘기는 아버님께서 더 잘 아시지만 지금은 안 계시니 자세한 얘기는 나중에 들을 수 있을 거야. 거기 있는 동방 아가씨도 잘 들어 둬요. 괜한 오해해서 또 기절하지 말고."

련희는 반쯤 정신이 나간 상태로 고개를 끄덕였다. 노엘은 머리를 감싸 쥔 채 버크의 얘기를 들었다.

"아마 2년 전인가? 그 리오란 젊은이가 이 마을에 왔지. 그는 아버님의 소개로 세이아 자매의 집에 묶게 되었지. 아버님께서 왜 여자 둘이 사는 집에 그를 소개했느냐가 제일 중요한 내용이야. 그건 나중에 말하도록 하고, 그 세이아 자매에 대해 얘기해 주지. 노엘은 알지도 모르겠군. 제2기사단장을 역임했던 전설적인 마법 기사 발컨 드리스를 알고 있나?"

노엘은 자신의 테 없는 안경을 매만지며 버크가 말한 이름을 곰곰이 생각해 보았다. 그녀는 곧 기억의 저편에서 발컨이란 이름을 떠올렸다.

"음…… 아, 한때 그레이 공작님의 최고 제자라 불리던 분 말씀이세요?"

버크가 고개를 끄덕였다.

"그래. 기사단 동기생이어서 나와도 매우 친한 친구였지. 그건 별로 중요하지 않고, 세이아 자매가 바로 그의 딸들일세."

노엘은 놀라지 않을 수 없었다.

"예? 그분은 수도에서 행방불명되던 날까지 독신이었다고 들었는데요?"

"사실은 아니었어. 행방불명되던 당시 숨겨 둔 아내와 어린 딸 하나가 있었지. 그 딸이 바로 세이아이고 이 마을에 정착하여 낳은 두 번째 아이가 세이아의 동생 라이아네."

"……그렇군요. 그런 사실이 있을 줄은 꿈에도 몰랐습니다."

노엘에게 비화를 더욱 알고 싶어 하는 학자 기질이 발동되었다. 버크는 말을 이었다.

"그가 이 마을에 정착했다는 사실을 안 것은 내가 제3기사단장

218

을 그만두고 고향인 이 마을에 돌아왔을 무렵이었지. 그때 발컨은 이미 이 세상 사람이 아니었어. 한 7년 전에 마물들이 갑자기 날뛰던 때가 있었지? 마물들이 이 마을에 쳐들어 왔고 발컨은 그 마물들과 격투 끝에 숨지고 말았다더군. 어린아이였던 세이아는 아기인 동생을 지키다가 그만 마물의 독에 눈이 멀었지. 부모가 없으니 치료조차 제대로 못해 최근까지 소경인 상태로 지냈지. 다시 본론으로 돌아가서, 아버님이 리오란 청년을 세이아의 집에 소개한 이유가 바로 이걸세. 집에 남자도 없고 눈도 안 보이는 데다 그때 당시 마그라는 못된 건달 녀석이 세이아를 자주 괴롭혔기 때문에 아버님 나름대로 도박을 거신 거지. 세이아를 마그에게 주느니 잘생긴 떠돌이 기사에게 주겠다는 심산이셨을 거야. 음, 세이아가 들으면 화를 내겠군, 하핫. 어쨌든 효과는 상상외였지. 프리 나이트인 리오라는 젊은이는 정말 기사다운 기사였어. 집 안의 힘든 일은 모두 해결해 주었고 마그 녀석도 찍소리 못 하게 눌러 버렸지. 게다가 축제에서 마을 사람들이 세이아를 인정하게 해 주었고 말이야. 세이아는 결국 리오에게 끈끈한 감정을 가지게 되었는데 그것이 리오 군의 마음에 부담이 되었던 모양이야."

노엘의 눈이 반짝였다.

"예…… 그래서요?"

"마을 축제가 끝난 다음 날, 그는 바람처럼 사라져 버렸지. 그런데 지금 공주님과 같이 이 마을에 돌아올 줄 누가 알았겠나. 라이아의 소원이 하늘에 닿은 걸까? 하하하핫……."

자초지종을 들은 련희의 눈은 평상시와 마찬가지로 밝아졌다. 노엘은 버크에게 다시 물었다.

"그렇다면 스나이퍼 씨께서 두 자매를 보호해 주셨다는 말씀이신가요?"

"그렇고말고. 이상한 짓을 했다면 세이아가 그렇게 간절히 그 청년을 생각할 이유가 없겠지. 그러니 너무 걱정하지 말게. 리오라는 청년이 잘 알아서 할 거라고 난 믿네."

버크의 확신에 찬 대답을 들은 노엘은 가볍게 한숨을 쉬며 고개를 끄덕였다. 런희 역시 다행이라 생각하는지 폭 한숨을 내쉬었다.

그러나 말처럼 쉬운 일은 없는 법이었다.

빨간 지붕 아래서 리오는 세이아와 단둘이 식탁에 마주 앉았다.

괴물 수백 마리가 눈앞에 나타나도 태연히 웃던 리오가 지금 여자를 앞에 두고 갈피를 잡지 못한 채 당황하고 있었다.

"세이아 양, 축제일 저녁에 갑자기 사라졌던 것, 다시금 사과드립니다. 저로선 어쩔 수 없었습니다. 더 오래 머물게 되면 점점 세이아 양의 상처가 커질 것이라 생각되었기 때문에……."

리오의 말을 들은 세이아는 고개를 숙인 채 대답했다.

"저도 알고는 있었어요. 언젠간 리오 님께서 저와 라이아의 곁을 떠날 것이라는 사실을요. 하지만 정작 그 상황이 닥치니 무척 견디기 힘들었답니다. 그제야 리오 님께서 얼마만큼 저희의 빈 공간을 메워 주시고 계셨는지 알 수 있었죠."

그녀는 수줍은 미소를 띤 채 리오를 바라보며 말을 이었다.

"그리고 저에게 얼마나 소중한 분인지도 깨달았고요."

리오는 그 말이 나오자 큰일이구나, 하고 속으로 생각했다.

세이아는 고뇌에 찬 리오의 얼굴을 슬쩍 바라보았다. 리오는 고뇌 어린 얼굴로 고개를 살짝 옆으로 돌리고 있었다. 그 모습을 본 세이아는 자신의 눈을 뜨게 해 준 그 엘프 여성에게 마음속으로 감사의 말을 되뇌었다.

"정말, 제가 상상하고 있던 리오 님의 모습과 지금 제 앞에 계신 리오 님의 모습은 완전히 다르군요. 제가 감히 끼여들지 못할 정도의 고뇌가 리오 님의 얼굴에 새겨져 있군요. 저 말고 다른 여자분이 있었을 거라는 생각마저 드네요."

"예?"

리오는 흠칫 놀라며 세이아를 바라봤다. 그녀는 쓸쓸히 웃으며 계속 말을 이었다.

"저를 위해서 떠나신 것을 보면 그만큼 여자의 마음을 잘 아신다는 말이겠죠. 하지만 괜찮아요. 저는 리오 님께서 저를 대하실 때처럼 순수한 마음으로 다른 분들을 대하셨을 거라고 믿거든요."

"……그렇습니까."

세이아의 말을 들은 리오는 빙긋 웃어 보였지만 그 웃음에는 힘이 없었다. 그는 바이론을 적으로서 만났을 때 이상으로 긴장하고 있었다.

"일행에게 잠시 다녀와도 괜찮을까요?"

리오는 무언가 맘에 걸리는 것이 있었다. 라이아가 자신을 보고 소리쳤을 때 확 바뀐 린스의 표정과 옆으로 풀썩 쓰러지던 련희의 모습. 그리고 거짓말이겠지 하는 표정으로 자신을 바라보던 노엘. 도저히 그냥 지나칠 수 없는 모습들이었다.

사정을 정확히 모르는 세이아는 관대히 허락했다.

"다녀오세요, 리오 님. 기다리고 있겠습니다."

"아, 예."

리오는 어색한 표정으로 고개를 끄덕인 후 밖으로 나와 재빨리 일행이 있는 촌장의 집으로 향했다. 빠른 걸음으로 걷던 그는 촌장의 집 앞에서 낯익은 중년 여성을 만났다. 바로 버크의 부인이었다.

"음? 리오 군?"

버크의 부인은 리오를 뚫어지게 쳐다보다가 기억이 난 듯 반가움을 표시했다. 리오는 인사를 하며 대답했다.

"예, 오랜만입니다, 버크 부인. 제 일행들이 촌장님 댁에 머문다고 해서요."

버크 부인은 리오에게 어서 들어 가 보라고 손짓했다.

"자, 들어가요, 리오 군. 나도 마침 들어가려던 참이에요."

"예, 감사합니다."

집 안으로 들어서자마자 리오의 눈에 띈 것은 버크와 얘기를 나누고 있는 노엘과 련희였다.

"음? 오, 리오 군! 이게 얼마 만인가!"

버크는 큰 소리로 그를 반겼다.

"아, 오랜만에 뵙습니다, 버크 씨. 건강하셨군요."

"그럼, 물론이지."

리오는 조심스럽게 안으로 들어갔다. 노엘은 옆에 앉으라는 손짓을 했다.

"버크 씨 옆에 앉으세요, 스나이퍼 씨. 지금 버크 씨에게 당신 얘기를 듣고 있는 중이었어요."

"예? 제 얘기요?"

리오는 움찔하며 버크를 바라보았다. 그는 고개를 끄덕이며 노엘과 련희에게 말했다.

"본인도 왔으니 직접 들어 보는 게 어때, 노엘? 어떻게 생각하느냐고 말이야."

222

리오는 무슨 소린가 하며 노엘과 련희를 바라보았다. 노엘은 뭔가를 생각하는 듯했고, 련희는 리오를 흘끗 쳐다보더니 시선이 마주치자 고개를 숙여 버렸다.

'내가 오기 전에 무슨 얘기가 있었군.'

리오는 가만히 노엘의 질문을 기다렸다. 생각을 다 정리한 노엘은 리오에게 천천히 물었다.

"저, 스나이퍼 씨는 세이아 양을 어떻게 생각하시죠?"

매우 간단하고 직접적인 질문이었다. 표정을 굳힌 채 가만히 생각하던 리오는 곧 낮은 목소리로 대답했다.

"좋은 분입니다. 그러나 저는 그분에 대해 심각하게 생각해 본 일이 없습니다. 세이아 양에 대해서는 도와주겠다는 생각 외에 가져 본 일이 없습니다."

노엘은 리오에게서 이런 대답이 나올 줄은 몰랐다는 듯 실망스런 얼굴로 그를 바라보았다. 반면 련희는 슬픈 표정을 지으며 고개를 살짝 저었다. 련희의 모습을 보지 못한 리오는 눈을 감으며 말했다.

"……이렇게라도 거짓말을 해야 속이 후련할 것 같습니다."

모두의 시선이 리오에게로 쏠렸다. 리오는 씁쓸한 미소를 지으며 말했다.

"저는 열 살 이후 지금까지 어디 한곳에 정착한 적 없이 계속 떠돌아다녔습니다. 정착하고 싶다는 생각도 많이 해 왔습니다. 그리고 세이아 양의 집에서 평생을 살고 싶다는 생각도 아주 잠깐이지만 해 본 일이 있습니다. 솔직히, 지금 상황이 그리 급하지 않다면 저는 이곳을 끝으로 여러분과 헤어질 수도 있습니다."

리오의 표정은 곧 진지하게 바뀌었다.

"1천 년 전 사라졌던 12신장들이 움직이고 있습니다. 무엇 때문에 움직이는지도 모르는 상황에서, 그리고 그들이 움직인다는 사실을 알게 된 지금…… 저는 제 자신에게 아까와 같은 거짓말을 해서라도 그녀에 대한 생각을 지워야만 합니다."

"……어째서죠?"

노엘이 물었다. 리오는 한숨을 지으며 대답했다.

"자칫 잘못하면 이 대륙이 날아가 버릴 수도 있으니까요……. 조금이라도 막을 가능성이 있는 제가 이 마을에서 혼자만 잘살겠다고 안주해 버리면 모두를 잃게 될 것입니다. 저는 세이아를 위해서라도, 그녀에 대한 마음을 접어 두어야 합니다. 이해하실 수 있겠습니까?"

노엘은 더 이상 할 말이 없었다. 그리고 예전에 리오가 말했던 기사의 의지와 숭고함이란 단어가 얼마만큼의 슬픔을 대가로 치러야 하는지 어렴풋이 알 것 같았다.

"꼭 그렇게 자신을 희생하셔야 합니까?"

런희가 나지막이 말했다.

리오는 빙긋 웃으며 말했다.

"다른 좋은 방법이 있으면 가르쳐 주시겠습니까? 후훗……."

"……."

런희는 고개를 숙였다.

벽 뒤에 숨어 그 상황을 다 지켜본 린스는 고개를 숙인 런희와 비슷한 눈빛으로 리오를 바라보았다.

2

나찰에게 당한 리오

"아, 이제야 보이는군요. 리오란 사나이의 정신이 흐트러진 모양입니다."

라기아는 타운젠드 21세에게 자신의 수정구슬을 건네주었다.

얼마 전 자신의 이름을 마동왕이라고 개칭한 젊은 왕은 얼음처럼 차가운 얼굴로 그 수정구슬을 바라보았다.

그가 이름을 개칭한 이유는 간단했다. 타운젠드라는 성스러운 이름은 타락한 자신에게 어울리지 않는다는 것이었다.

"오랜만에 이 녀석을 보는군. 프로토타입 라우소를 쓰러뜨렸다는 소식이 이 녀석에 관한 가장 최근 소식이었지. 프로토타입이라도 강함은 그리 차이가 나지 않을 텐데 녀석은 아주 간단히 쓰러뜨렸어. 게다가 몰킨도 어떤 괴한에게 쓰러졌다 하고 말이야. 프로토타입은 역시 믿을 것이 못 되는가? 대답해 보게, 와카루 박사."

마동왕은 자기 옆에서 머리를 조아리고 있는 흰옷의 노인에게 물었다. 대머리 노인은 웃으며 대답했다.

"프로토타입은 말 그대로 원형(原形)일 뿐입니다. 아직 미완성인 그들의 진짜 육체에 비할 바가 아니지요. 음, 저 남자입니까, 전하?"

와카루는 구슬 속에 비친 붉은 머리카락의 리오를 가리키며 물었다.

마동왕은 살짝 고개를 끄덕였다. 노인은 자신의 짧은 수염을 쓰다듬으며 말했다.

"음, 인간의 육체가 기계의 성능을 뛰어넘을 수 있기는 합니다. 제가 있던 세계에도 그런 집단이 있었지요. 그들 중에는 초속 7킬로미터로 이동할 수 있는 능력을 가진 젊은이가 있기도 합니다. 물론 그 젊은이가 그 집단 중 최고지요. 흠, 이 리오란 젊은이가 있는 마을을 알 수 있겠습니까, 라기아 님?"

"후, 간단하지, 늙은이. 근데 뭐하려고 그러시나? 설마 일대일로 붙으시려고? 호호호홋……."

와카루는 웃으며 대답했다.

"허허허헛, 설마요. 이 세계에서 만든 제 첫 번째 작품을 시험해 보고 싶어서입니다."

첫 번째 작품이란 말을 들은 마동왕은 싸늘한 미소와 함께 중얼 거렸다.

"후…… 나찰(羅刹)을 말하는군. 좋아, 실행해 보게, 자네의 그 과학기술이란 것이 어느 정도인지 직접 확인해 보지."

"허허헛, 영광입니다, 전하."

와카루는 허리를 굽혀 감사를 표한 후 급히 알현실을 빠져나갔다.

몇 시간이나 흘렀을까. 몸을 굽히고 소파에 푹 눌러앉아 있던 리오는 자세를 바로 하며 정신을 가다듬었다.

'냉정해져라, 리오! 이렇게 정신이 흐트러져 있으면 아무것도 하지 못한다!'

자신을 다그치며 자리에서 일어선 리오는 밖으로 나가려고 현관으로 향했다.

"아, 가는 건가, 리오?"

방에서 나오던 버크는 리오가 현관문 가까이 있는 걸 보고 물었다. 리오는 버크를 바라보며 살짝 미소를 짓고 말했다.

"예, 신세 많이 졌습니다, 버크 씨. 저는 세이아 양의 집에 가 보겠습니다. 일행들에게 좀 전해 주십시오."

버크는 수염이 텁수룩한 자신의 턱을 매만지며 고개를 끄덕이다가 이내 리오를 향해 나지막이 말했다.

"……나도 젊었을 때 자네와 비슷한 일이 있었네. 고민이 있었지만 아이를 낳고 정착한 지금이 난 행복하다네. 하하하핫. 어쨌든 자네도 생각해 보게. 그런데 내가 보기엔 아무리 봐도 세이아만 한 신부감이 없단 말이야!"

리오는 아무 말 없이 웃었다.

촌장의 집을 나선 리오는 세이아 자매가 있는 빨간 지붕 집으로 터벅터벅 걸어갔다.

'후, 정신을 차려야겠군. 이렇게 정신없이 굴다간 바로 포착될 텐데…….'

바람이 불어왔다. 리오는 하늘거리는 자신의 머리카락을 손으로 쓸어 넘기며 계속 걸었다.

"역시 정신이 흐트러졌군요, 리오 스나이퍼."

리오는 움찔하며 뒤를 돌아보았다. 그 자리에는 짧은 녹색 머리카락의 청년이 서 있었다.

'어, 어느새……?'

동안인 그 청년은 리오에게 다가와 남자답지 않은 부드러운 목소리로 말했다.

"자기 자신을 너무 잃어버린 것 같아 보입니다. 당신이 고민할수록 당신 일행들이 위험해진다는 것을 아실 텐데요?"

"…… 뭐라고?"

리오는 놀란 표정으로 그 청년을 바라봤다. 청년은 계속해서 말했다.

"당신이 이렇게 혼란스러운 이유는 당신의 정신이 어딘가 다른 곳에 빠져 있기 때문입니다. 자신의 본분을 지키십시오. 아, 안심하십시오. 저는 당신 편이니까요."

청년은 말을 마친 듯 조용히 뒤로 돌아섰다. 곧 바람이 불면서 물방울이 사방에 튀었고 청년은 몸을 휘감은 물보라와 함께 어디론가 사라져 버렸다. 리오는 멍하니 물방울을 맞으며 한동안 그 자리에 서 있었다.

"……후, 바이론이었다면 내 등에 칼을 박았겠군."

리오는 알 수 없는 미소를 지으며 다시 걸어갔다.

세이아의 집에 가까이 다가간 리오는 그 집에서 맛있는 향이 풍겨 오자 조용히 미소 지으며 고개를 저었다.

"말하는 수밖에…… 없겠지."

문을 두드리자 곧 여자의 목소리가 들려왔다. 라이아는 밖에 나간 듯, 세이아가 직접 문을 열어 주었다.

"돌아오셨군요, 리오 님. 식사 준비가 다 되었어요. 어서 들어오세요."

"예."

세이아와 함께 부엌으로 들어간 리오는 왼손으로 이마를 짚은 채 아무 말 없이 앉아 있었다.

구워진 빵을 접시에 담던 세이아는 리오에게 무슨 일이 있구나, 하는 생각이 들었지만 묻지 않았다.

"식사 드세요, 리오 님."

리오는 식탁에 접시가 놓이는 소리를 듣고 고개 들어 세이아를 바라보았다. 그녀는 그의 표정이 심상치 않자 옆에 앉으며 물었다.

"리, 리오 님. 무슨 일이 있으시군요?"

리오는 고개를 저으며 심호흡을 한 후 천천히 말했다.

"세이아 양은 자신이 이 레프리컨트 왕국의 국민이라는 것을 어떻게 생각하시죠?"

세이아는 리오의 갑작스러운 질문에 가만히 생각하다가 이내 대답했다.

"자랑스럽게 생각한답니다. 저희 아버지께서도 왕국의 높은 신하들은 미워해도 돌아가신 국왕 마마와 이 왕국만은 미워하지 말라고 하셨거든요."

그 대답을 들은 리오는 세이아의 어깨를 살며시 잡으며 낮은 목소리로 말했다.

"2년 동안 저를 기다리셨죠? 이제 제가 부탁을 드릴 때가 왔군요. 세이아 양, 지금 왕국은 얼마 전 벨로크 왕국에게 침공을 받았고 지금 현재도 언제 침공을 받을지 모르는 상황입니다. 왕국을 도울 수 있는 사람은 얼마 없습니다. 그리고 그중 한 사람이 바로 저입니다. 세이아 양과 저는 어쩔 수 없이 다시 헤어져야 한답니다."

"……!"

세이아는 입이 막힌 것 같은 기분이 들었다. 아무 말도 나오지 않았다. 2년의 기다림이 끝났다고 생각했는데 몇 시간 안 돼 다시 깨져 버린 것이다. 리오는 조용히 말을 이었다.

"할 말이 없습니다. 그저 이해해 달라는 말 외엔……."

"역시, 리오 님도 다른 남자들과 똑같아요!"

갑작스러운 말에 리오는 놀란 표정으로 그녀를 바라보았다. 세이아는 자신의 어깨에 올려진 리오의 손을 치우고는 흥분된 목소리로 말을 이었다.

"라이아에게 들었어요. 리오 님께서 이 마을에 돌아왔을 때 여자 세 명과 같이 왔다고 말이죠. 그때까지 리오 님께선 제가 아직도 앞을 못 보는 줄 아셨겠죠. 그러나 제가 눈을 뜬 것을 보고 다른 여자들에게 곤란을 겪을까 봐 떠나려고 하시는 거예요! 역시 당신도 다른 남자들과 똑같아요!"

"무슨 말씀이십니까, 세이아 양! 진정하고 제 말을 들어 주세요!"

세이아는 리오의 손을 다시금 뿌리치고 외쳤다.

"듣기 싫어요……. 우리 나라를 어떻게 생각하느냐고 물으셨죠? 그래요, 소중해요! 둘도 없이 소중하죠! 하지만 저는 이 나라보다 당신이 더 소중해요! 나라가 해방됐다는 말보다 당신이 돌아오셨다는 게 더 기쁘다고요!"

"……!"

할 말을 잃은 리오를 뒤로한 채, 세이아는 자리를 박차고 일어나 자신의 방으로 달려가 버렸다.

"……후."

리오는 말없이 눈을 감으며 고뇌에 찬 한숨을 내쉬었다. 이대로 그녀가 자신을 잊었으면, 하는 생각이었다.

리오는 천천히 거실을 거쳐 현관으로 향했다. 그런데 현관 앞에서 공교롭게도 활짝 웃는 얼굴로 집에 돌아오는 라이아를 맞닥뜨리고 말았다.

리오는 애써 얼굴을 펴며 라이아에게 손을 흔들었다. 라이아는 달려와 리오에게 안겼다.

"어디 가시게요, 기사님?"

리오는 자신에게 안긴 라이아의 등을 몇 번 토닥인 다음 무거운 목소리로 말했다.

"음…… 조금 멀리 갈 것 같구나. 예전보다 더 늦게 돌아올 것 같아."

"예?"

라이아의 얼굴은 바로 울상이 되었다. 달려오느라 약간 크게 숨을 몰아쉬던 그녀는 리오의 망토 자락을 붙잡으며 소리쳤다.

"그, 그런 말이 어디 있어요? 언니가 기사님을 얼마나……!"

리오는 몸을 숙여 라이아의 머리를 손으로 만지며 나지막이 말했다.

"……미안하다."

라이아는 잡고 있던 리오의 망토 자락을 놓았다. 자신에게 미안하다고 말할 때의 리오의 표정을 본 것이었다.

리오는 다시 걸어가며 말했다.

"건강하렴, 라이아."

"흑! 으아아앙!"

라이아는 더 이상 리오의 모습을 볼 수 없다는 듯 방으로 뛰어들어갔다. 리오는 여전히 굳은 표정으로 길을 걸어갔다.

얼마쯤 길을 걸어가던 리오는 갑자기 걸음을 멈추며 중얼거리기 시작했다.

"나오는 게 좋을 거야. 보고 있다는 것 다 안다."

그러나 주위엔 아무도 없었다. 리오는 인상을 찡그리며 다시 중얼거렸다.

"상당히 재미없게 노는군. 화난 사람에게 죽으면 천국으로 갈 줄 아나?"

그러자 리오의 앞 허공이 일그러지기 시작하더니 곧 한 여자의 형상으로 변했다. 몸에 착 달라붙는 검정색 옷, 회청색 머리카락 사이로 솟은 뿔. 바로 서큐버스 라기아였다. 그녀는 요사스러운 웃음소리를 내며 리오에게 말했다.

"호호홋, 아까와는 달리 정신을 집중하고 있는 모양이군. 마인드 컨트롤이 상당히 좋은데그래?"

리오는 쓴웃음을 지으며 말했다.

"용건이 뭐지? 지금 기분 같아서는 너를 곤죽으로 만들어도 시원치 않을 것 같은데 말이야."

라기아는 지면에 가볍게 착지하며 자신의 머리카락을 쓸어 올린 후 대답했다.

"호홋, 진짜 화난 모양이네? 용건은 별거 아니야. 벨로크 왕국의 한 과학자가 너를 상대로 시험을 해 보고 싶다고 해서 왔지."

그녀의 말이 끝남과 동시에 리오 앞의 공간이 다시 한 번 일그러지더니 네 개의 검은 물체가 나타났다.

강철로 덮인 그 물체는 이내 거대한 몸집을 가진 괴물로 변했고 그 괴물들은 포효하며 리오를 둘러쌌다.

"그워어어어!"

라기아는 싸늘한 웃음을 지으며 괴물들에게 둘러싸인 리오의 머리 위를 지나 어딘가로 향했다.

"그 귀염둥이들의 이름은 나찰. 내가 네 일행들을 처치하고 린스 공주를 잡을 동안 너와 재미있게 놀아 줄 거다. 기분 전환이나 해 보시지. 호호호홋!"

콰아앙.

그녀가 돌아서자마자 리오 쪽에서 폭음이 들려왔다. 라기아는 설마 하며 뒤를 돌아봤다. 나찰 한 대가 벌써 고철덩이가 되어 땅바닥에 나뒹굴었다. 나머지 나찰 사이에서 리오는 푸른색 기를 분출하며 라기아를 쏘아보았다.

"아, 아니 벌써?"

리오는 눈에서 푸른색 살기를 뿜으며 말했다.

"거기서 대기하고 있는 것이 좋아, 마녀. 얼마 걸리지 않을 테니까."

멍하니 리오를 바라보던 라기아는 곧 왼손을 입가에 가져가며 크게 웃었다.

"호호호호홋! 나찰을 너무 우습게 보고 있군! 네가 깬 것은 나찰의 껍데기일 뿐이야! 내가 이런 것을 계산하지 못했을 거라고 생각하나?"

"뭐? 으윽!"

그 말이 끝나기가 무섭게, 부서진 나찰의 조각에서 적갈색의 세포질들이 튀어나와 리오의 몸을 덮쳤다. 갑자기 기습을 받은 리오는 그만 그 세포질에 둘러싸이고 말았다.

"이런!"

리오는 디바이너를 뽑으려고 팔을 움직여 보려 했으나 이상하게도 몸을 둘러싼 세포질이 그의 힘을 빨아들이고 있었다. 안되겠다고 생각한 리오는 몸의 기를 응축하기 시작했다.

"리, 리오 님!"

그때 빨간 지붕 집 쪽에서 가녀린 음성이 들려왔다. 리오는 설마 하며 목소리가 들려온 쪽을 바라보았다. 그때처럼 자신의 예상이 틀리기를 바란 적이 없었다.

"세이아! 오지 말아요!"

그러나 리오의 목소리마저 세포질이 흡수해 버렸다. 세이아는 아무 행동도 하지 못했다. 그저 세포질에 둘러싸인 리오의 모습을 겁에 질린 표정으로 바라볼 뿐이었다.

"오호, 그런 사이였나? 저 여자를 잡아라, 나찰! 어서 잡아!"

라기아의 앙칼진 목소리에 나찰 한 대가 몸집에 어울리지 않는 빠른 스피드로 세이아를 향해 몸을 날렸다. 세이아는 결국 나찰의 굵은 금속제 팔에 잡히고 말았다.

"꺄아악!"

"세, 세이아!"

세이아가 나찰에게 잡힌 모습을 본 리오는 재빨리 모아 두었던 기를 개방하여 세포질에서 탈출하려 했다.

푸욱.

세포질이 뚫리는 둔탁한 소리가 들려왔다. 비명을 지르던 세이아는 자기 눈앞에 펼쳐진 광경을 믿을 수 없다는 듯 비명을 멈추었다.

"크, 크윽?"

리오는 자신의 복부를 내려다보았다. 날카로운 창으로 변한 라기아의 손이 자신의 복부를 관통해 등 뒤로 뚫고 나갔다. 세포질 밖에서 리오를 찌른 라기아는 회심의 미소를 지었다.

"하하하하핫! 네가 아무리 빠르고 강하다 해도 움직일 수 없는 상황에서는 내 공격조차 피할 수 없구나! 기를 응축했다가 폭발시켜 탈출하려고 했지? 가장 좋은 방법이긴 하지만 그 세포질은 널 위해 특별히 만들어져 있다. 네 기를 모두 빨아들인단 말이다. 호호호홋! 나의 승리 같구나. 리오 스나이퍼!"

라기아는 광소를 터뜨리며 자신의 손을 더욱 깊숙이 찔러 넣었다. 리오는 세포질에서 탈출하려고 다시금 애썼으나 라기아는 리오의 급소를 정확히 찌르고 있었다.

라기아는 손을 뽑은 후 리오의 얼굴 쪽으로 손을 들이대기 시작했다. 그 손은 리오의 왼쪽 눈을 노리고 있는 듯했다.

"어디 그 잘난 얼굴 한번 반죽해 볼까? 취미는 아니지만 즐기고 싶군!"

곧이어 리오의 왼쪽 눈에서 피가 솟구쳤다. 리오는 이를 악물며 고통을 참기 위해 애썼다.

"리, 리오 님…….."

그 광경을 본 세이아는 결국 기절하고 말았다. 라기아는 리오의 왼쪽 눈에서 손을 뽑으며 그가 걸어 나왔던 빨간 지붕 집을 돌아보았다.

"후, 저곳이지, 아마? 널 좋아하는 또 다른 사람이 있는 곳이 말이야. 아, 마침 안에 있군그래. 창문으로 여길 바라보고 있는데?"

리오는 흠칫 놀라며 남은 눈으로 빨간 지붕 집을 바라봤다. 희미하긴 했지만 갈색 머리의 아이가 하얗게 질린 표정으로 창문을 통해 이쪽을 바라보고 있었다.

"너, 너 설마!"

하지만 리오의 말소리는 밖으로 들리지 않았다. 라기아는 잘 보라는 표정으로 자신의 양손을 빨간 지붕 집을 향해 모았다. 그녀의 손바닥에서 검푸른색 빛이 울렁이기 시작했다.

"저 아이가 흑마법 '데몬 프레스'를 막아 낼 수 있을지 궁금하군. 시험해 보는 게 좋겠지?"

라기아는 사악한 웃음을 띠며 주문을 전개했다. 그녀의 손바닥에서 뿜어진 검푸른 빛 덩어리가 빨간 지붕 집을 향해 고속으로 날아갔다.

쿠우웅.

리오의 남은 오른쪽 눈동자엔 처참히 부서지는 빨간 지붕 집이 떠올라 있었다. 짧긴 했지만 자신과 세이아, 라이아 자매의 추억이 깃든 그 집이 화염에 휩싸여 사라져 갔다.

"이런 제길! 없애버리겠다!"

리오는 분노를 토하며 세포질에서 벗어나려고 다시 한 번 애썼다. 그러나 그 움직임을 무산시키려는 듯 라기아의 손이 리오의 복부를 다시 한 번 뚫었다.

"커헉!"

"후후후, 괴로운가, 미남? 당연히 괴롭겠지. 자신의 엄청난 힘을 발휘하지 못하고 이렇게 죽어 가야 하니 말이야. 한 가지 가르쳐 줄까? 왜 네가 힘을 발휘하지 못하는지 말이야."

리오는 가물거리는 의식을 바로잡으며 라기아를 바라보았다. 라기아는 통쾌하다는 듯 웃으며 말했다.

"호호호호홋! 이 물질은 이 세상에 1년 전 나타났던 고위 마족 '아슈테리카'의 피다! 인간의 힘, 즉 '기'를 이용하는 너에게 아슈테리카의 독특한 피는 한마디로 쥐약이지. 방출되는 너의 기를, 그리고 힘을 아슈테리카의 피는 깔끔히 흡수한다. 그 덕분에 난 너를 이렇듯 여유 있게 괴롭힐 수 있지. 호호호홋!"

리오의 복부에서 창을 뽑아 낸 라기아는 눈에서 황색의 빛을 뿜으며 손끝으로 리오의 가슴을 겨눴다.

"후후훗, 이제 네 심장을 가져가 주지. 원래 계획은 린스 공주를 잡아가는 것인데 네가 의외로 빨리 세포질에 잡혀 줘서 더 좋은 수확을 올리게 되었구나. 후후훗, 이제 안녕이다, 미남!"

9장
떠돌이 기사의 숙명

1

세이아의 맹세

리오를 둘러싼 세포질들은 마치 강력 접착제라도 되는 듯 리오를 꼼짝할 수 없게 만들었다. 리오는 라이아까지 위험에 빠뜨린 라기아를 무서운 눈초리로 노려보았지만 발버둥칠수록 힘만 더 빠질 뿐이었다. 더구나 지금 라기아는 그의 심장을 노리고 손을 뻗치고 있었다.

"기다려!"

기합성과 함께 회은색 물체가 빠르게 날아왔다.

라기아는 움찔하며 재빨리 팔로 자신에게 날아온 물체를 막아냈다. 그 물체는 그대로 그녀의 팔뚝에 꽂혔다. 라기아는 잔뜩 인상을 찌푸리며 팔에 박힌 물체를 확인했다.

"윽, 뭐야. 이게?"

라기아의 팔에 박힌 것은 긴 나뭇잎 형태의 수리검이었다. 그 수리검의 표면엔 붉은색 글자가 어지러이 쓰여 있었다. 동방의 주술

수리검이었다.

곧 수리검은 라기아의 팔에 박힌 채 폭발했고, 그 파편에 팔과 눈을 다친 그녀는 심하게 괴로워했다.

"이, 이럴 수가!"

"거기서 떨어져라!"

라기아의 빈틈을 노린 한 그림자가 리오와 라기아 사이에 끼여들었다. 이어서 곧 길다란 섬광이 라기아의 가슴과 복부를 일직선으로 갈랐다.

"크아아악!"

괴성과 함께 바닥에 쓰러진 라기아를 흘끗 바라본 그림자는 손에 든 도검으로 리오의 몸을 둘러싼 세포질을 과일 벗기듯 잘라 내기 시작했다. 그녀는 바로 진홍색 머리카락을 하나로 묶어 내린 가희였다.

리오의 상반신이 드러났을 무렵, 곁에서 가만히 있던 나찰(羅刹)들이 움직이기 시작했다. 명령자가 쓰러지면 얼마 후 자동으로 움직이게끔 장치가 되어 있는 모양이었다.

나찰들에게 둘러싸인 가희는 리오를 자신의 뒤에 두고 방어 태세를 취했다.

"리오 님. 정신 차려요! 당신이 사랑하는 사람들이 어려움에 처하는 광경을 저승에서 보고 싶진 않을 거 아니에요!"

가희는 나찰들과 싸울 자신이 없었다. 힘에서 밀릴 것이 뻔했고 더구나 리오를 뒤에 두고 있어서 불리한 상황이었다.

쿠르릉.

가희가 잠시 멈칫하는 사이 뒤쪽 나찰이 있던 곳 지면에서 갑자기 거대한 물회오리가 솟구쳤다.

나찰들은 순식간에 그 물회오리에 빨려 들어가더니 물의 압력에 의해 순식간에 해체되고 말았다. 장갑(裝甲) 안쪽에 있던 세포질 역시 분자 단위로 변하여 공기 중에 흩어졌다.

가희는 갑자기 벌어진 일에 깜짝 놀랐다. 그러나 그녀는 다른 곳에 정신을 쏟을 틈이 없었다. 마지막 남은 나찰의 공격이 시작되었기 때문이다.

"그워어어어어!"

퉁.

가희를 빠른 속도로 찍어 내리던 나찰의 날카로운 기계 팔이 이상한 방벽에 충돌했다. 게다가 나찰의 몸은 점점 공중에 떠오르기 시작했다. 방어 자세를 취하고 있던 가희는 도대체 무슨 일인가 하며 공중에 떠오른 나찰을 자세히 살펴보았다.

"도대체 어떻게 된 일이지……? 저것은 분명히 물방울?"

그녀의 말대로 나찰의 몸은 거대한 물방울에 잡혀 공중으로 떠오르고 있었다.

어느 정도 떠오르자 그 물방울은 마치 무언가 겉 표면을 누르는 것처럼 울퉁불퉁 일그러졌다. 그 물방울의 압력이 의외로 셌던지 곧 그 속에 갇혀 있던 나찰의 몸도 일그러지기 시작했다. 잠시 후 나찰은 찌그러진 고철로 변했고, 물방울은 빠른 속도로 회전하여 아까와 같은 회오리로 변해 나찰의 몸을 분해했다.

세이아를 잡고 있던 나찰은 동료들이 모조리 당하자 도망치듯 움직이기 시작했다. 가희는 그것을 막기 위해 몸을 날렸다.

"멈춰!"

그 순간 가희의 눈앞에 한 사람이 나타났다. 파란색의 작은 곡도를 든 녹색 머리카락의 남자였다. 그는 가희의 앞을 막아서더니 직접 나찰에게 돌진했다.

"하얏!"

그 사나이의 검이 나찰의 각 관절 부위에서 춤을 추기 시작했다. 나찰의 몸에 물빛 곡선을 그린 그 사나이는 가볍게 세이아를 구출해 지상에 착지했다. 공중에 떠 있던 나찰의 몸은 곧 수십 토막으로 잘려 와그르르 땅바닥에 떨어졌다.

바닥에 떨어진 나찰의 몸에 지난번과 마찬가지로 세포질들이 비어져 나왔다. 그 녹색 머리카락의 남자는 세이아를 바닥에 내려놓은 즉시 손을 이리저리 교차해 또다시 아까 같은 물회오리를 생성시켰다. 그러자 곧 그 세포질들 역시 완전 분해되었다.

"다, 당신은 도대체?"

가희가 알 수 없다는 표정으로 그 사나이에게 묻자 그 사나이는 자신의 검을 집어넣으며 고개를 돌렸다.

"리오 님의 몸에 달라붙은 세포질들을 마저 제거해 주십시오. 저는 그렇게 할 수 없으니까요. 그리고 폭파된 집 안에 있던 아이는 제가 구출해 놓았다고 리오 님께 말씀드려 주십시오. 아, 그분께는 저를 '물'이라고만 얘기하면 됩니다. 그럼 이만."

사나이는 곧바로 물보라를 일으키며 어디론가 사라져 버렸고, 가희는 멍한 표정으로 그 사나이가 사라진 장소를 바라볼 뿐이었다.

"물이라고? 그러고 보니 저 남자 물을 자유롭게 사용하던데. 도대체 뭐 하는 사람이지……? 아, 지금 그게 문제가 아니지."

가희는 다시 리오에게 돌아가 그의 몸에 달라붙은 세포질을 칼로 잘라냈다.

"언니! 세이아 언니!"

얼마 안 되어, 갈색 머리카락의 아이가 울먹이면서 쓰러진 세이아를 향해 달려왔다. 가희는 큰일이다, 생각하며 리오의 처참한 모습을 보여주지 않으려 애썼다.

곧 마을 사람들이 가희와 라이아, 세이아가 있는 장소에 도착했다. 사람들의 도움으로 리오는 무사히 촌장의 집으로 옮겨졌다.

"못된 계집 같으니!"

몰려 있던 사람들이 모두 사라지자 라기아는 가희에게 받은 상처를 회복시키며 자리에서 일어났다.

"그 계집, 생각보다 좋은 칼을 가지고 있군. 상처가 쉽게 회복되지 않아. 윽!"

라기아는 비틀거리며 공간이동 주문을 외웠다. 그녀의 몸은 처음 나타날 때와 같이 공간의 일그러짐과 함께 사라졌다.

"뭐야! 껵다리, 아니 리오가 당해?"

갑자기 사람들이 들이닥치는 소리에 방 밖을 살피고 온 노엘의 말에 린스는 깜짝 놀라며 되물었다. 노엘 역시 믿지 못하겠다는 표정으로 고개를 끄덕였다.

"가, 가서 볼 거야! 그 빌어먹을 바람둥이 녀석이 어떻게 당했는지 볼 거야!"

린스는 걱정되는 맘과는 다르게 폭언을 터뜨리며 당장 자리를 박차고 일어섰다.

"기다리세요, 공주님!"

리오가 치료를 받고 있는 방으로 린스가 뛰어들려 하자 노엘은 급히 그녀를 말렸다. 린스는 몸부림치며 소리쳤다.

"놔! 이거 놓으란 말이야!"

그러나 노엘은 놓을 수 없었다. 왼쪽 눈을 잃고 복부에 커다란 상처가 두 군데나 난 리오의 모습을 린스에게 결코 보여 줄 수 없었다.

　"커헉!"

　한편 리오는 입에서 피를 몇 차례나 뿜어내며 고통스러워하고 있었다. 옆에서 계속 치료를 하던 버크 부인과 련희는 그 광경을 볼 때마다 괴로운 표정을 지었다.

　"리오 군은 정말 대단하군요. 배에 이 정도 상처가 두 개나 나면 죽고 말 텐데 리오 군은 살아 있어요. 출혈도 심한데……."

　련희는 아무 말 없이 다시금 주술을 외워 리오의 상처를 회복시키는 데 온 정성을 다했다.

　세이아는 반쯤 정신이 나간 표정으로 라이아를 꼭 껴안은 채 거실에 앉아 있었다. 누가 말을 걸어도 대답하지 않았다. 라이아 역시 세이아에게 안긴 채 가만히 있었다.

　앞의 의자에 걱정 어린 얼굴로 앉아 있던 케톤은 슬쩍 세이아를 바라보다 고개를 저으며 다시 눈을 감았다.

　"후, 어떻게 이런 일이……."

　치료 시작부터 12시간이 지났을 무렵에야 련희와 버크 부인은 피로가 역력한 모습으로 방에서 나왔다. 노엘은 곧바로 그들에게 달려가 물었다.

　"잘됐습니까, 부인?"

　버크 부인은 이마에 맺힌 땀을 수건으로 닦으며 대답했다.

　"주문을 쓴다면 복부의 상처는 한 5일 내로 회복될 것 같군요. 생각보다 좋은 몸을 가지고 있어서 다행이에요. 하지만 왼쪽 눈은……."

　버크 부인은 말꼬리를 흐리며 설레설레 고개를 저었다.

"그, 그렇군요."

노엘은 고개를 떨구며 돌아서려 했다. 그때 어느새 노엘을 뒤따라온 린스가 깜짝 놀라며 버크 부인에게 큰 소리로 물었다.

"뭐라고? 눈이라니, 그게 무슨 소리야!"

버크 부인은 아차 했으나 결국 알아야 할 일이라 생각하며 대답했다.

"리오 군의 왼쪽 눈이 실명됐답니다, 공주님."

"뭐?"

린스는 그 자리에 털썩 주저앉고 말았다. 노엘은 한숨을 쉬며 린스를 일으키려고 손을 뻗었다.

"어, 어떻게 그럴 수가……. 바보! 바보 녀석!"

결국 린스는 오열을 터뜨리고 말았다. 그녀를 일으키려던 노엘은 말없이 련희를 바라보았다. 련희는 울지 않고 있었다. 하지만 그녀 역시 참고 있음이 역력했다.

"너! 너 때문이야!"

순간 린스의 화살이 거실 구석 소파에 앉아 있던 세이아에게 향했다. 라이아는 깜짝 놀라며 세이아의 앞을 막아섰으나 분노한 린스를 막기엔 역부족이었다.

"비켜!"

라이아를 가볍게 밀쳐 낸 린스는 세이아의 옷자락을 덥석 잡으며 소리쳤다.

"뭐라고 말을 해 봐! 누구 때문에 리오가 저 꼴이 됐는지, 왜 눈까지 잃어야 했는지 말해 보라고!"

"……"

거칠게 흔들리면서도 세이아는 아무 말도 하지 못했다.

라이아는 소파에 떨어지는 언니의 눈물을 보고 린스의 옷자락을
붙들며 울먹거렸다.

"음…… 아침이잖아. 처참하게 당하긴 한 것 같군."

하루가 지난 뒤에야 리오는 의식을 회복했다. 자신의 왼쪽 눈이
보이지 않는다는 사실을 깨달은 리오는 피식 웃으며 중얼거렸다.

"훗, 귀찮게 됐는데……. 복부의 상처는 치료되었군. 주문으로
치료된 걸 보니 오늘 저녁쯤이면 재생될 것 같은데. 그건 그렇고
걱정들 많이 하겠군. 후훗."

달칵.

그때 누군가 방문을 열고 들어왔다.

리오는 고개를 돌려 바라보았다. 검은 머리카락에 펑퍼짐한 동
방 옷을 입은 련희였다.

"훗, 행운이군요. 깨어나자마자 처음으로 보는 사람이 련희 양이
라니."

"리, 리오 님?"

리오가 아직 혼수상태일 거라고 생각했던 련희는 깜짝 놀라며
그 자리에 멈춰섰다. 리오가 검지손가락을 입술에 댄 채 그녀를 향
해 슬쩍 눈웃음을 보냈다.

"쉿, 아무 말 하지 말아요. 사람들이 제가 벌써 깨어났다는 것을
알면 좀 힘들어질 것 같으니까요. 네? 련희 양?"

련희는 소매로 얼굴을 가린 채 울었다. 리오는 난처한 표정을 지
으며 말했다.

"련희 양, 그렇게 걱정되셨나요?"

련희는 눈가를 닦으며 리오를 살며시 바라보았다. 왼쪽 눈에 붕

대가 감긴 것 빼고 리오의 상태는 예전과 다름없어 보였다. 련희는 가까이 다가가며 물었다.

"리오 님, 정말 괜찮으세요?"

리오는 웃으며 천천히 고개를 끄덕였다.

"예, 배의 상처도 저녁쯤이면 다 나을 것 같군요. 아마 내일부터는 예전처럼 뛰어다닐 수 있을 겁니다."

련희는 도저히 믿을 수 없다는 표정으로 되물었다.

"세, 세상에…… 어떻게 하루도 안 되어 이렇게 나을 수 있는 겁니까?"

리오는 붕대 위를 긁적이며 미소를 띠고 말했다.

"후훗, 제가 계속 아파서 누워 있으면 일행을 지켜 줄 사람이 없을 것 아닙니까. 이제 걱정 말고 쉬세요, 련희 양."

련희는 침대 옆에 놓인 의자에 다소곳이 앉았다.

리오는 나지막한 목소리로 물었다.

"저, 세이아 양과 라이아는……?"

"아, 두 사람 다 무사하답니다."

리오는 안도감 섞인 한숨을 내쉰 뒤 다시 물었다.

"그럼 가희 양께서 저를 구해 주셨군요?"

련희는 고개를 저었다.

"아닙니다. 어떤 남자분이 구해 주셨습니다. 자신의 이름을 그냥 '물'이라고만 밝히셨지요."

"물……? 후훗. 정말 운이 좋은데요?"

"아는 분이십니까?"

리오는 손으로 자신의 머리를 편하게 받치며 대답했다.

"안다고 해야 할까요? 실제로 본 건 한 번뿐인데 신세를 졌군요.

후훗."

"예······."

그녀는 이해할 수 없었지만 고개를 끄덕였다. 리오도 분명 7백
살이나 먹은 초인이니 그가 아는 사람이 괴이한 능력을 가졌다 해
서 이상할 것은 없었다.

리오의 그 말을 끝으로, 둘 사이에 잠시 동안 침묵이 흘렀다. 분
위기가 어색해진 것을 느낀 런희는 자리에서 일어섰다.

"저는 그만 나가 보겠습니다. 푹 쉬십시오."

런희는 곧 방을 나섰다.

혼자 남게 된 리오는 다시 잠을 청하려고 눈을 감았다.

그때 린스가 방문을 박차고 들어오며 리오에게 달려들었다.

"이 멍청아! 멍청이 꺽다리야!"

"윽, 고, 공주님? 그렇게 엎드리시면······."

리오는 일부러 괴로운 표정을 지으며 자신의 가슴 위에 엎드린
린스를 바라보았다.

린스는 몸을 일으키고 눈물을 참으며 리오의 얼굴을 바라보았다.

그러나 리오의 왼쪽 눈에 붕대가 감겨 있는 것을 보고 그녀는 결
국 울음을 터뜨리고 말았다.

"이 바보야! 누가 눈을 잃을 정도로 싸우라고 했어! 널 이렇게 만
들어 놓고 세이아인가 뭐가 하는 여자는 자기 동생만 껴안고 있단
말이야. 수도로 돌아가면 그 여자를 꼭 종신형에 처하고 말 거야!"

"공주님, 이렇게 된 건 세이아 탓이 아닙니다."

흥분한 린스가 세이아를 원망하자 리오는 고개를 저으며 린스를
달랬다.

"공주님, 스나이퍼 씨는 아직 휴식이 필요합니다. 제가 상태를

확실히 알아보고 말씀드릴 테니 밖에서 기다리세요."

노엘이 방으로 들어와 린스를 진정시키며 말했다. 린스는 아무 말 없이 훌쩍거리며 방을 나갔다. 그 모습을 잠시 지켜보던 노엘은 곧 리오에게 다가와 상태를 물었다.

"괜찮나요, 스나이퍼 씨? 런희 양의 말로는 스나이퍼 씨가 상당히 좋아지셨다고 하던데, 어떻게 된 거죠? 특별한 마법이라도 쓰신 건가요?"

리오는 그저 웃을 뿐이었다.

"글쎄요…… 후훗. 그건 그렇고 세이아 양은 괜찮습니까?"

리오의 입에서 세이아의 이름이 나오자 노엘은 잠시 머뭇거리다 대답했다.

"예…… 아니, 사실은 상태가 심각해요. 식사도 통 안 하고, 라이아라는 동생만 껴안고 있지요. 스나이퍼 씨가 당하는 모습을 보고 꽤 충격이 컸나 봐요."

리오는 고개를 끄덕였다. 그의 얼굴 절반을 가린 붕대도 씁쓸한 표정만은 감출 수 없었다.

"언니, 제발 정신 차려. 응?"

라이아는 울상을 지은 채 언니를 달랬지만 세이아에겐 동생의 목소리가 들리지 않았다. 그녀의 눈앞에는 리오의 몸과 눈이 마녀의 손에 의해 관통당하는 장면만 어른거릴 뿐이었다.

"라이아, 이제 자야지? 언니랑 오려무나."

버크 부인 역시 걱정 어린 표정으로 세이아를 보며 말했다. 라이아는 세이아를 이끌고 촌장이 마련해 준 방으로 향했다.

그들이 방으로 들어가자 버크 부인은 고개를 저으며 쯧쯧 혀를 찼다.

세이아는 다음 날 새벽까지도 눈을 붙일 수 없었다.

린스의 말대로 리오가 나찰들에게 붙잡혔을 때 자기가 소리만 지르지 않았더라도 리오가 당하지 않았을 거란 생각을 떨칠 수 없었다. 그 생각을 떠올리자 그녀의 눈에서 또다시 눈물이 솟구쳤다.

그녀는 잠자는 라이아를 한번 돌아보고 살며시 이불을 들추고 일어섰다. 낮에 버크 부인한테 리오가 많이 좋아졌다는 말은 듣긴 했지만 그래도 자신의 눈으로 직접 확인하지 않고서는 견딜 수가 없었다.

리오가 치료를 받고 있는 방문 앞에 이른 세이아는 소리를 죽이고 슬며시 문을 열었다. 방 안은 깜깜하고 고요해 그녀가 들고 있는 등이 밤의 정적을 깨는 듯했다.

"누구시죠?"

"어머!"

생각지도 못한 목소리에 세이아는 소스라치게 놀랐다. 소리 난 쪽을 등불로 비추자 리오가 소파에 걸터앉아 있었다. 아마 새벽빛에 의지해 자신의 디바이너를 닦고 있었던 모양인지 그의 손에서 보라색 날이 번쩍였다.

"리, 리오 님……?"

"아, 세이아 양? 일찍 일어나셨군요?"

리오는 그녀를 향해 빙긋 웃어 보였다. 그의 모습은 변함이 없었다. 왼쪽 눈을 가린 붕대를 제외하고.

세이아는 그 눈을 보고 그만 고개를 숙이고 말았다.

"밤중에 들어와서 죄송해요. 너무 걱정되어서……."

리오는 디바이너를 가죽 칼집에 집어넣으며 그녀를 바라보았다.

언제나 그랬듯이 따뜻한 미소를 지우지 않은 채.

"세이아 양께서 그렇게 걱정해 주신 덕분인지 빨리 낫는군요."

그 말을 들은 세이아는 울음을 터뜨리고 말았다. 리오는 아무 말 없이 그녀의 등을 두드려 주었다. 흐느낌에 그녀의 몸이 가녀리게 떨렸다.

"눈은 역시……."

세이아가 울먹이며 눈에 감긴 붕대에 손을 가져가자 리오는 빙 긋 웃으며 말했다.

"다행히 눈 하나는 멀쩡하잖습니까? 예전에 세이아 양은 두 눈 다 안 보여도 잘 사셨는데 이까짓 건 아무것도 아니죠……. 그리고 곧 나을 테니 염려 마세요."

세이아는 결국 리오의 무릎에 쓰러져 울기 시작했다.

"죄송해요, 리오 님! 제가 그때 소리만 지르지 않았어도 이렇게 되진 않았을 텐데……!"

리오는 세이아의 머리카락을 부드럽게 만지며 말했다.

"사과해야 할 사람은 저랍니다. 세이아 양의 마음을 알면서도 떠 난다는 말을 했으니 벌 받은 거겠죠. 저는 사실 이 레프리컨트 왕 국의 공주이신 린스 공주님과 함께 왕국 수도로 향하는 중이랍니 다. 그분을 데려다 드리면 일차적인 임무는 끝나게 되죠. 하루라도 더 빨리 그분을 모셔다 드려야 한다는 생각에 세이아 양께 그런 심 한 말까지 하고 말았답니다. 저를 이해해 주실 수 있으시겠어요?"

세이아는 얼굴을 들며 고개를 끄덕였다.

"예……. 그리고 리오 님께 다시 말씀드리고 싶은 것이 있어요."

리오가 말해 보라고 눈짓하자 세이아는 잠시 뜸을 들인 후 나지 막이 말했다.

"당신을…… 리오 님을 언제까지고 기다릴 수 있어요. 수십 년이 지난다 해도……."

리오는 할 말을 잃고 말았다.

"제가 돌아오지 않는다면 어떻게 하시겠습니까?"

세이아는 눈물을 닦으며 빙긋 웃고 나서 대답했다.

"그렇다면 하늘에서라도 기다릴 거예요. 그곳에선 만날 수 있을 거 아니에요."

"……."

사후세계(死後世界)에 가 본 적 있는 리오는 알고 있었다. 그곳은 누구를 기다리기 위해 존재하는 곳이 아니었다. 아무리 의지가 뛰어나다 해도 기다릴 수 없는 외로운 곳이 바로 사후세계였다.

리오는 세이아의 어깨를 잡고 살며시 일으켰다. 그러고는 그녀의 뽀얀 이마에 입술을 대며 말했다.

"다시 찾아와도 됩니까?"

"예?"

세이아는 리오를 올려다보았다. 리오는 그녀와 시선을 맞추며 다시 말했다.

"제가 힘들거나 마음이 허전할 때 찾아오면 환영해 주십시오. 지금처럼 우는 모습이 아닌 웃는 모습으로요."

"……예. 언제든지요."

세이아는 그제야 웃으며 고개를 끄덕였다.

리오는 살며시 그녀를 안았다. 다른 사람의 체온이 이렇게도 따뜻했던가? 그는 마음속으로 그런 생각을 했다.

세이아는 아침 일찍 일어나 버크 부인을 도와 음식을 만들려고 부엌으로 나갔다. 어제와 다르게 상당히 밝은 모습이었다.

"아…… 무얼 만들지? 오늘 아침부터 리오 님도 식사를 할 수 있다고 했는데……."

세이아는 창문을 열고 심호흡을 크게 해보았다.

"우선 리오 님께는 원기 회복을 위해 고목나무버섯죽이 좋겠지. 다른 사람들을 위해서는 음, 뭐가 좋을까……? 이슬 묻은 채소로 만든 수프와 카키쿠키가 좋을까? 아냐, 공작알 흰자를 부풀려 만든 구름오므라이스가 좋겠군…… 흠흠."

세이아보다 조금 늦게 나온 버크 부인은 노래를 흥얼거리는 그녀를 보며 역시 편한 잠이 최고의 약이라고 생각했다.

린스는 리오가 아픈 사람답지 않게 죽은 물론 구름오므라이스까지 먹는 것을 보고 자신은 먹을 생각도 않고 리오를 쳐다보았다. 오랜만에 같이 먹는 아침 식사였다.

한입 가득 넣고 씹던 리오는 그녀의 시선을 느끼고 물었다.

"무슨 일 있으십니까, 공주님?"

린스는 기다렸다는 듯 그에게 물었다.

"아픈데 참는 거지? 우리 걱정할까 봐."

린스가 그렇게 말하자 노엘과 케톤, 그리고 련희도 일리 있다는 듯 리오에게 시선을 집중했다. 빵을 계속 굽던 세이아도 흠칫 놀라며 그를 돌아보았다. 그들의 걱정 어린 시선에 리오는 웃으며 대답했다.

"그렇게 생각되시면 직접 보여 드릴까요? 그럼 옷을 벗어야……."

리오가 상의를 벗으려 하자 린스는 깜짝 놀라며 손을 흔들었다.

"아, 알았어! 알았다고! 믿을 테니까 그만둬!"

"예, 알겠습니다. 후훗."

모든 사람들이 멍한 표정을 지은 가운데 리오는 다시 식사를 시작했다.

"케톤, 여기서부터 수도까지 얼마나 걸리지?"

잠시 후, 리오가 묻자 케톤은 입안의 음식을 다 삼킨 뒤 천천히 대답했다.

"아주 가깝습니다. 2~3일이면 충분합니다."

리오는 고개를 끄덕이며 물을 한 모금 마셨다.

"곧 다시 출발해야죠, 여러분? 저 때문에 며칠이나 지체되었군요. 죄송합니다."

"아니, 벌써 움직여도 괜찮겠어요?"

노엘이 깜짝 놀라며 묻자 리오가 빙긋 웃으며 대답했다.

"련희 양의 주술 덕분인지 벌써 다 나았답니다. 오히려 가만히 누워 있으니 몸이 쑤시는걸요."

리오의 말에 모두 놀란 표정으로 서로를 돌아보았다.

"잘 먹었습니다, 버크 부인. 정말 맛있는데요. 입안에서 사르르 녹는 것이 마치 진짜 구름을 탄 기분이에요."

"내가 만든 것이 아니라 세이아 양이 만든 것이랍니다."

리오가 세이아를 바라보자 그녀는 얼굴이 발그레해지며 미소를 지었다.

"호호, 너무 칭찬하지 말아 주세요. 리오 님, 프로빌리아 여자들은 모두 이 정도는 한답니다."

마주 보며 웃는 두 사람의 다정한 눈빛에 린스의 눈초리는 점점 가늘어졌다. 다른 사람들은 눈치채지 못했지만 숟가락을 드는 련희의 손에도 상당한 힘이 들어가 있었다.

2

수수께끼의 현상 수배범

오랜만에 정오까지 늦잠을 잔 지크는 상쾌하게 세수를 하고 나서 하루를 시작했다.

"후, 잠이 늘면 큰일인데. 그건 그렇고 저 녀석도 오늘은 엄청 자네? 나보다 일찍 일어나는 녀석이 말이야."

머리에 수건을 두른 채 세면실을 나온 지크는 아무래도 이상하다는 생각이 들어 마티가 꽁꽁 두르고 있는 이불에 손을 가져갔다.

"이봐 마티, 일어나라고…… 응?"

지크가 이불을 걷으려 하자 마티는 세게 이불을 끌어당겼다.

"어라, 이 녀석 자는 게 아니었잖아? 이봐! 이불 걷어 봐!"

지크는 세게 이불을 걷었고, 그 힘에 당할 도리가 없었던 마티는 결국 이불을 빼앗기고 말았다.

이불이 없어지자 마티는 결사적으로 얼굴을 침대에 묻었다. 그러자 지크는 마티를 억지로 돌려 얼굴을 들여다보았다. 마티는 열에 의해 얼굴이 붉어진 채 식은땀을 줄줄 흘리고 있었다.

"이 녀석 미쳤잖아! 암살자가 되고 싶으면 자기 몸부터 잘 간수해야 할 것 아냐, 멍청한 자식! 거기 꼼짝 말고 있어!"

지크는 재빨리 방문을 박차고 루이체의 방으로 향했다.

"이봐! 루이체!"

잠시 후 루이체가 인상을 구긴 채 문을 열었다.

"왜 그래? 화장실에 휴지가 없어?"

"자식. 지금 농담할 분위기 아냐! 빨리 와!"

지크는 루이체의 머리를 쥐어박은 후 그녀를 이끌고 자기 방으로 갔다. 루이체는 맞은 부위를 손으로 문지르며 투덜거렸다.

"오빠도 나한테 자주 그랬잖아, 뭐……. 근데 왜?"

"마티가 아파. 얼굴이 벌게진 걸 보니 보통 감기는 아닌 것 같아."

루이체는 깜짝 놀라며 지크의 방으로 들어갔다. 그녀의 눈에 침대 위에서 고통스러운 표정을 짓고 있는 마티의 모습이 들어왔다.

"어머, 세상에! 마티 씨, 괜찮아요!"

루이체는 곧바로 마티를 진찰하기 시작했고 지크는 자신의 침대에 걸터앉아 그 모습을 바라보았다. 잠시 후 진찰 결과가 나왔다.

"오빠 말대로 감기는 아닌데, 그리 심각하지 않은 열병이야. 마티 씨는 아르센이란 더운 지방에서 계속 살았잖아. 약간 쌀쌀한 이 고장 날씨에 적응을 못해서 이렇게 된 걸 거야. 근데 이상하네. 밤공기를 오래 쐰 적도 없을 텐데 왜 이렇게 됐지?"

지크는 어깨를 으쓱할 뿐이었다.

"자기 멋대로 노는 녀석인데 밖에 나갔다 왔는지 어떻게 알아. 아, 그러고 보니……?"

지크는 문득 떠오르는 장면이 있었다. 어젯밤 돌아오던 자신을 창가에서 맞아 준 마티의 모습이었다. 지크는 씁쓸한 표정을 지으며 중얼거렸다.

"이런 멍청이, 그럼 계속 창가에 앉아 날 기다렸단 말이야?"

루이체는 마티를 조용히 바라보다가 고개를 저으며 주문을 외우기 시작했다. 곧 루이체의 양손에서 녹색의 빛이 부드럽게 흘러나와 마티의 전신으로 흘러들었다.

"열병에 잘 듣는 주문이니까 내일이면 다시 건강해질 거야. 그건 그렇고 마티 씨 정신을 못 차리고 있네? 남자치고는 체력이 약한 것 같은데?"

루이체는 살짝 윙크하며 말했다. 지크는 그저 피식 웃을 뿐이었다.

미네리아나는 베르니카와 함께 왕궁 정원을 산책하고 있었다. 정원은 그녀의 몇 안 되는 안식처 중의 하나였다.

그녀는 벤치에 앉으며 옆에 앉은 베르니카에게 말했다.

"이 정원은 지금도 변한 게 없군요. 유일하게."

베르니카는 아무 말 없이 씁쓸하게 미소 짓고 있는 미네리아나를 바라볼 뿐이었다.

"그런데 베르니카, 눈은 왜 다치셨나요?"

미네리아나의 갑작스러운 질문에 베르니카는 당황했는지 말을 더듬었다.

"예? 그, 그것은 마마……."

베르니카가 심하게 당황하자 미네리아나는 조용히 웃으며 대답하지 않아도 된다는 손짓을 했다.

"곤란하면 안 하셔도 상관없어요. 하지만 제 생각으로는 그 상처가 베르니카의 성격을 많이 변화시킨 것 같네요. 예전엔 정말 불같았는데 지금은…… 호홋, 저도 다음 말은 하기가 곤란하네요."

베르니카는 말없이 시선을 떨구고 있다가 이내 고개를 끄덕이며 대답했다.

"마마의 말씀대로, 이 상처는 저를 많이 변화시켰습니다. 마마와 노엘이 이 왕궁을 나가신 이후, 저는 그야말로 이리저리 방황하고 다녔답니다. 죽을 뻔한 적도 여러 번 있었고…… 그러다 이름 모를 녹색 머리카락의 떠돌이 기사와 대결하게 되었습니다."

"녹색 머리카락의 기사요?"

"예. 정말 대단한 실력을 가진 남자였습니다. 대부분의 떠돌이 기사나 용병들과는 달리 진지한 사람이었죠. 저의 오해로 싸움이 일어났는데 단 한 번의 부딪침으로 저는 검을 놓치고 말았습니다. 그때 떨어지는 검을 미처 피하지 못해 왼쪽 눈을 다치게 됐죠. 다행인지, 안구를 다치지 않아 실명만은 면했습니다……. 그렇지만 그때의 교훈을 새기고 싶어 이렇게 계속 안대를 하고 있죠. 그 남자는 저에게 이렇게 말했습니다. 정신의 혼란을 검으로 다스리고 싶다면, 이제부터 검으로 사람을 살리는 방법을 찾아보는 게 어떻겠냐고 말이죠. 그 후로 저는 검으로 사람을 돕겠다는 목표를 가지고 여행을 다녔습니다."

그녀의 얘기를 들은 미네리아나는 베르니카의 어깨에 살짝 머리를 기대며 나지막이 말했다.

"그랬군요……. 저는 옛날의 베르니카도 좋았지만 지금의 베르니카는 더 좋아요. 그 녹색 머리카락의 떠돌이 기사가 누군지는 몰라도 제가 감사해야 할 것 같은데요?"

베르니카는 멋쩍은 미소를 지었다.

"아, 그러실 필요는……. 근데 린스 공주님을 납치해 돌아다닌다는 그 붉은 머리카락의 남자는 누구일까요? 제가 듣기론 케톤도 많이 강해졌다고 하던데, 그를 제압하고 린스 공주님을 납치할 정도라면…… . 이 왕국엔 숨은 실력자가 정말 많은 것 같습니다."

"그래요…… . 아, 지크 님께서 아실지도 모르겠군요. 강한 사람들끼리는 잘 안다고 하잖아요? 소문만이라도 들어 본 적 있을지도 몰라요."

베르니카는 일리 있다는 표정을 지으며 고개를 끄덕였다.

"그럼 제가 가서 직접 물어보겠습니다. 그렇지 않아도 할 얘기도 있었으니까요."

"그렇다면 부탁드릴게요. 아 참, 그리고 지크 님께 제가 죄송해하더라고 전해 주세요. 어제 제가 실례되는 행동을 해서 그렇답니다."

베르니카는 당연한 행동이셨습니다, 하고 말하고 싶었으나 알겠다고 대답한 뒤 자리에서 일어섰다.

"그럼 다녀오겠습니다, 마마."

미네리아나는 손을 흔들어 베르니카에게 잘 다녀오라고 말했다.

조금 홀가분한 마음으로 왕궁을 나서던 베르니카는 뜻하지 않은 인물을 만나게 되었다.

금발을 말끔히 뒤로 빗어 넘긴, 부드럽고 멋진 미소를 가진 미남. 바로 라세츠 후작이었다.

그녀는 그를 싫어했지만 그래도 계급이 높은 후작에게 인사를 하지 않을 수 없었다. 베르니카는 씁쓸한 표정을 지으며 무릎을 꿇고 예를 갖추었다.

"베르니카 페이셔트, 라세츠 후작님께 인사 올립니다."

"오호, 전 근위대장 베르니카 아닌가? 언제 돌아왔지?"

친한 사이도 아닌데 라세츠는 반갑다는 듯 베르니카의 손을 슬 며시 잡으며 웃었다.

"급한 일이 있어서 저는 이만."

"잠깐."

라세츠는 뒤도 돌아보지 않고 베르니카의 팔을 붙잡아 세게 끌어당겼다.

"이, 이게 무슨 짓입니까!"

라세츠는 그녀와 몸을 밀착한 상태로 말했다.

"후후, 떠돌아다녔다더니 야성적인 아름다움이 훨씬 더해진 것 같군!"

베르니카는 곧바로 칼자루에 손을 가져갔다.

그러나 잠시 후 그녀는 최대한 자제력을 발휘하며 라세츠를 밀쳐 낸 후 분노가 실린 말투로 그에게 말했다.

"노엘을 괴롭힌 건 노엘 본인이 아무 말도 하지 않으니 더 이상 말하지 않겠습니다. 하지만 미네리아나 마마에겐 더 이상 접근하지 않는 것이 좋을 것입니다. 만약 마마께 무슨 일이 생긴다면 제 목숨을 걸고서라도 그에 상응하는 대접을 해 드릴 것입니다. 그럼, 안녕히."

"후훗, 그 대접, 기대해 보지. 하하하핫."

라세츠는 웃음소리를 남기고 여유만만하게 왕궁 안으로 들어갔다.

베르니카는 입술을 깨물며 중얼거렸다.

"……불쌍한 노엘."

"오빠, 안에 있어?"

가만히 침대에 누워 마티가 자는 모습을 보고 있던 지크는 루이체의 목소리가 들리자 즉시 대답했다.

"음, 들어올 거면 들어와."

문이 열리는 소리가 들리자 지크는 그쪽을 돌아보지도 않고 배를 움켜쥐며 말했다.

"으으, 배고파. 배고파서 못살겠다……. 귀여운 동생아, 먹을 것 좀 사 오지 않으련?"

잠시 후, 아무 대답이 없자 지크는 살짝 인상을 쓰며 들어온 사람을 쏘아보았다.

"이 녀석이 대답을 안…… 어? 루이체는 어디 갔지? 안대 언니가 납치했어?"

베르니카는 자신이 왜 이곳에 왔나 후회했다.

하지만 이미 들어왔으니 의자에 앉아 말했다.

"네 동생은 자기 방으로 돌아갔어. 내가 온 용건은 어떤 사람을 아는지 물어보기 위해서야."

"오호, 그래? 물어봐. 아는 대로 대답해 주지."

지크가 가볍게 대꾸하자 베르니카는 천천히 말했다.

"붉은 장발의 사나이를 알고 있나?"

지크는 가만히 베르니카를 바라보았다. 베르니카는 인상을 쓰며 다시 물었다.

"붉은 장발의 사나이를 알고 있냐고?"

지크는 황당하다는 듯 피식 웃어넘기며 대답했다.

"푸핫, 붉은 장발이라…… 그러고 보니 이 여관 주인도 붉은 장발이고. 저기 술집에서 일하는 기생오라비도 붉은 장발이었어. 그리고 또 누가 있더라……?"

베르니카는 주먹을 불끈 쥐며 천천히 다시 물었다.

"붉은 장발의 떠돌이 검사 말이야. 중요한 일이니 내 인내심을 자극하지 말고 알면 어서 대답해."

지크는 약간 곤란한 표정을 지으며 대답했다.

"알긴 알아. 근데 그놈이 왜?"

의외로 일이 잘 풀리자 베르니카는 반색을 하며 말했다.

"그자가 공주님을 인질로 잡고 있어. 그 녀석을 잡아야 해."

지크는 멍하니 베르니카를 바라보다 갑자기 큰 소리로 웃어 댔다.

"푸훗! 하하하핫! 뭐? 다시 말해 봐. 누구를 잡는다고? 하하핫! 이제 보니 농담도 할 줄 아시네, 안대 언니?"

지크가 계속 웃자 베르니카는 인상을 구기며 물었다.

"뭐? 무슨 뜻이지, 그게?"

지크는 겨우 웃음을 참으며 그녀에게 말했다.

"헤헷, 그놈 잘못 건드렸다간 이 왕국 최후의 날이 닥친다고. 그 벨로크 왕국인가 뭔가가 1백만 대군을 이끌고 이 왕국을 침공해서 멸망시키는 시간보다 그 녀석이 멸망시키는 시간이 더 짧을걸? 그 녀석 생각외로 인정사정없는 녀석이라서 말이야."

지크의 말을 거의 농담으로 들은 베르니카는 피식 웃으며 역시 농담조로 물어보았다.

"그래? 그럼 너보다 강하겠네?"

지크는 침대에서 상체를 일으키며 대답했다.

"당연하지. 대단위 전투와 공격력은 그 녀석이 나보다 더 강해. 스피드만 좀 떨어질걸?"

베르니카는 그 대답을 듣고서 놀라지 않을 수 없었다.

지크가 이렇게 쉽게 다른 사람을 인정하는 것을 처음 보기 때문

264

이었다. 하긴 왕국에서 세 번째로 강한 기사라는 케톤까지 당했다니 그리 만만치 않은 인물이긴 하겠지만, 도대체 얼마나 강하기에 지크가 이런 식으로 나오는 것일까?

"그럼 그 남자 인상착의를 알아?"

"물론 붉은 장발에 붉은 눈썹, 머리는 위에서 하나로 묶어 내렸지. 얼굴은 여자들이 좀 좋아하게 생겼어. 물론 나와 비교해도 괜찮아. 헤헷."

베르니카는 지크의 우스갯소리에도 심각하게 고개를 끄덕일 뿐이었다.

"그 녀석이 맞긴 맞는 것 같군. 그렇다면 어떻게 잡는다지? 아, 그런데 그 도적 녀석이랑 암살자 청년은 어디 갔나 보지?"

그 말을 내뱉고서 베르니카는 즉시 후회했다. 아무리 무의식중이라지만 도적과 암살자에게까지 도움을 받을 생각을 하다니 있을 수 없는 일이었다.

그러나 지크는 그녀의 생각을 눈치채지 못한 듯 옆 침대 쪽으로 시선을 돌리며 말했다.

"암살자 녀석은 열병에 걸려서 앓아누웠어. 그리고 사바신 녀석은 같이 도적질하던 친구를 찾아보겠다고 나갔지."

"쳇, 알 만하군. 도적 주제에 친구는 무슨 친구? 또 어디 도적질이나 하러 갔겠지."

베르니카가 빈정대자 지크는 휘파람을 길게 불더니 가볍게 말했다.

"하핫, 사바신한테 그대로 전해 주지."

그 말을 듣고 베르니카는 미네리아나가 미안하다는 말을 지크에게 전해 달라고 부탁했던 것이 생각났다. 말을 할까 말까 고민하던 그녀는 결국 입을 다물고 말았다.

가만히 베르니카를 바라보던 지크는 자리를 박차고 일어서며 말했다.

"심심한데 왕궁이나 가 볼까?"

"왕궁은 놀이터가 아냐."

베르니카는 또다시 인상을 쓰며 지크에게 면박을 주었다. 하지만 거절은 아니었다.

"예, 알아 모시겠습니다."

루이체에게 마티를 맡기고 지크는 베르니카와 함께 홀가분한 표정으로 여관을 나서 왕궁으로 향했다. 베르니카는 자신이 왜 이런 건달과 함께 걸어가야 하나 싶었다. 그녀를 흘끗 바라본 지크는 피식 웃으며 말했다.

"이봐, 안대 언니. 검술은 누구한테 배웠어?"

"검술? 그건 네가 알아서 뭐하게."

베르니카의 무뚝뚝한 대답에 지크는 어깨를 으쓱하며 말했다.

"그냥. 누가 가르쳐 줬는지는 몰라도 딱딱하게 춤추는 것 같아서 말이야. 헤헤헷."

베르니카는 이제 지크의 농담에 질렸다는 듯 머리를 흔들며 대답했다.

"내 검술은 어제 뵈었던 그레이 공작님께서 가르쳐 주신 거야. 이 왕국 최강의 검술사이시며 여왕 폐하와 미네리아나 마마를 기르다시피 하신 분이지. 젊었을 적엔 이 나라 저 나라를 여행하며 국왕 폐하의 명을 수행하셨기 때문에 다른 나라에서도 유명하셔. 훌륭하신 분이니 나중에 뵐 땐 정중하게 모셔."

지크는 놀랍다는 듯 고개를 끄덕였고 베르니카는 자신의 말이 지크에게 어느 정도 통한 것 같다는 생각에 안도감을 느꼈다.

"그 열혈 늙은이가 그렇게 대단하단 말이지? 흠, 의외야, 의외."

성을 통과할 때 지크는 경비병들의 따가운 눈초리를 받아야 했다. 어젯밤 지크에게 두들겨 맞은 병사들이었기 때문이다. 지크는 본척만척하며 성안으로 유유히 들어갔다.

"나한테 맞은 자리가 아프긴 아팠나 본데? 저렇게 노려보는 걸 보니 말이야. 음…… 이봐, 안대 언니."

베르니카는 지크를 흘끔 바라보며 대답했다.

"왜, 건달?"

"성 안내 좀 해 줘. 난 성에 그냥 놀러 온 게 아니라고. 어디가 어딘지 알아야 미네리아나 님이 위험할 때 빠져나가지. 안 그래?"

베르니카는 그도 그렇다는 생각이 들었는지 고개를 끄덕이며 지크에게 따라오라고 손짓했다.

"간만에 바른말을 하는군. 따라와. 안내해 주지."

지크는 싱글싱글 웃으며 베르니카를 따라갔다.

베르니카가 지크에게 가장 먼저 안내해 준 곳은 성의 식당이었다. 물론 왕이나 고위급 신하들만 사용할 수 있는 왕족의 식당이었다. 지크는 화려한 장식을 보며 휘파람을 불렀다.

"휘, 대단한데? 감동적이야, 정말. 이런 곳에서 식사 한번 해봤으면 소원이 없겠다."

지크는 긴 식탁 아래 놓인 수많은 의자 중에 하나를 꺼내 거리낌 없이 앉았다. 순간 베르니카는 목에 핏대를 세우며 버럭 소리를 질렀다.

"어서 일어나지 못해! 여기가 어느 자리인 줄 알고!"

베르니카의 호령에 지크는 일어나 의자를 다시 식탁 밑에 밀어

넣었다.

"호들갑은…… 지금 당장 여왕 폐하가 행차하셔서 식사하실 것 도 아니잖아. 사람 참 무안하게 만드네. 쳇."

베르니카는 너무 심했나 생각했지만 무시하고 다시 지크를 안내 했다.

다음에 도착한 곳은 도서실이었다. 왕궁 도서실이라 규모가 꽤 큰 편이었으며 서재에 의해 가려지는 곳이 많아 숨어 있기에 안성 맞춤이었다.

"책은 싫어하는데……. 하긴 뭐, 이런 장소도 봐 둬야겠지. 빨리 다른 데도 가 보자고."

베르니카는 곧이어 어젯밤 지크가 찾으려 했던 미네리아나의 방 을 안내해 주었다.

"여기였어? 생각보다 구석진데? 그러니 못 찾았지."

지크의 말대로 미네리아나의 방은 왕궁 구석진 곳에 있었고 조그 마했다. 미네리아나의 소박한 성격이 그대로 드러나는 방이었다.

"들어가 보면 안 돼?"

"당연히 안 돼!"

베르니카는 다음으로 알현실을 안내해 주기 위해 복도를 따라 계속 걸었다. 지크는 콧노래를 흥얼거리며 베르니카의 뒤를 따랐 다. 도중에 그녀는 문득 뭔가 생각났는지 걸음을 늦추며 말했다.

"……음, 아까 네가 한 질문 말이야. 이제 내가 해도 될까?"

지크는 콧노래를 멈추고 베르니카를 바라보며 대꾸했다.

"질문? 무슨 질문?"

"검술을 누구에게 배웠냐는 것 말이야. 넌 누구에게 배웠지?"

지크는 어깨를 으쓱하며 대답했다.

"검술? 엄밀히 말하자면 검술은 아니지만…… 다 혼자 터득한 거야. 한 6백 가지쯤 되나? 그 정도면 어지간한 상황에 다 대응할 수 있지. 물론 앞으로도 계속 늘어날 거고. 헤헤헷."

베르니카는 지크 스스로 터득했다는 말엔 별로 놀라지 않았으나 그 검술의 종류가 6백 가지나 된다는 말에는 놀라지 않을 수 없었다. 그녀 자신이 몇 년간 떠돌아다니며 터득한 검술은 단 세 가지뿐이었던 것이다.

"자자, 이런 쓸데없는 얘기는 그만하고 계속 안내나 해줘."

베르니카는 고개를 끄덕이며 복도 쪽으로 계속 나아갔다.

3

여왕과 조커 나이트

알현실로 향하는 복도를 돌아간 순간, 베르니카는 또다시 불한당을 만나고 말았다.

"아, 라세츠 후작……."

"오호, 베르니카. 오늘 두 번이나 만나는군. 이번엔 인사 안 해도 좋아. 자네의 야성미는 아까 충분히 즐겼으니 말이야. 하하핫!"

베르니카는 못 들은 척하며 라세츠의 옆으로 비켜 계속 걸었다.

"뭐야, 이 녀석은?"

베르니카가 잊은 것이 있었다. 바로 지크였다. 아직까지 지크의 의협심을 잘 파악하지 못한 그녀는 긴장한 채 그를 바라보았다.

지크는 한쪽 눈썹을 추켜올리고 라세츠 앞에 섰다. 라세츠는 지크의 거친 말투에 황당한 듯 웃으며 말했다.

"하핫! 이 녀석이라고? 감히 평민 주제에 후작인 이 라세츠 님에게 녀석이라고? 한번 맛을 보고 싶은 거냐!"

라세츠는 자신만만하게, 그리고 능숙한 솜씨로 자신의 장검에 손을 가져갔다.

그때 청색의 섬광이 라세츠의 목 언저리에서 번뜩였다. 라세츠의 움직임은 순간 멎고 말았다.

"흡?"

지크의 무명도는 어느새 라세츠의 목에 닿아 있었다. 물론 자른 건 아니었고 상처를 낸 것도 아니었다. 그저 닿아 있을 뿐이었다.

"헤헷, 나랑 서바이벌 게임 한번 해 보지 않겠나? 상당히 전율 있는 게임이지. 물론 부하들을 데려와도 괜찮아. 저승에 같이 갈 친구는 많을수록 좋으니까."

지크의 얼굴에서 차츰 미소가 사라졌다.

라세츠는 침을 꿀꺽 삼키며 칼자루에서 손을 거두었다. 지크 역시 무명도를 거둔 후 베르니카에게 걸어가며 나지막이 말했다.

"상당히 거슬렸어……. 너 라세츠라고 했지? 어찌 될지 모르니 목을 잘 감싸 두는 게 좋을 거야. 하하핫."

라세츠는 이를 갈며 복도 끝을 향해 걸어갔다.

한편 베르니카는 다시금 지크에게 잔소리를 퍼붓기 시작했다.

"도대체 무슨 짓을 한 건지 알기나 해? 평민인 주제에 넌 귀족을 건드렸어! 그것도 후작을! 게다가 저 녀석은 여왕 폐하의 신용이 대단하기 때문에 다른 귀족을 건드린 것하고 다르단 말이야!"

베르니카가 언성을 높이는 동안 지크는 듣는 둥 마는 둥하며 주위를 둘러보았다.

"이봐! 듣고 있는 거야!"

결국 베르니카가 멱살을 잡으며 소리치자 지크는 그녀를 내려다보며 나지막이 물었다.

"헤헷, 걱정해 주는 거야? 꼭 누나 같은데그래."

"뭐, 뭐라고!"

베르니카의 얼굴이 일순간 벌겋게 달아올랐다.

지크는 표정을 굳히며 말했다.

"고맙긴 한데 지금 이럴 상황이 아냐. 뭔가 이상해."

"이상하다니?"

베르니카는 지크가 진지한 표정으로 말하자 깜짝 놀라며 그의 붉은 재킷을 잡은 손을 풀었다. 지크는 곧바로 알현실 문으로 다가가 손잡이를 돌려 보았다.

문이 잠겨 있었다. 베르니카는 깜짝 놀라며 문에 접근하려 했으나 지크가 팔로 그녀를 막았다. 베르니카는 지크의 팔을 밀치려고 애쓰며 소리쳤다.

"비켜! 지금 이 시간에 알현실 문이 잠길 리가 없다고!"

딱.

"아얏!"

지크는 순간 베르니카의 머리에 꿀밤을 주며 태연한 얼굴로 말했다.

"시끄러워. 지금 수준의 네가 이 문손잡이에 손을 대면 한순간에 재가 되어 버린다고. 이 문엔 지금 수억만 볼트의 전류가 흐르고 있어. 난 전기하고 좀 친하기 때문에 괜찮은 거야. 이걸 아마 여기서는 결계라고 불릴걸? 넌 미네리아나 님에게나 가 봐. 여왕님은 내가 맡을게."

"……."

"나 이런 일로 농담할 사람 아냐. 믿고 가 봐."

"……알았어. 그럼 여왕 폐하를 부탁해."

지크가 무슨 말을 하는지는 몰라도 자신의 수준으로는 건드릴 일이 아니라는 것을 이해한 베르니카는 지크에게 맞은 머리를 손으로 문지르며 즉시 미네리아나가 있을 만한 장소로 달려갔다.

베르니카가 간 걸 확인한 지크는 씩 웃었다.

"헤헷, 어떤 녀석인지는 몰라도 나에게 걸린 걸 후회하게 해주지. 불쌍한 것."

지크는 즉시 기를 끌어올려 오른쪽 주먹에 압축한 후 강하게 문을 후려쳤다.

"먹어랏!"

지크의 주먹이 문에 충돌한 순간, 엄청난 스파크가 뿜어졌다. 문은 이내 쩍 소리를 내며 부서졌고, 그 가운데 사람이 들어갈 정도로 커다란 구멍이 생겼다.

지크는 연기가 무럭무럭 나는 주먹에 입김을 후 불어 연기를 날린 후 알현실 안쪽을 바라보았다.

"다행인데? 그렇게 늦진 않은 것 같으니……. 그런데 그 회색분자는 어디 간 거야? 심부름이라도 갔나?"

"지, 지크 경!"

알현실 안에는 공포로 새하얗게 질린 여왕과 광대 가면의 남자가 있었다. 광대 가면의 남자는 자신이 친 결계를 박살내고 들어온 불청객을 슬쩍 바라보며 말했다.

"후훗, 늦진 않았지만 명을 줄였구나, 멍청이. 하필이면 나에게 걸리다니. 후회해도 이젠 늦었다. 후후후훗."

지크는 머리를 긁적이며 광대 가면의 남자를 바라보았다. 남자는 계속 말했다.

"하지만 걱정 마라. 여왕이 나의 최면술에 걸릴 때까지 네 생명은 보존될 테니까. 후후후훗."

쿠득.

순간 뼈가 엇갈리는 우두둑 소리와 함께 남자의 움직임은 멎고 말았다.

남자는 믿을 수 없다는 표정을 지으며 자신의 등뼈에 손가락을 박은 지크를 바라보았다.

"크윽, 어느새?"

지크는 피식 웃으며 대답했다.

"말이 너무 많았어, 광대. 그건 그렇고 너 인간이 아니구나? 이따 위 인형은 필요 없으니까 진짜 몸으로 나타나 봐."

순간 남자의 몸은 헝겊 인형으로 변했다.

지크는 인형을 버린 즉시 여왕의 뒤로 돌아가 그녀를 뒤에서 양 팔로 안은 채 신경을 집중했다.

사색이 되어 있던 여왕은 지크의 갑작스러운 행동에 정신을 차 리며 소리쳤다.

"이, 이게 무슨 짓이오! 내 몸에 또다시 손을 대다니!"

지크는 자신의 턱으로 여왕의 목 뒤 혈을 눌러 그녀의 목소리를 잠시 없앤 후 조용히 설명했다.

"이렇게 해야 어떤 방향에서도 여왕님을 보호할 수 있다고요. 내 가 앞에 서면 쥐도 새도 모르게 후방 공격을 당하고 말죠. 죄송하 지만 여왕님이 나와 같은 수준의 감각을 가지지 않은 이상 이렇게 할 수밖에 없어요. 그건 그렇고 앞을 봐요."

지크의 지시에 따라 앞을 본 여왕은 기절할 듯 놀라고 말았다. 인형 대신 이번엔 광대 옷차림을 한 키 2미터 가량의 거인이 자신 의 앞에 서 있었다.

"후훗, 너 정도의 스피드를 가진 인간이 있으리라고는 생각 못했는데? 음속을 뛰어넘다니……. 좋아, 내 소개를 하지. 난 차원의 신장, 워닐 님의 오른팔 조커 나이트다. 아직 힘의 3분의 1밖에 얻지 못해 지금은 너와 싸울 수 없을 것 같군. 아, 그리고 보니 붉은색 옷을 입고 있군……. 네가 워닐 님께서 말한 붉은 전사인가? 아, 그건 중요치 않아. 어쨌건 오늘은 그냥 가 주지. 다음에 다시 만나자. 크후후훗. 그럼 난 이만."

"아, 잠깐! 일방적으로 말하고 도망가면 어떡해!"

조커 나이트가 사라지려던 찰나, 지크는 미소를 지은 채 그를 불러 세웠다. 조커 나이트는 붉은색 눈을 깜박이며 그를 쳐다보았다.

"뭐냐, 인간?"

"네가 워닐인가 뭔가의 오른팔이라고 했지? 그럼 왼팔은 누구냐?"

"……."

그 말에 조커 나이트와 여왕의 표정이 일순간 굳어지고 말았다.

"그 질문엔 대답할 가치가 없는 것 같군. 생각보다 멍청한 녀석이잖아."

그 말을 끝으로 조커 나이트는 연기로 변하여 사라졌다. 지크는 여왕을 놓은 즉시 조커 나이트가 남겨 둔 인형을 재도 남기지 않고 태워 버렸다. 뭔가 찜찜한 기분이 들어서였다.

"녀석, 감히 내 대답을 회피하다니, 건방지게! 자, 다 끝났어요, 여왕 폐하. 이제 안심하시…… 어라?"

여왕을 돌아본 지크는 곤란한 표정을 짓고 말았다. 여왕이 의자 위에 쓰러져 기절해 버린 탓이었다.

지크는 어깨를 으쓱한 후 그녀를 어깨에 들쳐 메고 알현실을 빠져나왔다.

미네리아나에겐 아무 일도 없었다.

그녀는 왕궁 의무실에서 쉬고 있는 여왕을 위문한 뒤 밖으로 나왔다.

문밖에서 시녀들과 신나게 잡담을 나누고 있는 지크를 보고 그녀는 조용히 다가갔다.

"지크 님, 말씀하시는데 실례해도 될까요?"

미네리아나가 다가오자 시녀들은 허리를 숙이며 조용히 뒤로 물러갔다. 지크는 그녀들을 향해 활짝 웃으며 손을 흔들었다.

"어이, 나중에 다시 만나요, 언니들! 아, 하실 말씀이라도 있나요, 미네리아나 왕녀님?"

미네리아나는 빙긋 웃으며 고개를 끄덕였다.

"예, 있고말고요. 우선 언니를 구해 주셔서 진심으로 감사드려요."

"헤헤헤, 제가 미네리아 님의 가드 아닙니까? 이왕 할 거면 철저하게 해야죠."

지크는 큰소리를 친 다음 '그 회색의…… 누구와는 다르게' 하고 속으로 중얼거렸다.

"저, 그리고 제 사과는 베르니카를 통해 들으셨을 거라고 생각되지만, 제가 직접 말씀드리는 게 더 좋을 것 같군요."

"사과요? 아아…… 예."

지크는 겉으로는 고개를 끄덕였지만 멀리서 자신과 미네리아나를 바라보고 있는 베르니카를 쏘아보았다.

베르니카는 얼른 시선을 돌렸다.

계속해서 미네리아나가 말했다.

"어젯밤엔 정말 죄송했습니다. 언니…… 아니, 여왕 폐하께서 너무 갑작스러운 분부를 내리셔서 제가 그만 흥분을 하고 말았습니다. 이해해 주십시오, 지크 님."

지크는 양 손바닥을 펴 보이고 고개를 저으며 말했다.

"별말씀을요. 근데 여왕님은 어떠세요?"

"괜찮으세요. 그리고 대신 감사의 말을 전해 달라고 분부하셨답니다."

지크는 웃으며 고개를 끄덕였다.

"헤헷, 괜찮아요. 그건 그렇고 여왕님이 계신 방에 그 레이필이란 할멈이 같이 있으면 안 될까요? 이 성의 병사 수천 명이 여왕님의 침실을 둘러싼다 해도 아까 침입해 온 광대 녀석을 막진 못할 것 같거든요. 그러니 할멈에게 좀 무리를 해 달라고 말씀해 주세요. 저나 회색분자 말고는 그 할멈이 가장 나은 것 같으니까요."

미네리아나는 고개를 끄덕였다.

"알겠어요. 그렇게 하지요. 레이필 현자님도 쾌히 허락해 주실 겁니다."

미네리아나의 승낙을 받은 지크는 한숨을 돌리며 피곤한 표정으로 말했다.

"그럼 전 이만 가 볼게요, 왕녀님. 그 암살자 녀석이 아파서 조금 걱정이 되네요. 계속 있고는 싶지만……."

미네리아나는 고개를 끄덕이며 웃어 보였다.

"역시, 지크 님은 상냥하시군요. 라세츠 후작님만큼이나."

"예?"

"아, 그럼 가 보세요."

미네리아나에게 인사를 하고 왕궁을 빠져나오던 지크는 인상을 잔뜩 쓴 채 고개를 갸웃거렸다. 잘 나가다가 갑자기 라세츠의 이름이 나온 탓이었다.

"젠장, 그 비릿내 나는 제비 녀석이 뭐가 좋다고. 하여튼 여자들 속은 알 수가 없다니까. 그 녀석도 그렇고…… 아아, 지겹다!"

지크의 뒤로 석양이 천천히 지고 있었다.

4

꼬마 전사들

식료품 가게 앞에 16세에서 17세 정도 되어 보이는 한 소년이 누군가를 기다리는 듯 서성거리고 있었다. 아니나 다를까 조금 후 소년을 향해 네 명의 소년 소녀들이 달려왔다.

"루시, 다 모아 왔어?"

소년은 마법사 모자에 빨간 구슬이 달린 지팡이를 가지고 있는 또래 소녀에게 물었다. 루시라 불린 소녀는 빙긋 웃으며 고개를 끄덕였다.

"응, 소니아하고, 머피하고, 닐스 다 불러왔어. 근데 라키, 너 지금쯤 사관학교에 있어야 하는 거 아냐?"

그녀의 물음에 가장 먼저 나와서 기다리던 소년 라키가 고개를 끄덕였다.

"응, 하지만 우리 계획이 먼저지. 그리고 너도 마법 기숙사 학교에 있어야 하잖아. 어쨌든 오늘은 기필코 그 녀석을 잡을 거야. 소니아, 너도 마법 잘 배워 뒀겠지?"

단발머리를 한 사제복의 소녀는 자신 있게 고개를 끄덕이며 대답했다.

"그럼. 6급까지 신성마법은 모두 알고 있어."

라키는 만족한 듯 고개를 끄덕였다. 그는 소니아 옆에 있는 드워프 소년 머피에게 물었다.

"머피, 아버지께 허락받았어?"

머피는 자신의 가방에서 자루가 짧은 중형 전투 도끼를 꺼내 보이며 고개를 끄덕였다.

"당연하지. 아빠가 직접 만들어 주신 도끼를 들고 나온 걸 보면 몰라? 출발만 기다린다고."

"좋아, 닐스는?"

또래의 소년답지 않게 키가 큰 닐스는 끈 양쪽에 이상한 빛을 내는 구슬이 달린, 마치 진자처럼 생긴 물건을 꺼내며 윙크를 했다.

"나도 됐어, 형. 엄마에게 말 안 하고 이 소환구슬을 들고 나오긴 했지만, 이건 엄마가 잘 사용하지도 않는 구식 소환구슬이라 걸리지 않을 거야. 걱정 마."

라키는 고개를 끄덕인 후 친구들에게 작은 소리로 자신의 계획을 속닥거렸다.

"알았지? 그 현상범을 잡아서 어른들에게 우리가 강하다는 걸 보여 드려야 해. 게다가 왕실과도 관련된 문제니까 잘하면 여왕님도 직접 뵐 수 있을 거라고! 모두 마음 단단히 먹어야 해. 수배 포스터에는 굉장히 강하다고 그랬으니까."

"알았어!"

라키를 둘러싼 네 명의 소년 소녀는 힘차게 대답했다.

그들은 오래전부터 호흡을 맞춰 온 사이로 수도 주민들과 군인들에게도 상당히 알려져 있었다. 게다가 라키는 그레이 공작의 손자였다.

"짜식들, 길거리에서 소리를 지르고 있어…… 쯧."

그때 다섯 명의 소년 소녀 앞을 누군가 시비조로 투덜거리며 쑥 지나갔다. 큰 키에 붉은 재킷, 파란 바지, 거기에 길고 얇은 칼을 허리에 찬 짙은 금발의 청년이었다.

"뭐야, 저 녀석은? 이 동네에서 처음 보는 녀석인데?"

"혼내 줄까?"

라키와 머피가 인상을 쓴 채 중얼거리는 모습과는 달리, 소니아의 얼굴은 새하얗게 질려 있었다. 옆에서 그녀의 얼굴을 본 루시가 궁금한 표정으로 물었다.

"소니아, 너 왜 그래? 어디 아파?"

소니아는 황급히 자신이 알고 있는 것을 말해 주었다. 그 말을 들은 루시의 얼굴도 곧 하얗게 질리고 말았다.

"저, 저 남자가 레이펠 현자님의 파이어 볼 주문을 맨손으로 잡았다고? 나도 온 힘을 다해야 겨우 한 발 막을까 말까 하는 그 마법을?"

소니아는 고개를 끄덕였다.

"예, 직접 봤어요, 언니. 게다가 저 오빠, 어찌나 빠른지 칼을 휘두르는 동작이 안 보인다고요. 솔직히 말해서 라키 오빠하고 비교한다면 저 키 큰 오빠에게 욕을 하는 거나 마찬가지예요."

루시는 순간 불안했다. 자신들이 찾고 싸워야 할 그 사나이가 만약 저 남자와 동일하거나 그 이상의 수준이면 어쩌나 하고…….

"자, 뭐해, 너희들! 어서 가자!"

라키의 말에 네 명의 소년 소녀들은 와 소리를 지른 후 당당한 걸음으로 어디론가 걸어갔다.

리오는 수도에서 약간 떨어진 마을에 머물고 있는 일행에게 다시 돌아왔다. 하루 동안 수도를 정찰하고 돌아온 그는 린스가 있는 방에 들어가 그녀에게 인사했다.

"공주님, 돌아왔습니다."

보통 때와 같이 노엘의 무릎을 베고 누워 과일을 먹고 있던 린스는 고개를 끄덕이며 대답했다

"응, 어서 와. 수도에 별다른 일은 없고?"

리오는 힘없이 웃으며 대답했다.

"예. 건물과 가로수들이 많이 파손되었더군요. 그것 말고 별다른 게 하나 있었습니다."

노엘은 안경을 고쳐 쓰며 물었다.

"예? 별다른 것이라뇨?"

리오는 의자에 걸터앉으며 대답했다.

"제가 현상범이 되어 있던데요? 후훗."

그 말에 린스는 벌떡 일어나 리오를 바라보며 무슨 소리냐는 듯 물었다.

"현상범? 뭐 잘못한 거 있어?"

리오는 의자에서 허리를 쭉 펴며 고개를 끄덕였다.

"제가 공주님을 납치했다고 하더군요. 하지만 공주님이 무사히 돌아가시면 괜찮을 테니 별 걱정은 없습니다."

"그렇군……. 게다가 넌 다른 사람에게 잡혀 주지도 않을 테니까."

린스는 고개를 끄덕이며 다시 과일 조각 하나를 집어 들었다. 보

고가 끝난 리오는 자리에서 일어났다.

"그럼, 전 이만 쉬겠습니다, 공주님."

"응, 수고했어."

방을 나선 리오는 마침 방 안으로 들어오려던 케톤과 부딪쳤다. 문밖에서 얘기를 언뜻 들은 케톤은 궁금하다는 표정으로 리오에게 물었다.

"리오 님께서 현상범이라뇨? 어떻게 그럴 수가?"

리오는 어깨를 으쓱했다.

"벽보가 붙어 있으니 현상범은 현상범이지. 하지만 크게 걱정할 일은 아닌 듯해. 문제는 왜 그런 일이 생겼을까 하는 것이지……. 혹시 공주님께서 수도에 돌아가시는 것을 싫어하는 사람이 있는 것이 아닐까? 납치됐다고 하면 사람들은 공주님이 쉽사리 돌아오지 못하는 게 당연하다고 생각할 테고, 그 틈을 노려 공주님을 수도 밖에서 슬쩍 처치해 버리면 죄는 현상범이 뒤집어쓰게 되지. 성공만 하면 뒤처리가 깔끔한 방법이야. 그 후에 그렇게 음모한 사람은 여왕 폐하를 구슬려서 최고의 자리를 얻을 수 있을 거야. 물론 가정이지만 그럴 가능성이 충분히 있다고 생각하는데, 어때?"

케톤은 고개를 갸웃거리며 왕궁 사람들을 떠올려 보았다. 하지만 남을 의심하는 성격이 아닌 그에게 결국 그런 짓을 할 만한 사람은 떠오르지 않았다.

"음, 모르겠군요. 아, 피곤하시겠네요. 그럼 쉬십시오, 리오 님."

리오는 케톤의 어깨를 툭 치며 고개를 끄덕였다.

"고마워, 케톤."

리오는 천천히 복도를 지나 케톤과 자신이 같이 쓰고 있는 방으로 향했다.

걸어가는 도중 그는 머리를 감았는지 머리에 수건을 둘둘 만 채 방에서 나오는 가희를 만났다.

"아, 리오 님!"

가희는 활짝 웃으며 리오에게 다가왔다. 리오 역시 반갑게 손을 흔들었다.

"빨리 왔군요? 왕국 수도엔 별일 없나요?"

벌써 세 번째인가, 하고 생각한 리오는 별일 없다는 듯 웃으며 고개를 끄덕였다. 가희는 다행이라는 표정을 지었다.

"그래요, 잘됐군요. 아, 저는 머리를 말려야겠군요. 그럼 실례."

가희는 인사하고 복도 저편으로 걸어갔다.

리오는 한숨을 쉬며 자신의 방으로 들어가 망토를 벗고 침대에 누웠다.

"휴, 오늘은 좀 쉬어 볼까? 오늘은 별일 없을 듯하니……."

리오는 눈을 감고 프로빌리아 마을을 떠나올 때의 광경을 되새겨 보았다. 또 떠난다며 울고불고 떼를 쓰던 라이아와 아쉬운 내색을 하지 않으려고 최대한 애를 쓰던 세이아…….

리오는 그 마을과 마을 사람들, 그리고 두 자매에 대한 추억은 영원히 잊혀지지 않을 거라고 생각했다.

리오는 왼쪽 눈에 감긴 붕대에 손을 갖다 댔다.

"아직 완전히 회복되지 않았나? 하긴 마녀의 손에 찔렸으니 오래 걸리는 건 당연하겠지."

한쪽 눈이 보이지 않는 상황에선 원근감이 떨어지기 때문에 상당히 고전하는 것이 당연했다. 전투 시 모든 감각을 총동원하는 그에겐 감각 하나하나가 매우 중요했다.

하지만 수도 정찰 때는 눈에 감은 붕대가 상당한 역할을 해주었다. 자신의 특징이 부각되어 약간 우습게 그려진 수배용 포스터엔 애꾸눈 표시가 없었기 때문이다. 붉은 머리카락을 보고 자신을 의심하던 사람들도 눈에 감긴 붕대를 보고 고개를 저으며 지나갔다.

똑똑.

그때 누군가 문을 두드렸고, 곧이어 밖에서 굵직한 남자의 목소리가 들려왔다.

"손님, 계십니까? 밖에 리오 씨를 찾는 손님들이 계십니다."

"……손님?"

리오는 의아한 표정을 지으며 자리에서 일어났다. 자신을 찾아올 손님이 있을 리 없었기 때문이다.

"손님이라고 했나요? 나를 찾아올 손님은 거의 없을 텐데요?"

주인은 공손히 허리를 숙이며 대답했다.

"꽤 많이 찾아오셨습니다. 다섯 명쯤 되는군요. 직접 뵙는 게 어떻겠습니까?"

리오는 고개를 끄덕이며 여관 정문 쪽으로 나갔다.

여관 밖으로 나온 리오는 아연실색하지 않을 수 없었다.

손님은 손님이었지만 16~17세밖에 되어 보이지 않는 소년 소녀들이었다. 게다가 그 아이들은 자못 무서운 얼굴로 자신을 바라보고 있었다. 리오는 머리를 긁적이며 아이들에게 물었다.

"날 찾아온 손님 같은데, 용건을 말해 줄래?"

리오는 속으로 설마 했지만 아이들 중 리더로 보이는 아이 품에서 나온 종이를 보고 역시나 하며 한숨을 쉬었다. 현상 포스터였다.

"용건은 이겁니다. 당신이 위장을 하려고 왼쪽 눈에 붕대를 감은 것 다 알아요. 어서 린스 공주님을 풀어 드리고 우리와 함께 관청으로 가시죠!"

리오는 어색한 웃음을 지으며 뒤로 고개를 돌렸다. 그는 린스의 방 창문에 대고 소리를 쳤다.

"공주님! 손님들이 찾아오셨는데요!"

그러자 잠시 후 린스가 약간 인상을 쓰고 창문을 열었다. 그녀는 리오의 앞에 우두커니 서 있는 아이들을 보고 더욱 인상을 찌푸리며 소리쳤다.

"무슨 일이야!"

"예, 여기 꼬마 손님들께서 저를 잡으러 왔다는데, 어쩌죠?"

"보내 버려! 그런 꼬마들과 상대할 시간 없어!"

쾅 소리와 함께 창문은 곧 닫혀 버렸다. 리오가 잘 봤냐는 듯 어깨를 으쓱하자 아이들은 의아한 표정을 지으며 서로 소곤대기 시작했다.

리오는 팔을 주무르며 아이들에게 말했다.

"미안한데 좀 피곤하구나. 그만 들어가 쉴 테니 더 이상 용건 없으면 집에 돌아가도록 해."

리오가 다시 여관 안으로 들어가려 하자 리더처럼 보이는 아이가 리오에게 소리쳤다.

"자, 잠깐! 우리를 속이려 들지 마! 린스 공주님이 저렇게 험한 말을 쓰실 리 없어! 비슷하게 생긴 이상한 사람으로 바꿔치기한 거 다 알아!"

"뭐라!"

창문이 다시 벌컥 열리면서 흥분한 표정의 린스가 아이들을 향해 버럭 소리 질렀다.

"이 자식들, 뭐가 어쩌고 저째! 야, 애꾸! 저 녀석들 없애 버려! 목을 내게 들고 오라고!"

"고, 공주님!"

린스가 고래고래 소리를 지르자 뒤에서 누군가 그녀를 말리며 데리고 들어갔다. 리오는 노엘이겠지, 생각하며 피식 웃었다.

"음, 어쩌지, 꼬마 친구들?"

하지만 소년 소녀들에겐 리오의 말이 통하지 않았다.

"잘 봤지! 저 녀석, 말로는 통하지 않을 것 같아! 계속 가짜를 가지고 우리를 놀리고 있어!"

리더의 외침에 다른 아이들 역시 고개를 끄덕이며 와 하고 소리쳤지만 단 한 명, 단발에 사제복을 입은 소녀 소니아만은 가만히 있었다.

아이들의 외침을 들은 리오는 팔짱을 끼며 말했다.

"말로는 안 된다? 좋지. 운동 겸 한번 놀아 보자, 친구들. 잠깐 있어 봐. 검을 안에 두고 왔으니까."

아이들의 리더는 자신의 검을 힘차게 뽑으며 여관 안으로 들어가는 리오에게 소리쳤다.

"도망갈 생각은 하지 마!"

붉은 머리카락의 사나이가 들어가자 소니아는 라키에게 쪼르르 달려가 속삭이기 시작했다.

"오빠, 내가 왕궁에 자주 들어가서 아는데, 그 언니 린스 공주님이 맞는 것 같아! 그리고 린스 공주님을 데리고 들어간 안경 쓴 여자 있잖아, 몇 년 전 수도를 떠났다던 노엘 메이브랜드 선생님이 맞는 것 같다고!"

하지만 라키는 들은 척도 하지 않았다.

"웃기지 마! 네가 착각한 것이겠지! 자, 모두 대열을 정비해! 녀석이 나올 때가 됐으니까 긴장 풀지 말고!"

"와!"

막무가내인 그들의 행동에 소니아는 손으로 얼굴을 가릴 뿐이었다.

디바이너를 들고 나온 리오는 아이들과 함께 여관 앞 넓은 장소로 걸어갔다. 그는 잠시 아이들이 대열을 정비하기를 기다렸다. 아이들은 잔뜩 기합을 넣은 상태로 리오를 쏘아보았다. 하지만 리오는 오른쪽 눈을 감은 상태로 가만히 서 있을 뿐이었다.

이윽고 아이들의 리더가 소리쳤다.

"자! 이제 준비가 끝났으니 시작해 보자!"

그 아이의 힘찬 목소리를 들은 리오는 속으로 미안하게 생각하며 살며시 눈을 떴다.

"좋은 날씨야. 안 그런가?"

아이들은 리오가 웬 날씨 얘기를 하나 하며 고개를 갸웃거렸다. 리오는 표정을 굳힌 채 계속 말을 이었다.

"너희 부모님에겐 너희가 좋은 날씨에 쓰러졌다고 전해 주지. 난 공주님의 명대로 너희 목을 가져가겠다. 한 명씩 덤비든 한꺼번에 덤비든 상관없다. 덤벼라."

"……!"

말이 떨어짐과 동시에 리오의 눈에서 살기가 뿜어지자 아이들은 모두 자신들도 모르게 뒷걸음질을 쳤다. 리오는 봐주지 않겠다는 듯 디바이너를 빼어 들고 자세를 취했다.

'뭐, 뭐야……. 내가 왜 뒷걸음질을 쳤지?'

아이들의 머릿속엔 투지 대신 이런 생각만이 맴돌았다.

멀리서 그 광경을 지켜보던 케톤은 빙긋 웃으며 옆에서 같이 지켜보고 있는 련희에게 말했다.

"리오 님께서 생각보다 연기력이 좋으시군요. 그냥 가식적으로 뿜어내는 살기치고는 상당히 위협적이에요. 아이들의 얼굴색이 단번에 달라졌으니까요."

"예. 저도 놀랐어요."

련희는 동감한다는 듯 살며시 고개를 끄덕였다.

"저기 검을 든 아이, 그레이 공작님 손자 라키라고 해요. 사관학교 빼먹고 여길 찾아올 정도로 집념이 강한 아이죠. 예전에 만났던 테크 녀석만큼요. 그런데 오늘은 운이 없네요."

"……예."

케톤의 말에 련희는 간단히 대꾸한 후 리오의 모습에 열중하기 시작했다. 리오와 아이들의 격돌이 시작된 것은 그직후였다.

련희는 여관 식당에서 빵을 씹고 있는 리오에게 우유를 가져다주며 넌지시 물었다.

"그 아이들, 밖에 저대로 놔둬도 괜찮을까요? 상당히 충격을 입은 것 같은데."

리오는 우유를 받으며 대답했다.

"나이도 그리 어리지 않은 것 같으니 저 정도 경험은 해 봐야죠. 의외로 강한 아이들이었어요. 제 살기를 정면으로 받고도 뒷걸음질만 쳤으니까요. 보통 아이들이라면 그 자리에 주저앉아 울어 버렸을 텐데 말이죠. 아마 크면 상당한 인재들이 될 것 같아요. 아, 우유, 고맙습니다."

리오가 웃어 보이자 련희도 살며시 미소를 지었다.

"아, 아이고!"

라키는 부러진 검에 의지해 겨우 몸을 일으켰다.

단 한 방에 검이 부러질 정도의 일격을 받은 적이 없던 그에게 리오라는 사나이와의 대전은 상당한 정신적, 육체적 충격이 아닐 수 없었다.

"라키 형…… 나 살아 있어?"

"아, 머피!"

아버지에게 받은 전투 도끼를 한 번도 사용해 보지 못하고 쓰러진 머피는 라키를 바라보며 신음했다.

"괴, 괴물이었어. 어떻게 그 덩치에서 그 정도의 스피드를 낼 수 있는 거지? 힘도 그렇고……. 우리 아버지도 그 정도는 아닐 거야. 윽…… 배 아파."

머피 옆에 엎어져 있던 닐스는 둘의 말소리가 들리자 고개를 들며 물었다.

"그 남자 갔어, 형? 정말 무서웠어……. 소환수 다섯 마리가 한꺼번에 목이 날아가는 모습을 본 건 정말 처음이야. 게다가 한쪽 눈에 붕대를 감고도 어떻게 그 정도로 정확히 움직일 수 있는 거지?"

라키는 쓰디쓴 표정을 지으며 다시 바닥에 주저앉았다. 자신의 오른손에 들린 부러진 칼도 저편으로 내던져 버렸다.

"쳇, 우리가 너무 방심한 것 뿐이야! 다시 도전하면 성공할 수 있어!"

"웃기지 마, 라키! 할려면 너 혼자 해!"

루시의 화난 목소리가 들려오자 라키는 움찔했다. 팔짱을 낀 채 소니아와 같이 서 있던 루시는 다시 라키에게 소리쳤다.

"그레이 공작님이나 하룻 경 같은 분을 모시고 오지 않는 한 우리는 이길 수 없어! 아니, 모시고 와도 이기지 못할 거야! 저번에 네가 케톤 기사님이랑 시범 대결할 때하고는 다르다고. 그 리오란 남자는 보통 인간이 아니야, 엉?"

루시는 잠시 말을 멈추었다. 소니아가 자신의 옷을 살짝 잡아당겼기 때문이다. 그러나 성격이 불같은 루시는 계속 말했다.

"린스 공주님은 다른 사람들에게 맡기는 수밖에 없어! 난 갈 거야!"

"날도 저물어 가는데 이 마을에 묵었다 내일 우리랑 같이 가는 게 어때?"

루시는 순간 사색이 되며 자신에게 말한 붉은 머리카락의 사나이를 쳐다보았다. 소니아가 그녀의 옷을 잡아당긴 이유였다.

리오는 빙긋 웃으며 여관 안으로 들어가자는 손짓을 해보였다.

"자, 들어가자. 잡아먹거나 목을 달라고 하지 않을 테니 안심해. 돈 달라고도 안 하지."

라키 일행은 미덥지 못하다는 표정을 지은 채 리오를 경계했다. 리오는 어깨를 으쓱하며 뒤에 서 있는 련희에게 말했다.

"제 말은 안 들을 것 같네요. 련희 양께서 설득 좀 해주세요."

"예, 리오 님."

리오의 모습에 가려 보이지 않던 련희는 기다렸다는 듯 리오의 앞으로 나와 아이들을 향해 상냥한 목소리로 말했다.

"어디 아픈 곳은 없습니까? 말만 하세요, 여러분. 리오 님 대신 사과하는 뜻으로 치료해 드리겠습니다. 그리고 저희는……."

'사과할 만한 일은 안 했는데…….'

리오는 씁쓸하게 웃으며 아이들의 반응을 살폈다. 아이들의 분위기는 점점 누그러지는 듯했다.

"자, 저와 같이 안으로 들어가요, 여러분. 식사도 드리겠습니다."

라키 일행은 사실 동방 사람을 처음 보았다. 어른들에게 동방 여자들은 그저 그렇게 생겼다고 들은 것과는 달리 런희의 모습은 자신들이 지금까지 본 어떤 서방 여자들보다 청초하고 아름다웠다. 그런 그녀의 외모와 상냥한 어투는 아이들의 마음을 누그러뜨리기 충분했다.

"가, 감사합니다. 그럼 신세를 지겠습니다…… 윽!"

멍한 표정으로 여관에 들어가려던 머피는 라키가 자신의 덜미를 잡아끌자 헉 소리를 내며 뒤로 물러섰다. 라키는 자신보다 키가 작은 런희 앞에 서서 인상을 잔뜩 쓴 채 소리쳤다.

"우린 미인계에 속지 않아! 그런 말을 하고 여관에 데려간 후 고문을 하려는 거지! 안 속아!"

그런 말을 들었는데도 런희는 가만히 라키의 눈동자를 바라보았다. 라키는 런희와 시선이 마주치는 순간 깜짝 놀랐다. 끝을 알 수 없는 순수한 검은색 눈동자가 자신의 마음을 누그러뜨리는 듯했기 때문이다.

런희는 약간 긁힌 라키의 팔을 보자 주문이 담긴 손으로 상처를 만져 주었다.

"앗!"

라키는 순간 상처 부위의 쓰림이 사라지고 대신 그녀의 따뜻한 손길을 느꼈다. 상처를 치료해 준 런희는 부드러운 미소를 지으며 그에게 말했다.

"죄송하지만 저는 미인계를 쓸 줄 모른답니다. 하지만 간단한 치료는 해 드릴 수 있습니다. 저를 믿고 들어와 쉬세요."

리오는 런희가 상당히 무리를 하고 있구나, 생각했다. 평상시엔 리오에게도 저렇게 얘기한 적이 없는 그녀였다.

기분이 상당히 풀어진 듯, 라키는 일행을 돌아보며 말했다.

"······이분을 믿어 보자, 친구들. 들어가는 데 이의 없지?"

소년 소녀들은 모두 고개를 끄덕이고 련희를 따라 여관 안으로 들어갔다.

리오는 그들을 따라 천천히 여관으로 향하며 나지막이 중얼거렸다.

"상당히 시끄럽겠군. 후후훗."

이들이 식당에서 열심히 식사를 하는 동안 리오는 식당 의자를 하나 빼내 앉아 디바이너를 닦았다. 그는 마주 앉은 련희에게 말을 건넸다.

"그건 그렇고 련희 양. 서방 언어가 상당히 느셨더군요? 처음 뵈었을 땐 상당히 어색했는데 말이죠."

련희는 얼굴을 붉힐 뿐이었다. 리오는 빙긋 웃으며 다른 얘기를 했다.

"수도에 도착하면 련희 양은 어떻게 하실 겁니까?"

련희는 자신의 긴 머리카락을 손으로 매만지며 대답했다.

"저는 언니와 같이 아탄티스 대륙을 더 여행해 보고 싶습니다. 원래 목적도 그것이었는데 노엘 선생님께 언어와 풍습을 배우자고 생각했기 때문에 여기까지 따라오게 됐어요. 이젠 리오 님 말씀대로 말도 늘었고 풍습도 대충은 알 듯하니 다시 여행을 떠나야겠죠."

리오는 고개를 끄덕이며 계속 말했다.

"그래요? 하지만 여자 혼자 여행하기엔 아탄티스 사람들이 좀 거칠 텐데요. 아, 잘됐군요. 저도 수도에 공주님을 모셔다 드린 후에 다시 떠돌아다닐 생각이었는데, 같이 다니시지 않겠습니까?"

리오의 악의 없는 제안에 련희는 소매로 얼굴을 가린 채 머뭇거렸다.

"어, 어떻게 리오 님과 다, 단둘이 여행을 다닐 수 있겠습니까. 팬 않습니다. 가희 언니도 함께 있으니 걱정 마세요."

리오는 다 닦은 디바이너를 칼집에 밀어넣고 빙긋 웃으며 고개를 저었다.

"저를 믿지 못하시나요? 걱정 마세요. 그리고 정 불안하시면 감시원도 한 명 같이 데리고 가죠. 하하핫…… 음?"

리오는 순간 자신의 목을 강하게 조이는 여자의 가는 팔을 느꼈다. 그의 뒤에 어느새 린스가 서 있었다.

"도망을 가시겠다? 그것도 저 여자랑 단둘이? 드디어 마각을 드러내시는군, 이 애꾸눈 바람둥이!"

리오는 아차 했지만 자신의 말은 이미 내뱉은 상태였다. 린스는 계속 말을 이었다.

"감시원도 같이 데리고 다니시겠다? 좋지, 어차피 이렇게 다니는 것도 재미있는데 내가 감시원 역할을 해주지!"

리오에겐 하늘이 무너지는 소리였다.

련희는 상당한 정신력을 가지고 있는 데다 가희도 있기 때문에 고생이 덜하겠지만, 린스는 주위 감시를 철저히 해야만 하고 워낙 고집불통이라 상당히 괴로운 길동무였다.

"공주님, 잠깐 저 좀……."

그때 식당 문 쪽에서 노엘이 린스를 불렀다. 린스는 인상을 쓴 채 노엘에게 걸어갔다.

"나중에 보자고, 애꾸눈 껑다리!"

리오는 목을 쓰다듬으며 씁쓸히 웃었다.

"훗, 여행 계획은 나중에 다시 세워야겠군요……. 아, 애들이 저녁을 다 먹은 듯하군요. 남자애들은 저와 케톤의 방에서 재울 테니 여자애들을 부탁드립니다."

"예, 알겠습니다."

런희는 고개를 끄덕이며 자리에서 일어섰다.

아이들을 방에 밀어 넣은 리오는 복도에 의자를 꺼내 놓고 앉아 망토를 덮고 잠을 청했다. 여관 주인이 괜찮냐고 묻자 리오는 고개를 끄덕이며 웃을 뿐이었다.

방 안에선 케톤과 아이들의 환담이 계속되고 있었다. 기사 사관 학교 출신인 케톤이 현재 재학생인 라키와 머피를 알고 있었다. 몇 번 대련한 적도 있어 그들은 매우 친했다. 닐스 역시 그들의 대화에 관심을 가지고 참여했다.

"하하핫, 너희 정말 용감하다. 어떻게 리오 님께 대결을 청할 생각을 다 했지? 하긴 아직 그분이 어떤 사람인지 몰라서 그런 것이겠지만."

라키는 고개를 갸웃거리며 케톤에게 물었다.

"케톤 선배님, 저 리오라는 사람이 그렇게 강한가요?"

케톤은 고개를 끄덕였다.

"물론이지. 라키 너에겐 미안하지만 네 할아버지 되시는 그레이 공작님도 리오 님을 이기지 못할 거야. 우리 할아버지도 마찬가지고. 전설로만 알려졌던 12신장 중 한 명을 간단히 처리했을 정도니까 말이야. 나로선 그분의 한계가 어디인지도 몰라."

머피는 그 말에 혀를 내둘렀다.

"이야…… 어쩐지. 라키의 검이 한 방에 젓가락처럼 부러져 나가더라니. 아, 그 동방 여자분은 어떤 분이세요? 어른들에게 듣던 것과는 반대로 엄청 미인이시던데……."

"음…… 런희 양 말이구나? 내 생각이지만 상당한 마력을 가지고 있는 듯해. 하지만 우리 앞에서 확실히 실력을 발휘한 적은 없어. 그리고 약간 부끄러운 말이지만, 련희 양의 언니 되는 가희 양의 솜씨는 나보다 더 뛰어난 듯해. 여왕님께 하사받은 레드노드를 나 이상으로 잘 다루는 모습을 봤거든. 우리 일행 중에선 리오 님 다음으로 강할지도 몰라."

라키는 한숨을 휴 내쉬며 탄식하듯 말했다.

"하, 어쨌든 의외였어요. 린스 공주님이 그렇게 거친 성격을 가지셨을 줄은……."

머피와 닐스 역시 공감한다는 듯 고개를 끄덕였다. 케톤은 미소만 지을 뿐이었다.

"자, 그만 자자. 내일 일찍 수도로 출발해야 하니까."

세 명의 소년들은 이구동성으로 대답했다.

"네! 케톤 선배님!"

련희의 방에선 여자아이들과 련희의 대화가 진행 중이었다. 하지만 원래 조용한 련희의 성격 탓인지 그리 신나는 대화는 이루어지지 않았다.

루시는 눈을 반짝이면서 련희에게 계속 곤란한 질문을 던지고 있었다.

"근데…… 그 리오라는 오빠 말이에요. 눈에 감긴 붕대만 아니면 꽤 괜찮은 얼굴인 것 같던데, 붕대 감기 전의 얼굴 보신 적 있어요?"

"그분은 다치신 지 얼마 안 됐어. 며칠 전에 변을 당하셨기 때문에 그 전의 얼굴은 계속 보아 왔단다."

련희는 자신이 왜 이런 낯 뜨거운 질문에 대답해야 하나 생각했지만 워낙 상냥한 성격인 탓에 대답을 거부하지는 못했다.

"우아, 그래요? 그럼 언니와 그 오빠는 무슨 관계예요? 키스는 해 보셨나요?"

서방 대륙의 말이 아직 익숙지 않은 련희라고 해도 '키스'가 무슨 뜻인지는 알고 있었다. 련희는 아무 대답도 하지 못한 채 벌게진 얼굴을 가리려고 애썼다.

  루시는 곧 련희에게 사과했다.

  "헤헤헷, 죄송해요, 언니. 곤란한 질문을 해서요. 근데 그 오빠 좋아하시나요?"

  "으, 응?"

  결국 옆에 있던 소니아가 루시의 입을 막으며 대신 사과한 뒤에야 대화는 끝났다.

  아이들 먼저 잠자리에 들었다.

  련희 역시 잠자리에 들었으나 이상하게 가슴이 두근거려 늦게까지 잠을 이루지 못했다.

  '이러면 안 되는데……'

  다음 날.

  "으음…… 오랜만에 의자에 앉아 잠을 자서 그런가? 허리가 또 아프군."

  리오는 일찍 의자에서 일어나 몸을 이리저리 돌리며 관절을 풀었다. 허리에서 우두둑 소리가 나서 리오 스스로도 놀랄 정도였다.

  "이러다 제명에 못 사는 거 아닌지 모르겠군……. 그럼 다른 사람이 일어날 때까지 앉아서 명상이나 해 볼까?"

  리오는 의자를 들고 나가 여관 문밖에 앉아 하늘을 올려다보았다. 아직 아침 노을이 사라지지 않았다.

  '리오 님은 그렇게 하늘을 바라볼 때가 가장 멋있어요.'

  예전에 세이아가 했던 말을 떠올리며 리오는 쓸쓸한 미소를 지었다.

그때 하늘을 바라보고 있는 사람은 리오뿐이 아니었다. 흰옷의 청초한 련희가 창문을 통해 하늘과 리오를 번갈아 바라보았다.

"언니, 고향에서는 이러지 않았는데 여기까지 와서 왜 이럴까?"

련희는 자신과 몸을 공유하고 있는 쌍둥이 언니 가희에게 물었다. 그녀의 안에서 가희가 간단히 대답해 주었다.

'당연히 리오 님이 네 맘에 들기 때문 아닐까? 호호홋. 쌍둥이라 나이도 똑같은데 넌 나보다 어린 것 같구나. 하지만 이건 사실이야. 리오 님이 어디에서도 보기 힘든 멋진 남자라는 사실 말이지. 그리고 난 네 안에 있기 때문에 네 마음을 잘 안다는 것 알지? 후홋, 나 같으면 어제 리오 님께서 같이 가자고 했을 때 같이 가겠다고 했겠다.'

련희는 창문에 머리를 기대며 조용히 중얼거렸다.

"하지만 리오 님은……."

'알아. 리오 님이 7백 년 이상 살아온 불가사의한 존재란 거 말이야. 하지만 그건 별로 중요치 않아. 그걸 생각해 보렴. 네가 그때 점을 치며 본 리오 님의 '전생의 인연'이라는 슬픈 숙명 말이야. 그 숙명에 의한 슬픔은 쉽게 치유될 수 없단다. 세이아란 여자도 그걸 자기도 모르게 느끼고 있을지 몰라……. 너, 그 여자에게 리오 님을 빼앗겨도 상관없어? 난 네가 리오 님의 마음속 슬픔을 충분히 감싸 안고 따뜻하게 만들어 줄 수 있을 거라고 생각해.'

그러나 가희의 위로에도 불구하고 련희는 눈을 감은 채 고개를 저었다.

"쉽게 생각할 일이 아니야, 언니. 나중에 다시 얘기해."

가희는 더 이상 아무 말도 하지 않았다.

련희는 살며시 눈을 뜨며 여전히 하늘을 보고 있을 리오 쪽으로 시선을 돌렸다.

"음?"

어떻게 느꼈는지, 리오가 그녀를 향해 손을 흔들었다. 런희가 깜짝 놀라며 뒤로 주춤하자 리오는 빙긋 미소를 지어 보였다.

아침 식사 때도 린스와 노엘이 내려오지 않자 리오는 약간 걱정이 되는 듯 케톤에게 물었다.

"케톤, 공주님이나 노엘 선생님께서 아침에 특별한 지시라도 하셨나? 왜 아직도 안 내려오지?"

케톤도 리오의 말을 듣고서 이상하다는 생각이 든 듯 고개를 갸웃거렸다.

"아뇨. 어제저녁 이후 뵌 일이 없는걸요. 근데 정말 이상하네요. 공주님이 식사 시간을 어긴 일은 없었는데?"

"설마?"

리오는 수프를 뜨던 숟가락을 놓고 식당을 나섰다. 조용히 식사를 하던 런희는 리오의 뒷모습을 잠시 바라보다 다시 식사에 열중했다.

"누가 습격했나? 아냐. 내가 아무리 잠에 취했다 해도 살기만은 느낄 수 있는데, 어떻게 된 일이지?"

방문을 두드려도 반응이 없자 리오는 굳은 표정으로 문손잡이를 돌렸다. 의외로 방문은 잠겨 있지 않았다. 그는 방 안으로 들어가 이곳저곳 살펴보았다. 하지만 어디에도 인기척은 없었다.

"납치인가?"

계속 방을 둘러보던 리오는 린스의 조그만 가방과 노엘의 배낭이 없어진 것을 알 수 있었다. 대신 침대 위에 작은 쪽지 하나가 놓여 있었다.

"뭐야, 설마?"

리오는 곧바로 쪽지를 펴 들고 읽기 시작했다. 그는 곧 손으로 얼굴을 쓸어내리며 한숨을 길게 내쉬었다.

"후, 나이가 몇이신데……. 그건 그렇고 노엘 선생님은 왜 동참하셨지?"

리오는 쪽지를 침대 위에 흘린 뒤 곧바로 방을 나섰다. 그가 흘리고 간 쪽지엔 이렇게 쓰여 있었다.

난 노엘이랑 함께 먼저 수도로 떠날 거야. 그리고 리오 너와는 이별이야!

리오는 서둘러 장비를 챙기고 떠날 준비를 했다. 아이들도 마침 식사를 끝냈기에 곧장 가는 데 무리가 없었다.

여관을 나선 리오는 한숨을 쉬며 중얼거렸다.

"음, 이불 속 온도를 보아 하니 새벽 3시쯤 나가신 것 같아. 여기서 수도까지는 반나절이 걸리니 지금쯤이면 도착하셨을지도 모르겠군. 천천히 가지, 뭐."

케톤은 리오의 말을 듣고 펄쩍 뛰었다.

"예? 무슨 소리를 하시는 겁니까, 리오 님! 중도에 그분들이 무슨 일을 당할지 어떻게 압니까!"

리오는 덤덤히 대답했다.

"여기서 반나절이면 그리 먼 거리가 아니야. 그리고 상당히 시간이 흘렀어. 지금이 오전 10시니까 일곱 시간쯤 흘렀지? 그 안에 무슨 일이 생겼다 해도 우리가 어쩔 수 없어. 아무리 나라도 말이지.

그리고 노엘 선생님이 그리 약하다는 생각은 안 해. 그러니 너무 걱정하지 마."

리오는 빙긋 웃으며 케톤의 어깨를 두드렸다. 케톤은 어쩔 수 없다는 듯 고개를 끄덕였다.

"자자, 모두 가 보자. 련희 양도 같이 가셔야지요?"

리오의 물음에 련희는 마음을 굳혔다. 이 마을에서 리오 일행과 헤어지겠다는 결심이었다. 그녀는 최대한 자신의 감정을 드러내지 않으려 애쓰며 입을 열었다.

"당연하죠. 출발하세요, 리오 님."

"예? 아, 예."

리오는 련희의 말을 들은 순간 뭔가 이상하다고 느꼈다. 련희가 '당연하죠'라는 말을 쓰는 것을 처음 들었기 때문이다. 하지만 간다고 하니 리오는 웃어 보일 따름이었다.

"왜 그랬어, 언니! 이러면 어떡해!"

련희는 인상을 가볍게 쓴 채 자신 안에 있는 가희에게 마음속으로 외쳤으나 정작 가희는 아무 말이 없었다.

리오는 자신의 옆에서 걷고 있는 련희가 약간 인상을 쓰고 중얼거리자 고개를 갸웃거리며 물었다.

"여관에 뭐 두고 오셨나요, 련희 양? 왜 그러시죠?"

"아, 아닙니다, 리오 님."

련희는 아차 하며 빙긋 웃어 보였다. 리오는 여전히 이상하다는 기분을 지우지 못했다.

뒤를 따르던 여자아이들은 앙큼한 웃음을 띤 채 서로 소곤거렸다.

"거봐, 역시 좋아하는 사이라니까."

"맞아, 맞아."

10장
왕궁 무도회

1

형제의 재회

"어휴, 힘들게 구는군."

놀란 병사들의 입을 막으며 수도의 성문을 통과한 린스는 공사
장 판자 위에 걸터앉아 잠시 숨을 돌렸다. 옆에 선 노엘은 공사가
쉬는 날이라 다행이라고 생각하며 살짝 웃었다.

"수도가 많이 파손됐어, 노엘."

린스의 말에 노엘은 고개를 끄덕이며 성문 주위의 파손된 건물
들을 둘러보았다. 하지만 복구 작업이 한창이라 그리 슬퍼할 일은
아니었다.

린스는 자리를 털고 일어나며 말했다.

"가자, 노엘. 이제부터는 천천히 걸어도 되겠지."

계속 길을 걷던 린스와 노엘은 곧 여관 거리를 지나갔다.

많은 여행객들이 오가는 활기찬 모습을 본 린스는 자신의 몸에
도 활기가 넘치는 것 같아 기분이 좋았다.

"으악!"

그때 남자의 비명과 함께 붉은 옷이 여관 창문으로 떨어졌다.

린스와 노엘은 자신들 앞에 떨어진 옷과 여관 창문을 번갈아 바라보며 멍한 표정을 지었다.

"어이, 아가씨들! 거기 떨어진 옷 좀 주워 줄래요!"

린스와 노엘은 목소리가 들려온 여관 창문을 바라보았다. 약간 말라 보이는 얼굴의 청년이 자신들을 내려다보고 있었다.

"어이, 키 작은 아가씨! 점심 사 줄 테니 좀 주워 줘! 시간 남으면 놀아도 줄게."

린스는 청년의 건방진 말투에 인상을 구기며 소리쳤다.

"거기 마른 녀석! 음식 따위는 내 집에 가면 얼마든지 있으니 너나 이 옷 주워서 빨아 입든지 해!"

그러고 나서 아무렇지도 않게 재킷을 발로 밟고 지나가 버렸다. 청년은 황당한 눈으로 린스를 바라보다가 결국 화가 난 듯 창문에서 뛰어내릴 자세를 취하며 소리쳤다.

"거기 가만히 있어, 이 말괄량이! 이 지크 님이 손수 혼내 줄 테니까!"

린스는 노엘이 말릴 틈도 없이 혀를 내밀며 맞받아쳤다.

"헹! 어디 뛰어내려 보시지, 말라깽이! 뛰어내리면 내가 네 동생이다!"

"오호, 그래?"

그 말을 들은 청년은 의미심장한 웃음을 지었다. 노엘은 설마 하며 그 청년에게 대신 사과했다.

"죄송합니다, 우리 아가씨께서 실례를 범했군요. 제가 대신 사과를……."

"우오오!"

그러나 그 청년은 즉시 창문에서 몸을 날렸고 순간 린스와 노엘의 얼굴은 사색이 되고 말았다.

"사, 삼층인데?"

청년은 공중제비까지 한 바퀴 돌고 나서 안전하게 착지했다. 린스는 윽, 소리를 내며 뒷걸음질을 쳤다. 청년은 놀라서 어쩔 줄을 몰라 하는 노엘을 지나쳐 린스 앞에 다가가 씩 웃었다.

"헤헷, 잘 부탁해, 동생? 하하하핫!"

린스는 화가 머리끝까지 솟구쳤지만 자신이 내뱉은 말이라 어쩔 수 없었다.

바로 그때 창문 위에서 괄괄한 여자의 목소리가 들려왔다.

"진짜 바람난 너구리 같으니! 거기서 뭐 하는 거야! 어서 들어오지 못해!"

청년은 자신의 방 창문에서 소리를 지른 금발의 여자를 향해 소리쳤다.

"인마! 내 재킷 던진 게 누군데 그래!"

"나다, 어쩔래! 빨리 올라와서 마티 씨나 돌봐 줘!"

곧 창문이 거칠게 닫혔고, 청년은 투덜대며 옷을 주워 여관 문 쪽으로 향했다.

문득 무슨 생각이 들었는지 노엘은 급히 그 청년에게 뛰어갔다.

"저, 잠깐만요!"

청년은 노엘의 부름에 슬쩍 그녀를 쳐다보며 중얼거렸다.

"뭐요? 난 누님은 필요 없다고요."

노엘은 힘없이 웃으며 말했다.

"실례합니다만, 성함이 어떻게 되시죠?"

청년은 머리를 긁적이더니 대답했다.

"음, 지크라고 해요. 그럼 안녕, 누님."

청년은 곧바로 여관 안으로 뛰어 들어갔다. 노엘은 청년이 자신의 성을 밝히지 않아 아쉽다는 표정을 지었다.

"음, 상당한 실력을 가진 것 같군요. 왕궁에서 공주님 가드로 쓰면……."

"싫어! 난 저딴 건달은 필요 없단 말야. 리오라면 몰라도……. 아, 아냐! 어서 집에 가자고!"

노엘은 린스의 반응에 고개를 저었다.

"휴, 그러기에 좀 참으시지……."

린스는 아무 말 없이 왕궁으로 향했다. 노엘은 한숨을 쉬며 린스를 따라 걸음을 옮겼다.

성에 도착한 린스가 맨 처음 본 것은 자신을 보자마자 눈이 휘둥그레진 경비병들의 모습이었다. 린스가 인상을 쓰고 그들을 바라보자, 병사들은 아직도 믿지 못하겠다는 표정으로 린스와 노엘을 통과시켜 주었다.

"뭐야, 오랜만에 왔는데 왜 다들 저런 눈으로 쳐다보는 거지?"

린스가 투덜대자 노엘은 빙긋 웃으며 대답했다.

"공주님이 갑자기 무사히 돌아오시니 저들도 놀란 것이겠지요. 저라도 놀랐을 텐데요."

"흠, 그렇기도 하군."

린스는 고개를 끄덕이며 서둘러 왕궁 안으로 들어갔다.

"아아, 어마마마를 뵌 다음에 바로 목욕 좀 해야겠어. 이틀 동안 못 씻었단 말이야."

그 말을 들은 노엘은 자신도 목욕을 해야겠다고 생각했다. 벌써 일주일 넘게 샤워 비슷한 것도 하지 못했다. 물론 린스에게 신경을 쓰느라 그런 것이었다.

　린스는 곧바로 알현실을 향해 걸어갔다. 알현실 앞에서 일을 보던 시녀들은 다른 사람들과 마찬가지로 린스를 보고 깜짝 놀라며 뒤로 주춤거렸다.

　"히익? 고, 공주님!"

　모든 성 사람들이 자신이 돌아온 것에 기절할 것처럼 놀라자 린스는 결국 화를 내며 시녀에게 거칠게 물었다.

　"도대체 왜 이러는 거야! 무슨 일이 있었던 거야?"

　분위기가 심상치 않자 옆에 있던 노엘이 나서서 린스를 말렸다.

　"공주님, 잠깐만 참아 보세요!"

　노엘이 린스를 말리자 시녀는 급히 허리를 굽혀 인사를 한 뒤 알현실로 들어갔다.

　곧 급한 발소리가 나더니 누군가 문을 열고 나왔다. 뛰쳐나오다시피 한 사람은 시녀가 아닌 여왕이었다.

　여왕 역시 놀란 표정으로 린스의 몸 이곳저곳을 확인하듯 더듬으며 물었다.

　"고, 공주! 어떻게 구출된 것이냐?"

　"네? 구출이라뇨, 어마마마?"

　린스는 더욱 황당한 표정을 지었다.

　"하하하핫! 어마마마도 참!"

　대강 이야기를 들은 린스는 깔깔깔 웃어대기 시작했다. 여왕은 궁금한 표정으로 노엘에게 물었다.

"노엘, 이게 어떻게 된 일이죠?"

노엘 역시 미소를 지은 채 차분히 대답했다.

"여왕님께서 말씀하셨듯이, 저희는 한 달 반 동안 그 붉은 장발의 떠돌이 기사분과 여행을 다녔습니다. 하지만 납치는 아니었습니다. 그분이 오히려 저희 때문에 고생하셨지요. 저희 때문에 왼쪽 눈까지 잃으셨답니다. 아마 어디선가 들려온 뜬소문이겠지요."

여왕은 안도의 한숨을 쉬며 다행이라는 표정을 지었다.

"아, 그럼 다행이오. 이제 왕가의 고민은 거의 끝난 셈이구려. 미네리아나까지 돌아왔으니…… 호호홋."

린스는 미네리아나의 이름이 나오자 눈을 반짝이며 물었다.

"네? 이모가 돌아왔다고요?"

여왕은 고개를 끄덕이며 시녀를 시켜 미네리아나를 데려오라고 했다.

잠시 후, 미네리아나가 베르니카와 함께 알현실에 들어왔다.

"오, 린스!"

린스를 본 미네리아나는 놀람과 기쁨이 교차된 표정을 지으며 달려왔다. 린스 역시 미네리아나의 품에 안기며 재회의 기쁨을 나누었다.

"이모!"

"그래 그래, 린스가 돌아왔구나! 어떻게, 납치된 건 아니었니?"

"응, 누가 퍼뜨린 헛소문인가 봐. 납치 안 당했어, 이모."

린스가 빙긋 웃으며 말하자 미네리아나는 다행이라며 그녀의 머리를 쓰다듬어 주었다. 두 사람의 재회에 옆에서 애써 웃음을 참으며 서 있던 베르니카는 그제야 살짝 웃음을 띠며 린스에게 예를 올렸다.

"공주 마마, 베르니카 페이셔트, 인사 올립니다."

베르니카가 인사를 하자 린스는 그녀에게도 다가가 활짝 웃으며 손을 잡았다.

"오랜만이야, 베르니카. 그런데 나보다 노엘이 더 반가울 것 같은데?"

베르니카는 웃으며 일어섰다. 노엘 역시 의자에서 일어나 베르니카에게 다가왔다.

"노엘, 오랜만이야."

"후훗, 넌 변한 게 없구나, 베르니카. 안대만 빼고."

베르니카는 자신의 왼쪽 눈을 가리고 있는 안대에 손을 갖다 대며 어색한 미소를 지었다.

"자자, 인사는 대충 한 것 같으니 린스와 노엘에게 그동안의 얘기를 듣고 싶구나. 자, 린스, 그동안 어떻게 지냈는지 얘기해 주겠니?"

린스는 고개를 끄덕이며 자리에 앉아 얘기를 시작했다.

"어쨌든 그 붉은 장발의 기사는 저를 납치한 게 아니라 지켜줬어요. 저뿐만 아니라, 오는 길에 곤란을 당한 모든 사람들에게 도움을 주었죠."

여왕은 고개를 끄덕이며 린스에게 물었다.

"그랬구나. 그 떠돌이 기사의 이름이 뭐냐?"

린스는 자랑스럽게 그의 이름을 말했다.

"리오 스나이퍼라고 해요. 제가 이제까지 만난 사람들 중 가장 강해요."

리오라는 이름을 듣고 베르니카는 문득 자신이 알고 있는 사람과 이름이 똑같다는 것을 떠올렸다.

"돌아오는 길에 저희는 여신의 전설을 들었고 그들의 부하인

12신장 중 한 명을 만나게 됐죠. 그 리오란 녀석이 자세히 말해 주지는 않았지만 상당히 위험한 것 같았어요. 그들을 물리쳐야 하기 때문에 수도에 머무를 수 없다고 그랬거든요. 그래서 전 화가 난 나머지 노엘이랑 먼저 수도에 돌아와 버렸죠. 케톤도 무사해요. 여러 사람들과 만나고 많은 괴물들과 싸우면서 케톤도 많이 강해진 것 같아요. 아, 그리고 어마마마, 이번 여행을 하면서 레프리컨트 왕국이 얼마나 아름다운 나라인지 알게 됐어요. 나중에 기회가 되면 제대로 여행해 보고 싶어요."

린스의 두서없는 말에 여왕은 부드러운 미소를 지어 보였다. 철부지 같기만 하던 린스가 한 달 반 만에 많이 어른스러워진 것 같았다.

린스의 얘기는 계속됐다.

"그리고 재미있는 걸 알게 됐는데요, 같이 다니면서 보니까 노엘도 여자는 여자더라고요. 헤헤헷."

"음?"

여왕은 그게 무슨 소리인가 싶어 노엘을 쳐다보았다. 노엘은 얼굴을 붉히며 고개를 숙였다.

"아, 아무것도 아닙니다. 여왕 폐하, 심려치 마시길⋯⋯."

노엘의 그런 모습을 본 베르니카는 속으로 깜짝 놀랐지만 지금은 어전이라 가만히 있었다.

'어째서 남자 따위를 또 마음에 품게 된 거지? 하지만 노엘의 그 남자가 좋은 사람이면 좋겠는데⋯⋯. 적어도 라세츠 후작 같은 사람은 아니어야 할 텐데.'

"그래, 더욱 자세한 얘기는 나중에 듣기로 하자꾸나, 공주. 피곤할 테니 좀 쉬도록 해. 그리고 저녁때 공주가 돌아온 기념으로 만찬을 열 테니 모두 빠짐없이 오세요."

린스는 여왕에게 인사를 한 후 미네리아나, 베르니카, 노엘 등과 함께 알현실을 나섰다.

"노엘, 다시 돌아오니까 어때?"

린스가 묻자 노엘은 애써 웃으며 대답했다.

"예…… 변함없어서 좋습니다."

노엘은 조용히 린스를 따라 복도를 걸어갔다. 그 누군가를 만나지 않기를 빌면서.

"엥? 만찬?"

침대에 누운 채 전령의 말을 듣던 지크는 만찬이란 단어를 듣고 몸을 반쯤 일으키며 되물었다. 전령은 곧바로 대답했다.

"예! 공주님께서 돌아오신 기념으로 만찬이 열리니 지크 님도 오시라는 미네리아나 마마의 명이 있었습니다!"

지크는 씁쓸한 표정을 지은 채 누워 있는 마티에게 시선을 돌렸다. 전보다는 나아졌지만 아직 움직일 정도는 아니었다.

"음, 곤란한데……. 아, 미네리아나 님이 데리러 오시면 간다고 해."

전령은 무뚝뚝하게 지크를 바라보다가 경례를 붙이며 대답했다.

"예! 마마께 그대로 전해 드리겠습니다!"

전령이 의외의 태도를 보이자 지크는 깜짝 놀라며 번복하려 했다. 하지만 전령은 이미 사라지고 난 뒤였다. 지크는 자신의 이마를 주먹으로 살짝 치며 고민스럽게 중얼거렸다.

"으악, 이거 큰일이네. 다른 왕족이라면 모를까 미네리아나 님은 진짜 오실 확률이 높은데……."

마티가 눈을 슬며시 뜨고 희미한 음성으로 말했다.

"가봐, 내 걱정은 하지 말고. 나 같은 남자가 이런 병쯤에 쓰러질 것 같아?"

지크는 인상을 쓰며 마티를 쏘아보았다. 마티는 다시 이불 속에 파묻히며 기어드는 목소리로 말했다.

"알았어…… 네 맘대로 해."

지크는 이불 위로 마티의 머리를 살짝 치며 중얼거렸다.

"인마, 아픈 건 남자고 여자고 없는 거야. 게다가 너처럼 빈약한 녀석을 혼자 두고 어떻게 가냐? 루이체랑 단둘이 놔둘 수도 없고…… 하, 고민이다."

지크는 곧바로 방을 나섰다. 그가 나간 것을 확인한 마티는 슬쩍 이불을 들추며 중얼거렸다.

"말할 수도 없고…… 어쩌지?"

한편 지크는 복도 벽을 후려치며 이를 갈고 있었다.

"으윽, 저 녀석을 어떻게 처리해야 내 속이 후련할까! 어디까지 속아 줘야 하는 거야!"

옆방에 있던 사람이 인상을 찡그리며 나와서 지크에게 말했다.

"이보시오, 좀 조용히……."

"꺼져!"

지크의 험악한 표정을 본 그는 즉시 방 안으로 들어가 버렸다.

지크는 다시금 고민했다.

"그래, 어쩔 수 없다!"

지크는 결정을 내렸는지 다시 방으로 들어갔다.

"어이, 대답하지 말고 들어. 아무래도 미네리아나 님이 직접 오실 것 같으니까 난 그냥 갈게. 네 간호는 루이체에게 맡길 테니 너 혹시라도 내 동생에게 딴맘 먹지 마라, 알았지? 그 녀석도 의외로 무서우니 건드렸다간 뼈도 못 추릴지 몰라. 그럼 몸조리 잘해라."

이불을 툭툭 건드린 지크는 곧바로 방을 나섰다. 마티는 아무 말 없이 천장만 바라보았다.

"빌어먹을 녀석……."

하지만 마티는 희미하게나마 웃고 있었다. 자신을 이렇게 걱정 해 주는 사람이 있다는 것, 그 사실 하나만으로도 기분 좋았다.

"음…… 이제 뭘 하지?"

케톤 덕택에 성문을 무사히 통과한 리오는 아이들을 집으로 돌 려보낸 뒤 중얼거리듯 말했다. 옆에 서 있던 케톤이 리오를 바라보 며 말했다.

"저희 집에 초대하고 싶지만 저는 왕궁에 급히 들어가 봐야 할 것 같으니 먼저 여관에서 쉬십시오. 수도의 여관들은 다 연락망이 있으니까 제가 못 찾을 거라는 걱정은 하지 마시고요. 그럼 저는 왕궁으로 가보겠습니다. 수고 많으셨습니다, 리오 님."

"수고했어, 케톤."

리오는 빙긋 웃으며 청년 근위대장에게 손을 흔들었다. 련희 역 시 허리를 굽혀 인사했다.

"자, 저 녀석도 갔으니 이제 뭘 할까요?"

리오의 말에 련희는 흠칫 놀라며 주위를 둘러보았다. 그러고 보 니 이제는 모두 떠나고 자신과 리오 둘뿐이었다.

"예? 저…… 그, 그게……."

리오는 빙긋 웃으며 말했다.

"그냥 가면 공주님이 진짜 수배령을 내릴지 모르니 아무래도 좀 쉬어 가야 할 것 같군요. 여관이나 알아보죠?"

련희는 말없이 고개를 끄덕였다.

리오는 련희와 함께 여관 거리로 향했다.

여관들은 의외로 방이 없어서 그들은 몇 군데를 허탕쳐야 했다. 다시 한 여관으로 들어간 그들은 방을 잡기 위해 주인과 실랑이를 벌였다.

"아하, 곤란한데요."

주인장은 방이 꽉찬 걸 증명하듯 명부를 보여 주었다. 명부엔 부부용 방 하나 빼고 모두 꽉 차 있었다.

"두 분이 부부라면 모를까, 따로 쓸 방은 없습니다. 왕국 검술제가 가까워져서 그러니 이해해 주십시오."

"예, 알겠습니다."

리오는 어쩔 수 없다는 표정을 지으며 다른 여관으로 향하려 했다. 그러다 문득 무언가 생각났는지 다시 주인에게 말했다.

"저, 여관의 명부 좀 다시 볼 수 있을까요?"

"예? 뭐, 닳는 것도 아니니."

주인은 거리낌 없이 리오에게 명부를 보여 주었다. 리오는 명부를 천천히 읽어 내려가다가 한 이름에서 시선을 멈췄다. 리오는 다행이라는 표정을 지으며 주인에게 명부를 내주었다.

"아는 사람이 여기 묵고 있군요. 이 3층 손님 좀 뵐 수 있을까요?"

"그러시오. 312호 방이외다."

주인은 고개를 끄덕였다. 리오는 보기 드물게 마음이 좋은 주인장이라 생각하며 3층으로 올라갔다. 련희는 아무 말 없이 리오를 따라갔다.

리오는 312호 앞에 서서 호흡을 고른 뒤 문을 두드렸다.

"루이체, 안에 있니?"

그러나 방 안에서는 아무 대답도 들려오지 않았다. 리오는 이상하다 생각하며 다시 문을 두드렸다.

"루이체, 리오 오빠가 왔다. 안에 있니?"

그러나 역시 대답이 없었다. 리오는 할 수 없다는 듯 고개를 저었다.

"흠, 아무래도 나간 듯하군요. 그럼 다른 여관을······."

"악!"

그때 리오의 뒤에서 누군가의 외침 소리가 들렸다. 그는 피식 웃으며 뒤를 돌아보았다.

"이런, 다 큰 아가씨 목소리가 그게 뭐니?"

루이체는 믿을 수 없다는 듯 눈을 비비고 다시 리오를 바라보았다.

자신의 눈이 잘못되지 않은 것을 확인한 그녀는 곧바로 손에 들고 있던 수건을 내던져 버리고 리오에게 달려들었다.

"오빠! 리오 오빠!"

루이체가 쏜살같이 안겨 들자 리오는 그녀의 등을 토닥거리며 반가워했다.

"그래 그래, 잘 있었지?"

루이체는 울먹이며 고개를 끄덕였다.

"응, 근데 눈에 뭐야? 웬 붕대를······. 설마 오빠?"

리오는 자신의 왼쪽 눈에 감긴 붕대에 손을 갖다 대며 피식 웃었다.

"음, 잘못해서 좀 다쳤단다. 어쩔 수 없지."

그러자 루이체는 울음을 터뜨리며 리오의 눈을 덮은 붕대에 손을 가져갔다.

"아아앙! 어떻게 이럴 수가! 오빠가 다치면 난 어떻게 하라고!"

그 말을 들은 련희는 깜짝 놀랐다. 그 모습을 보지 못한 리오는 미소를 지은 채 루이체를 다독거려 주었다.

"녀석, 나는 괜찮아. 그런데 너 왜 네 방에서 안 나오고 저 방에서 나오니?"

루이체는 손으로 눈물을 닦으며 대답했다.

"응, 너구리가 저 방에 묵거든. 너구리 친구가 아파서 내가 간호해 주고 나오는 거야."

"너, 너구리요?"

말뜻을 이해하지 못한 련희는 리오에게 나직이 물었다. 리오는 웃으며 설명해 주었다.

"아, 일명 '바람난 너구리'라고, 제 남자 형제 별명입니다."

리오의 품에 안겨 있던 루이체는 그제야 리오의 뒤에 서 있는 련희를 보며 인상을 찡그리고 물었다.

"오, 오빠…… 저 여자는 누구야?"

리오는 아차 하며 서로를 소개해 주었다.

"이쪽은 금련희 양. 나와 한 달 반 동안 여행을 같이 다닌 일행 중 한 분이시지. 물론 다른 일행도 같이 있었으니 오해는 하지 마. 그리고 여긴 루이체 스나이퍼. 제 여동생입니다."

"아, 처음 뵙겠습니다, 루이체 님."

"저야말로 잘 부탁드립니다, 련희 씨."

련희는 공손히 허리를 굽혀 인사했다. 루이체 역시 허리를 굽혀 인사했으나 그녀의 표정은 그리 좋지 못했다.

리오는 잘됐다는 표정을 지으며 루이체에게 말했다.

"루이체, 련희 양과 며칠간 방을 같이 쓸래? 여관들이 다 방이 없다고 해서 말이야."

루이체는 곧바로 대답했다.

"싫어!"

리오는 멋쩍은 미소를 지으며 루이체를 설득했다.

"어허, 그러지 말고. 제발 부탁이야. 련희 양이 남자도 아닌데 왜 그러니?"

루이체는 다시금 싫다고 말하려 했으나 '제발'이란 말에 마음이 약해져 결국 고개를 끄덕였다.

"알았어. 하지만 며칠만이야."

리오는 루이체의 머리를 쓰다듬으며 빙긋 웃었다.

"고맙다, 루이체. 근데 지크 녀석은 어디 갔지?"

"응, 만찬인가 때문에 왕궁에 가 봐야 된다고 했어. 그래서 앓아 누운 짐 덩어리를 나에게 맡기고 혼자 성에 갔지, 뭐야."

리오는 의외라는 표정을 지었다.

"그래? 그 녀석 출세했군. 어쩌다가 그렇게 됐지?"

루이체는 양손을 모아 뒷머리를 받치며 대답했다.

"응, 도중에 왕족 여자 한 명하고 검사 한 명을 만났거든. 그래서 리오 오빠도 찾을 겸 수도까지 같이 왔는데 그만 하룻밤의 실수로 발목이 붙잡히고 말았지."

"……!"

그 말에 련희의 얼굴이 금세 붉어졌다. 리오는 이해가 가지 않는다는 표정으로 루이체에게 되물었다.

"뭐? 아무리 그 녀석이 덜렁댄다고는 하지만 그런 실수를 할 정도로 생각이 없는 녀석은 아닌데? 진짜야?"

루이체는 답답하다는 표정을 지으며 자세한 설명을 곁들였다.

"그게 아냐! 사실은 그 왕족 언니 만나러 왕궁에 몰래 침투했는데 잘못해서 여왕의 방에 들어가고 만 거야. 그래서 그 대가로 그 왕족 언니의 전용 가드가 되었지. 내 말 알아듣겠어?"

리오는 멋쩍은 표정을 지으며 머리를 긁적였다.

"그래, 알아들었어, 루이체. 그럼 난 지크 녀석 방에 들어가 쉴 테니 련희 양을 부탁해. 저쪽 방이지? 아, 아픈 사람이 있다고 했지? 내가 대신 간호할 테니 넌 들어가서 쉬어."

"응?"

루이체는 속으로 흠칫 놀랐으나 리오가 설마 이불을 들춰 보겠냐 싶어 고개를 끄덕였다.

"알았어, 오빠. 그럼 조금 있다가 식당으로 와. 점심 안 먹었지?"

리오는 고개를 저으며 대답했다.

"난 아침 먹었으니 됐어. 그럼 있다 보자."

리오는 천천히 지크의 방으로 향했다.

루이체는 맘에 안 든다는 표정으로 련희를 바라보다가 자신의 방문을 열며 말했다.

"들어가세요. 그리고 얘기 좀 하자고요!"

"예? 예, 알겠습니다."

련희는 무슨 말을 하려는 걸 곰곰이 생각하며 루이체와 함께 방 안으로 들어갔다.

"케톤 프라밍, 임무를 마치고 귀환했습니다."

케톤은 여왕 앞에 무릎을 꿇고 예를 올렸다. 여왕은 미소로 케톤을 환영해 주었다.

"고생이 많았군요, 케톤. 린스가 너무 괴롭히진 않았습니까?"

케톤은 웃으며 대답했다.

"아닙니다. 저 대신 다른 분이 고생을 하셔서 저는 괜찮았습니다."

"다른 사람이라면…… 리오 스나이퍼라는 떠돌이 기사를 말하나요?"

케톤은 여왕이 리오의 이름을 알고 있자 깜짝 놀라며 그녀를 바라보았다.

"마마께서 어떻게 그의 이름을……?"

여왕이 빙긋 웃으며 말했다.

"린스가 입에 침이 마르도록 그 사람 칭찬을 했답니다. 케톤마저 그 사람을 칭송하니 그가 어떤 사람인지 정말 궁금하군요. 지금 이 수도에 있습니까?"

케톤은 바로 대답하지 않았다. 리오가 며칠 전부터 계속 자신은 수도에 있어도 하루나 이틀밖에 머물지 않을 것이라고 했기 때문이었다. 그는 표정을 굳히며 대답했다.

"계시긴 합니다. 그러나 무례한 말이지만 그분을 만나시기 전에 저와 약속을 해주실 수 있으십니까, 마마?"

"약속? 어떤 약속인가요?"

케톤은 고개를 깊이 숙이며 말했다.

"그분의 힘을 필요로 하는 사람들이 이 왕국, 아니 이 대륙에는 아직 많이 있습니다. 청컨대, 그에게 계급을 주시거나 해서 붙잡지 말아 주십시오, 마마."

여왕은 케톤의 말을 듣고 잠시 생각한 후 대답했다.

"그럼 짐이 만나 보고 결정하겠습니다. 우리 왕국의 은인이라고 할 수 있는 사람인데 만나 보지 않고는 모르지 않습니까? 그 후에 그의 신변에 대한 확실한 대답을 하지요."

케톤은 약간 불안하긴 했지만 거절한 것은 아니기에 고개를 숙이며 감사를 표했다.

"예, 알겠습니다, 마마. 그럼 제가 직접 그분을 모셔 오겠습니다"

"하실 말씀이라는 게 무엇입니까?"

침대에 앉아 있던 련희는 루이체가 팔짱을 낀 채 우두커니 서 있자 그녀에게 조심스럽게 물었다. 루이체는 련희를 바라보며 본론에 들어갔다.

"간단해요. 오빠랑 어디까지 가셨죠?"

련희는 가만히 루이체를 바라보다가 빙긋 웃으며 대답했다.

"물론 이 수도까지 왔지요. 저는 괜히 긴장했습니다. 죄송합니다."

루이체는 한순간 허망한 표정을 지으며 속으로 외쳤다.

'완전 벽창호잖아! 리오 오빠는 또 어디에서 이런 여자를 만나서는…… 하여튼 바람둥이!'

련희는 루이체의 표정이 변하자 웃음을 지우고 다시 물었다.

"저, 제가 뭐 잘못한 것이라도 있습니까?"

루이체는 손을 휘저으며 다급히 말했다.

"이런, 아, 아니에요. 근데 이 지방에 사는 사람들과는 좀 다르게 생겼는데 어디서 오셨나요?"

"저는 이 아탄티스 대륙의 바다 건너 동쪽에 위치한 대륙에서 왔습니다. 여기 사시는 분들은 흔히 동방 대륙이라고 부르죠."

"아하, 그러셨군요. 그 먼 길을 혼자 오셨나요?"

련희는 고개를 저었다.

"아, 아닙니다. 제 언니랑 함께 왔습니다."

"언니요? 그럼 언니 되시는 분은 지금 다른 여관에 계시나요?"

루이체가 큰 눈을 껌벅이며 묻자, 련희는 웃으며 자신의 머리를 묶어 올렸다.

묶인 머리는 곧 진홍색으로 바뀌기 시작했다. 약간 곡선을 이루던 련희의 눈썹은 일직선으로 가늘게 펴졌고 눈매 역시 평상시보다 가늘게 변했다. 눈동자마저 진홍색을 살짝 띠는 듯했다.

루이체는 그 모습을 보며 입을 다물지 못했다. 련희, 아니 가희는 씩 웃으며 인사했다.

"반가워요, 루이체 양! 제가 련희의 언니 가희예요."

"세, 세상에……!"

루이체는 믿을 수 없다는 표정을 지으며 뒤로 물러섰다.

한 사람이 완전히 다른 사람의 모습으로 변하는 건 마법으로 변신하는 것과 자신의 안면 근육을 이용해 얼굴만 달라지는 방법이 있지만, 련희가 가희로 변하는 모습은 그 어떤 변신과도 달랐다.

게다가 천사인 루이체는 확실히 알고 있었다. 그녀의 영혼 자체까지 바뀐 사실을.

"세, 세상에! 어떻게 이럴 수가……?"

"사연이 좀 복잡해요. 하하핫."

가희는 쾌활하게 웃으며 머리를 긁적였다.

'도, 도대체 이 여자는!'

루이체는 머리를 감싸며 고민에 빠지고 말았다. 가희는 고민하는 루이체의 모습을 귀엽다는 듯 쳐다보았다.

끼익.

방문 열리는 소리와 함께 누군가 들어오자 마티는 순간 긴장하며 이불 속에서 단검을 움켜쥐었다. 발소리가 지크도, 루이체도 아닌 탓이었다.

'누구지? 발소리로 봐서 지크보다 클 것 같은데?'

마티는 눈을 꼭 감은 채 들어온 사람의 기척에 신경을 집중했다.

"아, 저는 지크의 형제 되는 사람이니 너무 신경 쓰지 마십시오. 아프다는 사람이 그렇게 긴장하는 모습을 보니 안쓰럽군요."

마티는 흠칫 놀라며 눈을 떴다. 그녀의 눈앞엔 지크보다 약간 큰 키에 붉은 장발을 묶어 내린 남자가 서 있었다. 왼쪽 눈을 덮은 붕대가 거슬렸지만 그의 얼굴은 적동색 피부와 어울려 상당히 괜찮은 편이었다.

마티가 일어서려 하자 리오는 두 손을 내저으며 만류했다.

"아아, 무리해서 일어설 필요 없습니다. 그러고 보니 상당히 동안인데요? 제 이름은 리오라 합니다. 그냥 누워서 몸조리나 하십시오."

그렇게 말하고 리오는 망토를 벗은 뒤 의자에 앉아 휴식을 취했다.

마티가 보기에 리오는 상당히 부드럽고 따뜻한 사람 같았다. 하지만 균형 있게 발달한 근육은 지크보다 훨씬 강하게 느껴졌다.

'형제라면서 그 녀석과는 느낌이 상당히 다른데? 훨씬 조용한 것 같아.'

둘은 왕궁에서 케톤이 도착할 때까지 말없이 휴식을 취했다.

"뭐라고! 린스 공주가 돌아왔단 말이냐!"

라세츠는 의자의 팔걸이를 주먹으로 내리치며 앞에 앉아 있는 심복에게 소리쳤다.

심복은 머리를 조아리며 대답했다.

"예, 아무래도 벨로크 왕국 쪽에서 실수를 한 모양입니다. 공주 일행이 프로빌리아 마을에 있다고 하며 린스 공주를 납치하고 공주를 보호하는 케톤과 그 붉은 머리카락 녀석을 처치한다고 했는데…… 아무래도 무리였나 봅니다."

라세츠는 잘생긴 얼굴을 찡그리며 뭔가 생각하듯 앞쪽을 날카롭게 쏘아보았다. 잠시 생각하던 그는 의자에서 일어서며 심복에게 말했다.

"쳇, 여왕도 별것 아니고 양녀인 린스 공주도 그리 인재처럼 보이지 않기에 안심했더니 왕궁엔 이상한 가드 녀석이 둘이나 들어오고 게다가 그 붉은 장발과 노엘까지 돌아왔으니…… 계획이 미뤄지게 됐군……. 어쩔 수 없다. 벨로크 왕국에 연락해라. 한 달 후에 열리는 왕국 검술제에 맞춰 그들을 보내라고!"

"예, 명을 받들겠습니다."

심복은 잔상을 남기며 어디론가 사라졌다. 라세츠는 다시 자리에 앉으며 나지막이 중얼거렸다.

"듣기론 그 붉은 머리카락 녀석, 거의 무적이라고 하던데……. 제발 떠나길 바라야겠군. 그 녀석만이라도 없다면 일이 쉬워질 텐데 말이야……. 그나저나 여왕한테는 납치 사건에 대해 뭐라고 해명하지?"

라세츠는 벌떡 일어서며 창밖으로 시선을 돌렸다. 욕망에 타오르는 그의 눈동자에 레프리컨트 왕국 수도의 전경이 들어왔다.

똑똑.

문 두드리는 소리가 들리자 리오는 눈을 뜨며 문밖에 있는 사람에게 말했다.

"문 열렸어. 들어와도 좋아, 케톤."

그러자 문이 살짝 열리며 케톤이 방으로 들어왔다. 그는 어색한 미소를 지으며 말했다.

"문 두드리는 소리만 들어도 저인지 아시는군요. 아직 리오 님께 배울 것이 많은 것 같습니다. 아, 이렇게 찾아온 이유는 레프리컨트 여왕님께서 리오 님을 뵙자고 하셨기 때문입니다. 그래서 모시러 왔습니다만……."

리오는 웃으며 케톤에게 물었다.

"아직도 나를 공주 납치범으로 오해하고 계신 건 아니겠지?"

"하핫, 당연하죠. 그럼 가실 거죠?"

리오는 벌떡 일어서며 망토를 둘렀다.

"그래, 가야지 별수 있나? 같이 가도록 하지."

"예! 그럼 여관 앞에서 기다리고 있겠습니다."

케톤은 활짝 웃으며 대답한 후 먼저 아래로 내려갔다.

리오는 디바이너와 파라그레이드를 챙겨서 방을 나서려다가 마티 쪽을 돌아보고 말했다.

"아, 잠시 나갔다 오겠소. 루이체에게 간호를 부탁해 놓을 테니 걱정 마시오. 그럼 몸조리 잘하시길."

마티는 아무 대답이 없었다. 리오는 어깨를 으쓱하며 루이체의 방으로 향했다.

"루이체, 오빠 나간다."

곧 방문이 열렸고 루이체와 가희가 함께 나와 리오에게 물었다.

"가다니? 어디?"

"응, 왕궁에서 나도 부르나 봐. 내 방에 누워 있는 그 아가씨 간호 좀 해 줄래?"

"히힛, 걱정하지 마, 오빠. 내가 해야 할 일인걸, 뭐."

루이체의 활달한 대답에 리오는 웃으며 그녀의 이마에 살짝 입을 맞췄다.

"그래, 고맙다, 루이체. 련희 양 아니 가희 양께선 기다리고 계십
시오."

가희는 씩 웃으며 고개를 끄덕였다.

"걱정 말아요, 어디 안 갈 테니까요."

리오 역시 웃어 보인 뒤 케톤이 기다리고 있을 여관 밖으로 향했다.

"……음?"

마티는 이상하다는 듯 눈을 깜박였다. 방금 전까지만 해도 열이
나던 자신의 몸이 갑자기 씻은 듯 나았기 때문이다. 마티는 자리에
서 일어나 몸을 움직여 보았다. 그녀의 몸엔 아무 이상이 없었다.

"좋았어. 왜 갑자기 나았는지 모르겠지만 한번 움직여 볼까?"

마티는 자신의 작은 짐에서 무엇인가를 꺼냈다. 붉은색과 흰색
의 작은 자루 두 개와 투명한 액체가 들어 있는 자루였다.

마티는 방 안에 있던 작은 대야에 흰색 가죽 자루에 든 가루를
조금 풀어 넣고 다른 자루에 들어 있는 액체를 대야에 넣어 반죽하
듯 섞기 시작했다.

"이 정도면 됐겠군!"

마티가 스승에게 배운 것은 무술만이 아니었다. 함정 설치나 변
장술 또한 암살자가 되기 위한 필수 항목이었다.

마티가 대야에 반죽해 놓은 물질은 그녀의 피부색을 바꾸는 것이
었다. 반죽은 재빨리 굳어져 미세한 입자로 이루어진 부드러운
가루로 변했다.

마티는 상의를 모두 벗은 뒤 그 가루를 상체에 바르기 시작했다.
곧 마티의 상체 피부는 우윳빛에 가까운 깨끗한 피부가 됐다. 그녀
의 얼굴 역시 루이체처럼 하얗게 변했다. 거울을 본 마티는 만족한

듯 고개를 끄덕였고 곧바로 다음 작업을 시작했다.

짐에서 꺼낸 화장 도구로 가볍게 화장을 한 그녀는 식물에서 채취한 기름을 이용해 자신의 짧은 머리카락을 밀착시킨 뒤 그 위에 분홍색 가발을 썼다.

가발을 손으로 몇 번 만지고 나자 마티의 모습은 전혀 다른 사람처럼 보였다.

"이제 됐군. 옷은 거기 가서 해결하면 될 테고……."

자신의 앞, 뒤, 옆을 모두 살펴본 마티는 뒷정리를 하고 창문을 통해 밖으로 소리 없이 빠져나갔다.

마티는 달리면서 마음속으로 외쳤다.

"스승님, 죄송해요……. 하지만 오늘 단 하루만이에요."

2

환영 기념 만찬

"여왕 폐하, 근위대장님과 또 다른 손님이 오셨습니다."

시녀가 알현을 아뢰자 여왕은 오랫동안 기다린 듯 속히 그들을 들라 했다.

곧 케톤과 리오가 알현실로 들어왔고, 여왕 앞에 선 케톤은 간단히 인사를 한 후 여왕에게 리오를 소개했다.

"여왕 폐하, 공주님을 비롯한 많은 분들을 도와주신 리오라는 분입니다."

케톤의 소개가 끝나자, 리오는 오른손으로 망토 끝을 잡아 자신의 왼쪽 가슴에 올려붙인 후 정중히 예를 올렸다.

"프리 나이트 리오 스나이퍼, 레프리컨트 왕국의 어머니이신 여왕 폐하께 처음으로 인사를 올립니다. 뒤늦게 인사드린 점, 감히 용서를 부탁드리는 바이옵니다."

리오가 정중히 예를 올리는 모습을 처음 본 케톤은 속으로 상당히 놀랐다. 자신의 걱정과는 달리 리오는 전혀 당황하지 않고 오히려 이런 예법에 능수능란한 모습을 보였기 때문이다.

놀란 것은 여왕도 마찬가지였다. 갑옷도 입지 않고 머리도 뒷머리만 대충 위로 묶어 내렸기 때문에 그리 정중한 예는 기대하지 않았던 그녀는 리오의 예상외의 모습이 상당히 멋지게 느껴졌다.

"반갑소, 리오 스나이퍼. 어서 고개를 드시오. 우리 공주를 보호해 준 은인의 얼굴을 보고 싶구려."

리오는 가볍게 미소를 띤 채 살며시 고개를 들었다. 왼쪽 눈을 덮은 붕대 외에 리오의 얼굴은 여왕에게 상당한 점수를 받았다.

"오호, 예상 밖이구려. 짐은 방랑 기사라 하여 상당히 거친 이일 거라 생각했는데 이런 미남일 줄이야. 호호홋."

리오는 고개를 숙이며 겸양의 말을 했다.

"과찬의 말씀이십니다, 여왕 폐하."

여왕은 미소를 띠며 리오에게 질문을 던지기 시작했다.

"음…… 그대는 어떤 왕에게 기사 작위를 받았소? 기사란 보통 사람이 갖는 직업이 아니라 생각하는데, 대답해 주겠소?"

그런 질문은 셀 수 없을 만큼 받아 본 리오였다. 리오는 가볍게 대답했다.

"프리 나이트란 직위는 스승이 제자에게 물려주는 것입니다. 물론 보통 사람이 가질 수 있는 직업은 아니지요."

여왕은 눈짓을 통해 케톤에게 맞느냐고 물었다. 케톤은 가볍게 고개를 끄덕였다. 여왕의 질문은 계속됐다.

"그럼 그 증거물이 있습니까?"

그 질문에 리오는 디바이너를 칼집째 내보이며 말했다.

"바로 저의 검 디바이너입니다."

여왕은 디바이너란 이름을 들어 본 듯한 표정으로 고개를 갸웃거리다가 생각이 났는지 리오에게 확인하듯 물었다.

"디바이너라…… 고대 언어로 '영원한 슬픔'이라고 예전에 들은 적이 있는데, 맞습니까?"

리오는 여왕이 '디바이너'란 단어 뜻을 말하자 속으로 잔뜩 품었던 긴장을 풀며 대답했다.

"예, 저도 그렇다고 스승님께 들었습니다."

여왕은 고개를 끄덕이며 다음 질문에 들어갔다.

"역시 검에서부터 보통 실력자가 아니라는 느낌을 받는군요. 그럼 지금까지 계속 방랑 생활만 했습니까?"

리오는 여왕의 질문이 거의 끝나 가는구나, 생각하며 편안한 마음으로 대답했다.

"예, 그렇습니다. 스승님과 사별 후에 스스로 실력을 키우며 방랑 생활을 했습니다."

"그래요? 그럼 목적 없이 방랑을 한다는 말입니까?"

리오는 웃으며 대답했다.

"그렇진 않습니다. 나름대로 제 일생을 바쳐 이루고 싶은 목적이 있습니다."

여왕은 눈을 반짝이며 물었다.

"그래요? 들어 볼 수 있겠소?"

리오는 고개를 반쯤 들며 입을 열었다.

"제 목적은, 이 세상 사람들의 마음에 있는 고통과 슬픔을 제 힘 닿는 데까지 없애는 것입니다. 물론 불가능한 목적입니다만, 이렇게라도 하는 것이 아예 하지 않는 것보다 낫다고 생각하기 때문에 떠돌며 힘을 쏟고 있습니다."

그 대답을 들은 여왕은 만족한 듯한 눈빛으로 리오를 바라보았다.

"그럼 마지막으로 묻겠소. 짐이 만약 그대에게 특별한 직위를 내린다면 어떻게 하겠소?"

리오는 거리낌 없이 대답했다.

"송구스럽지만 사양하겠습니다. 이 수도 말고도 저의 작은 힘을 필요로 하는 곳이 많기 때문입니다."

리오의 말투가 확고하자 여왕은 고개를 끄덕이며 말했다.

"좋습니다. 하지만 수도에서 며칠 쉬어 가시라는 부탁은 들어주겠지요?"

여왕이 그렇게 말하자 케톤은 다행이라는 표정을 지으며 리오를 바라보았다. 리오 역시 고개를 숙이며 대답했다.

"예. 황송하옵니다, 폐하."

여왕은 자리에서 일어나며 리오와 케톤에게 말했다.

"좋소. 그럼 만찬 때 다시 보도록 합시다. 훌륭한 만찬이 될 것 같군요. 호호홋."

케톤과 리오는 허리를 굽혀 여왕에게 예를 올렸다.

"깊은 은혜 감사드립니다. 여왕 폐하."

알현실을 나온 케톤은 의외라는 표정을 지으며 리오에게 물었다.

"이야, 놀랐어요. 다른 나라에서 왕족을 많이 만나 보셨나요?"

"음, 글쎄……. 근데 저녁때까지는 시간이 많이 남는 것 같은데 어디서 기다려야 하지?"

케톤은 빙긋 웃으며 대답했다.

"저만 따라오세요. 리오 님께 소개해 드릴 분이 더 계시니까요."

"또?"

리오는 한숨을 쉬며 케톤을 따라 천천히 복도 쪽으로 향했다.

"어휴, 제발 좀 보내 줘요, 할아버지."

왕궁으로 들어오자마자 지크는 미리 대기하고 있던 그레이 공작에게 잡혀 반강제로 어디론가 끌려가고 있었다. 지크는 인상을 쓰며 자신의 팔을 붙잡고 가는 그레이 공작에게 투정을 부렸다.

그레이는 지크를 흘끔 쳐다본 후, 다시 앞쪽으로 시선을 돌리며 단호히 말했다.

"안 돼! 난 자네가 얼마나 강한지 내 눈으로 직접 확인해야겠어. 내 부인이 그렇게 강하다고 말한 남자는 나와 하룻 이외에 처음이거든!"

지크는 말이 안 통하는구나, 생각하며 오른손으로 머리를 감싸쥐었다.

'아이고, 이 할아버지가 질투를 하는구나.'

지크가 그레이에게 끌려간 장소는 왕궁 안에 위치한 '기사관'이라는 큰 건물이었다. 이름 그대로, 그곳은 고급 기사들이 서로의 힘을 겨루고 실력을 쌓는 장소였다.

대전을 하던 기사들이 예상보다 빨리 끝내고 내려가자, 그레이는 잘됐다는 듯 바로 몸을 풀며 기사관 중앙으로 향했다. 지크 역시 공작을 따라 중앙으로 향했다.

공작은 자신의 반대편 바닥에 그려진 붉은 점을 가리키며 지크에게 말했다.

"자, 자네는 저쪽에 서게."

"예."

거리를 두고 양쪽에 선 둘은 곧 자세를 취하며 대기했다.

오랜만에 그레이 공작의 검술을 보게 된 젊은 기사들은 기대에 찬 눈빛으로 그들의 주위를 둘러쌌다.

"이야, 공작님의 명검 코랄을 오늘 또 보게 되는구나. 그 검은 보는 것 자체가 영광인데!"

"그럼. 게다가 보통 사람은 볼 수도 없는 초기술 '베니싱'은 어떻고. 그 기술을 받아 낸 사람은 여태까지 하룻 경과 케톤, 단 두 사람뿐이니 그 기술이 나온다면 우린 정말 행운이지."

"에헴."

그렇게 이야기를 하는 기사들의 뒤에서 헛기침 소리가 들려왔다. 기사들은 슬쩍 뒤를 돌아보았다.

"아, 아니? 이게 누구야!"

기사들의 눈이 크게 벌어졌다. 헛기침을 한 미소년 케톤은 빙긋 웃으며 인사를 했다.

"잘 지내셨습니까, 선배님들?"

젊은 기사들은 곧 와 함성을 지르며 케톤 주위에 모여들었다. 그러자 케톤은 멋쩍은 듯 얼굴을 붉히며 그들의 환례에 답례했다.

"이야! 케톤, 돌아왔구나!"

"마침 잘 돌아왔어. 오랜만에 그레이 공작님께서 실력을 보여주시겠다고 하셨거든. 근데……?"

케톤 주위에 몰려 있던 기사들은 케톤의 뒤를 따라 슬그머니 나타난 붉은 장발의 사나이를 보고 누구냐는 눈짓을 했다. 케톤은 웃으며 리오를 기사들에게 소개해 주었다.

"이분은 왕실 손님이세요. 선배님들도 언젠가는 이분의 실력을 보실 수 있을 겁니다. 성함은 리오 스나이퍼, 프리 나이트죠."

"처음 뵙겠습니다."

리오는 간단히 목례를 했다. 주위의 기사들은 리오의 왼쪽 눈에 감긴 붕대를 보고 케톤이 칭찬할 정도의 실력을 가지고 있을까 의

심했지만 고개를 끄덕이며 인사를 했다.

곧 케톤은 박수를 한 번 쳐서 대결 직전인 두 사람에게 멈춤 신호를 보냈다. 케톤이 서 있는 방향을 돌아본 지크와 그레이는 동시에 활짝 웃으며 소리쳤다.

"돌아왔구나, 케톤!"

"이야호! 애꾸눈이 되어서 만나는구나, 장발족!"

케톤은 그레이를 향해 정중히 인사를 올렸다. 리오는 어쩌다 그렇게 됐다는 듯 어깨를 으쓱하며 반가움을 표시했다.

"잘 돌아왔군, 케톤. 마침 몸을 풀려던 참이었으니 잘 보게나. 하하핫!"

리오는 고개를 저으며 지크에게 정신감응을 보냈다.

「살살 해 드려, 지크.」

지크는 헤헤거리며 답했다.

「생각보다 정정한 할아범 같은데, 뭐. 집에서 푹 쉬게 해 드리지. 헤헤헤헷.」

둘이 그렇게 정신감응을 주고받을 무렵, 그레이는 리오의 모습을 보고 잠시 넋을 잃고 말았다.

'저 젊은이의 체형은 상당히 균형을 이루고 있군. 이 무례한 녀석은 주로 대퇴부와 어깨와 가슴, 등판과 팔뚝에 근육이 집중돼 있는데 저 젊은이는 고루 발달돼 있어. 한쪽 눈을 못 쓰는 게 애석하구먼. 그렇지만 만만치 않아 보이는걸? 홋, 오히려 저 젊은이와 대결해 보고 싶은데?'

지크는 그레이가 리오에게 시선을 두자 손으로 자신의 목을 툭툭 두드리며 공작을 불렀다.

"참 나, 싸우자고 했으면 빨리 싸워요. 이상한 할아버지네?"

공작은 순간 이마에 핏발을 세우며 소리쳤다.

"무례한 녀석! 이건 싸움이 아니라 대결이야!"

지크는 코웃음을 치며 말했다.

"흥, 뭐든 간에 빨리 시작하자고요, 할아버지."

그레이는 자신이 왜 이런 건달과 대결을 하자고 했는지 후회하며 자신의 검 코랄을 뽑아 들고 시작하라는 눈짓을 보냈다.

곧 시작을 알리는 북 소리가 울렸다.

지크는 공작에게서 상당한 투기가 발산되자 씩 웃으며 자신도 역시 자세를 잡았다.

'발도술(拔刀術)? 저 녀석 동방의 무술을 익힌 건가? 그럼 첫 번째 공격만 막으면 끝이겠군. 피하면 더 좋고……'

그레이는 사실 젊었을 때 동방에서 모험을 한 적 있었다. 그래서 웬만한 동방 무술의 원리는 거의 다 알고 있었다.

발도술은 도(刀)의 매끄러운 곡선을 최대한 이용한 신속의 기술이었다. 일격필살(一擊必殺)을 노리는 기술이기에 처음 공격만 잘 방어하면 뒷수습이 어려운 사용자를 빈틈에 빠뜨릴 수 있었다.

그레이는 자신의 검을 대각선으로 세워 방어 자세를 취했다. 지크의 움직임을 예상한 동작이었다.

파아앙.

맑은 금속성이 기사관 건물 안에 울려 퍼졌고, 그 순간 구경하던 케톤과 기사들은 깜짝 놀라고 말았다.

눈 깜짝할 시간이나 되었을까? 어느새 그레이 앞으로 순식간에 다가간 지크가 잽싸게 공격을 날렸다.

"아, 아니, 어떻게 저렇게 빨리 움직일 수 있는 거지? 그레이 공작님이나 되시니까 막았지 다른 사람 같았으면……!"

기사들의 감탄에 리오 역시 미소를 지으며 그레이를 바라보았다.

"훗, 노장답군. 완전히 경험에서 나오는 방어였어."

한편 케톤은 입을 다물지 못했다. 리오 이상의 스피드를 낼 수 있는 사람이 또 있다는 사실은 경악 그 자체였다.

"세, 세상에! 저런 사람이 또 있었다니!"

그레이와 칼을 맞대고 있는 지크는 의외라는 듯 미소를 지었다. 힘과 스피드를 격감시킨 발도술이긴 했으나 설마 그레이가 막아낼 줄은 상상도 못 했다.

"이야, 큰소리칠 만한데요, 할아버지?"

"후, 난 녹슬지 않았다니까."

그레이 역시 미소를 지었다. 그러나 속으론 식은땀을 흘리고 있었다.

'대, 대단한 힘이군. 원래 반격을 할 수 있어야 하는데 힘에 밀려 반격을 못했어. 생각 이상인데?'

칼을 뗀 둘은 적당히 거리를 두고 자세를 고쳐 잡았다.

지크는 이번엔 무명도를 집어넣고 방어 자세를 취하며 그레이를 쳐다보았다. 공작은 쓴웃음을 지으며 검을 잡은 자신의 팔을 뒤로 돌렸다. 그 특이한 자세를 본 기사들과 케톤은 하나같이 주먹을 쥐며 말했다.

"나왔다! 그레이 공작님의 초기술, 베니싱!"

리오 역시 감탄했다. 물론 다른 사람들의 감탄과는 좀 달랐다.

'젊었을 때 꽤 날렸겠군. 저 기술 하나만으로도 꽤 성공했을 거야. 하지만 지크에게 과연 통할까?'

지크 역시 리오와 같은 생각을 하고 있는 듯, 자세를 낮추며 공작의 움직임을 주시했다.

"받아 보게나, 젊은이!"

순간 그레이의 눈이 번뜩였다.

"오오!"

기사들의 감탄과 함께 공작의 몸은 일직선의 검광이 되어 지크가 있던 자리를 베었다. 엄청난 박력을 동원한 기술이었지만 지금은 문제가 조금 있었다. 지크의 모습 역시 사라진 것이었다.

기사들의 탄성이 터져 나오기 무섭게 지크의 몸이 그레이의 뒤로 뻗은 그림자에서 튀어나왔다. 백스텝이었다. 자신의 뒤에서 지크의 기척을 느낀 그레이는 순간 눈을 크게 뜨고 말았다.

"뭐, 뭐야? 저 사람 그레이 공작님 그림자에서 튀어나왔어!"

기사들의 탄성은 얼마 못 가 놀라움으로 바뀌고 말았다. 케톤은 머리를 감싸며 리오를 바라보았다.

"어떻게 저럴 수가!"

케톤은 수백 가지의 질문을 한마디로 토해 냈다. 리오는 피식 웃으며 말했다.

"나중에 설명해 줄게. 좀 복잡하거든."

그레이의 그림자 쪽에서 다시 모습을 드러낸 지크는 기사관의 천장까지 솟아오르더니 공중제비를 한 번 돌아 가볍게 바닥에 착지했다. 그는 어느새 다시 빼어 든 무명도를 칼집에 집어넣은 후 공작을 향해 걸어갔다.

"아이구, 미안해요, 할아버지. 비싼 옷 같은데 잘라 놔서……. 그 할망구에게 혼나시겠네요."

지크의 말이 끝나기가 무섭게 그레이의 옷 등판이 정사각형 모양으로 잘려 바닥에 떨어졌다. 공작은 경악에 찬 눈빛으로 지크를 바라보았다.

"자, 자네는 도대체……?"

지크는 바닥에 떨어진 그레이의 옷 조각을 집어 주며 빙긋 웃었다.

"이제 저 건달 아니죠? 자자, 간식이나 사 줘요, 공작님. 이제 저도 공작님이라 불러 드릴게요. 헤헤헷."

지크의 그런 모습을 본 공작은 호탕하게 웃으며 지크의 어깨를 두드렸다.

"하하하핫! 좋아, 자네 맘에 들었네. 그래! 내가 후하게 간식을 사 주지!"

그레이는 등판에 구멍이 크게 나 버린 윗옷을 벗어 던지고 지크와 함께 기사관을 나섰다.

그들의 모습을 멍하니 보고 있던 기사들은 고개를 갸웃거리며 서로에게 묻기 시작했다.

"도, 도대체 어떻게 된 거지? 마법인가?"

"사람이 어떻게 그림자에서 튀어나올 수 있지?"

케톤 역시 멍한 표정을 짓고 있었다. 리오는 피식 웃으며 케톤의 등을 툭 쳤다.

케톤이 그제야 정신을 차리며 돌아보자 리오는 나가자는 신호를 보냈다.

"나가자. 아무래도 인사는 나중에 드려야 할 것 같으니까 말이야."

"아, 예."

케톤은 리오와 함께 기사관을 빠져나오기가 무섭게 지크의 '백스텝'에 대해 물었다.

"아까 그분이 그레이 공작님의 그림자에서 튀어나온 건 어떻게 된 거죠? 마법 같진 않은데요."

리오는 간단히 설명해 주었다.

"음, 지크 녀석의 스피드는 나도 따라잡기 힘들 정도지. 그 스피드를 이용한 공격이 아까 그거야. 인간의 시력이 허용하는 속도 이상으로 상대방의 뒤쪽을 향해 움직인 후 상대의 등에서 공격하지. 우연치 않게 그림자가 있는 부분에서 자주 멈추기 때문에 그림자에서 튀어나와 공격하는 것처럼 보이는 거야. 해 보려고 애쓸 필요는 없어. 아무나 하는 게 아니니까."

"예."

케톤은 정신이 멍했다. 이제까지 왕국에서 세 번째로 강하다고 소문나 있던 자신이 도대체 몇 번째로 밀려난 것인가.

더구나 최근에 만난 강자들은 거의 인간의 한계를 초월하다시피 한 존재들이었다. 그들이 싸우는 상대들 역시 인간이 아닌 존재들이었다.

갑자기 밀려드는 허탈감에 케톤은 온몸에서 힘이 빠지는 것 같았다. 결국 리오의 망토 자락을 잡으며 케톤은 힘없이 말했다.

"잠깐 의무실 좀 다녀올게요, 리오 님."

"음?"

리오는 케톤의 얼굴을 슬쩍 바라보았다. 그의 얼굴이 백지장처럼 하얗게 변해 있자 그는 놀라지 않을 수 없었다.

"아, 그래. 그럼 난 저 정원의 분수대에서 기다리고 있지."

"예, 죄송합니다."

케톤이 비틀거리며 어디론가 사라지자, 리오는 차라리 홀가분해서 잘됐다는 듯 가벼운 걸음으로 분수대 근처에 가서 앉았다. 많은 꽃이 피어 있어 아름다운 정원이라 생각한 리오의 눈에 갑자기 어떤 충격에 의해 부서진 기둥이 보였다. 왕궁 안에까지 전쟁의 상흔이 남아 있구나, 생각한 리오는 천천히 하늘을 올려다보았다.

"마마, 만찬 때 어떤 옷을 입으실 건가요?"

베르니카는 미네리아나의 옷장을 열며 물었다. 미네리아나는 빙긋 웃으며 대답했다.

"글쎄요……. 그냥 입던 옷 그대로 입을 생각이에요. 근데 언니도 참, 그냥 저녁만 하면 되지 웬 무도회까지……."

베르니카는 희미한 웃음을 지으며 창가로 다가가 커튼을 젖혔다. 창문을 통해 정원이 내려다보였다.

"아, 베르니카는 나가지 않을 건가요?"

그러나 베르니카는 대답하지 않았다. 베르니카의 시선은 정원 중앙에 있는 분수대에 가 있었다.

'그 붉은 머리카락의 기사잖아?'

"베르니카, 왜 그래요?"

"예? 아, 죄송합니다. 뭐라고 하셨죠?"

문득 정신을 차린 베르니카는 그제야 미네리아나를 돌아보았다. 미네리아나는 여전히 미소를 띤 채 다시 물어보았다.

"무도회에 나가실 거냐고 물었습니다, 베르니카. 노엘과 베르니카 모두 함께 나오면 좋을 것 같아서요."

베르니카는 고개를 저었다.

"아시다시피 전 무도회와 어울리지 않습니다, 마마. 마마께서 춤추시는 모습을 보는 것으로 만족하겠습니다."

그렇게 말한 뒤 베르니카는 천천히 방문 쪽으로 걸어갔다.

"어머, 나가려고요?"

"아, 예. 조금 후에 돌아오겠습니다."

그녀가 문을 닫고 나가자 미네리아나는 고개를 갸웃거리며 베르니카가 서 있던 창밖을 바라보았다.

"어머?"

미네리아나는 볼 수 있었다. 분수대 근처에 앉아 하늘을 바라보고 있는 붉은 장발의 남자를.

"누구실까? 왕궁에서 뵌 일이 없는 분인데…… 손님이신가?"

미네리아나의 눈엔 곧 그 사나이의 앞에 선 베르니카의 모습이 들어왔다. 미네리아나는 얼굴을 붉히며 커튼을 닫았다.

"베르니카의 남자 친구, 아니면 애인? 호호홋."

보는 건 실례라 생각한 미네리아나는 다시 만찬에 입고 갈 옷을 고르기 시작했다.

"……음?"

파란 하늘을 감상하고 있던 리오는 문득 누군가 자신을 바라보고 있다는 느낌에 주위를 둘러보았다. 건물 쪽에서 왼쪽 눈에 안대를 한 키 큰 여성이 자신을 향해 다가오고 있었다.

'무슨 일이지……? 옷차림을 보니 경비병은 아닌 듯한데?'

리오와 시선이 마주친 베르니카는 멋쩍은 듯 머리를 긁적이며 멈춰 섰다.

"실례하겠습니다. 리오 스나이퍼 씨죠?"

"아, 예. 그런데 어떻게 저를 아시죠?"

베르니카는 리오에게 가까이 다가갔다.

"아, 예. 아까 여왕 폐하께 인사 올리실 때 뵈었습니다. 공주님을 지켜 주셔서 정말 감사드립니다…… 그런데 혹시 지크 스나이퍼라는 사람을 아십니까?"

"아, 예. 제 형제지요. 그런데 어떻게 그 녀석을 아시죠?"

그녀는 그제야 그 녀석과 성이 똑같았던 이유를 알겠군, 하고 생각하며 고개를 끄덕였다.

"수도까지 같이 동행했답니다."

"그렇군요……. 그런데 참 재미있군요. 둘 다 왼쪽 눈이 애꾸니 모르는 사람들한테는 우리 모습이 우습게 보이겠는걸요"

베르니카와 리오는 서로 마주 보며 한참을 웃었다.

베르니카는 리오가 생각보다 부드러운 남자라는 생각을 하며 웃음을 멈춘 후 다시 물었다.

"저, 실례되는 질문일지 모르지만 당신이 노엘의 애인이라는 소문이 있던데……?"

"예? 하하하핫!"

리오는 아까보다 더 크게 웃었다.

베르니카는 자신이 실수했나 생각하며 리오를 빤히 쳐다보았다. 리오와 얘기해 보고 마음속으로 노엘이 이번에는 괜찮은 사람을 만난 것 같아 내심 안심하고 있던 그녀였다.

하지만 지금 리오는 그녀의 말에 박장대소를 하고 있었다. 만약 소문이 사실이 아니라면 실례를 범하고 만 것이다.

"후훗, 죄송합니다. 나중에 노엘 선생님께 여쭤 봐야 할 것 같군요. 노엘 선생님과 아는 사이신가 보죠?"

"예, 절친한 친구죠"

"네…… 아, 저기 저를 데리고 온 사람이 오는군요. 어이!"

머리를 만지며 정원 쪽으로 걸어오던 케톤은 리오가 베르니카를 앞에 두고 자신에게 손을 흔드는 모습을 보았다. 케톤은 한숨을 쉬며 속으로 한탄했다.

'베르니카 선배님마저……'

리오의 옆에 선 케톤은 베르니카에게 인사했다. 케톤을 본 베르니카의 표정은 여느 때와 같은 무뚝뚝한 얼굴로 바뀌었다.

"정말 오랜만에 뵙습니다, 베르니카 선배님."

"아, 그래, 케톤. 이번에 공주님을 수행하느라 수고했다."

리오는 베르니카의 태도가 갑자기 딱딱하게 돌변하는 것을 보고 속으로 피식 웃었다.

케톤은 두 사람을 번갈아 바라보며 물었다.

"저, 서로 아는 사이신가요?"

리오는 고개를 저었다.

"아니, 여기서 처음 만났어. 사실은 아직 이분 성함도 몰라."

"아, 이분은 베르니카 페이셔트라고 합니다. 전(前) 근위대장이시죠."

"아, 그러셨군요."

"죄송합니다. 제 소개도 하지 않고 그만 결례를 했군요."

그제야 자기 소개를 하지 않았다는 것을 깨달은 베르니카는 머리를 긁적이며 웃어 보였다.

"자, 이제 어디로 가볼까, 케톤. 이제 인사드릴 분은 더 없겠지?"

케톤은 고개를 끄덕이며 대답했다.

"예, 그럼 이제 공주님을 뵈러……."

"아, 잠깐, 케톤. 미네리아나 마마를 벌써 잊은 건 아니겠지?"

베르니카가 둘의 앞을 가로막으며 말하자 케톤은 깜짝 놀라며 물었다.

"예? 미네리아나 마마께서도 돌아오셨습니까?"

"나와 함께 오셨지. 돌아오신 지 얼마 안 됐어."

케톤은 고개를 끄덕이며 리오에게 말했다.

"그럼 미네리아나 마마께 먼저 인사를 드려야겠군요. 같이 가시죠, 리오 님."

"음, 그래."

베르니카는 둘을 미네리아나의 방까지 안내해 주었다.

미네리아나는 무도회에 입고 나갈 옷을 미리 다 차려입은 상태
였다.

"어머, 케톤? 정말 오랜만이군요! 아, 이젠 근위대장님이라고 불
러야 하나요? 호호홋."

케톤은 활짝 웃으며 그녀에게 인사를 했다.

"하핫, 별말씀을요, 미네리아나 마마. 그동안 별고 없으셨는지요?"

"예, 덕분에요."

미네리아나는 고개를 끄덕인 후 사람들에게 소파에 앉기를 권했
다. 그리고 자리 하나가 모자라자 손수 의자를 가져다 앉았다.

케톤은 여전히 변함없는 미네리아나의 소박한 성품을 보고 속으
로 감사해했다.

미네리아나는 부드럽게 미소 지으며 물었다.

"그건 그렇고 같이 오신 남자분은……?"

"아, 린스 공주님을 수도까지 수행해 주신 기사님이십니다. 그동
안 왕궁에서 오해가 있었나 본데 사실은 그 정반대였답니다."

케톤의 말이 끝나자 리오는 미네리아나에게 정중히 인사하며 자
기 소개를 했다.

"리오 스나이퍼라고 합니다, 마마. 뵙게 돼서 영광입니다."

"호홋, 영광이라뇨. 린스를 여기까지 무사히 데려다 주신 은인을
뵈었는데 제가 오히려 영광이지요."

리오는 그녀를 보며 무척 겸손한 여성이구나, 하고 생각했다.

"그렇지 않아도 린스에게 얘기를 듣고 어떤 분인지 무척 궁금했

답니다……. 아 참, 그런데 노엘과는 어떤 사이죠?"

미네리아나의 갑작스러운 질문에 리오보다 더 놀란 것은 케톤이었다.

"예? 그게 무슨……?"

미네리아나는 아차 하며 리오에게 즉시 사과했다.

"어머, 죄송합니다, 리오 님. 제가 실례를 했군요. 소문이 너무 궁금한 나머지…… 정말 죄송합니다."

"아, 아닙니다, 마마."

리오는 아무래도 자신과 노엘 사이에 이상한 소문이 퍼졌구나, 생각하며 나중에 노엘이나 린스에게 꼭 물어봐야겠다고 생각했다.

그 후 이어진 그들의 대화는 만찬 직전까지 계속되었다.

루이체는 물수건을 짜 들고 마티가 누워 있는 방으로 들어갔다.

"저 들어가요, 마티 씨. 어라? 어디 갔지?"

마티의 모습은 어디에도 없었다. 어디 갔을까 곰곰이 생각하던 루이체는 서운해서 떠나 버렸나 하는 생각에 안절부절못했다.

"으앙! 내가 사용한 치유의 주문이 효과를 발휘할 시간이 됐다는 걸 깜박 잊었어! 하지만 짐이 그대로 있는데? 어딜 잠깐 나갔다 오려는 건가? 으음…… 가만, 그러고 보니?"

방문을 닫고 나가려던 루이체의 눈에 띄는 것이 있었다. 바로 욕실 근처에 떨어져 있는 하얀 가루였다. 그것을 자세히 들여다본 그녀는 웃음을 짓지 않을 수 없었다.

루이체는 회심의 미소를 지으며 자신의 방으로 달려갔다. 그녀는 들어가자마자 쉬고 있는 가희에게 말했다.

"가희 씨! 우리 성에 가지 않겠어요?"

가희는 깜짝 놀라며 물었다.

"성에요?"

"그래요. 다들 우리만 빼놓고 만찬에 가 버렸다고요! 어떻게 노는지 구경도 할 겸, 우리도 들어가 보자고요!"

가희는 고개를 갸웃거리며 시큰둥하게 말했다.

"글쎄요……. 들어가는 것은 어렵지 않겠지만 가서 입을 옷이 마땅치 않잖아요?"

그 말을 들은 루이체는 씩 웃으며 가희 앞에 손바닥을 펼쳐 보였다.

"이래 봬도 저는 할 줄 아는 주문이 꽤 있다고요. 잡다하긴 하지만 옷을 바꾸는 것도 할 수 있지요! 하압!"

기합과 함께 루이체의 양 손바닥에 빛이 번쩍였고 가희가 입고 있던 수수한 동방 옷은 단이 넓게 퍼진 서양 드레스로 바뀌었다. 자신의 옷이 순식간에 변한 것을 본 가희는 손뼉을 치며 신기해했다.

"어머! 그럼 결정된 거네요! 어서 가요!"

루이체는 가희의 옷을 다시 평상복으로 바꿔 주며 윙크해 보였다.

"좋아요. 가자고요!"

"하아아암. 시간 다 됐어, 노엘?"

오랜만에 성에서 낮잠을 실컷 잔 린스는 버릇처럼 있을지 없을지도 모르는 노엘에게 물었다. 마침 린스의 침대 옆에서 책을 읽고 있던 노엘은 책을 덮으며 대답했다.

"예, 공주님. 지금부터 준비하시면 될 것 같은데요?"

"응."

린스는 눈을 비비며 욕실로 향했다.

샤워를 마치고 나온 린스는 머리를 말리며 물었다.

"노엘도 무도회에 같이 갈 거지? 지금까지 한 번도 무도회에서 노엘을 본 적이 없는 것 같아. 그렇지?"

"무, 무도회요? 전……."

노엘은 순간 말을 더듬거리며 무도회에 빠질 핑계를 찾았다. 린스는 왜 그러나 하는 표정으로 노엘을 쳐다보았다.

"노엘, 설마 춤을 못 추는 건 아니겠지?"

"아, 아니요, 공주님. 그냥 머리가 아파서……."

둘러대긴 했지만 사실 노엘은 춤과 거리가 먼 여자였다. 이상하게도 어릴 때부터 그녀는 춤과 노래, 운동에는 취미가 없었다. 대신 요리와 과학, 마법만은 누구보다도 자신 있었다.

사정을 모르는 린스는 팔짱을 끼며 큰 소리로 말했다.

"거짓말! 하나도 안 아픈 거 다 알아……. 이번만은 안 돼! 무도회에 꼭 데려갈 거야!"

3

파트너

이윽고 만찬 시간이 됐다. 장내엔 수많은 사람들이 모여들었고 거기에 린스와 리오도 끼여 있었다.

일명 '높으신 분들'의 축사가 진행될 무렵, 리오는 비스듬히 서서 사람들을 구경하고 있는 지크에게 다가가 말을 걸었다.

"아니, 그 할아버지는 어디 가시고 너 혼자야?"

지크는 머리를 긁적이며 대답했다.

"응, 간식이라며 술을 사 주시더라고. 난 한 잔밖에 마시지 않았는데 그 할아버지 혼자서 스트레이트로 술 한 병을 다 비우지 뭐야. 잔뜩 취하셔서 겨우 저택까지 데려다 드렸지. 어휴…… 그 요술 할멈이 어찌나 날 혼내던지. 간신히 도망쳐 왔다고."

리오는 피식 웃으며 주위를 둘러보았다. 하지만 사람들이 모두 서 있었기에 그가 찾는 사람들은 거의 보이지 않았다.

"그런데 수도까지 오는 도중에 루이체가 말썽 안 부렸어?"

그 질문에 지크는 당장에 인상을 찡그리며 대답했다.

"말 마라. 애가 좀 컸다고 오빠 머리 위에 막 기어오르더라고. 하지만 어쩌겠냐, 힘없는 내가 참아야…… 으윽?"

지크는 순간 짧은 신음을 내뱉었다. 돌아보니 두 사람 뒤에 어느새 루이체와 련희가 서 있었다.

"도, 동생님!"

"아하, 참으셨다 이거지? 좋아, 있다가 여관에 가서 좀 보자고, 오라버니!"

지크는 루이체에게 꼬집힌 옆구리를 매만지며 투덜댔다.

"쳇, 여기까지 따라오다니! 아니, 그런데 그 녀석은 어떻게 하고 왔어? 설마 혼자 내버려 두고 온 건 아니겠지?"

"걱정 마. 지금쯤 펄펄 날아다니고 있을 테니까."

"그래? 그래도 너 돌팔이는 아닌가 보구나. 히히힛."

"뭐?"

지크는 또 슬슬 루이체를 약 올리기 시작했다.

리오는 피식 웃으며 루이체 옆에 서 있는 련희를 바라보았다. 서양 드레스를 입은 련희는 곤란한 표정을 지은 채 책자를 훑어보고 있었다. 책자의 제목은 『아탄티스의 무도회 예절』이었다.

"불안해하지 마세요, 련희 양. 아는 사람도 많을 테니 걱정 말아요."

리오의 말에 련희는 그를 쳐다보며 살짝 웃었다. 하지만 불안한 기색은 가라앉지 않은 듯했다.

지루한 축사가 끝난 후, 사람들은 각자의 자리에 앉아 궁중 악단의 잔잔한 음악을 들으며 식사를 했다.

의자에 앉은 지크는 자기 앞에 차려진 푸짐한 음식들을 바라보며 눈을 반짝였다.

"헤헤헷, 오늘을 위해서 사흘을 굶었다!"

'거짓말!'

루이체는 속으로 지크의 흉을 보며 가만히 칵테일을 마셨다. 리오는 음식엔 관심 없는 듯 의자에 앉아 주위를 둘러보았다.

그때 누군가 그들의 뒤를 지나치며 중얼거렸다.

"후훗, 궁중 만찬은 상당히 오랜만이군. 근데 건달들 때문에 조금 맛이 떨어지는데?"

"뭐라?"

지크는 하던 식사를 멈추고 뒤쪽을 쏘아보았다. 리오와 루이체 역시 인상을 쓰며 뒤돌아보았다. 다름 아닌 라세츠였다.

"오호, 라세츤가 뭔가 하는 제비 아냐? 여왕님은 참 맘도 좋으셔라. 저런 제비 새끼까지 부르시다니."

지크의 투덜거림을 못 들었는지 라세츠는 사방을 죽 훑어보더니 련희 옆으로 걸어갔다.

그는 앉겠다는 허락도 없이 다짜고짜 련희 옆자리에 앉더니 그녀의 목에 팔을 둘렀다. 갑자기 기습을 받은 련희는 흠칫 놀라며 몸을 피하려 했으나 라세츠는 더욱 다가앉으며 그녀를 옴짝달싹 못 하도록 만들었다.

"오호, 모래밭의 진주인가? 동방 아가씨 같은데 내 자리로 오지 않겠소? 서방 사정을 비롯해 많은 걸 가르쳐 줄 용의가 있는데 말이야. 후후훗."

라세츠의 손은 슬그머니 련희의 몸을 탐색하기 시작했다. 련희는 괴로운 표정을 지어 보였으나 소리를 지르지 않았다. 서양에서는 이런 행동이 자연스러운 일인지도 모른다고 생각했다.

"밤의 문화를 가르쳐 줄 생각이면 포기하시지. 다치기 전에!"

몇 자리 건너에 앉아 있던 리오가 턱을 괸 채 경고하듯 말했으나 라세츠는 코웃음을 치며 련희에게만 신경을 집중했다.

파악.

"윽?"

순간 다리에 일격을 받은 라세츠는 눈을 부릅뜨며 자신의 다리를 찬 사람을 쳐다보았다.

"어라? 째려보면 어쩔 건가, 라세츠 후작?"

"홋, 죄송합니다, 공주님. 사죄드리죠."

린스는 인상을 쓴 채 라세츠에게 가라는 시선을 보냈다. 라세츠는 쓴웃음을 지으며 리오 일행이 있던 자리를 슬그머니 떠났다.

린스는 투덜대며 리오 옆에 가서 앉았다.

"쳇, 저 재수 없는 녀석은 변한 게 없네? 언제나 예쁜 여자만 보면 사족을 못 쓴다니까. 괜찮아, 련희?"

"예……."

련희는 그제야 자신이 당했다는 생각에 울음이 나오려는 걸 참고 있었다. 리오는 그것을 알았으나 지금 이 자리에선 어쩔 수가 없었다.

속으로 미안하다는 생각을 하며 리오는 린스에게 인사했다.

"도와주셔서 감사합니다, 공주님. 그건 그렇고 성에 돌아오시니 기분이 어떠시죠?"

린스는 리오의 반응이 별로 변한 게 없자 속으로 실망했다. 사실 조금 다른 반응을 원했기 때문에 노엘과 먼저 떠나올 것이었다.

"쳇, 재미없는 녀석. 기분이야 좋지, 뭐. 근데 저기 저렇게 예의 없이 음식을 먹는 녀석은…… 이익?"

린스는 지크를 보고서 흠칫 놀랐다. 바로 그 3층 창문에서 뛰어내린 불한당이 아닌가.

큼지막한 새 구이를 혼자 다 먹어 치우던 지크는 린스를 보고 씩 웃으며 말했다.

"헤헷, 동생 아니신가? 근데 이 나라 공주님이시라니 나도 놀랐어요. 와하하핫!"

"저 녀석 누군지 알아?"

린스는 리오를 돌아보며 물었다. 리오는 어색한 미소를 지으며 지크를 소개했다.

"제 형제인 지크라고 합니다. 원래 저런 녀석이니 이해해 주시길."

"형제?"

린스는 도저히 믿을 수 없다는 표정을 지었다. 둘의 분위기나 스타일이 너무도 틀린 탓이었다.

"오셨군요, 스나이퍼 씨. 공주님이 얼마나 찾았는지 아세요?"

평상시와 다르게 무도복을 차려입어 분위기가 확 바뀐 노엘이 련희 옆에 앉으며 말했다. 리오는 웃으며 대답했다.

"후훗, 케톤에게 끌려다니느라 좀 늦었습니다. 죄송합니다."

"호훗, 나름대로 바쁘셨군요. 그런데 련희 양에게 무슨 일이 있었나요?"

노엘은 련희의 표정이 좋지 않자 주위 사람들에게 나직이 물어보았다. 린스가 대답했다.

"라세츠가 다녀갔어. 그래서 저래."

라세츠란 이름을 들은 노엘의 표정이 순간 굳어 버렸다. 그 모습을 보고 리오는 노엘의 꿈속에서 들은 이름을 떠올렸다.

'아, 라세츠…… 그랬군. 그 녀석이 노엘 선생님을…….'

리오는 팔짱을 낀 채 눈을 감았다. 고위 관직으로 보이는 라세츠를 함부로 건드렸다간 일행들이 곤란에 빠질 것이기 때문에 지금은 그냥 있을 수밖에 없었다.

"노엘, 괜찮아?"

"아, 예. 괜찮습니다, 공주님."

노엘은 거의 억지로 웃으며 말했다.

리오는 아무 말 없이 자기 앞에 놓인 녹색 칵테일을 마시며 속을 가라앉혔다.

"분위기가 왜 이래요? 자자, 오늘은 린스 공주님이 성에 돌아오신 날이에요. 모두 맘껏 드시고 즐기세요. 그래야 여왕 폐하께서도 좋아하실 것 아니겠어요?"

노엘이 부러 활짝 웃으며 모두에게 말하자, 지크가 음식을 먹는 것을 선두로 모두 다시 분위기를 풀고 대화를 나누기 시작했다.

련희와 리오는 노엘이 상당히 애쓰는구나, 생각하며 자신들의 기분도 풀려고 노력했다.

"음…… 련희 양, 동방에선 궁중무도회가 없죠?"

리오의 물음에 련희는 고개를 끄덕였다.

"예, 무희들이나 무녀들이 의식을 위해 춤을 추는 것 외엔 서방의 궁중무도회와 같은 개념의 무도회는 없습니다. 하지만 모두 함께 어울려 벌이는 서민 축제는 있지요. 이곳의 궁중무도회처럼 사람을 가리지 않고 자유로운 분위기에서 격식 없이 이루어지죠."

그 말을 들은 리오는 턱을 괴며 고개를 저었다.

"음, 그렇다면 무리겠군요."

련희는 눈을 깜빡이며 물었다.

"예? 무엇을 말씀입니까?"

"나중에 련희 양과 한번 춤을 추고 싶었는데 말이에요. 후훗."

그 말을 들은 린스는 눈을 부릅뜨며 리오를 노려보았다.

"그럼 공주님은 어떠신지요?"

리오는 린스의 시선을 느끼고 재빨리 말했다. 그러자 린스는 갑자기 할 말을 잃고 고개를 픽 돌리고 말았다.

'쳇, 그렇게 말하면 화가 가라앉잖아!'

"린스, 여기 있었구나."

"아, 이모."

그때 자신을 찾아온 미네리아나를 돌아보며 린스는 다시 활짝 웃었다.

일행과 간단히 인사를 나눈 미네리아나와 베르니카는 옆의 빈 테이블에 앉았다.

"자, 조금 있으면 무도회가 시작될 텐데, 저하고 춤추실 분 안 계신가요?"

미네리아나가 말했다.

리오는 손을 들 수 없었다. 아니, 들었다가는 무슨 봉변을 당할지 충분히 예상한 탓이었다.

열심히 음식을 먹고 있던 지크는 옆에서 누가 쿡 찌르자 얼굴을 구기며 그쪽을 돌아보았다. 그는 미소를 짓고 있는 미네리아나와 눈을 마주치고 말았다.

"엉? 설마 저하고요?"

미네리아나는 살며시 고개를 끄덕였다. 지크는 얼른 포크와 나이프를 식탁에 놓으며 씩 웃어 보였다.

"혜헷, 탁월한 선택이십니다, 미네리아나 왕녀님. 이 지크가 잘 모시지요."

그러자 루이체는 깜짝 놀라며 지크에게 정신감응으로 물었다.

「이곳에서 추는 춤 알아?」

355

「그냥 손잡고 돌기만 하면 되는 거 아냐? 걱정 마. 난 빨리 배우 니까.」

루이체는 곧 머리를 감싸며 한숨을 내쉬었다.

지크는 과일 주스로 입가심을 하며 준비를 했다.

"그럼 난 당연히 꺽다리랑 춰야겠지. 호호호홋."

린스는 놓치지 않겠다는 듯 리오의 팔짱을 단단히 꼈다. 리오는 그저 웃을 수밖에 없었다.

사람들의 식사가 거의 끝날 무렵, 악단이 연주하던 음악이 바뀌 자 사람들은 천천히 짝을 지어 무대로 나가기 시작했다.

'올 것이 왔구나.'

리오는 눈을 감으며 한숨을 쉬었다. 린스는 리오의 팔을 붙잡고 일어서며 즐거운 표정으로 말했다.

"자자, 어서 일어나, 리오. 실력을 보여 주라고!"

리오는 천천히 일어서며 린스에게 물었다.

"실력이라뇨?"

린스는 짓궂은 표정을 짓고 리오의 가슴을 손가락으로 밀며 말 했다.

"그 세이아인가 하는 여자랑 예전에 춤춘 적 있다며? 프로빌리 아 사람들이 다 그러더라고. 춤 솜씨가 상당하다고 말이야. 그러니 사람들 앞에서 실력 좀 보여줘, 알았지?"

"후홋, 예."

리오는 린스와 함께 사람들이 춤을 추고 있는 무도회장으로 나갔 다. 린스가 나오자 멀리 있던 여왕의 시선도 무도회장으로 향했다.

"아, 린스가 나왔군요. 저 리오란 남자, 춤도 출 줄 아는가 보오?"

옆에서 보좌를 하고 있던 케톤은 고개를 숙이며 대답했다.

"예, 그렇다고 들었습니다."

하지만 다른 사람들의 시선은 그리 좋지 않았다. 리오의 차림이 무도회장과는 어울리지 않은 데다 왼쪽 눈에 붕대까지 감고 있었기 때문이다. 한마디로 어디서 부랑자가 불쑥 나타나 일국의 공주와 춤을 추고 있는 것과 마찬가지였다.

그러나 린스의 표정은 더없이 행복해 보였다. 린스는 얼굴을 살짝 붉힌 채 자신보다 훨씬 키가 큰 리오를 올려다보며 나지막이 말했다.

"난, 노엘이나 다른 여자들이 껀다리를 좋아한다 해도 이해할 수 있어."

리오는 말없이 린스를 바라보았다. 린스는 계속 말했다.

"껀다리가 멋진 건 어쩔 수 없는 사실이잖아? 아마 촌 동네 여자들도 너와 일주일만 같이 다니다 보면 모두 나랑 같은 반응을 보일 거야……. 제일 이해 안 되는 사람이 바로 너야."

곡에 맞춰 한 바퀴 돌고 나서 리오는 린스에게 이유를 물었다.

"몇 번이나 말했잖아! 네가 여자들의 맘을 거부하는 이유를 난 모르겠다고 말야. 보통 사람 같으면 흑심이라도 품었을 텐데 그런 마음도 없는 것 같고……. 도저히 이해가 안 가!"

린스의 말을 들은 리오는 빙긋 웃으며 대답했다.

"후훗, 저 같은 사람도 하나쯤 있는 것이 좋지 않을까요."

"……바보."

린스는 곧 입을 다물고 리오에게 더욱 가까이 붙었다. 워낙 키차이가 나서 리오의 두꺼운 망토 앞자락에 얼굴이 거의 파묻히다시피 해도 린스는 이상하게 기분이 좋았다.

리오와 린스가 능숙히 춤을 추고 있을 무렵, 지크와 미네리아나는 꽤 고생을 하고 있었다. 지크의 춤 솜씨가 자신감에 비해 형편

없는 탓이었다.

"앗!"

미네리아나는 살짝 비명을 질렀다. 지크에게 발을 밟힌 것이 벌써 몇 번째인가. 지크는 그럴 때마다 사색이 되어 근처에 있는 리오에게 정신감응을 보내 설명을 요구했지만 리오는 그저 웃을 뿐이었다.

"죄, 죄송합니다, 왕녀님!"

그러나 미네리아나는 이내 웃으며 말했다.

"호홋, 아니에요, 지크 님. 처음 추시는 분치고는 잘하시는 거예요. 오히려 제가 스텝을 맞추지 못한 것뿐이죠. 걱정 마세요."

미네리아나가 그럴 때마다 지크는 솔직히 눈물이라도 쏟고 싶었다. 성격상 실수를 하면 욕이라도 먹어야 속이 후련해지는 그였다. 그러나 미네리아나는 거의 모든 것을 용서해 주었다.

"너무해요, 왕녀님. 차라리……."

"예?"

미네리아나가 무슨 소리인가 하고 지크에게 되묻는 찰나 파트너 체인지를 알리는 종이 울렸다.

린스는 아쉽다는 듯 리오를 계속 바라보며 다른 사람과 손을 잡았다.

그런데 유감스럽게도 리오에게는 더 이상 춤을 청하는 사람이 없었다. 그의 옷차림과 붕대 때문에 경계심을 가진 탓이었다. 리오는 씁쓸히 웃으며 자리로 돌아가려 했다.

"어머, 파트너가 없으신 모양이군요, 리오 님?"

리오는 자신을 부른 여자를 바라보았다. 지크와 춤을 추던 미네리아나였다. 리오는 허리를 굽혀 인사를 올린 후 미네리아나와 손을 잡고 춤을 추기 시작했다. 미네리아나가 린스보다 키가 큰 편이라 다행이라고 리오는 생각했다.

"음? 리오 님은 춤을 상당히 잘 추시는군요? 할 줄 아는 게 많으신가 봅니다?"

"후훗, 과찬의 말씀입니다. 마마의 미모만큼이나 아름다운 말솜씨에 저는 중심을 잃을 것만 같군요."

미네리아나는 빙긋 웃을 뿐이었다. 하지만 그 말을 들은 다른 커플의 얼굴은 독침을 맞은 사람들처럼 일그러졌다.

리오처럼 배척을 받고 자리로 돌아올 줄 알았던 지크는 의외로 다른 파트너와 춤을 추고 있었다. 사실 지크도 지금 손을 잡고 있는 여자와 춤을 추게 될 줄은 생각도 못했다.

지금 지크와 같이 춤을 추는 여자는 분홍색 머리카락에 흰색 드레스를 입은 귀여운 얼굴의 처녀였다.

지크는 그녀의 얼굴이 어디서 많이 본 듯하다 생각했지만 워낙 말이 없는 여자였기에 아무 말 없이 춤만 췄다.

"한 번만이라도 이렇게 있어 보고 싶었어."

그녀가 갑자기 먼저 말을 꺼내자 지크는 깜짝 놀라며 다시 한 번 그녀를 바라보았다.

지크는 순간 윽, 소리를 내며 그녀가 겨우 들을 수 있는 소리로 속삭였다.

"세, 세상에! 마티, 너!"

마티는 고개를 숙인 채 속삭였다.

"미안해. 그동안 숨겨서. 이상하게 밝힐 수가 없었어……. 제발 지금 이 시간만은 날 여자로 생각해 줘. 부탁이야."

마티가 울려는 듯 눈시울을 붉히자 지크는 마티의 허리를 감은 손으로 그녀의 등을 살짝 치며 말했다.

"울지 마! 변장 지워져!"

"······."

어느덧 종이 다시 울렸고 지크의 손을 놓은 마티는 도망치듯 어디론가 뛰어가 버렸다. 그 뒷모습을 바라보던 지크는 한숨을 쉬며 조용히 자리로 돌아왔다.

루이체가 궁금한 얼굴로 물었다.

"아까 그 여자 뭐야, 오빠? 도망치는 걸 보니 엄청 빠르던데······."

물을 한 모금 마신 지크는 루이체의 손을 잡아 일으키며 말했다.

"음, 신데렐라였거든. 나가자! 오빠가 한 수 가르쳐 주지!"

지크가 그렇게 말하자 루이체 역시 씩 웃으며 함께 무도회장으로 나갔다.

그 무렵 리오는 련희, 베르니카와 함께 가만히 앉아 있는 노엘에게 다가가 손을 내밀었다.

"자, 나가시죠, 노엘 선생님. 선생님이라면 린스 공주님도 저를 용서해 주실 겁니다."

그러나 노엘은 고개를 저었다.

"아닙니다, 스나이퍼 씨. 린스 공주님과 한 번 더 추시는 게······어머?"

리오는 노엘의 손을 잡고 억지로 일으키다시피 하며 말했다.

"계속 그렇게 움츠리고 계시기만 하면 어쩝니까? 그자에게 아무렇지도 않은 모습을 보여 주기 위해서라도 나오시죠. 춤을 못 춰도 상관없습니다. 저만 믿으십시오."

"······예, 알았습니다."

노엘은 하는 수 없이 끌려 나오며 속으로 중얼거렸다.

'하여튼 이 남자, 여자 구슬리는 말솜씨 하나는 대단하다니까.'

노엘은 어정쩡한 포즈로 리오의 손을 잡았다. 리오는 노엘과 손을 잡고 몸을 움직인 순간 생각했다.

'예전에 세이아 양보다 더하군. 정말 농담이 아닌데?'

리오는 노엘이 어색하지 않게 하기 위해 자신의 스텝을 좀 크게 했다. 그렇게 해서 노엘이 리오의 발을 차는 일은 없었다. 리오의 팔 움직임과 적절한 스핀 동작에 노엘은 꼭두각시 인형처럼 잘 따라 주었다.

덕분에 노엘의 춤 솜씨를 아는 여왕과 베르니카는 감탄을 금치 못했다.

"어머, 춤이라는 거 생각보다 쉬운데요? 호홋."

노엘의 말에 리오는 그저 빙긋 웃을 따름이었다.

"그런데 어쩌다 제가 노엘 선생님의 애인이 된 것이죠? 좀 궁금한데요?"

"예? 제, 제가 어떻게 스나이퍼 씨와 애인 사이일 수가……."

깜짝 놀라는 노엘의 얼굴을 본 리오는 순간 괜한 말을 했다는 기분이 들었다. 노엘의 어투는 놀람 그 자체였으나 그녀의 얼굴은 기쁨 그 자체인 탓이었다.

"후홋, 노엘 선생님도 모르고 계셨나 보군요."

"죄송합니다, 스나이퍼 씨. 그런 소문이 나다니……."

리오는 한숨을 쉬며 노엘과 거리를 좁혔다. 곧 둘은 거의 밀착 상태가 됐다.

노엘이 깜짝 놀라며 뒤로 물러서려 하자 리오는 그녀의 허리를 두른 팔에 힘을 주며 말했다.

"오늘 하루만 애인이 되어 드릴까요?"

"네?"

리오는 놀라는 노엘의 목에 얼굴을 가까이하며 속삭였다.

"라세츠라는 자 때문에 너무 마음고생 하지 마십시오. 보는 사람들이 안타까울 정도입니다. 이제 잊어버리세요. 그리고 보란듯이 춤을 추는 겁니다."

노엘은 곧 리오의 의도를 알아채고 그대로 가만히 있었다.

"제가 할 수 있는 일이 없다는 것은 잘 압니다. 하지만 이렇게라도 노엘 선생님의 마음을 풀어 주고 싶군요. 제가 수도에 있는 이상 신변 걱정은 하지 마십시오. 그때도 말씀드렸지 않습니까. 꼭 지켜 드린다고."

'이, 이 남자 진심인가?'

노엘은 순간 정신이 아찔했다. 리오에게서 느껴지는 체온이 그렇게 따뜻할 수가 없었다.

한편 평상복 차림인 베르니카는 혼자 칵테일을 마시며 리오와 노엘의 춤추는 모습을 바라보았다. 어느 무도회를 가나 이렇게 분위기 적응을 못하는 사람들은 있게 마련이었다.

여왕의 보좌 역에서 겨우 해방된 케톤은 선배의 그 모습에 씁쓸한 미소를 지우지 못했다.

'아, 혹시나 했건만 역시나…….'

잠시 후에야 베르니카는 케톤이 온 것을 알았는지 그에게 흘끔 시선을 돌리며 말했다.

"자네는 춤 안 추나, 케톤?"

"예? 아, 예. 전 춤을 잘 못 춰서……. 그런데 선배님, 리오 님 정말 멋진 분 같지 않으세요?"

베르니카는 케톤이 옆에 앉자 술을 한 잔 권하고 말했다.

"그런 것 같군. 무엇보다도 노엘이 행복해 보여서 좋아."

"예?"

베르니카 역시 리오를 사모하고 있으리라고 마음대로 생각하고 있던 케톤은 의외의 대답에 놀랐다. 베르니카는 뭐가 잘못됐느냐는 듯 케톤을 바라보았다.

"아, 아니요. 죄송합니다. 제가 잠시…… 딴생각을 했나 봅니다."

케톤은 속으로 다행이라고 생각하며 대화를 얼른 다른 쪽으로 유도했다.

"선배님, 뭐 하나 여쭤 봐도 되겠습니까?"

칵테일 한 모금을 들이켠 후, 그녀가 빤히 쳐다보자 케톤은 주저하며 말했다.

"저, 실례되는 질문일지 모르지만…… 왜 갑자기 근위대장직을 버리고 떠나셨어요?"

"……나도 그 질문을 수도 없이 스스로에게 던져 봤지. 하지만 좀처럼 이유가 떠오르지 않더군. 난 그저 처음엔 노엘과 미네리아나 마마 생각만 하고 홧김에 수도를 뛰쳐나갔을 뿐이었어. 목적이란 게 전혀 없었던 거야……. 그러다 어떤 계기로 검으로 사람들을 돕겠다는 목적과 더 강해지겠다는 목적을 가지게 되었지. 돌아다니면서 정말 많은 걸 깨달았어. 노는 것도 목적 없이 무턱대고 즐기기만 하면 그건 몸을 맘대로 굴리는 것일 뿐, 노는 게 아냐. 동물도 먹는다는 목적을 가지고 사는데 하물며 사람이 목적 없이 살면 동물보다 나을 것이 없겠지. 하핫, 내가 이런 말을 하니 이상하지?"

"아뇨, 전혀요. 저도 이번 여행을 통해 많은 것을 깨달았습니다."

케톤과 베르니카가 그런 얘기를 나누는 사이 노엘과 리오가 돌아왔다.

모든 사람들의 시선이 그쪽으로 향했다.

노엘은 얼굴이 발그레 상기된 채 자리에 앉았다.

옆자리의 련희는 아무 말 없이 다소곳이 앉아 있을 뿐이었다. 노엘은 그녀를 바라보며 약간 미안한 감정을 느꼈다. 그녀의 감정을 알고 있었다. 하지만 그 춤을 물리고 싶은 생각은 전혀 없었다.

그렇게 무도회는 각자의 추억과 아쉬움을 남긴 채 끝났다.

지크, 루이체, 련희와 함께 여관으로 향하던 리오는 동쪽에서 뜨기 시작하는 달을 바라보며 가볍게 한숨을 쉬었다. 옆에서 걷고 있던 지크가 리오의 팔을 툭 치며 물었다.

"뭐 잃어버린 거라도 있어?"

리오는 낮은 목소리로 대답했다.

"글쎄다. 아, 할 얘기가 있으니 너는 잠깐 얘기 좀 하다가 들어가자. 중요한 일이야."

"중요한 일? 좋아, 데이트라면 언제든지 환영이지. 헤헷."

리오는 슬쩍 자신의 앞에 가고 있는 련희를 바라보았다. 라세츠와 접촉한 뒤부터 계속 침울해 보였다.

"중요한 일이 뭔데? 나도 가르쳐 줘."

그때 루이체가 활짝 웃으며 그들의 대화에 끼여들었다. 리오는 웃으며 동생의 머리를 쓰다듬었다.

"후훗, 너를 언제 시집보낼까 계획 좀 짜려고."

"오빠!"

"농담이야. 어쨌든 련희 양과 먼저 들어가 주겠니?"

리오의 오른쪽 눈이 감겼다. 아마 윙크를 하려고 했던 것이리라. 루이체는 이해한 듯 련희와 함께 먼저 여관으로 들어갔다.

지크와 둘만 남자, 리오는 주머니에서 작은 철판 조각 하나를 꺼내 지크에게 보여 주었다.

"이걸 좀 봐."

"음? Made in USA, 모델 넘버 03528A-BX03…… 음? BX-03 스톤헤드의 상표잖아? 이게 왜 너한테 있어?"

리오는 그 철판 조각을 주머니에 다시 집어넣으며 말했다.

"이 세계에선 그 인공지능 병기가 강철괴물이라 불리지. 오다가 만나지 못한 모양이구나. 루이체에게 들었겠지만, 이번 일은 네가 살고 있는 세계와 관련돼 있는 듯해. 너와 내가 빨리 일을 처리하지 않으면 엄청난 일이 벌어질지도 몰라."

"사실은 나도 수도로 오다가 12신장이라는 녀석을 만났는데 꼭 그런 느낌을 받았어. 그럼 어떻게 막아야 하지?"

지크는 입을 비죽 내밀었다. 머리로 계산하기 힘든 닥쳤을 때 나오는 버릇이었다.

리오의 얘기는 계속됐다.

"한 가지 주목할 만한 사실은 최근에 나타나기 시작한 괴물들이 벨로크 왕국이란 나라가 쳐들어온 뒤부터 생겨나기 시작했다는 거야. 그들이 어째서 레프리컨트 왕국을 침공했는지 알아내면 해결 방법이 생길 거야. 아무래도 이 왕국에 무슨 비밀이 있는 것 같아……. 그래서 내가 어디 갈 일이 생기면 네가 이곳에 남아 줘야 할 것 같아."

지크는 가볍게 고개를 끄덕였다.

"음, 알았어. 하지만 내가 꼭 있지 않아도 이 수도는 문제없을걸?"

리오는 의아한 눈으로 지크에게 물었다.

"그게 무슨 소리지?"

지크는 표정을 굳히며 리오에게 뒤를 보라는 눈짓을 했다. 리오는 급히 뒤를 돌아보았다.

지크의 시선이 머물러 있는 그늘진 골목에 거대한 그림자가 서 있었다. 그림자의 두 눈동자에서 붉은빛이 나오는 것을 본 리오는 인상을 구기며 읊조렸다.

"바이론인가? 사바신에게 얘길 듣긴 했지만 아직 여기 있는 줄은 몰랐군."

그림자, 바이론은 씩 웃으며 지크와 리오 앞에 섰다. 밤이라서 그럴까. 리오는 자신의 앞에 선 광전사의 위압감이 예전보다 더 커졌다는 느낌이 들었다.

바이론은 여느 때처럼 광소를 흘리며 말했다.

"크크크, 그럴 만한 사정이 있지. 그건 그렇고 네가 이 차원에 있는 줄은 몰랐다, 리오 스나이퍼. 아까 보니 신나게 춤을 추고 있더군. 크크크크."

리오는 팔짱을 끼며 말했다.

"난 사교적인 성격이거든. 그건 그렇고 정식 임무를 받은 사람은 너니까 이번 일에 대해 설명을 좀 듣고 싶은데, 얘기해 줄 수 있나?"

"나도 이 세계와 저 꼬마의 세계가 관련이 있다는 것밖엔 듣지 못했다. 크크, 어쨌거나 기계 부수는 재미도 쏠쏠하더군. 그럼 인사는 이쯤 하도록 하지. 난 바빠서 이만 가보겠다."

"흠, 마음대로!"

바이론은 천천히 리오와 지크 형제에게 등을 돌렸다.

리오와 지크는 어깨를 으쓱하며 여관으로 향했다.

그들이 여관에 들어가려 할 때, 다시 바이론의 목소리가 들려왔다.

"아, 한 가지 잊은 게 있군. 크큭, 이번 일은 붉은 머리카락 너와도 관련 있을지 모른다."

"뭐?"

리오는 움찔하며 바이론을 쳐다보았다.

"크큭, 다 알게 될 것이다. 즐겁게 기다리도록. 크크큭. 크하하핫!"

그 말을 끝으로 바이론은 광소의 여운을 남긴 채 어둠 속으로 사라졌다.

수수께끼가 또 하나 추가된 사실에 머리가 복잡해진 리오는 고개를 갸웃거리며 중얼댔다.

"……복잡하군. 하지만 저 녀석이라면 일단 안심할 수 있지. 무서울 정도로 강한 건 사실이니까."

지크는 뭔가 불만족스럽다는 표정을 지으며 중얼거렸다.

"근데 저 회색분자 어디 갔다 온 거지……? 한동안 안 보이더니 갑자기 또 나타나서 분위기 살벌하게 만드네."

"그나마 다행이야. 적어도 이번엔 우리 일에 방해되지는 않을 테니."

둘은 한참 동안 바이론이 사라진 방향을 바라보다가 계속 얘기를 나눴다.

"헤헷, 뭐든 간에. 어쨌든 여기 남을 테니 조건이나 들어줘."

"조건?"

리오는 처음으로 지크가 조건을 말하자 놀라지 않을 수 없었다. 지크는 씩 웃으며 말했다.

"네가 갈 때 제발 루이체 좀 데려가 줘."

리오는 별것 아니라는 표정을 지으며 고개를 끄덕였다.

"뭐, 나쁠 건 없지. 내 말은 잘 듣는 편이니까."

거래를 끝낸 둘은 비로소 여관 안으로 들어갔다.

"아차!"

계단을 오르던 지크는 순간 소리치며 뒤를 돌아보았다.

"응? 또 왜 그래?"

지크는 리오를 밀치고 급히 계단을 내려가며 말했다.

"무명도를 놓고 왔어! 금방 갔다 올게!"

지크는 번개같이 여관 문을 박차고 나가 거리를 내달렸다. 리오
는 고개를 저으며 웃을 따름이었다.

"홋, 어쩔 수 없는 녀석. 그건 그렇고 오늘은 이래저래 피곤하군."

리오는 하품을 하며 방으로 들어갔다.

막 세면을 끝냈는지 수건을 머리에 두른 마티가 침대에 앉아 있
었다. 리오는 아무 생각 없이 마티에게 물었다.

"아, 몸은 괜찮은 모양이군요. 만찬에 우리끼리만 가서 미안합니다."

마티는 자신에게 사과한 리오를 슬쩍 바라본 후 머리에 두른 수
건을 풀며 물었다.

"그 녀석은 같이 안 왔소?"

생각해 보니 리오는 처음으로 듣는 마티의 목소리였다. 리오는
피식 웃으며 말했다.

"후홋, 말투가 너무 남자 같군요. 무슨 사정이라도 있습니까, 아
가씨?"

그 순간 마티의 갈색 얼굴이 하얗게 질리고 말았다.

"아, 아니, 내가 여자란 사실을 어떻게 알았지? 지크가 말했나!"

리오는 의자에 앉으며 여유 있게 대답했다.

"아, 그런 것은 들을 필요도 없습니다. 성별 구분은 체형을 보면
간단하니까요."

"체형……요?"

마티의 눈이 반짝였다. 리오가 웃으며 대답했다.

"후훗, 아무리 단련해서 근육질 몸이 된다 해도 남자와 여자의 체형은 같을 수가 없죠. 기본적인 골격 구조와 근육 발달의 차이 때문에 남자인지 여자인지는 한눈에 알아볼 수 있습니다. 그런데 숨기고 있었습니까?"

"아, 아뇨. 아니에요."

마티는 멋쩍은 미소를 지으며 고개를 저었다. 리오는 부드럽게 웃으며 말했다.

"뭐, 여관방이 모자란 건 알고 있으니 이상한 오해는 하지 않겠습니다. 그럼 좋은 꿈 꾸시길."

리오는 의자에 앉아 망토를 덮으며 눈을 감았다. 리오가 그 자세로 잠을 자려고 하자 마티는 인상을 찡그리며 물었다.

"허리 아프지 않겠어요?"

리오는 눈을 감은 채 미소를 띠며 대답했다.

"숙달돼서 괜찮습니다. 불청객인데 어쩔 수 없죠. 후훗."

마티는 말없이 불을 끄고 자리에 누우며 눈을 반짝였다. 이상하게 오늘 저녁은 잠이 안 올 것 같았다.

'나만 바보가 된 것 같잖아. 뭐야, 그렇다면 지크 녀석, 내가 여자인 줄 알면서 모른 척한 거잖아? 빌어먹을 녀석!'

그렇게 투덜대긴 했지만 마티의 마음은 다른 어느 때보다 홀가분했다.

마티가 눈을 잠깐 감았다 떴다고 생각했을 때, 별이 반짝이던 하늘은 어느새 파란색으로 바뀌어 있었다. 궁중무도회에 다녀오느라 지친 나머지 정신없이 잠들어 버렸던 것이다.

"세, 세상에!"

깜짝 놀라 일어섰을 때 리오란 사나이는 벌써 일어나 어디론가 나가고 없었다. 지크는 의자에 한 팔로 물구나무를 선 채 운동을 하고 있었다.

마티가 깨어난 것을 눈치챈 지크는 평소처럼 아침 인사를 했다.

"잘 잤냐, 마티? 어젯밤엔 나 들어온 것도 모르고 푹 자더라. 그렇게 자면 몸이 무거워져요, 암살자 지망생님. 헤헷."

마티의 반응도 평상시와 같았다.

"흥, 상관하지 마."

의자에서 내려온 지크는 땀을 닦으며 씩 웃었다.

"아, 어제 만찬에서 말이야……."

지크가 어제 일을 이야기하려 하자 마티의 얼굴은 이내 붉어지고 말았다. 그가 말을 이었다.

"너하고 피부만 다르고 얼굴이 똑같은 여자를 봤다? 신기하지?"

"뭐?"

마티는 지크의 의도를 몰라 긴장한 채 되물었다. 지크는 수건으로 얼굴을 닦으면서 계속 말했다.

"날 언제 봤는지 한 번만이라도 나랑 이렇게 있어 보고 싶었다고 그러지 뭐야? 하지만 기분이 굉장히 나빴지. 꼭 남자랑 손잡고 춤추는 것 같아서 말이야……. 헤헤헷."

마티는 순간 얼굴을 찌푸리며 소리쳤다.

"너, 너 말 다 했어!"

얼굴을 닦던 수건을 왼손에 휘릭 감은 지크는 그 손으로 마티의 이마를 살짝 치며 말했다.

"헤헷, 변장술이 뛰어나던걸, 신데렐라 양."

무안해진 마티는 그대로 수건을 들고 세면실로 뛰어 들어갔다.

지크는 휘파람을 불며 밖으로 나가면서 소리쳤다.

"난 거리나 한 바퀴 돌고 온다. 너도 적당히 몸 좀 풀어. 운동한 지 오래됐잖아."

혼자 남은 마티는 고개를 갸웃거리며 지크의 말을 되뇌었다.

"그런데 신데렐라가 누구지?"

그 무렵 리오는 산책을 마치고 여관으로 돌아오는 길이었다. 건물들이 밀집된 수도라 아침 명상을 제대로 할 수 없었기 때문에 산책으로 대신한 것이었다.

마침 여관을 나온 지크는 리오를 지나치며 말을 건넸다.

"어이, 동방 아가씨가 1층 휴게실에서 심각하게 앉아 있던데? 나 잠깐 뛰고 올 테니 그렇게 알아."

"련희 양이?"

지크가 대답도 하지 않고 달려가 버리자 리오는 고개를 갸웃거리며 여관 안으로 들어갔다.

지크의 말대로 휴게실에 련희가 앉아 있었다. 그녀는 몸을 약간 움츠린 채 무언가 생각하는 듯했다.

리오는 머리를 긁적이며 련희 옆에 앉았다.

"일찍 일어나셨군요?"

"아, 리오 님?"

리오가 옆에 앉는 순간까지 정신이 멍해 있던 련희는 깜짝 놀라며 그를 쳐다보았다. 리오는 빙긋 웃으며 말했다.

"춥지 않아요? 아직 해가 완전히 뜨지 않아서 이국인들은 추위를 느낄 텐데…… 그런데 무슨 생각을 그렇게 골똘히 하고 계세요?"

련희는 사실 리오에게 헤어지자는 말을 어떻게 할까 고민 중이었다. 가희가 극구 말렸는데도 련희는 더 이상 리오에게 짐이 되고 싶지 않았다. 련희는 일찍 말할 수 있게 되어 오히려 잘됐다고 생각하며 얘기를 꺼내려 했다. 하지만 리오가 먼저 말을 꺼냈다.

"어제 련희 양께 정말 죄송했습니다."

선수를 빼앗긴 련희는 눈을 깜박이며 물었다.

"네? 무슨 말씀이십니까?"

리오는 웃으며 대답했다.

"생각해 보니 련희 양하고만 춤을 못 췄더군요. 그런 것도 서방의 문물이라 련희 양께서 배우고 싶어 하실지 모른다는 것을 깜박했지 뭡니까? 그리고 어제 라세츠란 자가 련희 양께 추근댔을 때도 그냥 말만 하고 말았죠. 내내 기분이 나쁘셨던 것 같은데, 진심으로 사과드립니다."

리오가 그렇게 말하자 련희는 그때까지 고민하던 것을 잊고 고개를 저으며 말했다.

"아, 아닙니다, 리오 님. 저에게 그렇게 신경 쓰지 않아도 되······."

그러자 리오는 슬며시 고개를 저었다.

"동료로서, 일행으로서 같이 지냈는데 그런 말씀을 하시면 제가 오히려 섭섭합니다. 저는 프리 나이트로서 당신을 비롯한 많은 불행한 사람들을 도와주고 싶을 뿐입니다. 그런데 혹시 무슨 고민이라도 있는 겁니까?"

련희는 도저히 말을 꺼낼 수 없었다. 물론 가희가 막은 것도 아니었다.

"저······ 아, 아닙니다. 그럼 먼저 올라가 보겠습니다."

련희는 급히 위층으로 올라갔다. 리오는 요즘따라 련희가 이상하다고 생각하며 천천히 자기 방으로 향했다.

11장
되살아나는 전설

1

육체가 완성된 12신장

타운젠드 21세, 아니 마동왕은 라기아와 함께 성 지하로 가는 중력승강기를 타고 있었다. 거느린 부하는 없었다. 귀찮은 것을 싫어하는 마동왕의 특징 중 하나였다.

마동왕은 라기아를 바라보며 말했다.

"지난번에는 참 어이없게 당했더군. 다른 칼에는 쓰러지지 않던 천하의 라기아가 동방 여자가 휘두른 칼을 맞고 반죽음 상태가 되어 돌아왔으니 말이야."

상처가 회복된 지 얼마 안 된 라기아는 입술을 깨물며 변명하듯 대답했다.

"그 계집이 휘두른 칼…… 아무래도 동방에서 제조된다는 요도(妖刀) 같았어요. 그렇지 않고는 상처가 이렇게 깊을 리가 없거든요. 어쨌든 보통 인간을 너무 우습게 본 제 잘못입니다. 다시는 이런 일이 없도록 하겠습니다."

마동왕은 군말 없이 고개를 끄덕였다.

삑.

목적지에 도착했다는 부저 소리가 승강기 안에 울려 퍼졌다. 승강기에서 내린 마동왕과 라기아는 습기 찬 복도를 걸어갔다.

"12신장의 육체는 어떻게 됐나?"

"차원장 워닐의 몸을 제외한 모든 신장들의 육체가 완성됐습니다."

잠시 후 둘은 복도 끝을 가로막은 거대 철문 앞에 섰다. 마동왕은 철문에 달린 스위치를 잡아당기며 라기아에게 물었다.

"워닐만? 왜 그의 육체만 완성되지 못했나?"

"워닐의 힘을 100퍼센트 사용할 수 있는 육체를 만들기가 어려워 그렇다고 합니다."

이윽고 거대한 철문이 가볍게 열렸다.

밝은 방 안의 빛이 잠시 동안 마동왕과 라기아의 시선을 방해했다.

곧 한 노인이 둘 앞에 다가와 머리를 조아렸다. 다른 세계의 과학자, 와카루 박사였다.

"어서 오십시오, 마마. 기다리고 있었습니다."

마동왕은 살짝 고개를 끄덕이며 말했다.

"지난번에 보여 줬던 그 나찰들은 개인적으로 좋은 평가를 내리고 싶었소. 완성된 12신장들을 볼 수 있겠소?"

박사는 자신의 대머리를 만지작거리며 다시 머리를 조아렸다.

"물론입니다, 마마. 그렇지 않아도 대기하고 있었습니다…….
자, 나오시지요, 장군들."

박사의 말과 함께 흰색 철문이 열리더니 그 안에 있던 열한 명의 신장들이 차례차례 나와 마동왕 앞에 섰다. 그들의 당당한 모습에 마동왕은 감탄을 금치 못했다.

"오, 훌륭하오. 박사."

박사는 빙긋 웃으며 신장들에게 말했다.

"자, 장군님들? 한 분씩 마동왕께 자기소개를 하시지요."

맨 왼쪽에 있는 은색 갑옷의 사나이부터 가볍게 목례를 하며 말했다.

"내 이름은 발러, 별의 발러라 하오. 이스마일님의 보좌를 맡고 있소."

"홍염의 프라라 하오. 발러와 같이 이스마일 님 밑에 있소."

"뇌격의 트라데, 이스마일 님 밑에 속한 세 번째 신장이오."

"물의 다이라고 하오. 이스마일 님에 속한 마지막 신장이오."

"바위의 몰킨, 고대의 여신 요이르 님 밑에 있소. 다시 인사드리오."

"나무의 라우소, 요이르 님의 수하입니다. 역시 다시 인사드립니다."

"야수의 퀠거, 요이르 님의 수하요."

"철의 무스카, 요이르 님의 마지막 신장이오."

마동왕은 고개를 끄덕이며 옆에 있는 세 명의 신장들에게 눈을 돌렸다. 이상하게도 그들은 요이르, 이스마일에 속한 신장들과는 다른 분위기를 띠고 있었다. 그들은 천천히 자신들을 소개했다.

"천공의 루카, 제3위의 신장이오. 망자의 여신 마그엘 님의 소속이오."

"혜성의 마르카라고 하오. 예상하고 있겠지만 마그엘 님의 신장이오."

"무(無)의 니마흐라 하오. 이상이오."

완전한 육체를 가져서 그런지 각 신장들의 몸에서 풍기는 분위기는 라기아의 육체를 압박했다.

마동왕은 크게 숨을 내쉬며 말했다.

"모두 반갑소, 여러분. 당신들이 모시고 있는 여신님은 내가 꼭 부활시켜 드리리다. 내가 여러분께 부탁하고 싶은 것은 단 하나, 레프리컨트 왕국에 있는 마지막 기둥을 끌어 올리는 데 힘이 되어 달라는 것이오. 특히 방해꾼의 처리를 부탁드리는 바이오."

"리오 스나이퍼란 인간 말입니까?"

라우소의 말에 마동왕은 고개를 끄덕이며 말했다.

"그렇소. 하지만 그 녀석 하나만이라면 여러분께 부탁하지 않소. 그자 말고 두 명이 더 있소. 자신을 가즈 나이트라고 밝힌 바이론 이란 자와 몰킨 님을 쓰러뜨린 적 있는 이상한 건달이오. 게다가 문제는 셋이 아는 사이인 데다 레프리컨트 왕국 수도에 함께 있다 는 것이오. 셋 모두 강대한 힘을 가지고 있어 여러분께 도움을 청 하는 것이오."

그러자 혜성의 마르카가 앞으로 나서며 마동왕에게 물었다.

"그자들이 얼마나 강하기에 우리 열두 명을 모두 쓰려는 것이 오? 설명해 주실 수 있소?"

"홋, 라우소와 몰킨이 처참하게 당했다고 하면 어느 정도인지 알 수 있지 않나? 물론 녀석들이 약한 것이지만."

같은 소속인 천공의 루카가 비아냥대듯 말하자 몰킨이 눈을 부 릅뜨며 소리쳤다.

"건방진 녀석! 감히 우리의 이름을 들먹거리다니. 그럼 네가 나 서 봐라! 그 녀석의 팔 한쪽이라도 가져올 수 있다면 우리가 널 모 시겠다!"

루카는 피식 웃으며 손가락으로 몰킨을 가리키고 말했다.

"그 말, 맹세로 듣겠소, 제2위의 신장님. 하하하핫!"

루카는 마동왕에게 말도 없이 밖으로 뛰쳐나갔다. 루카의 갑작스러운 행동에 와카루는 깜짝 놀라며 소리쳤다.

"아, 아니 저런! 돌아오시오! 완성형의 육체를 망가뜨리면 안 된단 말입니다!"

그러자 라우소가 와카루의 어깨를 두드리며 말했다.

"걱정 마십시오, 와카루 박사. 루카 녀석의 버릇도 고칠 겸, 그리고 우리의 완성된 육체가 어느 정도인지 시험도 해볼 겸 그냥 놔둬봅시다."

"……."

와카루는 아무 말 없이 고개를 저을 뿐이었다.

마동왕은 팔짱을 낀 채 다른 신장들에게 말했다.

"약 한 달 후에 레프리컨트 왕국에서 검술 대회가 열린다 하오. 그걸 이용한 내 계획을 일러 드리겠소. 모두 날 따라오시오."

마동왕을 따라 열 명의 신장들이 어디론가 가버린 후, 와카루와 함께 연구실에 남은 라기아는 박사에게 넌지시 물었다.

"저 녀석들의 몸, 재료가 뭔가, 박사?"

박사는 자신의 두꺼운 안경을 닦으며 대답했다.

"신장들의 영혼이 가져다 준 마물 시체에 들어 있는 유전자를 배합해 각자가 가장 만족해하는 육체를 만들어 제 나름대로의 기술을 섞은 것입니다. 그분들이 원래 가지고 있는 여러 가지 특성들을 한층 강화했지요. 그리고 그분들의 말씀 덕택에 미완성 상태인 나찰도 더 강화할 수 있었고 나찰들과 함께 행동할 중장갑 기체, '수라'의 설계도 거의 완성할 수 있었답니다. 허허헛."

라기아는 말없이 박사를 바라보며 생각했다.

'저 할아범, 생각보다 무서운 재능을 가졌군. 주의하는 게 좋겠어.'

2

천공의 루카

그레이는 마차를 별로 사용하지 않았다. 급한 일이 아니면 거의 도보를 이용했다. 그 이유를 다른 귀족들이 물어보면 그는 이렇게 대답했다.

"아니, 신께서 인간에게 걸어 다니라고 두 다리를 만들어 주셨는데 그 뜻을 자신의 직위 때문에 저버리란 말이오? 허허헛, 말도 안 되오."

그레이는 오늘도 걸어서 어디론가 가고 있었다. 지나가는 평민들이 인사를 할 때마다 그는 전혀 귀찮은 기색 없이 웃으며 받아 주었다.

그가 도착한 곳은 바로 리오 일행이 있는 여관이었다.

"음, 여기가 그 녀석이 말한 여관인 것 같은데, 술 때문에 가물가물한 상태에서 들어 잘 모르겠군."

그레이는 고개를 갸웃거리며 여관으로 들어갔다.

"그레이 공작님!"

그레이가 안으로 들어가자 여관 주인이 직접 나와 인사를 올렸다. 그레이는 허리를 굽히고 있는 그에게 웃으며 물었다.

"혹시 여기 지크라는 젊은이가 묵고 있나? 그 청년을 만나고 싶은데."

여관 주인은 즉시 장부를 뒤적거렸으나 지크라는 이름은 없었다. 고개를 갸웃거리던 주인은 붉은 장발의 사내가 붉은 재킷의 사내를 지크라고 부른 것을 떠올렸다.

"아, 3층 315호에 묵고 계신 손님인 듯합니다. 확실하진 않지만 아마도 맞을 것입니다."

그레이는 손을 살짝 들어 고마움을 표시했다.

"고맙네, 주인장. 그럼 실례 좀 하겠네."

"예, 얼마든지."

3층에 당도하자마자 그레이가 본 것은 윤기 흐르는 검은 머리카락의 동방 처녀였다. 그레이는 그녀의 뒷모습을 가만히 바라보다가 무언가 떠오른 것이 있는 듯 가만히 걸어가 그녀에게 인사를 했다. 유창한 동방의 언어였다.

"젊은 아가씨, 잠깐 실례 좀 해도 되겠소?"

갑작스러운 동방의 언어에 그녀는 반가운 마음으로 뒤를 돌아보며 인사를 했다.

"예, 무슨 용건이십니까?"

그녀가 돌아본 곳에는 일흔 살쯤 되어 보이는 노인이 미소를 지으며 서 있었다.

"……앗, 설마 그레이 공작님?"

련희가 자신을 알아보자 그레이는 즉시 머리를 조아리며 인사를 했다.

"련희 공주님! 이 늙은 것의 무례를 용서해 주시기 바랍니다!"

련희는 혹시라도 다른 사람이 들을까 봐 그레이를 일으키며 말했다.

"그, 그레이 공작님, 곤란한 사정이 있어서 그러니 그냥 모르는 척해 주십시오."

"예, 알겠습니다, 공주님. 허허…… 몇 년 만에 뵙는 겁니까, 련희 공주님? 이 몸이 마지막으로 뵌 게 공주님께서 열두 살 때였는데, 정말 아름답게 자라셨군요. 가희 공주님도 잘 계십니까?"

련희의 몸은 순식간에 가희로 바뀌었다. 가희는 활짝 웃으며 고개를 끄덕였다.

"건강하시군요, 그레이 공작님! 정말 오랜만에 뵙습니다!"

그레이는 고개를 끄덕이며 대답했다.

"예, 덕분에 건강히 지냈답니다, 가희 공주님. 그런데 왜 여기서 지내십니까, 공주님? 저를 찾아오셨다면 국빈으로서 극진한 대우를 해 드렸을 텐데……."

가희는 활짝 웃으며 대답했다.

"호홋, 아니에요. 유학을 온 것인데 국빈 대우를 받으면 이상하죠. 그런데 여기는 어떻게 오셨죠? 설마 저와 련희를 보러 오신 건 아니실 테고……."

"아, 물론 공주님들을 뵌 건 행운이지요……. 이 여관에 묵고 있는 붉은 머리칼의 청년을 만나러 왔답니다. 검술 실력이 뛰어나다기에 도움을 얻을까 해서요."

가희는 웃으며 손가락으로 315호를 가리켰다.

"호홋, 저도 아는 사람인 것 같은데요. 바로 저 방에 계세요. 아, 저

하고 같이 들어가세요. 저도 마침 리오 님께 볼일이 있었으니까요."

그레이는 고개를 끄덕이고 가희를 따라 방으로 향했다.

'그 젊은이의 이름이 리오였군⋯⋯. 의외로 쉽게 찾았군.'

가희가 문을 노크하자, 안에서 남자의 목소리가 들려왔다.

"네, 들어오십시오, 가희 양."

문을 연 가희는 안쪽을 향해 손을 내밀며 그레이에게 먼저 들어가도록 했다. 그레이는 빙긋 웃으며 안으로 들어섰다.

"음?"

침대에 누워 있던 리오는 가희와 함께 다른 사람이 들어오자 바로 몸을 일으켰다. 그레이는 의자에 앉으며 괜찮다는 손짓을 했다.

"앉게나, 젊은이. 지난번에 잠깐 본 적이 있지만 일단 인사부터 하세."

리오는 약간 헝클어진 머리를 매만진 후 자신을 소개했다.

"리오 스나이퍼라고 합니다. 알고 계시는 지크 녀석과는 형제 사이지요."

"그래, 반갑네, 리오. 내 이름은 그레이라 하네."

"예, 말씀 많이 들었습니다, 그레이 공작님."

"허허, 잘됐군. 그럼 자네를 찾아온 용건을 말해도 될까?"

리오는 엷은 미소를 띠며 고개를 끄덕였다.

"네, 말씀하십시오."

그레이는 헛기침을 몇 번 한 후 용건을 말했다.

"오늘 내가 찾아온 이유는 다름 아니라, 자네 몸을 보니 상당히 단련되어 있더군. 더구나 지크 군의 말로는 자네가 무기를 다루는 데에 있어서 자기보다 월등하다고 하던데⋯⋯. 물론 나와 겨루어 보자는 얘긴 아닐세. 지크 군보다 더 강한 상대를 원하진 않으니 말이야. 허허허헛…… 어쨌든 본론으로 들어가서, 자네 수도까지 오는 도중 이상한 일 접하지 않았나?"

리오는 기억을 더듬어 보았다. 하지만 이상한 일이 너무나 많았기 때문에 특별히 한 가지를 꼬집을 수가 없었다.

"글쎄요. 상황이 워낙 좋지 않아서 뭐라고 말씀드리기는 무리가 있을 것 같습니다."

공작은 가볍게 한숨을 쉬며 말했다.

"아마 오면서 도스톨 가문이 다스리던 크로플렌 지방이 전멸됐다는 소문을 들었을 것이네. 물론 듣지 못했을 수도 있으니 맘에 둘 건 없네. 내가 부탁하고 싶은 것은 크로플렌 지방을 정찰해 달라는 것이네."

리오는 그제야 개척촌 프로텍스를 지날 때 사바신에게 들었던 맨티스 크루저에게 점령당한 도시의 얘기를 떠올렸다.

"물론 자네 혼자 가라는 것은 아니네. 내 안사람도 같이 갈걸세. 자네의 활약상을 공주님과 노엘 군에게 귀가 닳도록 들었다네. 그래서 이번 정찰에 도움을 구하러 왔지. 어때, 해 주겠나?"

도움이 필요한 곳이라면 어디든 사양하지 않는 그였다. 리오는 가볍게 승낙했다.

"예, 해 보겠습니다. 맡겨만 주십시오."

"좋아. 맡아 줄 거라고 믿었네. 그럼 당장 우리 집으로 가세나. 안사람부터 만나야 하지 않겠나?"

리오는 빙긋 웃으며 고개를 끄덕였다.

"좋습니다. 가시죠."

자리에서 일어선 공작은 가희를 돌아보며 말했다. 물론 능숙한 연기도 포함되어 있었다.

"가희, 너도 같이 가지 않겠니? 그동안 쌓인 얘기도 많으니 말이야."

"예, 레이필 아주머니도 너무너무 보고 싶어요."

"좋아. 그럼 난 먼저 내려가서 준비할 테니 두 사람은 천천히 내려오게나."

그렇게 말하고 그레이는 먼저 밖으로 나갔다.

리오는 즉시 디바이너와 파라그레이드를 허리에 차고 망토를 걸치면서 가희에게 물었다.

"아, 공작님과 언제부터 아는 사이였죠?"

가희는 자리에서 일어서며 대답했다.

"저와 련희가 열한 살 때 서방에서 모험가 손님들이 오셨는데, 그분들 중 공작님과 그 부인이신 레이필 현자님이 계셨죠. 다른 분들이 얼마 후 고향으로 돌아가신 반면 그분들은 1년간 동방에 머무르시며 저희 집안과 친분을 쌓으셨죠. 그러다 이 왕국의 칙사가 찾아와 그분들은 급히 고향으로 돌아가셨어요. 다시는 뵙지 못할 줄 알았는데 이렇게 다시 뵙게 되네요. 후훗."

"그랬군요. 자, 나가시죠."

준비를 마친 리오는 지크에게 간단한 쪽지를 남기고 방을 나섰다.

가희와 리오는 그레이와 함께 공작의 저택으로 향했다.

공작의 저택은 그리 화려하지 않았다. 다른 귀족들처럼 넓은 정원이 있는 것도 아니었다. 그저 보통 집에 비해 좀 클 뿐이었다.

안에 들어서자 꽤 많은 사람들이 공작과 손님인 리오, 가희를 반겨 주었다.

"자자, 들어오게나. 환영객이 좀 많지? 허허헛, 소개를 해주지. 내 부인과 세 아들, 며느리들, 그리고 손자, 손녀들일세."

공작의 나이에 걸맞게, 그의 세 아들과 며느리들은 모두 중년에 가까웠고 손자와 손녀들도 거의 10대 중, 후반이었다. 게다가 손자들 사이엔 낯익은 소년도 한 명 끼여 있었다.

"어? 다, 당신은?"

리오는 소년이 자신을 알아보자 빙긋 웃으며 말했다.

"아, 라키란 용사님이구나. 그래, 몸은 괜찮니?"

한편 다른 아이들은 라키가 눈에 붕대를 감은 키 큰 남자를 보고 소스라치게 놀라자 서로 소곤거리기 시작했다.

"언니, 저 사람이 바로 라키를 쓰러뜨린 애꾸눈일까?"

"맞아. 그렇지 않고서 라키가 저렇게 생쥐처럼 겁에 질릴 리가 없어."

그러자 그레이의 맏며느리가 나서서 아이들에게 주의를 주었다.

"손님 앞에서 소곤대는 건 예의에 어긋나는 행동이에요! 게다가 아직 소개도 안 하셨는데 이러면 안 되죠! 정말 죄송합니다, 손님."

리오는 곧 자기 소개를 했다.

"저는 리오 스나이퍼라고 합니다."

"금련희라고 합니다. 잘 부탁드립니다."

그레이는 곧 자기 옆에 서 있는 레이필을 리오에게 소개했다.

"리오 군. 여기 이 할머니가 내 안사람이라네."

할머니란 소리에 레이필은 얼굴을 약간 찡그리며 공작을 바라보았다.

"어쨌든 반갑군요, 리오 군. 근데 젊은이는 어쩌다 잘생긴 얼굴을 상했지요? 참 안타깝군요."

리오는 빙긋 웃으며 대답했다.

"눈병에 걸려 버렸지요. 좀 심한 눈병이라 붕대를 감고 있습니다."

련희는 내심 놀랐다. 리오가 어째서 실명됐다고 말하지 않고 눈병이라고 가볍게 말한 것일까. 하지만 사정을 모르는 그녀는 아무 말도 할 수 없었다.

대강 소개가 끝난 후, 리오와 레이필, 련희, 그리고 공작은 거실에 따로 남아 얘기를 계속했다.

공작은 레프리컨트 왕국의 지도를 펼쳐 보이며 리오에게 말했다.

"잘 찾아가겠지만 확실히 해 두기 위해서네. 자, 여기가 바로 크로플렌일세. 거기까지 가는 데 오래 걸리지 않을 걸세. 부인의 공간이동 마법을 이용해 곧바로 도착할 수 있을 테니 말일세. 가서 할 일은 먼저 생존자 확인과 원인을 밝혀내는 것이네. 나쁜 상황이라면 생존자만이라도 찾아야겠지⋯⋯. 자, 더 필요한 것은 없나?"

리오는 고개를 저었다. 저택에 도착한 즉시 출발할 생각이었기에 특별히 필요한 물건은 없었다.

"없습니다. 그건 그렇고 저와 레이필 현자님만 그곳에 가는 것입니까?"

"아닐세. 공부도 시킬 겸 큰손자와 큰손녀를 같이 보낼 생각이네. 나도 그 나이 때부터 부인과 케톤의 조부 녀석과 함께 여행을 했거든."

'조부 녀석'이란 말에 리오는 놀랐지만 내색하진 않았다.

"그럼 출발은 언제입니까?"

공작은 펼친 지도를 접으며 말했다.

"내일 아침으로 계획했다네. 괜찮겠지?"

"좋습니다. 그렇다면 저는 이제⋯⋯ 음?"

일어서려던 리오의 표정이 순간 굳어지자 같이 거실에 있던 레이필과 그레이, 련희는 깜짝 놀라며 그를 쳐다보았다. 리오는 다급히 밖으로 뛰쳐나가며 외쳤다.

"어떻게 여기까지!"

밖으로 나온 리오의 눈에 띈 것은 공중에 떠 있는 12신장, 천공의 루카였다. 루카는 자신의 청색 머리를 쓸어내리며 리오에게 말했다.

"네가 라우소를 쓰러뜨린 리오 스나이퍼란 녀석이냐? 상당히 이상한 녀석에게 라우소가 당했군, 후후후훗."

리오는 팔짱을 끼며 대답했다.

"내가 리오 스나이퍼이긴 한데…… 12신장 주제에 내 얼굴 보려고 벨로크 왕국에서 여기까지 찾아온 건 아니겠지? 용건을 말해라. 정체를 밝히면 더 좋겠어."

루카는 코웃음을 치며 말했다.

"난 천공의 루카, 마그엘 님의 수하이며 제3위의 신장이다. 라우소 녀석을 쓰러뜨린 인간의 힘을 시험해 보기 위해 방문했지. 근데 어쩐지 실망할 것 같은 느낌이야. 하하하핫."

리오는 디바이너 대신 오랜만에 파라그레이드를 뽑아 들었다.

"말은 필요 없겠군. 그럼 시험을 받아 볼까? 첫 번째 문제는 뭐지?"

"흡!"

루카는 순간 양팔을 벌리며 엄청난 기를 폭발시켰다. 그로 인하여 공작의 저택을 비롯한 근처 가옥들의 유리창이 기의 압력에 의해 모조리 박살 났다. 곧 루카의 양손에 회청색의 구체가 생겨났고 그 구체는 루카의 손을 떠나 그의 주위를 돌기 시작했다.

"라우소를 쓰러뜨렸다고는 하지만 인간은 인간. 하지만 넌 좀 별종 같군. 빨리 끝내자, 리오 스나이퍼. 질질 끄는 건 질색이니까."

"홋, 동감이다."

리오는 파라그레이드에 기를 주입했다. 파라그레이드의 오리하르콘 날 주위에는 기로 이루어진 우윳빛 날이 형성됐다. 깨진 창문을 통해 그 모습을 바라보던 저택 사람들은 놀라움을 감추지 못했다.

"세, 세상에 저런 무기가 있었다니? 부인, 본 적 있소?"

그레이의 물음에 레이필 역시 고개를 저었다.

"지크라는 건달을 본 이후 가장 신기한 광경이군요. 아, 저 젊은이?"

레이필의 눈이 갑자기 크게 벌어졌다. 공작을 비롯한 모두의 시선이 리오에게 집중되었다.

"그럼 시작해 볼까?"

리오는 왼손으로 간단한 마법진을 그려 자신의 이마에 가져갔다. 마법진이 빛을 발하자 리오의 몸은 루카처럼 공중으로 솟아올랐다.

"비상주문(飛翔呪文)! 대단하군요, 저 젊은이?"

현자 레이필은 리오의 마법 주문을 보며 탄성을 내질렀다.

리오는 다시 기를 끌어올렸다.

"라우소라는 원예 식물보다 네가 약간 강한 것 같군. 그런데 라우소가 뭐라고 하지 않던가?"

"……무슨 말이지?"

루카는 팔짱을 낀 채 물었다. 리오는 씩 웃으며 말했다.

"라우소는 내 팔 하나를 가져간다며 발악했지. 후훗, 가져오라고 시켰을까 겁나서 말이야."

"후, 생각보다 입이 지저분한 녀석이구나. 그럼 가라, 나의 분신들이여!"

루카의 주위를 맴돌던 구체들이 리오를 향해 빠르게 돌진하며 압력파를 쏘아 댔다. 리오가 몸을 피하자 빗나간 압력파는 주위의 건물들을 가볍게 구멍내고 바닥까지 파고들었다.

글래시들의 진공파와는 달리, 구체들의 압력파는 날카로움이 아닌 대기의 충격파로 상대를 공격했다.

타앗.

리오는 구체들에서 뿜어지는 압력파를 빠르게 피하며 그중 하나를 파라그레이드로 갈랐다. 리오의 공격을 받은 구체는 간단히 2등분 되고 말았다.

"빠르군!"

그레이는 자신도 모르게 감탄사를 내뱉었다. 그러나 레이필은 고개를 저으며 소리쳤다.

"리오 군! 그 바람정령은 검으로 자르면 안 돼요!"

리오는 순간 움찔하며 몸을 젖혔다. 잘린 구체, 바람정령은 잘린 채로 리오에게 공격을 퍼붓기 시작했다.

"이런, 공기 덩어리라 그런가!"

구체가 순식간에 셋이 되긴 했지만 리오가 피하는 데는 문제없었다.

한편 그 모습을 지켜보던 루카는 자신의 양손 사이에서 장검을 만들어 내며 생각했다.

'저건 비상주문으로 낼 수 있는 이동 속도가 아냐. 사람들 눈을 속이기 위해 쇼를 한 것뿐이겠지. 저 녀석 스스로 기를 이용해 날아오른 건데, 도대체 뭐 하는 녀석이지?'

쉴 새 없이 쏟아지는 공격을 피하면서도 리오는 왼손에 마력을 집중했다. 곧 그의 왼손에서 강렬한 불꽃이 뿜어졌다.

"마법검, 파이어 크레이브!"

주문을 받은 파라그레이드의 우윳빛 날은 이내 불꽃으로 뒤덮이며 붉게 달아올랐다. 루카와 그레이 일가는 경악을 금치 못했다.

"개, 개인 마법검?"

"없애 버리겠다!"

기합과 함께 리오는 파라그레이드를 양손으로 번갈아 휘두르며 자신의 주위를 빠르게 움직이는 바람정령들을 한꺼번에 잘라 냈다. 마법검의 위력에 구체들은 폭발하며 그대로 사라져 버렸다.

순식간에 벌어진 광경에 루카는 감탄하듯 중얼댔다.

"과연, 라우소가 벌벌 기어 다닐 만도 하군! 좋아, 직접 상대해 주마!"

루카는 리오에게 돌진했다. 천공의 루카란 이름답게 루카의 주위엔 대기의 충격으로 인한 폭풍이 휘몰아쳤다.

"나의 기검(氣劍), 파우란을 받아라!"

생각보다 빠른 공격이라고 생각한 리오는 파라그레이드를 양손으로 잡고 루카의 공격을 맞받아쳤다. 둘의 충돌 지점에서 화염이 섞인 폭풍이 일어났다.

"으읏!"

리오와 루카의 몸은 둘 다 그 충격으로 인해 반대 방향으로 밀려났다. 그 충격량을 말해 주듯, 그들의 바로 밑, 공작의 저택 앞마당엔 거대한 참호가 만들어졌다.

"으앙! 우리 꽃들이!"

공작의 막내 손녀는 눈물을 글썽이며 조각도 남지 않은 꽃밭을 바라봤다.

리오와 루카의 검은 다시 충돌했다. 좀 전과는 달리 이번에 둘은 꽤 오랫동안 화려한 검술을 펼치며 난전을 벌였다.

"하아앗!"

리오의 검이 왼쪽에서 날아오자 루카는 순간 이를 악물며 오른쪽으로 파우란을 돌렸다. 챙 하는 소리가 루카의 오른쪽에서 맑게 울렸다.

"굉장한 변칙 기술이군! 저걸 한 사람도 대단하지만 막은 사람은 더 대단해!"

그레이의 탄성은 끊이지 않았다. 밖에서는 계속 놀라운 결전이 이어졌다.

"허어어업!"

루카의 긴 기합성과 함께 그의 검 파우란이 수백 개의 검광으로 변했다. 리오는 급히 뒤로 물러서며 자유로운 오른손을 루카가 공격해 오는 방향으로 뻗었다. 손으로 만들어 낸 대기의 충격파가 루카의 두상을 향해 날았다.

"가소롭다!"

루카는 순간 검을 대각선으로 돌려 리오의 충격파를 막아 냈다.

하지만 그 순간 루카의 얼굴 앞에는 어느새 리오의 왼쪽 팔꿈치가 와 있었다.

"윽!"

루카는 반격할 새도 없이 그 공격을 맞아야 했다.

팔꿈치 공격에 이은 올려치기의 연속 공격이 루카에게 모두 적중됐다. 그 공격을 맞은 루카의 몸은 공중으로 붕 떠올랐다. 루카의 몸 위로 솟아오른 리오는 검을 자신의 머리 위로 던진 후 루카의 가슴 위에 양손을 대며 기를 강하게 터뜨렸다.

"하압!"

콰아앙

폭음과 함께 저택의 상공엔 섬광이 번뜩였고 곧이어 지면에서도 폭음이 울렸다. 리오는 떨어지는 파라그레이드를 가볍게 잡아 들며 외쳤다.

"아직 끝나지 않았을 텐데? 일어나라!"

"으으윽!"

지면에 처박힌 루카는 상상 이상의 충격을 입은 듯 몸도 제대로 가누지 못했다. 하지만 이상하게도 그 충격은 금세 회복됐다. 루카의 기가 무섭게 회복되자 리오는 움찔하며 다시 자세를 취했다. 루카의 눈이 순간 번뜩였다.

"당연히 끝나지 않았다!"

루카의 벌어진 입에서 바람정령이 뿜은 것과 똑같은 회청색의 거대 압력파가 뿜어졌다. 리오는 이를 악물며 왼팔을 뻗었다.

"커미트!"

리오의 일갈과 함께 그의 왼손에서 거대한 빛의 기둥이 뿜어졌다. 커미트와 충돌한 루카의 압력파는 크게 폭발하며 사라졌다.

"이, 이런 젠장!"

기를 많이 소모한 탓인지 루카의 얼굴은 상당히 창백해져 있었다. 몸에 이상이 생긴 듯 이전처럼 기가 빨리 회복되지도 않았다. 그는 다시 날아오르며 리오에게 말했다.

"후후, 대단한 녀석이군. 유감스럽지만 몰킨과 라우소를 부하로 할 수는 없을 것 같아. 확실히 알았다, 리오 스나이퍼. 왜 우리가 너희 때문에 총동원되어야 하는지 말이야. 나중에 보자. 그때는 꼭 오늘의 전투를 끝내 주겠다!"

루카의 몸이 흐릿해지는가 싶더니 이내 사라졌다. 지상에 내려온 리오는 천천히 호흡을 조절하며 중얼댔다.

"후, 라우소하고는 비교할 수 없을 정도군. 힘을 그때의 절반 수준으로 싸웠다고는 하지만 어려웠어. 방심할 수 없을 것 같군."

리오는 파라그레이드에 주입된 자신의 기를 풀었다. 파라그레이드의 우윳빛 날은 이내 사라졌다.

리오는 머리를 긁적이며 저택을 돌아보았다. 그레이를 비롯한 사람들이 자신을 멍하니 바라보고 있었다.

'이 사태를 어떻게 수습하느냐가 더 급한 것 같군.'

리오는 터벅터벅 걸어 집 안으로 들어갔다.

질문이 쏟아지리란 예상과는 달리 그레이는 리오의 손을 덥석 잡으며 감격에 찬 목소리로 소리쳤다.

"자네는 떠돌이 기사가 아니고 투신이야! 자네 정도의 젊은이를 본 일이 없어. 정말 대단해! 우리 왕국에서 영원히 일해 주게나! 원하면 내 큰손녀도 주지!"

"예? 하하핫."

리오는 흥분한 공작에게 어색한 미소를 보낼 뿐이었다.

수리공들이 저택의 유리를 거의 다 갈아 끼우고 돌아가자 시간은 어느덧 밤이 됐다. 수리공들의 일을 돕느라 약간 피곤해진 리오에게 또 다른 골칫거리가 생겼다.

그레이가 한사코 리오를 놔주지 않는 것이었다.

"비상주문에 마법검, 그리고 4급의 마법에다 책에서만 보아 온 개인 마법검을 쓸 수 있는 젊은이가 실제로 있었다니, 이건 정말 놀라운 일이군. 허허헛, 자네가 적이 아니라는 사실이 천만다행이야. 하하하핫!"

저녁 식사 중에도 그레이의 칭찬은 멈추지 않았다. 리오를 보는 공작 가족의 눈도 사뭇 달라져 있었다. 특히 그레이의 손자 라키는 자신이 리오에게 도전했다는 사실 때문에 머리가 혼란한 듯 계속해서 수저를 놓쳤다.

'큰일이다……'

리오는 속으로 한탄했다.

"후훗, 그 녀석의 솜씨는 잘 알았나, 루카?"

몰킨은 회복기 안에 들어가 있는 루카에게 빈정거리며 물었다. 루카는 씁쓸한 표정을 지으며 대답했다.

"워닐 님과 동등, 아니 그 이상이었다. 어쨌든 내가 했던 말은 취소하겠다. 후훗."

잠시 후 루카는 눈을 감았다. 쉬겠다는 뜻이었다.

몰킨은 열심히 화면을 바라보고 있는 와카루 박사에게 다가가 물었다.

"박사, 루카의 상처는 어느 정도인가?"

와카루 박사는 자신의 대머리를 매만지며 대답했다.

"흠, 프로토타입의 육체였다면 완전히 파괴됐을 겁니다. 루카 님의 몸 안에 있는 블랙박스에서 자료를 뽑은 결과, 그 남자로부터 루카 님이 입은 충격량은 약 300톤에 가깝습니다. 실험용 핵폭탄에 가깝죠. 확실히 무서운 전사 같군요. 자연 상태의 생물 중 이 정도의 힘을 낼 수 있는 것이 있었다니…… 생물을 재창조하는 재주를 가진 저라도 믿기 어려운 일입니다."

"……음."

몰킨은 묵묵히 생각을 하다가 이내 출구로 향하며 말했다.

"루카의 몸조리나 잘해 주시오. 이 녀석이라도 없으면 우리 일이

힘들어질 테니 말이오. 그리고 루카를 쓰러뜨린 녀석의 자료를 좀
더 모아 보시오. 그럼 수고하시오, 박사."

"예, 그럼 쉬십시오."

박사는 몰킨이 나간 즉시 시선을 화면 쪽으로 돌렸다. 화면엔 루
카의 육체가 입은 피해 수치가 사라지고 여섯 개의 팔이 달린 인간
형 병기의 설계도면이 떠올랐다.

와카루 박사는 희미한 미소를 지으며 중얼거렸다.

"그자의 힘 역시 신이란 존재의 힘이겠지. 허헛, 의외로 내 소원
이 빨리 이뤄지겠는걸? 허허허헛……."

박사의 주름진 손가락은 어느덧 자판 위에서 빠르게 움직이고
있었다.

12장
파괴된 도시

1

정찰(精察)

"한 명, 두 명…… 나까지 합해 여섯이군. 조심하는 게 좋겠어."

리오는 함께 공간이동을 해 온 일행이 모두 무사히 도착했는지 살펴보았다.

레이필과 그녀의 큰손자 라키, 큰손녀 피로니, 그리고 련희와 루이체가 이번 일에 참가한 그의 일행이었다.

루이체는 리오가 남긴 쪽지를 읽고 쫓아와 자기도 한사코 따라가겠다고 졸라서 데려왔다.

리오가 일행을 바라보고만 있자 루이체가 고개를 갸웃거리며 그의 옆구리를 쿡 찔렀다. 정신을 차린 리오는 머리를 긁적이며 동생의 얼굴을 바라보았다.

"음? 무슨 일이니, 루이체?"

"뭐 해, 오빠! 생존자 수색은 빨리 할수록 좋다고 한 사람이 누군데!"

"아, 미안. 좀 걸리는 게 있어서……. 레이필 현자님, 이제 어디로 가면 됩니까?"

레이필은 지팡이로 동남쪽을 가리키며 말했다.

"저쪽으로 길을 따라 쭉 가면 5분 내에 크로플렌이 나와요. 근처에 괴물은 없을 것 같군요."

"안심할 정도는 아니군요."

레이필의 말이 끝나기 무섭게 리오는 바닥에 디바이너를 박았다. 검이 박힌 땅에서 노란 액체가 솟아오른 것을 본 그는 씩 웃으며 레이필에게 말했다.

"땅속은 아니군요, 현자님. 발키드입니다. 다섯 마리쯤 되는군요. 한 마리는 이미 칼에 찔렸으니 제외하고, 나머지는 우리를 포위하고 있습니다."

"예? 아니, 벌써요?"

레이필은 움찔하며 물었다. 리오는 고개를 끄덕였다.

"주위 토양의 대부분이 산성입니다. 발키드가 살기에 딱 좋은 환경이죠. 어스퀘이크를 준비해 주십시오. 동료 한 마리가 죽었으니 쉽사리 올라오지 않을 겁니다. 그것으로 튀어 올라오게 만들어야죠. 다른 사람들은 뒤로 물러서도록."

일행은 리오의 말에 따라 서둘러 행동했다.

레이필이 어스퀘이크 주문을 외우자 리오는 전개하라는 신호를 보냈다. 레이필은 지팡이로 지면에 마법진을 능숙히 그리며 외쳤다.

"어스퀘이크!"

쿠구궁.

레이필의 마력이 높아서인지, 아니면 지면이 약해서인지 땅은 심하게 진동했고 그 반동으로 땅속에 있던 발키드 네 마리가 한꺼번에 땅 위로 튀어 올랐다.

"우, 우아!"

토룡 발키드를 직접 보긴 처음이었던 라키와 피로니는 그 지네 모양 마수의 거대한 몸과 육중한 움직임에 놀라움을 금치 못했다.

"키이이익!"

땅에서 나온 발키드들은 몸을 이리저리 비틀며 리오 일행을 쏘아보았다.

그들은 무언가에게 조종당하는 듯, 웬만해선 살기를 띠지 않는 마수인데 지금은 어떤 마수보다 위협적인 살기를 내뿜고 있었다.

"뭔가 있다는 증거겠지. 후훗, 간다!"

리오는 발키드를 향해 돌진했다. 맨 앞에 위치한 발키드 한 마리가 순식간에 2등분되며 체액을 내뿜었다. 겉은 딱딱한 외골격이지만 내부는 체액으로 꽉 차 있는 발키드의 몸에서 황색의 체액이 계속 흘러나왔다.

"다음!"

리오는 디바이너로 땅을 강하게 내리찍었다. 칼끝에서 생겨난 날카로운 충격파가 땅을 달려 발키드 두 마리를 순식간에 체액 덩어리로 바꿔 놓았다.

"좋아, 나머지 하나…… 음?"

나머지 발키드는 일행이 있는 방향에서 날아온 일곱 개의 화염탄에 맞아 폭발했다. 일행 쪽에서 공작의 큰손녀 피로니가 레이필만의 기술이라 불리는 빅 디퍼의 마법진을 그린 채 서 있었다. 리오는 찬사를 아끼지 않았다.

"후훗, 대단한데, 아가씨?"

"고마워요, 리오 님!"

디바이너를 거둔 리오는 일행에게 다가가며 말했다.

"자, 이제 근처에 괴물들이 사라졌으니 가시죠, 현자님."

"좋아요, 리오 군. 그럼 출발하자꾸나, 얘들아."

레이필의 손자 손녀는 활짝 웃으며 대답했다.

"예, 할머니!"

리오는 크로플렌을 향해 씩씩하게 걸어가는 공작의 일가를 바라보며 그레이와 레이필이라는 레프리컨트 왕국의 전설이 끊임없이 이어질 거라는 생각을 했다.

크로플렌에 도착한 일행은 참담히 허물어진 도시의 외곽을 바라보며 눈살을 찌푸렸다.

리오는 성 외곽의 흠집들을 손으로 만져 본 후 얼굴이 굳어졌다.

'역시 맨티스 크루저……. 하지만 뭔가 다른데?'

"뭐 해, 오빠?"

"루이체, 여기 난 흠집과 저쪽에 난 흠집을 비교해 봐. 이쪽이 더 깊게 파였지?"

"그게 어쨌는데?"

루이체는 모르겠다는 듯 머리를 긁적였다. 리오는 웃으며 설명했다.

"저쪽에 난 얇은 흠집은 보통 맨티스 크루저의 것과 같아. 하지만 여기에 난 깊은 흠집은 좀 달라. 맨티스 크루저의 것 같긴 하지만 더 강력한 힘에 의해 베어졌어. 이 도시를 점령한 것은 변종일까?"

"음, 사전을 한번 찾아볼게."

루이체는 배낭에서 『마수도감』을 꺼내 맨티스 크루저에 대한 것을 찾기 시작했다.

"현자님, 크로플렌의 구조에 대해 알고 계십니까?"

리오가 레이필에게 물었다.

"예전에 몇 번 와본 적이 있지만 구석구석까지 잘 알진 못해요. 그건 그렇고 완전히 폐허로 변했군요. 설마 이 정도일 줄은 상상도 못했어요."

레이필의 곱게 늙은 얼굴은 상심에 흐려졌다. 그녀의 손자 손녀 역시 완전히 폐허가 된 도시를 걱정스러운 얼굴로 둘러보았다.

리오는 가만히 냄새를 맡아 보았다. 시체 썩은 냄새는 나지 않았다. 하지만 뭔가 좋지 않은 냄새가 그의 코로 밀려드는 것 같았다.

루이체의 사전에는 맨티스 크루저의 변종에 대한 얘기는 나오지 않았다. 일행의 의문은 점점 깊어 갔다.

이윽고 리오 일행은 크로플렌에 발을 들여 놓았다.

실전이 처음인 피로니는 레이필의 옆에 꼭 붙어 다녔고 라키는 긴장감에 사로잡힌 채 검을 든 손에 더욱 힘을 주었다. 루이체와 련희도 긴장하긴 마찬가지였다. 리오는 온 신경을 집중하여 전 방향을 감시했다.

몇 걸음이나 걸었을까. 라키가 멀리 길가에 쓰러진 한 사람을 발견하고 리오를 돌아보며 외쳤다.

"리오 님! 저기 좀 봐요. 사람이에요!"

리오는 시력을 확대하여 쓰러진 사람을 살펴보았다. 기가 거의 느껴지지 않긴 했지만 살아 있는 것은 확실했다. 그는 즉시 레이필을 돌아보며 말했다.

"제가 일단 먼저 가 볼 테니 일행을 부탁드립니다. 저에게 무슨 일이 벌어지면 즉시 이 도시를 벗어나십시오."

"불길한 소리 하지 말아요, 리오 군. 젊은이가 그렇게 말하니 나까지 겁이 나는군요."

"후훗, 죄송합니다."

리오는 오른손으로 디바이너의 자루를 잡고 쓰러진 사람이 있는 곳으로 달려갔다. 일행은 그를 보면서 주위에도 신경을 곤두세웠다.

쓰러진 사람으로부터 두 걸음쯤 떨어진 거리에 선 리오는 근처를 한 번 더 확인한 후 그에게 다가갔다. 그는 중년쯤 되어 보이는 남자였는데 매우 쇠약해져 있었고 옷차림과 겉모습 또한 추레하기 그지없었다.

"이보시오! 정신 차리시오!"

"으, 으윽!"

신음 소리를 내던 남자는 고개를 들어 리오를 바라보았다. 리오가 사람인 것을 확인한 남자는 눈을 부릅뜨며 온 기력을 짜내 소리치기 시작했다

"가, 가시오! 지금 내가 아직 정신이 있을 때 나를 죽이고 어서 도망가시오! 나, 난 이미 더 이상 인간이…… 윽! 퀴, 퀸이 여기에……!"

그 남자는 말을 채 끝맺기도 전에 눈을 뒤집으며 죽고 말았다. 리오는 디바이너를 뽑아 들며 자세를 취했다.

"이런 제길!"

우두둑.

죽은 사람에게서 이상한 소리가 났다. 죽은 사람의 몸이 이상하게 꿈틀거렸다. 마치 번데기에서 무언가가 튀어나오려고 발버둥치는 듯했다.

푹.

살이 뚫리는 소리와 함께 남자의 등에서 날카로운 낫 모양의 것

이 솟아났다. 남자의 몸은 점점 더 찢어지고 갈라지면서 이상한 것
이 튀어나왔다. 드디어 남자의 육체를 완전히 뚫고 나온 것은 연한
황색을 띤 사마귀 모양의 괴물이었다.

리오는 다른 괴물의 이름은 잊어도 그 괴물만은 잊을 수 없었다.
자신이 가즈 나이트가 된 동기를 만들어 준 괴물이었기 때문이다.

"맨티스 크루저! 유생인가!"

"키이익!"

온몸에 숙주(宿主)의 피를 뒤집어쓴 맨티스 크루저의 유생은 리
오를 향해 포효했다.

보통 인간보다 작은 유생을 처치하기란 어렵지 않았지만 리오는
아직 가만히 있었다. 그를 바라보고 있는 일행의 눈을 의식했기 때
문이다.

리오는 시력을 확대하여 일행들이 있는 쪽을 돌아보았다. 라키
와 피로니가 생전 처음 보는 끔찍한 괴물을 경악스러운 눈빛으로
쳐다보았다.

"키아아악!"

리오가 뒤를 돌아보는 사이 유생이 그의 뒤를 습격하기 위해 몸
을 날렸다.

그러나 유생의 짧은 낫은 리오의 등에 닿기도 전에 허공에서 멈
추고 말았다. 리오의 디바이너가 먼저 유생의 몸을 꿴 것이었다.
리오는 움직임을 멈춘 유생을 멀찍이 던지며 중얼거렸다.

"생각보다 심각한데?"

맨티스 크루저 한 마리를 간단히 해치운 리오는 다시 일행이 있
는 곳으로 돌아왔다.

어린 손자들만큼이나 레이필 현자도 생전 처음 보는 기생(寄生)

맨티스 크루저의 모습에 내심 놀라움을 감추지 못했다.

"저것은 맨티스 크루저? 리, 리오 군? 도대체 어떻게 된 거죠?"

"원래 보통의 맨티스 크루저들은 알집을 만들어 거기서 유충들을 깨우는데, 몇몇 맨티스 크루저들은 알을 음식 등에 섞어 인간이나 동물들이 먹게 한 후 그 속에 유생이 기생하게 만들죠. 음식을 끓여 먹는다면 보통의 기생충과 같이 별 이상이 없지만 샐러드 같은 날것을 먹으면 곧 죽음으로 이르게 됩니다. 어른이든 아이든 가리지 않고 유생이 몸을 뚫고 나오기 때문이죠. 아까 그 사람도 맨티스 크루저에게 당한 것 같습니다. 어쨌든 생존자를 계속 찾아보도록 하죠."

계속 찾아보자는 말에 아이들은 벌써 질렸다는 듯 한숨을 내쉬었고, 다른 일행은 고개를 끄덕였다.

전진하는 중에 레이필은 이상하다는 생각이 들었다. 리오가 스물네 살의 젊은이치고는 놀라울 정도로 검술과 마법에 능통하고 더구나 일반인들은 모르는 많은 것을 알고 있는 탓이었다.

'설마, 가즈 나이트······? 하지만 용제에게 전해 들은 이야기라는데 그 책이 과연 신빙성이 있을까? 그냥 떠돌이 생활을 오래해서 경험이 많은 것일지도 모르지. 더 지켜봐야겠군.'

레이필이 떠올린 책 속의 가즈 나이트란 무엇일까.

그 책은 한 마법사가 우연히 드래곤의 성전에 들어가게 되어 용제라 불리는 최강의 드래곤에게 전해 들은 갖가지 이야기가 적힌 희귀한 고대 문서였다. 로드 덕이 우연히 구해 레이필에게 빌려 준 적이 있는데 그 책에는 이러한 문구가 적혀 있었다.

나는 용제에게 마지막으로 물었다.

"드래곤의 위대한 왕이시여, 신 이외에 당신보다 강한 존재는 무엇입니까? 소인에게 말씀해 주십시오."

웬만한 미녀 이상의 미모를 지닌 용제는 나의 질문을 듣자 인상을 구기며 말했다.

"나보다 강한 존재? 그딴 건 몰라. 하지만 내가 알고 있는 녀석들 중에 상황에 따라 나보다 더 강한 녀석들이 있긴 하다. 바로 주신이 만든 직속 기사단 녀석들이다."

"주, 주신이라면?"

용제는 둥글고 넓적한 사탕을 입에 물며 얘기를 계속했다.

"일명 가즈 나이트라 불리는 건달, 깡패 집단이다. 맘에 안 드는 녀석이나 물건이 있으면 무조건 때려부수지. 이 고귀한 몸을 가끔 유린하기도 하는 건방진 녀석들이기도 하다. 주신 할아범 성격하고 똑같아. 선신과 악신이 가장 싫어하는 녀석들이기도 하지. 그 녀석들의 임무는 딱 하나, 선과 악의 균형을 맞추는 것이다. 주신의 직속인 만큼 힘은 강대하다. 녀석들 얘기는 하기도 싫으니 더 이상 묻지도 마. 상대하니 피곤하군. 장로, 저 인간 보내 버리시오."

용제와의 대화는 거기에서 끝났다. 그 후로 나는…….

단 몇 줄뿐이라 그 책을 읽어 본 사람들도 거의 기억하지 못하는 구절이었다. 레이필도 가물가물했으나 리오의 모습을 본 순간 이상하게도 문득 그 내용이 떠올랐다. 하지만 그녀는 이내 고개를 저었다.

'……아니겠지. 그런 신의 전사들을 만나 얘기를 나눌 정도의 행운은 아무나 가지는 게 아니니까.'

그때 뒤에서 걷던 리오가 레이필에게 나지막이 말했다.

"시야가 흐트러지신 것 같습니다. 정신을 집중해 주십시오."

'진짜 가즈 나이트일지도……. 귀신같은 젊은이라니까!'

레이필은 혀를 내두르며 속으로 생각했다.

잠시 후 날카로운 눈으로 주위를 둘러보던 리오가 순간 멈춰 서며 일행에게 말했다.

"안타깝지만 전투 준비를 해 주시길. 내가 전방을 맡을 테니 나머지 방향을 각자 맡아 주십시오. 런희 양께선 접근하는 적을 견제할 주술을 준비해 주시고, 루이체는 프로텍트를 준비해 둬. 그럼, 나오기 전에 먼저!"

리오는 말을 마치기가 무섭게 앞쪽을 향해 몸을 날렸다. 그는 디바이너와 파라그레이드 두 개의 검을 동시에 뽑아 들며 외쳤다.

"나오너라!"

파라그레이드에 우윳빛 날이 생성됨과 동시에 근처 건물들에 숨어 있던 맨티스 크루저들이 거대한 낫을 휘두르며 나타났다. 그 순간 리오의 눈에서 푸른 안광이 번뜩였다.

"얍!"

건물에서 처음 나온 맨티스 크루저 다섯 마리는 리오가 두 개의 검으로 만들어 낸 수십 개의 검광에 휩싸여 산산조각 났다. 하지만 맨티스 크루저들은 동료들의 핑크색 내장을 밟으며 계속 떼거리로 몰려 나왔다.

다른 일행들도 편하게 리오의 전투를 구경할 수만은 없었다. 그들의 주위에도 만만치 않은 숫자의 맨티스 크루저들이 나타났기 때문이다.

하지만 리오는 그리 걱정하지 않았다. 바로 현자라 불리는 레이필과 련희가 있었고, 또한 자신의 동생인 천사 루이체가 있었기 때문이다.

"프로텍트!"

루이체는 지체하지 않고 방어 마법의 주문을 외웠다. 곧 일행의 몸엔 하늘색의 빛이 잠깐 흘렀다가 사라졌다.

마법을 준비하던 레이필은 또 한 번 놀라지 않을 수 없었다.

'잠깐, 이 수준은 거의 로드 덕과 맞먹잖아! 저 나이에 이 정도의 마력이……?'

하지만 더 이상 생각할 겨를이 없었다. 레이필은 몰려오는 맨티스 크루저를 향해 곧바로 마법진을 전개하며 외쳤다.

"파이어 레인!"

레이필이 전개한 마법진에서 그녀의 손녀 피로니가 썼던 빅 디퍼와는 비교가 되지 않을 만큼 엄청난 화염탄이 쏟아졌다. 수십 개의 화염탄들은 일직선상에 있는 맨티스 크루저들에게 비처럼 쏟아져 내렸다.

"키아아악!"

폭발 속에서 맨티스 크루저들은 끔찍한 비명을 질러 댔고, 레이필은 다른 주문을 사용하기 위해 다시 눈을 감았다.

련희는 조용히 양손을 모으고 진언(眞言)에 필요한 염(念)을 모으는 중이었다. 곧 그녀는 큰 눈을 뜨고 손가락을 파란 잔상과 함께 빠르게 교차하기 시작했다.

"굉염초래(宏炎招來)!"

앞으로 뻗은 그녀의 양손에서 거대한 불꽃이 폭발하듯 뿜어져 나왔다. 그 불꽃에 닿은 맨티스 크루저들은 순식간에 화염에 휩싸였고, 곧 재로 변하여 하나둘씩 쓰러졌다.

그러나 둘의 주문에도 불구하고 맨티스 크루저들은 여전히 점점 더 접근해 왔다. 그중 한 마리가 일행의 머리 위를 덮쳤다.

투명한 날개를 퍼덕이며 날아오는 맨티스 크루저를 본 피로니가 기다렸다는 듯이 손을 위로 뻗었다. 그녀의 조그만 손에는 작은 빛덩어리가 뭉쳐졌다.

"커미트!"

그 빛 덩어리는 얇지만 강력한 기둥으로 변해 맨티스 크루저의 몸을 꿰뚫었다.

"쿠엑!"

치명타를 입은 맨티스 크루저는 일행과 가까운 장소에 떨어졌다. 피로니는 무서움에 숨을 몰아쉬며 뒤로 한 발 주춤했다. 그때 죽었다고 생각한 맨티스 크루저가 다시 몸을 일으키며 일행에게 덤벼들었다.

"조용히 잠이나 자!"

순간적으로 몸을 날린 라키는 할아버지에게 새로 받은 검으로 맨티스 크루저의 머리를 잘라 버렸다. 목을 잃은 맨티스 크루저의 몸은 힘없이 바닥으로 쓰러졌다.

"비키거라, 라키!"

가만히 서 있던 라키는 할머니의 외침을 듣고 재빨리 일행 쪽으로 몸을 피했다. 레이필은 독자적으로 개발한 마법을 전개했다.

"하아아앗!"

엄청난 양의 스파크가 그녀가 그린 마법진에서 흘렀다. 루이체는 그 마법진을 쳐다보고 깜짝 놀랐다.

'저 마법진의 글자 배치와 도형은……? 이상한 조합이군.'

숨을 크게 들이쉰 레이필은 일순간 나이를 잊은 듯 크게 외쳤다.

"딜 캐논!"

그 마법진에서 예전에 리오가 쓴 커미트에 버금가는 엄청난 푸른색 스파크가 내뿜어졌다. 그 범위 내에 든 맨티스 크루저와 건물들은 한순간에 재로 변하고 말았다.

"우아!"

루이체의 감탄은 아직 일렀다. 딜 캐논의 진짜 위력은 이제부터였다.

"헙!"

기합과 함께 레이필이 몸을 옆으로 틀자 거기에 맞추어 딜 캐논의 줄기도 이동했다. 거대한 스파크 기둥은 맨티스 크루저들을 일순간에 쓸어 버렸고, 그 광경은 리오로 하여금 감탄을 자아내게 만들었다.

"오, 배울 만한 마법인데!"

곧 몇 마리 남지 않은 맨티스 크루저는 도망치듯 어디론가 사라졌고, 딜 캐논의 전류는 차츰 사그라졌다. 레이필은 이마에 맺힌 땀을 손수건으로 닦으며 빙긋 웃었다.

"호홋, 어떠냐, 할머니의 모습이?"

"멋져요!"

라키와 피로니는 활짝 웃으며 엄지손가락을 펴 보였다. 자신들이 맡은 쪽의 전투가 끝나 리오를 지원해 주려던 런희와 루이체 역시 미소를 지으며 레이필을 바라보았다.

"제가 지원할 필요 없겠군요. 1차 습격은 어쨌든 끝난 듯한데요?"

일행은 깜짝 놀라며 소리가 들려온 쪽을 바라보았다. 그곳에는 리오가 벌써 돌아와 씩 웃고 있었다. 그들의 기억으로는 자신들을 습격한 맨티스 크루저보다 리오가 맡은 정면의 맨티스 크루저들이 더 많았는데 말이다.

"아, 아니 맨티스 크루저들은……?"

리오는 별 표정 없이 뒤를 보라는 듯 몸을 비켰고, 일행은 길가에 즐비한 맨티스 크루저의 잔해를 바라보며 말을 잃었다.

'이럴 수가!'

라키는 믿을 수 없다는 듯 리오와 맨티스 크루저를 번갈아 바라보았다. 그뿐만 아니라 다른 일행도 마찬가지였다.

"자, 계속 가 보실까요?"

놀라움에 말문을 잃고 있던 일행들은 그제야 정신을 차리고 리오를 따라 걷기 시작했다.

한참 동안 걸었는데도 리오가 아무 말이 없자 루이체가 넌지시 물었다.

"오빠, 무슨 생각해?"

고민스러운 표정을 짓고 있던 리오가 나지막이 대답했다.

"음, 그 사람이 죽으면서 '퀸'이라는 말을 남겼거든. 도대체 무슨 말인지 이해가 가질 않아. 여왕 폐하가 여기 계실 리는 만무하잖아. 아, 모두 잠깐!"

그 말에 일행이 모두 멈추자 리오는 몸을 굽혀 땅바닥을 유심히 관찰하기 시작했다. 일행은 리오가 뭘 하나 궁금해하며 가만히 쳐다보았다.

리오는 곧 회심의 미소를 지으며 땅바닥에서 무언가를 주웠다.

"흠, 확실히 이 근처에 생존자가 있습니다."

그 말을 들은 라키가 인상을 쓰며 리오에게 물었다. 의심이 가는 모양이었다.

"어떻게 확신할 수 있죠?"

리오는 자신의 손바닥을 라키에게 펴 보였다. 이내 인상을 찡그린 라키는 리오의 손바닥에 있는 긴 머리카락을 보며 되물었다.

"수십 년 된 머리카락일 수 있는데 어떻게 알아요?"

리오는 빙긋 웃으며 련희에게 다가가 말했다.

"련희 양, 실례지만 련희 양의 머리카락을 하나만 뽑아 주시겠습니까?"

련희 역시 고개를 갸웃거리며 머리카락 하나를 뽑아 리오에게 건네주었다.

리오는 련희의 긴 머리카락과 자신이 주운 머리카락을 대비시키며 라키에게 말했다.

"이건 어떤 사냥꾼에게 배운 것인데, 잘 보아라. 머리카락의 윤기가 차이가 없지? 머리카락도 엄밀히 말하면 인간 신체의 일부분이야. 신체와 떨어져 있거나 잘 손질하지 않으면 표면의 윤기는 금방 상하게 마련이지. 네 말대로 수십 년 된 머리카락이라면 이렇게 말끔하지 않아. 이 머리카락은 약 세 시간 전 이 장소에 떨어진 거야. 그것도 윤기를 보니 상당히 건강한 사람이야."

"……."

라키는 할 말을 잃고 말았다. 약간 황당하긴 했지만 레이펠도 리오의 말에 고개를 끄덕였다.

"음, 사냥꾼들이 동물의 털을 이용해서 사냥감을 추적한다는 소리는 들은 적이 있지만 그것이 인간에게도 적용될 줄은 미처 생각 못했군요, 리오 군. 그럼 생존자를 빨리 찾아보는 것이 좋겠어요."

리오는 고개를 끄덕이며 말했다.

"물론이죠. 이 근처엔 맨티스 크루저들이 없는 것 같으니 서로 20분간 흩어져 찾아보기로 하죠. 라키는 련희 양과 같이 가고, 피로니는 할머니와 같이 가거라. 그럼 20분 후에 여기서 다시 만나죠."

리오는 먼저 문이 삐걱거리는 주점부터 들어가 봤다. 련희와 라키는 가옥 안으로, 루이체는 투덜대며 무슨 상점이었을지도 모르는 건물에 들어갔다. 레이필과 피로니 역시 상점으로 보이는 건물 안으로 들어갔다.

그러나 10분, 15분이 지나도록 일행 모두는 아무것도 찾지 못했다. 리오조차 아무것도 찾지 못한 채 일행 모두 허탈한 모습으로 약속한 장소에 다시 모였다.

"흐음…… 하긴, 이러니 맨티스 크루저들에게 발각되지 않고 살아남았겠지. 다른 사람들은 어때요?"

모두 고개를 저었다. 리오는 한숨을 쉬며 주위를 다시 한 번 돌아보았다. 하지만 소득은 없었다.

"기척도 느껴지지 않다니, 설마 그 세 시간 동안 맨티스 크루저에게 잡혔나? 정말 이해가 가질 않는데?"

고심하던 리오의 시야에 검은색 물체가 훌쩍 지나가는 게 들어왔다. 어디서나 볼 수 있는, 굉장한 번식력을 갖춘 생물, 바로 쥐였다.

리오는 무심결에 그 쥐를 바라보다가 뭔가 생각난 듯 탁 하고 손가락을 튀겼다.

"아하, 그랬군. 후훗."

리오는 허탈한 웃음을 터뜨리며 중얼거렸다. 일행은 뭐냐는 듯 리오를 바라보았다.

"무슨 일이죠, 리오 군? 그냥 쥐일 뿐이잖아요?"

"아무리 쥐라 해도 기척은 있는 법인데 방금 저 쥐의 기척을 느낄 수 없었습니다. 눈앞에 있는데도 말이죠."

"아!"

레이필을 비롯한 일행은 탄성을 터뜨리며 리오가 가리킨 쥐를 바라봤다.

리오에게 힌트를 준 쥐는 사람들의 시선을 느낀 듯 재빨리 어디론가 숨어 버렸다.

리오는 루이체를 바라보며 말했다.

"루이체, 디스펠 마법을 10초 동안 근처에 써줘."

"응, 오빠."

루이체는 고개를 끄덕이고 즉시 주문 해제 마법인 디스펠을 외웠다.

"……저곳이군."

가만히 눈을 감고 신경을 집중하던 리오는 디스펠 마법이 풀리자마자 한 허름한 건물로 뛰어갔다. 일행 역시 그를 따라 그 건물로 뛰어갔다.

"이 건물은 누가 탐색했죠?"

리오가 건물 내부 이곳저곳을 살피며 일행에게 묻자 루이체가 얼굴을 붉힌 채 손을 살짝 들었다. 그녀를 돌아본 리오는 빙긋 웃으며 말했다.

"괜찮아, 루이체. 이제 찾았으니 부끄러워할 필요 없어."

계속 벽을 더듬어 보던 리오의 손이 어느 한 지점에서 쑥 들어가자 레이필과 루이체를 제외한 일행은 놀라움을 금치 못했다. 리오는 회심의 미소를 띠며 그 안으로 들어갔다.

"마법의 장벽. 이건 생물의 기척을 지워 버리는 마법이죠. 맞죠, 현자님?"

레이필도 장벽 안으로 들어가며 고개를 끄덕였다.

"네, 그것도 수준이 아주 높군요. 그리고 아까 루이체 양이 디스펠 마법을 썼을 때 또 다른 마법의 장벽이 이 근처에 쳐진 것 같더군요. 이렇게 이중으로 쳐져 있으니 아무리 감각이 좋은 맨티스 크루저라 해도 이 비밀 장소를 알아낼 수 없었겠죠."

"예. 자, 모두 들어가 봅시다."

일행은 리오를 따라 아래로 향한 계단을 내려가기 시작했다. 이런 곳에서는 리오가 앞장을 섰다. 일직선으로 뻗은 길에선 어지간한 괴물보다 트랩들이 더 무섭기 때문이다. 하지만 다행히 계단에 함정은 없었다.

리오 일행은 곧 거대한 방에 도착했다.

하지만 사람들이 한 명도 보이지 않자 라키는 인상을 찡그리며 투덜댔다.

"에이, 한 사람도 없잖아요. 괜히 헛고생한 거 아니에요?"

리오는 고개를 저으며 안쪽에 대고 소리쳤다.

"우리는 레프리컨트 왕국 수도에서 나온 사람들이오! 레이필 현자님께서도 함께 오셨고 그레이 공작님의 서신도 있으니 나오시오!"

그러자 대답 대신 화살이 날아왔고, 리오는 손가락으로 가볍게 화살을 잡으며 다시 말했다.

"맨티스 크루저는 아니니 걱정 마시오. 게다가 맨티스 크루저들의 외골격은 이 정도의 가는 화살쯤은 튕겨 내니 소용없답니다. 자, 여러분 두려워 말고 나오시오."

잠시 후 어린 소녀가 어둠 속에서 나왔다. 리오는 빙긋 웃으며 말했다.

"역시, 사람이 있었구나."

2

도스톨 가(家)의 대피소

"힉!'

리오 일행을 본 소녀는 다시 안으로 들어갔다. 곧이어 사람들이 우르르 몰려나왔고 그들 중 맨 앞에 있던 사람을 본 레이필은 깜짝 놀라며 달려갔다.

"레, 레이필 현자님!"

그녀는 자신의 이름을 외친 사람의 주름진 손을 잡으며 물었다.

"베스토르 훈작! 이게 도대체 어찌 된 일입니까?"

레이필의 모습을 본 크로플렌 지방의 영주, 도스톨 가(家)의 베스토르 훈작은 눈물을 흘리며 레이필 앞에 무릎을 꿇고 말했다.

"죄송합니다, 레이필 현자님! 크로플렌 지방이 이렇게 됐는데 저는 살아 있습니다. 으흐흐흑!"

레이필은 눈물을 떨구는 베스토르 훈작을 일으키며 물었다.

"천천히 말해 보세요! 사건의 전후를 알아야 해결을 하지요! 훈작께서 눈물만 흘리신다고 해결되는 것이 아니지 않습니까!"

"예, 그것이⋯⋯."

사건의 전후는 이랬다.

그 지방의 특산물인 미몬 열매 속에 어찌 된 영문인지 맨티스 크루저의 알이 들어 있었고, 그것을 먹은 사람들이 모두 맨티스 크루저의 기생에 의해 목숨을 잃었다.

사람들의 몸속에서 나온 맨티스 크루저들은 성장하며 또 다른 사람들을 죽였다. 맨티스 크루저들이 하루에 몇 마리씩 나왔다면 괜찮았겠지만 한꺼번에 수백 마리씩 생겨났기 때문에 도시 주둔군은 손을 쓸 수가 없었고, 결국 도시는 황폐해지고 말았다. 다행히 도스톨 가문의 거대 대피소 덕분에 몇몇 살아남은 사람들은 무사히 숨어 있을 수 있었으나 그중에 또 맨티스 크루저가 기생하는 사람이 생기기도 해 사람들은 서로를 믿지 못하는 지경에까지 이르게 됐다.

어쨌든 그렇게 오랜 시간이 지나고, 비축해 둔 식량이 한 달치밖에 남지 않아 고민하고 있었는데 레이필 일행이 와 준 것이었다.

"⋯⋯이렇게 된 것입니다. 정말 찾아와 주셔서 감사합니다, 현자님. 다른 분들 역시⋯⋯."

가만히 얘기를 듣던 리오는 베스토르 훈작에게 자신이 궁금했던 점을 물었다.

"이 도시에 들어오면서 죽어 가는 사람에게 '퀸'이란 말을 들었는데 그것이 뭐죠? 혹시 아시는지⋯⋯."

퀸이란 말을 들은 훈작은 순간 사색이 되었다. 다른 주민들도 마찬가지였다. 훈작은 침을 꿀꺽 삼키며 겨우 대답했다.

"퀴, 퀸이란 것은 맨티스 크루저들의 여왕을 말하는 것입니다.

저희가 경험한 바로, 우리를 습격한 맨티스 크루저들은 독립적으로 행동하지 않더군요. 마치 개미들처럼 맨티스 솔저와 맨티스 워커, 맨티스 나이트, 그리고 여왕인 맨티스 퀸으로 계급이 나눠져 있어요."

처음 듣는 말이었다. 루이체와 리오를 비롯한 일행의 얼굴에 그늘이 드리웠다. 훈작의 얘기는 계속되었다.

"맨티스 솔저와 맨티스 워커는 시민들 중 마법을 쓸 수 있는 사람들이 더러 있고, 이 일에 우연히 휘말린 두 분의 방랑 검사들 덕택에 물리칠 수 있었지만, 맨티스 나이트는 도저히 상대할 수가 없었습니다. 지능이 상당히 뛰어나고 맨티스 솔저와는 비교할 수 없는 전투력을 보유하고 있죠. 그 맨티스 나이트 때문에 우리에게 도움을 주신 두 검사 중 남자분이 그만 사망하고 말았습니다. 상당히 강한 젊은이였는데……."

"……그렇군요."

리오는 한숨을 쉬며 고심했다.

레이필이 훈작에게 물었다

"현재 이 대피소에 있는 사람들은 모두 몇 명이죠?"

"총 1,835명입니다. 상당히 크고 비축된 식량도 많아 몇 개월은 안전하게 버틸 수 있었습니다. 물도 지하수라 풍부하고요. 게다가 지금까지 버틸 수 있던 이유가 따로 있죠."

"무엇이죠?"

"이 대피소에 이중의 마법진형이 설치되어 있기 때문입니다. 아무리 예민한 감각을 가진 생물도 유효 범위 안쪽은 그 기척을 알아낼 수 없답니다. 꽤 고급 마법진형이라고 아버님과 조부님께 듣긴 했지만 이렇게 훌륭한 줄은 상상도 못했습니다. 조상님들께 감사할 따름이지요."

잠시 고심하던 리오는 훈작에게 다시 물었다.

"검사 둘 중 한 명이 죽었다고 했는데, 다른 한 명을 만나 볼 수 있을까요?"

훈작은 고개를 끄덕이며 시종에게 명했다.

"그분을 모셔 오게."

시종이 나간 후 리오가 물었다.

"맨티스 퀸은 어떤 존재입니까?"

"글쎄요……. 겨우 살아남은 한 사람이 말하기를 보통의 맨티스 크루저보다 거대한 존재라더군요. 하지만 그도 정신이 없었기 때문에 많은 것을 알지는 못했습니다."

잠시 후, 시종이 들어와 허리를 굽히며 말했다.

"그분을 모셔 왔습니다."

"아, 아니?"

리오는 시종과 함께 들어온 사람을 보고 놀라지 않을 수 없었다. 예전에 헤어졌던 엘프 검사, 트리네였다.

"리오 스나이퍼 씨?"

트리네는 믿지 못하겠다는 표정으로 리오를 바라보았다. 리오는 반가운 표정으로 고개를 끄덕이며 말했다.

"여기서 만나게 되는군요. 설마 죽었다는 검사가 페릴입니까?"

트리네는 고개를 숙이며 나지막이 말했다.

"들으셨나 보군요. 그가 그렇게 쉽게 당할 줄은……."

트리네는 소리 없이 흐느꼈다. 리오는 한숨을 쉬며 고개를 저었다.

"미안합니다, 트리네. 오랜만에 만났는데 이런 얘기부터 꺼내서……. 그런데 맨티스 크루저에 대해 특별히 아시는 것이 있습니까? 그때 싸우셨다면……?"

트리네는 손수건으로 눈물을 닦으며 대답했다.

"지금 이 도시를 점령하고 있는 맨티스 크루저는 보통의 맨티스 크루저들이 아닙니다. 1천 년 전에 존재했던, 엄밀히 말하자면 현재 세상에 있는 맨티스 크루저들의 조상쯤 되겠지요. 맨티스 퀸의 존재를 보면 알 수 있어요."

레이필은 1천 년 전 존재했던 맨티스 종족을 떠올렸다. 그녀는 왜 진작 이 생각을 못했는지 내심 후회하며 말했다.

"리오 군, 이번 건은 아무래도 만만치 않겠어요. 지금 맨티스 퀸에 대한 기억이 났는데, 맨티스 퀸은 정말 강력한 존재예요. 신벌을 받은 네 여신들과도 관련이 있죠."

"여신들과 말입니까?"

"예. 그녀는 아마 고대의 여신 요이르의 수하 중 한 명이었을 겁니다. 책에서 본 지 오래되어 기억이 가물거리긴 하지만 12신장의 최고 수장이라 불리는 차원장 워닐 이상의 힘을 가지고 있다고 했던 것 같아요. 잘은 모르지만 어쨌든 강한 존재임에 틀림없습니다."

리오는 고민스러운 표정으로 턱을 괴며 훈작에게 물었다.

"맨티스 퀸이 있는 장소를 알고 계십니까?"

훈작은 고개를 끄덕였다.

"예, 이 도시의 중앙에 거대한 동굴이 생성되어 있는데, 그 안쪽에 맨티스 퀸이 있을 것입니다. 그 근처엔 수백 마리의 맨티스 솔저가 배회하고 있고, 또 안쪽은 맨티스 나이트로 꽉 차 있습니다. 그 검사가 목숨을 잃으면서 알아낸 정보지요. 제 생각이지만, 레프리컨트 왕국의 정규군 정도가 파견되어야 그 근처의 맨티스 솔저, 맨티스 워커를 물리칠 수 있을 것이고, 레이필 현자님과 같은 고급 마법사들이 계셔야 맨티스 나이트를 물리칠 수 있을 것 같습니다. 하지만 맨티스 퀸은 어찌해야 될지……."

일행 역시 방법이 없었다. 수백 마리에 달하는 맨티스 크루저를 물리친다는 것은 숫자상으로도 말이 되지 않았기 때문이었다.

리오는 팔짱을 끼고 길게 한숨을 내쉬었다. 12신장 중 최고의 존재보다 더 강한 존재라면 어느 정도인지 상상이 가지 않았다.

잠시 동안 생각하던 그는 일행에게 말했다.

"어쩔 수 없군요. 오늘은 모두 지쳐 있으니 쉬고, 내일 계속 생각해 보도록 하죠."

레이필은 고개를 끄덕이며 말했다.

"동감이에요. 그럼 훈작님, 죄송하지만 저희가 묵을 만한 숙소가 있습니까?"

훈작은 자리에서 일어서며 정중히 대답했다.

"방은 많습니다. 제가 시종에게 안내하라고 말해 놓지요. 그럼 편안히 쉬십시오, 레이필 현자님, 그리고 여러분. 내일 뵙겠습니다."

훈작이 밖으로 나가자 시종이 다시 들어와 모두를 안내했다.

일행은 세 개의 방에 나뉘어 들어갔고, 리오는 당연히 라키와 함께 방을 쓰게 되었다.

방 안에서 간단히 망토만 벗은 리오는 무기들을 옆에 놓은 채 침대 대용으로 쓰이는 높은 매트에 누웠다. 라키는 먼저 세면대로 가서 얼굴을 닦았다.

세면을 마친 라키는 수건으로 얼굴의 물기를 닦으며 리오에게 물었다.

"안 씻으세요, 리오 님?"

라키가 묻자 가만히 천장을 바라보던 리오는 그에게 손짓했다.

"잠깐 와 볼래, 라키?"

라키는 약간 인상을 찡그리며 리오에게 다가갔다. 리오는 라키의 볼에 자신의 손을 가져갔다.

"윽! 무슨 짓이에요!"

라키가 깜짝 놀라며 뒤로 주춤하자 리오는 피식 웃으며 말했다.

"아, 오해하지 마. 혹시나 해서 그런 거니까."

"호, 혹시나 해서요?"

리오는 다시 자리에 누우며 말했다.

"지하수라는 것은 솔직히 믿을 수 없는 물이지. 대피소 물은 반드시 끓여 먹어야 해. 생수로 그냥 쓰면 큰일 날 위험이 있어. 맨티스 크루저가 지하수 공급원을 알아내 거기에 자기들의 알이나 독극물을 투여한다면…… 후훗."

그 말을 들은 라키의 표정은 단숨에 시퍼렇게 변했고, 리오는 웃으며 라키의 어깨를 두드렸다.

"하핫, 걱정하지 마, 라키. 이곳 물은 안전한 것 같으니까. 근데 네 또래 아이들에 비해 실전 경험이 많은 것 같던데? 얘기 좀 들을 수 있을까?"

라키는 리오의 옆 매트에 누우며 대답했다.

"예전부터 아버지와 할아버지를 따라 많이 돌아다녔어요. 검술도 거의 밖에서 배웠지요. 근데 오늘 하루 동안 리오 님에게 배운 것이 아버지에게 한 달 동안 배운 것보다 많은 것 같아요. 맨티스 크루저의 대략적인 습성이나 머리카락으로 사람의 존재 여부를 알아내는 것이나……. 물론 할아버지께서도 알고 계실지 모르지만 저는 그런 걸 배운 적이 없거든요. 리오 님처럼 젊은 사람이, 물론 저보다 나이는 많으시지만, 어쨌든 그 정도의 경험을 가지고 계

423

시다는 것에 정말 놀랐어요."

리오는 그저 미소를 지을 뿐이었다.

"후훗, 칭찬으로 들으마. 그럼 먼저 쉬어라, 라키. 난 잠깐 나갔다 올 테니까. 그리고 검을 꼭 옆에 두고 자거라. 주의해서 나쁠 건 없으니까."

"알았어요, 리오 님. 헤헷, 또 하나 배웠네요."

라키는 자기 옆에 검을 끌어다 놓으며 고개를 끄덕였다.

리오는 루이체와 련희가 있는 방으로 향했다.

리오가 문을 두드리자 안에서 목소리가 들려왔다.

"누구십니까?"

루이체라면 이렇게 대답할 리 없었다. 리오는 조용히 대답했다.

"리오입니다. 잠시 들어가도 될까요?"

방 안에서 잠시 대답이 들리지 않자 리오는 턱을 쓰다듬으며 생각했다.

'옷이라도 갈아입고 계시나?'

"들어오십시오, 리오 님."

고개를 갸웃거리며 안으로 들어선 리오는 련희 혼자 있는 것을 보고 의아한 얼굴로 물었다.

"루이체는 어디 갔습니까?"

"이곳에 대중목욕탕이 있다는 말을 듣고는 바로 나가셨습니다."

리오는 고개를 흔들며 말했다.

"하여튼 그 녀석 목욕 병에 걸렸다니까. 아, 그럼 당분간 방해할 사람은 없겠군요. 후훗."

"……!"

리오가 문을 닫으며 말하자 련희는 불안한 느낌에 움찔했다.

'아, 말을 잘못한 느낌이 드는군.'

련희가 어쩔 줄 몰라 하자 리오는 멋쩍은 듯 머리를 긁적이며 문가에 서서 말했다.

"뭐, 곤란하시면 여기서 말하지요. 오해받기는 싫으니까요."

련희는 결국 고개를 돌려 버렸다. 리오는 한숨을 쉬며 련희에게 물었다.

"그런데 출발하기 전 왜 약속하지도 않은 일을 약속했다고 하셨죠? 궁금한데요?"

련희는 속으로 리오가 제발 그 일만은 묻지 말아 주기를 바랐다. 하지만 결국 리오는 그 질문을 하고 말았고, 련희는 얼굴을 붉힌 채 머뭇거렸다.

"저, 그, 그것은……."

얘기는 리오 일행이 이곳으로 떠나오기 전으로 돌아간다.

사실 련희는 이번 일에 포함되지 않았다. 하지만 리오가 그녀에게 작별 인사를 할 때 전혀 예상치 못한 일이 벌어지고 말았다.

"그럼 련희 양, 걱정 말고 기다려 주시길."

리오의 그 말에 루이체가 한마디 내뱉었다.

"가서 다른 여자나 꼬시지 마, 오빠."

"음? 무슨 소리야, 루이체."

하지만 루이체는 자신의 그 말이 련희를 도발할 줄은 몰랐다. 리오가 등을 돌리기 직전, 련희의 입에서 예상치 못한 말이 튀어나왔다.

"언제나 저와 같이 다니신다고 약속하지 않으셨습니까!"

"예?"

련희의 갑작스러운 말에 리오는 황당한 표정을 지었다. 루이체를 비롯한 다른 일행의 얼굴 역시 변하고 말았다. 그리고 결국 일을 만들고 만 련희는 이곳까지 오게 되었다.

련희는 어떻게 수습해야 할지 몰랐다. 리오는 한창 고민하는 그녀에게 웃으며 말했다.

"훗, 그럼 나중에 듣기로 하죠. 하지만 약속하신 겁니다? 하하핫."

"리, 리오 님……."

그때 문이 열리고 머리에 수건을 감은 루이체가 들어왔다. 그녀는 리오와 련희가 같이 있자 둘을 번갈아 쏘아보며 말했다.

"오호, 두 분이 어인 일로 사이좋게 밀담을 나누고 계시나요? 방해를 한 건 아닌지 모르겠네요, 오라버니?"

리오는 빙긋 웃으며 대답했다.

"방해한 줄 알긴 아는구나, 루이체. 역시 똑똑하다니까? 후후훗."

"당장 나가, 이 바람둥이!"

루이체는 순간 인상을 쓰며 리오에게 자신의 머리에 두른 수건을 내던졌다. 리오는 가볍게 수건을 받아 다시 그녀에게 던져 주며 방을 나섰다.

"어찌 동생의 분부를 거역하리오. 후훗, 잘 자라, 루이체."

리오가 문을 닫고 나가자 루이체는 씩씩거리며 자신의 매트에 누웠다. 련희는 조심스럽게 말했다.

"저, 리오 님은 별다른 말씀을 하지 않으셨습니다, 루이체 님."

순간 루이체는 벌떡 일어나 히스테릭하게 소리쳤다.

"으아아악! 누가 물어봤어요, 련희 씨! 건들지 말아요!"

"아, 예……."

련희는 겁에 질린 표정으로 고개를 끄덕였다. 루이체는 다시 침대에 쓰러져 눈을 감아 버렸다.

그리고 루이체의 히스테리를 들은 리오는 머리를 긁적이며 중얼 거렸다.

"어릴 땐 참 좋은 성격이었는데…… 쯧, 지크 녀석이 다 망쳐 놨어."

리오는 레이필의 방으로 향했다. 아까 낮에 본 마법을 배우기 위해서였다.

"리오입니다만, 들어가도 되겠습니까?"

"네, 들어오세요. 리오 님."

대답한 것은 레이필이 아니고 손녀 피로니였다. 피로니와 레이필은 마주 보고 무언가 열심히 하는 중이었다.

'이미지트레이닝……. 하긴 마법사에겐 더없이 좋은 훈련 방법이지. 피로니를 가르치고 계시나 보군.'

이미지트레이닝이란 상상으로 마법이나 검술 등의 훈련을 하는 방법이었다. 하지만 상상력이 풍부하지 못한 사람은 해 봤자 효과 없는 훈련법이기도 했다. 레이필은 천천히 눈을 뜨고 리오를 바라보았다.

"무슨 용건이죠, 리오 군?"

"예, 마법을 좀 배우고 싶어서 찾아뵈었습니다. 배워 두면 후에 쓸모가 있을 것 같아서요."

레이필은 그 말을 듣고 빙긋 웃으며 말했다.

"아니, 기사가 4급 정도의 마법을 아는 것도 굉장한 축에 드는데 저에게 또 마법을 배우시겠다고요? 흠, 좋아요. 하지만 배우는 건 리오 군의 역량에 달렸답니다. 그럼 무엇을 가르쳐 드릴까요?"

리오는 고개를 끄덕이며 말했다.

"딜 캐논과, 그 밖에 현자님께서 직접 만드신 마법을 배우고 싶습니다."

"예? 호호홋, 진담인가요. 리오 군?"

레이필은 반은 장난, 반은 놀란 표정으로 리오에게 말했다. 리오는 빙긋 웃으며 대답했다.

"예, 가르쳐만 주십시오."

레이필은 가만히 리오를 바라보다가 고개를 끄덕이며 의자에 앉으라고 손짓했다.

"좋아요. 여기 앉으세요. 마법진부터 가르쳐 드리죠."

"감사합니다, 현자님."

레이필은 마법진을 종이에 그리며 나지막이 말했다.

"흠, 리오 군의 동생 루이체 양이 배우러 왔다면 이해를 하겠는데, 리오 군이 배우러 올 줄은 정말 상상도 못했군요. 아, 그러고 보니 루이체 양 말이에요, 나이에 비해 보조 마법의 수준이 상당히 높던데?"

리오는 순간 아차 했다. 더구나 예상 못 한 질문이라 그럴듯한 대답이 떠오르지 않았다.

"아, 그 애는 머리가 좋아서 마법은 곧잘 한답니다. 가끔씩 능력 이상의 힘을 발휘할 때도 있죠. 하하핫"

리오는 대충 둘러댄 후 억지웃음을 지었다. 자기라도 안 믿겠다는 생각이 들었지만 어쩔 수 없었다.

그러나 다행히 레이필은 고개를 끄덕이며 그냥 넘어갔다.

리오는 안도의 한숨을 내쉬며 레이필이 그려 준 마법진을 바라보았다.

"음, 이것이 딜 캐논의 마법진입니까?"

"예. 썬더와 파이어 스톰의 마법진을 합한 것이지요. 물론 합하기 위해선 고도의 마력이 필요하지만요. 상당히 복잡하죠?"

리오는 긴 한숨으로 대답을 대신했다.

"휴, 상당히 어렵군요."

련희는 잠자리에 누운 채 방금 전 리오와의 대화를 다시 떠올려 보았다. 어느새 자신도 서방의 자유로운 연애 감정에 물든 걸까. 어떻게 부끄러움을 잊고 리오에게 그런 말을 할 수 있었을까.

그녀는 머리를 감싸며 한숨을 내쉬었다. 그 한숨 소리에 잠이 얇게 들었던 루이체가 깨어나 물었다.

"우웅…… 어디 아파요, 련희 씨? 천장 날아가겠어요."

루이체가 자기 때문에 깨자 련희는 즉시 사과했다.

"죄송합니다. 저 때문에 깨셨습니까?"

"하암…… 괜찮아요. 잠은 며칠 동안 충분히 잤으니까요. 우리 심심한데 얘기나 할래요?"

어두워서 잘 보이지는 않았지만 련희가 고개를 끄덕인 것 같아 루이체는 천천히 입을 열었다.

"음…… 저에겐 오빠가 셋 있어요. 리오 오빠하고…… 지크 오빠 하고…… 슈렌이라는 오빠가 또 한 명 있죠. 어딘가에서 쫓겨난 저를 맨 처음 자기들 집으로 데리고 가 준 사람이 바로 리오 오빠였어요. 제가 갓 여덟 살이 되었을 무렵이었죠. 지크 오빠는…… 저에게 자유로움과 무술을 가르쳐 줬어요. 너무 자유로운 게 흠이 되어 버렸지만요. 슈렌 오빠는…… 음…… 너무 과묵해서 재미없는 오빠였지만, 제가 열여섯 살 때 처음으로 집을 나갔을 때 저를 찾으러 백방으로 뛰어다닌 사람이 바로 슈렌 오빠였어요. 아마 세 오빠 중에 가장 따뜻한 마음을 가진 오빠일 거예요. 그리고 리오 오빠는…… 저도 잘 이해가 가지 않는 오빠예요. 저에게도 마음을 잘 열어 보이지 않거든요. 도대체 무슨 생각을 하고 사는지, 원…….
하지만 이상하게도 리오 오빠가 제일 좋아요. 아마 련희 씨도 저랑
같을 거예요. 같은 여자니까 이해해요. 얄미울 정도로 여자를 끌어
당기는 매력이 있거든요……. 응? 련희 씨, 자요? 이잉…… 나 혼
자 말한 거잖아! 잠이나 자야지…….”

　그러나 련희는 잠들지 않았다. 잠들었다고 착각할 정도로 조용
히 컴컴한 천장을 뚫어지고 바라보고 있었다.

3

맨티스 크루저의 동굴

"음……."

침대는 아니지만 그래도 오랜만에 침대 비슷한 매트에서 자고 눈을 뜬 리오는 머리 밑에 깍지를 낀 채 잠시 그대로 누워 있었다.

'맨티스 퀸이라…… 12신장 녀석들보다 강하다고 했지? 이러다가 아무래도 누구 한 명에게 정체가 탄로 나는 거 아닌지 모르겠군. 라우소와 상대했을 때는 모두 기절해 있어서 힘을 개방했다고는 하지만 이번엔……. 뭐, 그때 가 보면 또 무슨 수가 생기겠지. 머리나 감아 볼까?'

리오는 머리를 묶은 끈을 풀며 세면대로 향했다.

아직 대다수 사람들이 일어나지 않은 듯했다. 씻고 밖으로 나온 리오는 마치 벌집을 연상시키는 대피소를 바라보며 고개를 절레절레 저었다.

"여기서 몇 달 사는 것도 고행이겠군. 거의 원시생활이잖아?"

그렇게 중얼대는 그에게 누군가 다가왔다.

"일찍 일어나셨군요, 리오 씨."

리오는 돌아보았다. 수척해 보이는 하이엘프, 트리네였다. 리오
는 인사 대신 고개를 끄덕이며 말했다.

"예, 잠이 좀 없어서요. 그런데 하이엘프이면서 이렇게 동굴 생
활을 하셔도 괜찮으십니까?"

"후훗, 괜찮습니다."

트리네는 그냥 웃을 뿐이었다.

이런저런 잡담을 나누다 리오는 트리네에게 맨티스 퀸에 대해
물었다.

"맨티스 퀸에 대해 더 아시는 것 있습니까? 정확히 어떤 괴물인
지 알면 좋겠군요."

"인간이라면 맨티스 퀸은 절대 이기지 못해요."

"예?"

뜻밖의 답에 리오의 표정이 굳어졌다. 트리네가 계속 말했다.

"맨티스 퀸은 하등동물의 정신을 지배할 수 있는 능력을 지니고
있어요. 페릴도 그래서 죽음을 당한 것이고요. 정신이 묶이면 몸도
묶이는 법. 그는 반격 한번 해 보지 못하고 맨티스 나이트들의 검
에 쓰러졌죠. 맨티스 퀸과 맨티스 나이트들을 밖에 돌아다니는 맨
티스 워커나 맨티스 솔저들과 같은 수준으로 보시면 안 돼요. 그들
은 인간 이상의 지능과 전투 능력을 지니고 있죠. 저는 하이엘프라
맨티스 퀸의 정신파 공격에서 겨우 빠져나올 수 있었어요. 저의 제
자인 페릴이 죽어 가는 모습을 보면서……."

가만히 얘기를 듣던 리오는 트리네가 말한 '하등동물'이라는 말
이 걸렸는지 그녀에게 물었다.

"그럼 인간이 맨티스 크루저보다 하등동물이란 말입니까?"

트리네는 담담히 고개를 저었다.

"보통의 맨티스 크루저는 인간보다 하등동물이죠. 물론 지능 면에서 말입니다. 그러나 지금 우리가 상대하려고 하는 맨티스 크루저는 어제 말씀드렸다시피 맨티스 크루저의 조상들이에요. 1천 년 전 이곳에 맨티스 왕국까지 세웠을 정도지요. 그들은 고등동물인 맨티스 종족입니다."

"……."

"인간은 사실 나약한 존재예요. 정신 수준이 높아 보통의 맨티스 크루저보다 고등동물일 뿐이죠."

묵묵히 생각하던 리오는 고개를 갸웃거리며 트리네에게 되물었다.

"그럼 우리가 전투를 벌이는 것이 무모하다고 생각하시는 겁니까?"

트리네는 고개를 저었다.

"그렇지 않아요. 저번에 수십 명의 병사들과 마법사 몇 명, 그리고 저와 페릴이 갔을 때보다 이번 다섯 명이 훨씬 강하고 승산이 있다고 생각해요. 레이필 현자님은 인간의 한계에 다다른 수준의 마력이 느껴졌어요. 그리고 리오 씨의 동생이라는 분 역시 상당한 수준이었죠. 몸도 보통 단련된 것이 아니었고요. 런희란 아가씨도 겉으로는 나약해 보이지만 다섯 명 중에서 리오 님 다음으로 강한 것 같더군요."

"……예?"

리오는 트리네가 단 한 번 보고 일행들을 정확하게 파악하고 있자 놀라움을 감추지 못했다.

트리네는 얘기를 계속했다. 그 말은 더욱 놀라운 것이었다.

"그 아가씨는 두 개의 영혼을 가지고 있는데, 두 영혼 모두 상당히 단련되어 있어요. 한 영혼은 정신적으로, 또 한 영혼은 육체적으로 단련되어 있죠……. 그렇지만 역시 리오 씨 당신만이 맨티스 퀸을 물리칠 수 있을 거라고 생각합니다."

말이 끝나기 무섭게, 트리네의 가는 목에 보라색 칼끝이 닿았다. 리오는 살기를 띤 채 그녀에게 말했다.

"너무 자세히 알고 계시는 것 같군요, 트리네 님. 당신이 아무리 하이엘프가 아니라 하이엘프 할아버지라도 이렇게 자세히 알지는 못해. 인간의 영혼이 얼마나 단련되었는지까지는 말이야. 당신, 도대체 뭐지?"

그러자 트리네는 빙긋 웃으며 대답했다.

"후훗, 하이엘프의 예감이라고나 할까요? 예감일 뿐이에요. 너무 화내지 마세요, 리오 씨."

하지만 디바이너는 여전히 트리네의 목을 겨누고 있었다.

리오는 쓸쓸히 웃으며 다시 물었다.

"후, 그럼 한 가지 더 물어보지. 나도 인간일 뿐인데 내가 물리칠 수 있을 거라고 어떻게 자신할 수 있지?"

트리네는 미소를 지우지 않은 채 답했다.

"인간 중에도 특별한 존재는 있게 마련이죠."

"……훗, 실례했습니다, 트리네 님. 용서해 주시길."

리오는 목례를 곁들여 그녀에게 사과했다. 트리네는 고개를 저으며 말했다.

"아니에요. 제가 예감일 뿐인 것을 너무 함부로 발설했나 봐요. 그럼 나중에 웃으면서 봐요, 리오 씨."

말을 마친 트리네는 곧 어디론가 가버렸다. 리오는 표정을 굳힌 채 생각했다.

'엘프가 결코 아냐. 하지만 아직은 우리편이니 캐고 들어갈 필요는 없겠지.'

리오는 머리를 흔들며 자신의 방으로 향했다.

몇 시간 뒤, 리오를 비롯한 다섯 명 레이필, 루이체, 트리네, 련희는 준비를 마치고 대피소를 떠났다. 아이들은 일이 큰 만큼 대피소에 남겨 두었다.

리오는 가볍게 한쪽 팔을 주무르며 일행에게 말했다.

"참 날씨 좋죠?"

그의 말대로 하늘은 구름 한 점 없이 파랬다. 하지만 지금은 12신장보다 더 강하다는 맨티스 퀸과 맨티스 나이트들을 상대하러 가는 길이었다. 자칫 잘못하면 영원히 하늘을 못 볼 수도 있었다.

"……날씨는 좋은데 리오 군이 이상하군요."

레이필이 농담 섞인 어조로 대답했다. 리오는 웃으며 고개를 끄덕였다.

"예. 오늘은 좀 이상해질 것 같습니다."

"……?"

일행은 의아한 눈으로 리오를 쳐다보았다. 앞서 걷던 리오는 손을 내저으며 일행들에게 말했다.

"아, 별말 아닙니다. 그냥 오늘처럼 맑고 깨끗한 날 괴물과 싸우다 보면 거의 사람 꼴이 아니게 될 수도 있다는 거죠."

"그렇긴 하겠지요. 하지만 리오 군은 평상시에도 이상한 사람으로 보이는 것 모르나요?"

"예?"

레이필은 인생의 선배만이 지을 수 있는 푸근한 웃음을 띠고 말했다.

"리오 군은 스물네 살의 청년이 가지기 힘든 풍부한 경험과 인간의 한계를 초월하는 듯한 강함을 지니고 있어요. 때론 당신의 존재에 대해 의심을 가질 만큼요……. 호호홋."

"예? 아니, 전……."

"호호홋, 하지만 우린 리오 군의 강함에 그저 놀라기만 할 뿐 적대감을 가지진 않아요. 그저 리오 군이 우리를 위해 싸워 준다는 사실이 감사할 따름이죠."

레이필이 그렇게 말하자 다른 일행들도 모두 동감이라는 듯 고개를 끄덕였다.

리오는 붕대에 가려진 왼쪽 눈을 멋쩍은 듯 매만지며 웃었다.

"고맙습니다, 모두."

계속 걸어가던 리오는 자신의 감각을 방해하던 힘이 사라진 것을 느낄 수 있었다. 그는 걷는 속도를 늦췄고 다른 일행 역시 걸음을 늦추었다.

"여기서부터는 마법 진형이 우리를 지켜 주지 못합니다. 스스로의 힘과 동료를 믿는 수밖엔 없죠. 계속 가볼까요?"

도시는 안쪽으로 갈수록 처참히 파괴되어 있었다. 집들은 거의 폭삭 무너져 내렸고 도로의 블록들은 모두 파헤쳐진 데다 길거리엔 인간의 뼈인지 동물의 뼈인지 모를 것들이 뒤섞인 채 여기저기 널려 있었다. 무성한 잡초만이 거기에서 유일하게 생생한 듯이 보일 뿐이었다.

루이체는 시체들의 내장이 보이지 않는 것에 속으로 위안을 느끼며 계속 걸음을 옮겼다.

얼마간 계속 걷던 리오는 갑자기 걸음을 멈추었다. 일행 역시 걸음을 멈추었다.

수백 걸음 전방에 거대한 땅굴이 있었다. 바로 맨티스 크루저가 있다는 도시의 중앙이었다. 게다가 그 땅굴 앞엔 수백에 가까운 맨티스 크루저들이 개미 떼처럼 몰려 있었다.

리오는 좌우를 둘러본 후 팔짱을 끼며 말했다.

'저곳인가……? 하지만 맨티스 크루저 녀석들이 왜 움직이지 않는 거지? 지금쯤 괴성을 지르며 달려들어야 정상 아닌가?'

"아, 리오 군! 저쪽을 봐요!"

레이필의 외침에 리오는 다시 시선을 땅굴 쪽으로 향했다. 그의 오른손은 즉시 디바이너로 향했다.

땅굴 속에는 갑옷을 입고 있는, 보통의 맨티스 크루저보다 약간 더 큰 맨티스 크루저 네 마리가 있었다. 지금까지 상대한 맨티스 크루저와는 비교할 수 없을 만큼 강력해 보였다.

"저것이 맨티스 나이트인가?"

리오의 말에 트리네가 고개를 끄덕이며 대답했다.

"맞아요, 리오 님. 저들이 바로 맨티스 나이트예요. 이쪽으로 다 가오는군요……. 어쩔 거죠?"

리오는 자신들을 향해 걸어오고 있는 맨티스 나이트를 바라보며 일행에게 말했다.

"모두 준비해 주십시오. 저 녀석들 지금은 싸울 분위기가 아닌 것 같으니 말입니다."

리오와 트리네를 제외한 일행은 급히 사용할 수 있는 주문 등을 축적한 후 가만히 맨티스 나이트가 오기를 기다렸다.

이윽고 일행의 앞에서 맨티스 나이트가 정지했다. 그중 한 마리가 일행을 향해 더욱 가까이 다가왔다.

리오의 앞에 바짝 다가선 맨티스 나이트는 리오를 내려다보며 입을 열었다.

"키르르…… 강한 인간. 이 왕국의 왕에게 전해라. 이 지역은 우리 맨티스 왕국에게 넘기라고 말이야."

맨티스 나이트가 인간의 언어를 구사하는 것에 내심 놀랐지만 다짜고짜 지역을 넘기라는 협박을 듣자 리오는 실소를 터뜨리며 말했다.

"푸훗, 환영 인사가 상당히 인상적이군. 무슨 말인지 설명해 주지 않겠나?"

맨티스 나이트는 보통의 것보다 훨씬 크고 날카롭게 생긴 자신의 앞다리를 접었다 폈다 하며 대답했다.

"우리는 1천 년 전에 이 지역뿐만 아니라 더 광대한 영토를 다스린 영광스러운 종족이다. 하지만 우리 마마께서 모시던 여신께서 신벌을 받은 후 우리 종족은 땅속에 묻히게 됐다. 그리고 이제 우리는 다시 깨어났다. 비록 좁지만 이곳을 기반으로 점차 영토를 넓혀 예전의 영광을 되찾을 것이다. 여왕님께선 너희 왕국과 꼭 싸우실 생각은 없다. 수교도 가능하니 목숨 걱정은 하지 않아도 된다."

그 말을 들은 리오는 어깨를 으쓱하며 말했다.

"상당히 착하고 정직한 어린이군. 유감스럽지만 우린 사신의 자격으로 온 사람들이 아니다. 흔들어 줄 백기 따위도 없지. 우린 무기만을 들고 왔을 뿐이다. 이 정도로 말하면 잘 알 텐데? 무슨 소린지 말이야."

맨티스 나이트는 눈을 일그러뜨리며 낫으로 된 팔이 아닌 다른 팔로 리오의 멱살을 잡아 들어 올린 후 말했다.

"겁을 상실한 인간이군. 머릿수로도 달리고 힘으로도 달린다는 것을 모르나? 다시 한 번 말한다. 너희 왕에게 가서 이 영토는 우리가 차지한다고 전해라!"

먹살이 잡혀 공중에 붕 뜬 상태에서 리오는 태연한 얼굴로 자신의 먹살을 잡은 맨티스 나이트의 두툼한 팔을 오른손으로 잡으며 말했다.

"흠, 한 가지 말해 줄까? 이 왕국 레프리컨트의 여왕 폐하께선 곤충을 싫어하신다 하더군. 벌레만 보면 사색이 되시지."

"버, 벌레라고!"

"자, 회담은 결렬이다."

으지직.

말을 끝냄과 동시에 리오는 맨티스 나이트의 팔목을 으스러뜨렸다. 외골격이 부서진 맨티스 나이트의 팔은 힘없이 끊어지고 말았다.

"키이익! 이, 인간 녀석!"

옷에 매달린 맨티스 나이트의 팔을 멀리 던져 버리고 리오는 디바이너를 뽑으며 일행에게 소리쳤다.

"시작해요!"

곧 리오의 뒤에서 레이필, 루이체, 련희가 쏜 마법탄과 진언이 동시에 날아들었고, 마법을 맞은 맨티스 나이트는 산산조각이 나서 사방으로 흩어졌다.

"이, 이런! 모두 전진하라!"

그 모습을 본 나머지 맨티스 나이트는 후방의 맨티스 워커, 맨티스 솔저들을 향해 팔을 높이 들어 흔든 후 리오 일행을 향해 돌진했다.

리오는 자신의 기를 끌어올리며 맨티스 나이트들을 향해 몸을 날렸다.

"하아앗!"

리오의 눈은 푸른색의 빛을 뿜기 시작했다. 높아진 리오의 기를 머금은 디바이너는 보라색의 잔광을 남기며 맨티스 나이트의 몸과 철로 만들어진 그들의 대검을 여지없이 두 조각으로 갈랐다.

"키아악!"

몸이 잘린 맨티스 나이트는 힘없이 쓰러졌다. 동료가 속공으로 당하자 다른 맨티스 나이트들은 움찔하며 리오를 바라보았다.

"감상할 시간이 있을까!"

또 한 맨티스 나이트의 머리 위로 몸을 날린 리오는 디바이너로 그의 등을 찍어 내렸다. 등 쪽에서부터 디바이너에 심장을 정확히 찔린 맨티스 나이트는 깨진 외골격 사이로 체액을 뿜어내며 몸부림치기 시작했다.

"사라져 줘야겠다!"

그 맨티스 나이트의 몸을 딛고 공중으로 다시 치솟은 리오는 마지막 남은 맨티스 나이트를 머리에서부터 배까지 단숨에 2등분하며 내려갔다.

땅에 착지한 리오가 몸을 옆으로 비키자 맨티스 나이트의 몸은 둘로 나뉘어 양쪽으로 쓰러졌다.

"맨티스 나이트 네 마리를 쓰러뜨리는데 16초……. 저는 도저히 따라갈 수가 없겠는데요?"

트리네는 자신의 장검을 뽑아 든 채 미소를 지었다.

하지만 일행은 그 말에 신경 쏠 틈이 없었다. 지축을 울리며 몰려오기 시작한 맨티스 크루저들을 바라보며 그들은 입을 다물지 못했다.

그들의 전방엔 수많은 맨티스 크루저들이 나름대로의 전열을 갖춘 채 전진해 오고 있었다. 일행은 더 이상 감상할 시간이 없었다.

루이체는 자신이 걸 수 있는 최고 수준의 프로텍트 마법을 건 후 적들이 접근하지 못하게 하는 '홀리 볼' 주문도 외웠다.

레이필은 침을 꿀꺽 삼킨 후 양팔을 크게 휘저으며 자신의 몸 주위에 '미티오 드라이브' 마법진을 그리기 시작했다.

련희는 땀을 흘리며 아까부터 계속 외우던 진언을 계속 외워 나갔다. 아마도 거대한 진언문인 듯했다.

"하아아아앗!"

리오는 숨을 크게 들이쉬며 자신의 몸에 있는 기를 더욱더 끌어올렸다. 그의 몸에선 곧 푸른색의 기류가 뿜어졌고 그가 밟고 있는 지면은 쩍쩍 소리를 내며 갈라지기 시작했다.

맨티스 크루저 군단이 수십 걸음까지 접근해 왔을 때, 리오를 시작으로 일행의 공격이 시작됐다.

"가라! 타이들 웨이브!"

리오는 자신의 기를 디바이너에 응축한 뒤 엄청난 스피드로 검을 휘둘렀다. 디바이너를 떠난 기의 해일은 폭음과 함께 파괴적인 속도로 지면을 밀어내며 달려갔다.

"키잇!"

맨티스 나이트와는 달리 말을 하지 못하는 맨티스 솔저와 맨티스 워커는 멈추라는 듯 손을 흔들었으나 후열의 맨티스 크루저들이 그 신호를 본 것은 타이들 웨이브의 충격파가 손을 흔든 맨티스 솔저를 포함한 백여 마리의 맨티스 크루저를 밀어 버린 후였다.

"키아아아악!"

충격파에 의해 맨티스 크루저의 진형은 중앙이 일직선으로 뚫려 버렸다. 리오는 파라그레이드까지 뽑아 들며 앞으로 달리기 시작했다.

"안은 제가 맡겠습니다!"

그 말을 제대로 들은 것은 트리네 혼자였다. 다른 셋은 주문 때문에 정신이 없는 상태였다.

중앙이 뚫리고 백여 마리에 가까운 동료를 잃었는데도 맨티스 크루저들은 계속 앞으로 다가왔다.

트리네는 맨티스 크루저의 접근을 될 수 있는 한 막아 주기 위해 애썼다. 빠른 몸을 이용한 검술을 펼치며 주문을 외우는 셋을 지켰다.

가장 먼저 주문이 완성된 사람은 루이체였다.

"홀리 볼!"

루이체의 손에서 만들어진 거대한 구체는 천공의 신장 루카가 사용한 바람정령처럼 공중을 빠르게 날아다니며 트리네와 함께 맨티스 크루저의 접근을 막았다.

련희의 진언도 곧 끝났다. 그녀는 화염에 휩싸인 오른손으로 노란색의 거대한 종이에 어지러이 글씨를 써 내려갔다. 그녀는 글자가 다 써진 종이를 맨티스 크루저가 모여 있는 상공으로 날리며 외쳤다.

"염마강림(炎魔降臨)!"

노란색 종이, 부적은 이내 불길에 휩싸였다. 그리고 그 불꽃은 점차 거대한 염마의 형상을 갖춰 나갔다. 붉은 갑옷에 붉은 피부, 그리고 화염에 뒤덮인 검과 방패를 가진 염마는 련희의 의지대로 맨티스 크루저들을 짓밟고 태우고 가르기 시작했다.

그사이 레이필의 마법도 마무리됐다.

"미티오 드라이브!"

레이펠이 그린 거대한 마법진이 빛을 발하자 주위에 있는 건물들이 마력의 영향으로 부서지기 시작했다. 잠시 후 그 건물의 파편들은 이상한 빛에 휩싸이며 공중으로 치솟았다.

마력에 의해 빛을 내며 공중에 떠 있는 건물 파편들의 모습은 밤하늘에 떠 있는 은하수를 연상시킬 정도로 장관이었다.

다시 레이펠의 손짓에 따라 떠 있던 수많은 파편들은 맨티스 크루저들을 향해 빠른 속도로 낙하하기 시작했다. 그 파편들은 련희가 만든 염마나 트리네를 피하여 맨티스 크루저와 충돌했고 그들의 숫자는 삽시간에 줄어들었다.

한편 땅굴의 입구를 지키던 맨티스 나이트 둘을 조용히 없앤 리오는 안에서부터 밀려 나오는 이상한 열기에 인상을 구기며 안으로 뛰어들었다.

리오는 한숨을 쉬며 줄줄 흐르는 땀을 닦아냈다. 얼굴의 붕대도 젖어 있었다. 생각보다 깊고 더운 굴이었고, 맨티스 나이트들의 저항이 상당히 강했기에 그도 약간 지친 듯했다.

"심심하진 않은데 너무 덥군. 망토라도 벗고 들어올걸 그랬나? 그건 그렇고 맨티스 퀸이 있는 방은 어느 쪽이지? 하필이면 여기서 굴이 양 갈래로 나뉘다니……."

리오는 고개를 갸웃거리며 자신의 앞에 뚫린 두 개의 굴을 바라보았다. 양쪽 굴에서 동시에 생기가 발산되고 있어서 그도 어디에 맨티스 퀸이 있는지 알기 힘들었다.

"……좋아, 왼쪽이다."

자신의 직감을 믿기로 한 리오는 왼쪽 방향의 굴로 날듯이 뛰어들었다.

"아야야! 저 살아 있어요?"

루이체는 땅바닥에 주저앉은 채 일행에게 물었다. 피곤한 표정으로 서 있던 일행들은 자신들의 주위에서 비린내를 풍기고 있는 맨티스 크루저의 시체들을 지겹다는 시선으로 돌아보았다. 레이필은 련희의 손에 의지해 겨우 일어서며 말했다.

"어휴…… 역시 나이는 건 속일 수 없는 모양이네. 근데 리오 군은 어디 갔지요?"

일행 중 가장 생기가 넘쳐 보이는 트리네가 걱정스러운 표정으로 대답했다.

"제 기억으로 리오 씨는 맨티스 퀸이 있는 굴로 곧장 들어간 것 같은데요?"

"예?"

그 말에 일행은 깜짝 놀랐다. 셋 모두 주문을 쓰느라 정신이 없어서 리오의 말을 듣지 못했다.

루이체는 어쩔 수 없다는 듯 벌떡 일어서며 양손에 주문을 응축하기 시작했다.

"어쩔 수 없죠! 도와주러 가야 해요!"

"루이체 양, 하지만 우린 체력이……!"

레이필이 루이체를 말리려 했으나 루이체는 고개를 저으며 자신의 손에 모인 주문의 빛을 레이필에게 쏘였다. 적황색 빛이 몸으로 흡수되자 레이필은 이내 힘있는 목소리로 말했다.

"그렇군요! 액티브 주문을 사용하면……!"

액티브. 정신력을 이용해 사람의 몸에 생기를 불어넣는 주문이었다. 주문 사용자의 수준이 높을수록 지속 시간이 긴 이 주문은 사용 후에 엄청난 피로감이 몰려온다는 단점이 있긴 했지만 지금 상황으로선 최선의 선택이었다.

아직 생기를 잃지 않고 있는 트리네를 제외한 모두에게 주문을 건 루이체는 급히 굴을 향해 뛰며 소리쳤다.

"빨리요! 길어 봤자 20분이에요! 그 안에 맨티스 퀸을 쓰러뜨리거나 오빠를 데리고 도망치거나 해야 해요!"

다른 일행도 곧 루이체를 따라 뛰었다.

굴 끝을 향해 한참을 달리던 리오는 곧 넓은 방에 도착했었다. 그곳에서 그는 놀라운 광경을 보았다.

"아, 아니……?"

그 방 안에선 수많은 맨티스 크루저들이 어린 유생 맨티스 크루저들을 돌보고 있었다.

유생을 돌보고 있는 맨티스 크루저들은 지금까지 싸워 온 맨티스 크루저와는 달리 껄끄러운 외골격이 아닌 둥글둥글하게 생긴 외골격을 가지고 있었다. 낫과 같이 생긴 앞다리도 없었고, 살기도 전혀 느껴지지 않았다. 게다가 리오가 검을 들고 있자 어린 유생들을 보호하려는 듯 앞으로 나서며 어설픈 전투 자세를 취하는 것이었다.

뭔가 이상하다고 느낀 리오는 검을 거두며 물었다. 물론 말이 통할지 의문이었지만.

"너희들은 뭐지? 밖에 있는 녀석들하고 조금 다르게 생긴 것 같은데?"

리오가 살기를 거두고 물어보자, 그중에 맨티스 크루저 한 마리가 앞으로 나서며 부드러운 어투로 말했다.

"우리는 맨티스 나이트들의 부인이나 가족들이에요. 모두 여자들이죠."

'여자? 맨티스 크루저의 암컷인가?'

리오는 여전히 표정을 굳힌 채 맨티스 크루저들에게 물었다.

"너희 여왕은 어디 있지? 가르쳐 줄 수 있나?"

여왕이란 말에 맨티스 크루저들은 서로 소곤거리기 시작했다. 리오에게 말했던 맨티스 크루저가 대표 격으로 대답했다.

"그 괴물은 옆방에 있어요. 이쪽으로 오면서 굴이 두 갈래로 나눠진 것을 봤죠? 오른쪽으로 가면 그녀가 있는 방이 나오죠. 당신 여기까지 온 것을 보니 보통 인간이 아닌 것 같은데, 혹시 그 괴물을 처치하러 온 것인가요?"

리오는 맨티스 퀸에 대한 예우가 밖에 있던 맨티스 나이트들과 다르자 이상하다는 생각이 들었다.

"너희는 맨티스 나이트들의 부인이나 가족이라고 했는데 왜 그들과는 다른 말을 하지? 그들은 맨티스 퀸에 대한 철저한 충성심으로 무장되어 있던데, 괴물이라 칭하는 걸 보니 좀 이상하군."

맨티스 크루저가 대답했다.

"흥, 말이 좋아 부인이죠. 우린 그들의 노예 내지는 아이를 낳는 매개체일 뿐이에요. 맨티스 나이트들은 애정도 없고, 여왕의 말만 따르는 기계들이죠. 12신장들이 찾아와 여왕의 봉인만 풀어 주지 않았다면 저희는 원래 남편들과 이 지하도시에서 계속 살 수 있었을 거예요."

"……지하도시? 원래 남편?"

맨티스 크루저의 설명이 계속됐다.

"여왕이 깨어난 후 그녀가 낳은 맨티스 솔저와 맨티스 나이트들은 우리 아버지, 남편과 아들들을 모조리 살해했고 우리를 납치했어요. 그리고 지상의 인간들까지 죽였죠. 저희는 지상에 나가 본 일이 없어요. 밖에서 돌아다니는 원시적인 맨티스 크루저들과는 달라요. 우린 지능과 문화가 있고, 평화를 바라고 있어요."

리오는 이상하다는 생각을 지울 수 없었다. 하지만 그들에게선 살기도, 살의도 전혀 느껴지지 않았다. 리오는 도박이라 생각하며 그들에게 물었다.

"······그럼 날 믿을 수 있나?"

4

정신을 빼앗긴 세 여걸

리오를 돕겠다며 안으로 들어온 일행은 즐비한 맨티스 나이트들의 사체를 보며 혀를 내둘렀다. 설마 리오가 이 정도로 강할 줄은 상상도 못했기 때문이다.

"정말 대단하군요, 리오 씨는. 예전에 와이번 몇 마리를 육탄으로 이기는 모습을 보고 보통은 아니라고 생각했는데, 설마 이 정도일 줄은……."

트리네의 말이 끝났을 무렵, 넷은 어느덧 두 갈래 길에 도착했다. 그들 역시 리오와 마찬가지로 고민에 빠졌다.

"맨티스 크루저들도 오른손이 발달돼 있으니 여왕의 방처럼 중요한 것도 오른쪽에 있지 않을까요?"

손을 턱에 괴고 있던 루이체가 약간 자신 없는 말투로 의견을 제시했다.

터무니없는 발상이긴 했지만 모두 그럴듯하다는 표정을 지었다.

"그럼 일단 오른쪽으로 가보죠. 헤어지는 건 위험할 듯하고."

넷은 모두 오른쪽 길로 달려갔다. 련희는 잠시 멈춰 서서 왼쪽을 바라보긴 했지만 결국 그녀 역시 안으로 깊숙이 들어가고 말았다.

리오는 맨티스 크루저들을 앞에 불러놓고 말했다.

"어차피 당신들은 나를 따라 지상으로 나와 봤자 맨티스 크루저라는 이유만으로 사람들에게 죽임을 당할 것이 뻔하니, 다른 방향으로 굴을 파서 도망칠 수 있다면 가 보시오. 아니면 지금 지상에 사람들이 없는 것을 이용해 도망치든지. 난 당신들이 진짜로 올바른 판단을 하고 평화를 원한다고 믿겠소. 만약 그렇지 않고 엉뚱한 행동을 한다면 당신들을 믿은 내가 책임을 지고 당신들을 지옥까지 쫓아갈 것이오. 자, 그럼 어서! 몇 분 후에 이 굴이 붕괴될 정도의 전투가 벌어질지 모르오. 아이들을 데리고 되도록 빨리 빠져나가시오!"

맨티스 크루저들은 고개를 끄덕이며 아이들에게 달려갔다. 안을 수 있는 아이는 안고 걸을 수 있을 정도로 큰 아이들은 손을 잡은 채 그들은 서둘러 굴을 빠져나가기 시작했다.

그때 리오와 대화를 나눈 맨티스 크루저가 물었다.

"당신, 이름이 뭐죠?"

리오는 슬쩍 돌아보며 대답했다.

"리오 스나이퍼라 합니다. 몸조심하시길."

"리오 스나이퍼…… 알겠습니다. 당신 이름을 꼭 기억하도록 하죠……. 음?"

바로 그때, 굴 전체가 갑자기 흔들리기 시작했고 동굴의 오른쪽 벽에서 바위 부서지는 소리가 들려오기 시작했다. 맨티스 크루저의 유생들이 공포에 질려 소리쳤다. 리오는 자신에게 이름을 물은 맨티스 크루저에게 이유를 물었다.

"아니, 왜 이러는 겁니까?"

맨티스 크루저는 공포에 질린 목소리로 대답했다.

"그, 그녀예요, 맨티스 퀸이에요!"

맨티스 크루저의 대답이 끝남과 동시에 오른쪽 벽에서 토사가 뿜어지더니 거대한 구멍이 뚫렸다. 그 구멍에서 나타난 여섯 개의 광점이 도망치는 맨티스 크루저들과 리오를 쏘아보았다.

"어딜 도망치려고! 너희는 나와 나의 기사들을 위해 봉사해야 한다. 어서 제자리로 돌아가지 못하겠나!"

"……맨티스 퀸!"

리오는 이를 악물며 거대한 흰색의 존재 맨티스 퀸을 바라보았다. 어지간한 탑은 훨씬 넘는 듯한 몸은 말할 것도 없었고 건물도 자를 수 있을 듯이 날카로운 네 개의 거대한 낫은 공포 그 자체였다. 게다가 맨티스 퀸에게서 뿜어지는 기운은 지금까지 만난 어떤 신장과도 비교할 수 없을 정도로 강력했다.

맨티스 크루저들이 소리치며 이리저리 도망치자 맨티스 퀸은 여섯 개의 눈을 반짝이며 자신의 거대한 낫을 휘둘렀다.

"반역자!"

맨티스 퀸의 낫이 노린 것은 보통의 유생보다 약간 큰 맨티스 크루저의 유생이었다. 그 유생은 공포에 질려 팔로 머리를 가릴 뿐, 도망치지도 피하지도 못했다.

"하앗!"

순간 보라색의 검광이 맨티스 퀸의 낫을 튕겨 냈다. 가까스로 목숨을 부지한 맨티스 크루저는 검은색 눈에 눈물이 아른거린 채로 자신을 구해 준 인간 리오를 바라보았다.

"뭘 봐! 인사는 나중에 하고 어서 저 아주머니들을 따라 도망쳐!"

"…… 가, 감사합니다!"

맨티스 크루저는 잠시 머뭇거리다가 인사와 함께 다른 맨티스 크루저들을 따라 도망치기 시작했다. 리오는 자신에게 재차 날아오는 낫들을 피하며 맨티스 퀸과의 거리를 벌렸다. 맨티스 퀸은 자신의 공격을 리오가 모조리 피하자 감탄하듯 고개를 끄덕였다.

"오호, 내 부하들보다 훨씬 나을 듯하군. 아, 그러고 보니 방금 전에 너와 같은 인간 몇 마리를 생포했다. 물론 지금은 내 명령을 충실히 따르는 부하가 됐지. 상당히 강해 보여 생포했는데 어떨지 시험해 볼까?"

곧 맨티스 퀸이 약간 뒤로 물러서자, 세 개의 그림자가 멍한 눈으로 리오를 향해 다가오기 시작했다. 리오는 깜짝 놀랐다.

"루이체, 련희, 레이필 현자님까지?"

리오는 이를 갈며 자신에게 다가오고 있는 셋을 바라보았다. 눈이 풀린 모습을 보아 맨티스 퀸의 정신공격에 당한 듯했다.

'밖에서 마력 소비가 심했으니 레이필 현자님이나 루이체라도 별수 없었겠지. 하지만 어쩐다? 다치게 할 수도 없고……!'

리오가 어쩔 줄 몰라 하자 맨티스 퀸은 조소하며 소리쳤다.

"후후, 동료를 어찌할 수는 없는 모양이군. 하하하핫!"

그러나 리오는 맨티스 퀸의 말을 건성으로 듣고 있었다. 속으로는 어떻게 처리할까 고민 중이었다.

리오가 생각하는 동안 맨티스 퀸은 낫을 앞으로 뻗으며 자신의 종이 된 셋에게 명령했다.

"자! 저 녀석을 너희 손으로 직접 죽여라!"

그 명령에 맨 먼저 루이체가 리오에게 달려들었다. 그리고 련희와 레이필은 각자의 주문을 외우기 시작했다. 리오는 결국 검에 힘을 주며 쓸쓸히 중얼거렸다.

"쳇, 할 수 없지!"

리오는 루이체가 달려오는 방향으로 뛰기 시작했다.

리오의 그런 모습에 맨티스 퀸은 의외라는 듯 중얼거렸다.

"오호, 상당히 냉정한 인간인데? 보통 녀석들 같으면 구한답시고 소리소리 지를 텐데 말이야. 맘에 들었어. 후후후훗……"

거리가 가까워지자, 루이체는 빠른 펀치를 날렸고 리오는 간단히 그 공격을 피한 후, 그녀를 무시하고 주문을 외우는 둘을 향해 달렸다.

루이체와 거리가 벌어지자, 리오는 디바이너를 다시 칼집에 넣고 자신의 작은 주머니에서 약초를 꺼내 양손에 나누었다.

"헙!"

리오는 멍한 상태의 련희와 레이필에게 손으로 그녀들의 입을 틀어막듯이 강제로 약초를 먹였다.

"윽!"

억지로 약초를 삼킨 두 사람은 강렬한 향기에 정신이 드는 모양인지 눈을 번쩍 떴다. 리오는 됐다고 생각하며 다시 공격해 오는 루이체를 향해 몸을 돌렸다.

"파이어!"

"윽?"

순간 리오의 복부에 레이필이 발동시킨 파이어 주문이 폭발했다. 리오는 순간 움찔하며 다시 레이필 쪽을 바라보았다. 그들의 눈은 아직도 풀려 있었다.

"역시 풀리지 않았군……. 혹시나 했는데!"

그러나 리오는 그런 생각을 하고 있을 틈이 없었다. 곧 이어지는 련희의 진언과 루이체의 공격을 동시에 피해야 했기 때문이다.

"타아앗!"

무방비 상태에서 이미 레이필에게 한 번 복부를 공격당한 리오에게 루이체의 공격은 날카롭기만 했다. 겨우 루이체의 공격을 피한 리오는 할 수 없이 그녀의 후두부를 팔꿈치로 가격했다.

"미안하다, 동생!"

"악!"

루이체는 힘없이 바닥에 쓰러졌다. 곧이어 련희의 진언이 시작되자 리오는 그녀 역시 기절시키려 했지만 순간 맨티스 퀸의 얇은 팔이 리오의 움직임을 방해했다.

"게임을 방해하지 마라!"

"이런!"

리오는 련희가 쓴 주문을 겨우 피하며 거리를 벌렸다.

방어 태세를 취한 그는 인상을 구기며 거칠게 내뱉었다.

"제길! 도대체 어떻게……!"

맨티스 퀸은 또다시 웃으며 소리쳤다.

"하하하핫…… 내 정신공격을 너무 우습게 보았구나, 인간. 그따위 풀로 내 최면파가 풀리지는 않아. 근본적으로 회복 방식이 다르다. 신경 자극과는 무관하단 말이다. 고급 마법이 아닌 이상 회복은 불가능하지. 후후훗."

"그렇군!"

허무함을 느낀 리오는 씁쓸한 표정을 지을 뿐이었다. 그동안 레이필과 련희는 계속 새로운 주문을 외워 나갔다.

'인간이라면 절대 이길 수 없다는 것이 바로 이런 뜻이었나? 젠장, 이럴 줄 알았으면 회복 마법이라도 배워 둘 것을……. 아, 그건 그렇고 트리네는 어디 갔지?'

리오는 눈을 굴리며 주위를 살펴보았다. 하지만 트리네의 모습은 보이지 않았다. 동굴에 있는 것은 맨티스 퀸과 일행 셋, 그리고 자신뿐이었다.

"뭘 그렇게 찾고 있나? 도망칠 구멍이라도 찾고 있나? 음, 드디어 인간적인 행동이 나오는구나. 호호홋."

"음?"

그 순간 리오는 맨티스 퀸의 머리 위, 천장에서 빛이 몇 번 반짝인 것을 보았다. 시선을 다른 곳에 두고 생각하던 그는 곧 씩 웃으며 중얼댔다.

"홋, 역시 보통 하이엘프가 아니라니까."

"뭐라고?"

맨티스 퀸이 묻는 순간, 리오는 맨티스 퀸을 향해 몸을 날렸고 오른팔을 뻗으며 순간적으로 마법진을 전개했다.

"커미트!"

그 즉시 그의 오른손에서 거대한 빛줄기가 뻗어 나갔다. 그리고 갑작스레 충격을 받은 맨티스 퀸의 거대한 몸은 바닥에 쓰러지고 말았다.

리오는 계속해서 맨티스 퀸에게 커미트의 빛을 쏘아 일어나지 못하게 한 후 천장을 향해 소리쳤다.

"트리네! 셋을 맡아 줘요!"

"예!"

트리네는 모습을 드러내며 맨티스 퀸의 명령을 기다리던 런희와 레이필에게 기절할 정도의 충격을 주었다. 트리네는 앞에 쓰러진 루이체를 포함한 셋을 들쳐 업고 굴을 빠져나갔다.

"그럼, 부탁해요! 리오 씨! 페릴의 원한을 대신 갚아 줘요!"

사라져 가는 트리네를 보며 리오는 정말 다행이라는 생각을 했다. 트리네가 아니었으면 정말 큰일 날 뻔했다.

정령의 힘을 이용해 몸을 감출 수 있었던 트리네는 천장에 숨어서 리오에게 계속해서 맨티스 퀸의 움직임을 막아 달라는 신호를 보냈다. 그러나 워낙 작은 신호였기에 리오는 한참 만에야 겨우 알아채고 맨티스 퀸의 움직임을 봉쇄한 것이었다.

"이, 이 버릇없는 인간! 잔머리를 굴리다니!"

커미트의 효과가 한계에 다다르자 맨티스 퀸은 괴성을 지르며 몸을 일으켰다. 리오는 디바이너를 양손에 잡고 자세를 취했다. 그에게서 내뿜어지는 살기는 여느 때와는 사뭇 달랐다.

"자, 오너라!"

"크으윽! 좋다, 나와 싸우는 것이 소원이라면 들어주마! 인간!"

5

맨티스 퀸의 위력

굴에서 겨우 빠져나온 트리네는 셋을 한꺼번에 옮기느라 힘이 들었는지 진땀을 흘리며 주저앉았다. 기절한 셋은 말이 없었다.

그들을 옮기기 위해 다시 몸을 일으킨 트리네의 뒤에서 구원의 목소리가 들려왔다.

"저희가 도와드릴까요?"

"아, 예. 감사합니…… 어엇!"

웃으며 부탁을 하려 했던 트리네는 순간 지신의 앞에 나타난 맨티스 크루저들을 보고 기겁을 하며 검을 뽑아 들었다. 그러나 맨티스 크루저들은 팔을 저으며 말했다.

"기, 기다려 주세요! 저희는 방금 전에 리오 스나이퍼 님의 도움으로 맨티스 퀸의 굴을 탈출한 다른 맨티스족입니다! 모두 부녀자들뿐이에요!"

그러고 보니 겉모습도 다르고 살기도 없었기에 트리네는 안심하고 검을 거뒀다.

"그럼 이분들 좀 옮겨 주세요. 아, 이분들 맨티스 퀸의 정신공격에 당했거든요? 해결 방법이 있습니까?"

다른 동료들과 함께 련희, 루이체, 레이필을 옮기던 맨티스 크루저는 고개를 끄덕이며 말했다.

"방법은 많습니다. 맨티스 퀸이 죽거나, 고급 마법사의 치유 주문이 있으면 됩니다. 제가 한번 해 보지요. 저희 종족에게만 전해 내려오는 치유 마법도 있으니까요. 지금이야말로 저희의 의지대로 마법을 쓸 수 있겠군요."

트리네는 맨티스 크루저의 손을 잡으며 고마움을 표시했다.

"정말 감사합니다. 당신들을 진작 생각해 냈어야 했는데, 깜빡 잊고 있었습니다."

구구구구궁.

그때 지축이 울리기 시작했다. 진동으로 동굴 입구가 서서히 붕괴되자 트리네는 깜짝 놀라며 소리쳤다.

"앗! 리오 씨가!"

콰아앙.

트리네의 걱정과는 달리 잠시 후 리오도 바깥으로 나왔다. 하지만 기뻐할 일이 아니었다. 리오는 충격파에 의해 동굴 밑바닥에서부터 밀려 나온 것이었다.

공중으로 튕겨 올려진 리오는 곧 근처 건물에 처박혔다. 충격의 여파는 거기서 멈추지 않고 벽을 뚫으며 더 뒤쪽으로 밀려났다.

맨티스 크루저들은 공포에 떨며 리오가 떨어진 지점을 향해 모두 뛰기 시작했다. 트리네는 옆에 달리고 있는 맨티스 크루저에게 물었다.

457

"무슨 일이죠?"

"맨티스 퀸이에요! 그녀가 올라오고 있어요!"

잠시 후 리오는 머리를 흔들며 파편들을 떨쳐 내고 몸을 일으켰다. 그의 머리와 입에선 약간의 선혈이 흘러내렸다. 침과 함께 피를 뱉어 낸 리오는 씁쓸히 중얼거렸다.

"젠장, 엄청난 힘이군. 이렇게까지 날려 본 게 얼마 만이지?"

리오는 몸의 관절을 이리저리 풀며 몸의 충격을 회복했다. 실로 엄청난 충격이었다. 바이론과 대결할 때도 이런 충격은 받아 보지 못했다.

"리오 님! 괜찮으세요!"

맨티스 크루저들이 걱정되는 표정으로 달려와 묻자 리오는 고개를 끄덕이며 말했다.

"걱정 마십시오. 그보다 아이들과 함께 빨리 이곳을 벗어나요! 맨티스 퀸이 곧 밀고 올라올 겁니다!"

콰아아앙!

또 한 번의 충격이 지면을 강타했다. 리오에 이어서 이번엔 맨티스 퀸의 거대한 모습이 바닥을 뚫고 위로 솟구치며 위용을 드러냈다.

"쿠오오옷! 인간, 인간! 너같이 지겨운 인간은 정말 처음이로구나! 널 비틀어 피를 빨아도 시원치 않을 것이다!"

"빨리도 나왔군, 곤충!"

리오는 인상을 찡그렸다. 그러자 그의 왼쪽 눈을 덮고 있던 붕대가 느슨해졌다.

"……아, 트리네!"

리오는 때마침 자신 쪽으로 달려오는 트리네를 불렀다. 트리네는 눈을 깜박이며 리오 앞에 섰다.

"일행들과 이분들의 대피를 부탁해요. 물론 이 도시 사람들이 있는 대피소엔 가지 말고요! 뒤는 내가 맡을 테니, 어서!"

"예? 하지만 리오 씨 혼자 어떻게 하시려고요!"

리오는 이쪽으로 다가오기 시작한 맨티스 퀸을 향해 뛰어가면서 외쳤다.

"지금부터 보여줄 제 모습은 비밀입니다! 아, 망토도 부탁드려요!"

"아, 리오 씨! 잠깐만요!"

트리네는 망토를 자신에게 벗어 던지며 공중으로 솟구쳐 오르는 리오의 모습을 보고 고개를 갸웃거릴 뿐이었다.

"버르장머리 없는 인간! 나를 지상에 나오게 한 것을 후회하게 해 주마!"

맨티스 퀸의 목소리가 주위의 공기를 뒤흔들었다. 공중에 떠서 맨티스 퀸을 내려다보던 리오는 온몸에 힘을 넣으며 사자처럼 포효했다.

"너야말로 후회하게 만들어 주겠다! 하아아아앗!"

리오는 즉시 자신의 기를 폭발시켰다. 밑에 있던 건물들이 기의 폭풍에 의해 무너져 내리면서 그로 인해 엄청난 양의 흙먼지가 리오의 기와 함께 공중에서 회오리치기 시작했다.

"세, 세상에!"

날리는 흙먼지 때문에 눈을 손으로 살짝 가린 채 리오의 모습을 바라보던 트리네는 믿을 수 없다는 표정으로 중얼거렸다.

"맨티스 퀸과 겨룰 만하다 생각은 했지만 설마 이 정도일 줄은…….12신장들을 능가하겠어. 차원장(次元將) 워닐마저!"

트리네의 중얼거림이 쓰러져 있는 세 사람에게 들릴 리는 없었다.

자신이 낼 수 있는 힘을 5분의 4까지 끌어올린 리오는 크게 소리치며 맨티스 퀸을 향해 급강하했다.

"타아아아앗!"

지상에서 그를 지켜보던 맨티스 퀸은 입에서 녹색의 브레스를 뿜으며 리오를 견제했다. 독기가 서린 브레스를 빠르게 피한 리오는 디바이너를 허공에서 크게 휘둘렀다. 기가 실린 무형의 칼날이 맨티스 퀸을 향해 날았다.

"잔재주를!"

맨티스 퀸은 자신의 팔 중 하나를 초음속으로 휘둘렀다. 그로 인해 생성된 충격파가 거침없이 날아오는 리오의 검기를 튕겨 냈다.

"크윽! 이런!"

자신의 공격이 막히자 리오는 인상을 구기며 왼손으로 빠르게 마법진을 그려 나갔다. 그가 지금 그리고 있는 마법진은 완성되는 도중에도 자체 전류를 뿜어 내고 있었다. 순식간에 마법진을 완성한 리오는 왼팔을 앞으로 뻗으며 외쳤다.

"딜 캐논! 먹어랏!"

순간 엄청난 크기의 전기 기둥이 굉음을 일으키며 맨티스 퀸 쪽에 뿜어졌다. 그러나 맨티스 퀸은 당황하지 않고 다른 팔을 올리며 급히 고대어 주문을 외우기 시작했다.

"발·루·사딘!"

그와 동시에 맨티스 퀸 주위에 있던 건물들의 잔해와 흙들이 맨티스 퀸의 앞으로 날아들었다. 그것들은 거대한 바위 방패로 뭉쳐지며 리오의 딜 캐논과 정면충돌했다.

"쳇!"

시험이긴 했지만 딜 캐논 정도의 상급 주문이 간단히 막히는 것을 본 리오는 상대의 만만치 않음에 약간 놀랐다. 하지만 곧 씩 웃으며 중얼거렸다.

"좋아. 라우소나 루카 같은 허풍쟁이와는 좀 다른 것 같군. 계속해 볼까!"

리오는 또다시 맨티스 퀸을 향해 돌진했다. 맨티스 퀸은 네 개의 팔을 리오 쪽으로 뻗으며 외쳤다.

"강하구나, 인간! 보통이 아냐! 12신장 얼간이들보다 훨씬 강하구나! 지금까지 내가 강하다고 인정한 상대는 고대의 여신 요이르님 한 분뿐이었지만 지금은 다르다! 네가 이걸 받을 수 있다면 널 완전히 인정해 주마!"

"뭐?"

리오는 순간 움찔하며 돌진하던 것을 멈췄다. 맨티스 퀸에게서 뿜어지는 마력이 만만치 않은 탓이었다.

'강하다! 그렇다면!'

리오는 곧장 디바이너를 공중으로 던졌고 양손에 주문진을 급히 만들었다. 주문이 완성되자 그는 공중에 떠 있는 디바이너에 주문진에서 나오는 빛을 쏘였다. 그러자 디바이너의 보라색 표면에 진홍색의 기묘한 문자가 어지러이 떠올랐다.

검은색 스파크를 잠시 뿜어낸 디바이너는 다시 리오를 향해 떨어져 내렸다. 검을 잡은 리오는 숨을 한 번 크게 들이쉰 후 급강하하기 시작했다.

"승부다!"

리오가 다시 자신에게 돌진하자, 맨티스 퀸은 자신의 팔들에 모인 마력을 일시에 뿜어냈다.

"헌들 바인!"

맨티스 퀸의 네 개의 팔엔 거대한 빛의 구체가 형성됐다. 근처를 떠돌던 흙먼지들이 그 구체에 닿자 빠직빠직 소리를 내며 재도 남기지 않고 타들어 갔다. 맨티스 퀸은 곧바로 그 구체를 리오에게 쏘았고 리오는 이를 악물며 주문이 걸린 디바이너를 그 구체에 휘둘렀다.

"하아앗!"

그러나 리오는 곧 실수를 하고 말았다는 것을 깨달았다. 리오의 생각은 우선 구체를 2등분하거나 피한 후 맨티스 퀸에게 일격을 날리는 것이었으나 맨티스 퀸이 사용한 마법은 피할 수는 있어도 자를 수는 없는 특수한 마법이었다.

고대어 상급 주문 헌들 바인. 그것은 사용자의 마력을 고열의 빛으로 바꾸어 상대에게 쏘는 마법이었다. 아무리 디바이너가 좋은 검이라 해도 빛을 자를 수는 없었다.

"으아앗!"

빛에 휩싸인 리오는 고열에 비명을 터뜨렸다. 헌들 바인의 빛은 리오의 그 비명조차 감싼 채 공중에서 폭발하고 말았다.

엄청난 양의 빛이 폭발점에서 뿜어졌다. 그 강렬한 빛은 맨티스 퀸의 눈마저 방해했다.

리오와 맨티스 퀸이 싸우는 모습을 지켜보던 모두는 리오가 그렇게 당해 버리자 역시나 하는 표정으로 고개를 떨구었다.

"여, 역시…… 이 사실을 사람들이 알면……?"

트리네는 아직 의식을 회복하지 못한 셋을 바라보며 중얼거렸다.

한편 맨티스 크루저들은 서로를, 또는 자신의 아이들을 감싸 안으며 희망이 사라진 듯 고개를 떨구었다.

"크, 크워어어어엇!"

그때 갑자기 맨티스 퀸의 비명이 들려왔다. 모두 반사적으로 고개를 들고 그곳을 바라보았다. 그곳에는 맨티스 퀸의 왼쪽 낫과 팔들이 모조리 떨어져 나간 채 비릿한 체액을 분수처럼 뿜어내고 있었다.

"어, 어떻게! 설마 리오 씨가?"

트리네의 예상이 맞았다. 리오는 가까스로 맨티스 퀸의 주문을 견딜 수 있었고, 주문이 걸린 디바이너를 이용해 시야가 회복되지 않은 상대를 향해 일격을 날렸다. 하지만 맨티스 퀸 역시 필사적으로 그 공격을 피했고, 왼쪽 팔들을 모조리 잃어버린 대신 생명을 보전했다.

"크으읏! 감히 이 몸에게!"

맨티스 퀸은 급히 회복 주문을 사용했으나 잘린 팔은 재생되지 않았다. 아니 오히려 상처가 심해질 뿐이었다.

맨티스 퀸 근처에 떨어져 있던 리오는 몸을 펴며 외쳤다.

"검에 실린 저주 때문에 절대 회복되지 않는다. 그것이 이 마법검 바이올릿이다! 마지막이다, 맨티스 퀸!"

"으으윽!"

맨티스 퀸은 곧바로 리오를 향해 자신의 팔들을 휘둘러 댔다. 하지만 리오는 왼팔을 잃은 맨티스 퀸의 공격을 가볍게 피했다. 공격을 피하기 위해 맨티스 퀸의 가슴까지 솟아오른 리오는 아직도 저주의 마법 바이올릿이 실려 있는 디바이너를 다시 한 번 휘둘렀다.

"타아앗!"

순간 맨티스 퀸의 외골격은 디바이너에 의해 비스듬히 상처가 생겼다. 상처 부위에선 검은색의 강렬한 스파크가 일기 시작했다.

"크아아아악!"

리오는 몸부림치는 맨티스 퀸으로부터 멀리 떨어졌다. 맨티스 퀸의 상처 부위에선 검은색으로 변한 체액이 공중을 향해 맹렬히 뿜어지기 시작했다.

"키아아아악!"

찢어지는 듯한 비명과 함께 맨티스 퀸의 거대한 몸이 앞으로 쓰러졌다. 그 몸에선 체액이 계속 흘러나왔다.

몇 번 꿈틀거리던 맨티스 퀸의 몸이 이윽고 움직이지 않자, 숨을 몰아쉬던 리오는 혹시나 하는 마음으로 중얼거렸다.

"……된 건가?"

맨티스 퀸은 더 이상 움직이지 않았다.

리오는 곧 한숨을 쉬며 군데군데 타서 구멍이 뚫린 토시로 땀을 닦았다. 끝났다는 신호와 같았다.

그 모습을 본 트리네는 맨티스 크루저들을 돌아보며 소리쳤다.

"이겼어…… 이겼어요, 여러분! 리오 씨가 이겼어요!"

트리네의 외침과 함께 맨티스 크루저들과 그 아이들은 뛰며 기뻐했다. 그 기쁨은 리오가 다시 돌아왔을 때 더욱 커졌다.

"감사합니다! 정말 감사합니다, 리오 씨!"

맨티스 크루저의 감사에 리오는 머리를 긁적일 뿐이었다. 뭔가 아이러니함을 느낀 그였다.

잠시 후 기절했던 셋도 일어났고, 레이필은 지친 표정으로 리오를 바라보며 물었다.

"끄, 끝났나요, 리오 군?"

"예, 리오 씨가 해치웠습니다."

트리네가 멀찌감치 쓰러져 있는 맨티스 퀸의 사체를 가리키며 말했다.

"우아! 역시 리오 오빠!"

루이체를 비롯한 모든 일행은 활짝 웃으며 리오의 승리를 축하했다.

리오는 곧 자신의 뒤에 있는 맨티스 크루저들과 그들의 아이들에 대해 자초지종을 일행에게 설명해 주었다. 일행 모두 고개를 끄덕였다.

일 하나가 끝났다는 안도감에 리오는 한숨을 쉬며 건물에 기대앉았다.

피로에 흔들거리던 련희는 리오의 옷이 군데군데 타서 구멍이 뚫려 있자 걱정스러운 얼굴로 바라보았다. 그녀의 시선을 느낀 리오는 빙긋 웃으며 그녀를 마주 보았다.

"괜찮아요, 련희 양?"

"예? 아, 예…… 제가 여쭤 볼 말인데 리오 님께서 먼저 하시는군요."

리오는 다시 몸을 일으켜 련희의 옆에 서서 나지막이 말했다.

"그런 말씀 마십시오. 련희 양과 한 약속이 있는 이상 죽을 수는 없죠."

"아!"

련희의 얼굴은 순간 붉게 물들었다.

"음!"

순간 리오는 긴장하며 자리에서 벌떡 일어섰다.

그의 표정이 순식간에 바뀌자 일행과 맨티스 크루저들은 깜짝 놀랐고, 리오는 다시 디바이너를 뽑으며 맨티스 퀸이 쓰러진 곳을 바라보았다.

"젠장! 아직 살아 있었나!"

그의 말대로 맨티스 퀸의 몸은 이상한 빛을 발하며 천천히 떠오르는 중이었다. 리오는 느낄 수 있었다. 아까보다 훨씬 강한 기운이 맨티스 퀸의 몸에서 뿜어지는 것을.

맨티스 퀸의 몸이 왜 떠오르는지 리오를 비롯한 일행들은 알 수 없었지만 한 가지 확실한 것은 맨티스 퀸이 죽지 않았다는 사실이었다.

"……어쩔 수 없지!"

리오는 다시 디바이너를 뽑으며 앞으로 나아갔다.

그때 레이필은 리오의 양어깨가 약간이긴 하지만 떨리고 있는 것을 보았다.

'세상에…… 체력 소모가 저렇게 심한데도!'

그러나 레이필은 말릴 수도 도와줄 수도 없었다. 지금의 그녀로서는 맨티스 퀸에게 미미한 충격조차 입힐 수 없다는 것을 잘 알고 있었기 때문이다.

맨티스 퀸의 몸은 서서히 재로 변해 공중에 흩뿌려졌다. 물론 죽음을 의미하는 건 아니었다. 번데기에서 벗어난 성충처럼 맨티스 퀸의 중요 부분을 감싸고 있던 껍데기가 사라지는 것일 뿐이었다.

맨티스 퀸의 몸이 형체조차 알아볼 수 없게 풍화되어 버리자, 리오는 트리네를 바라보며 말했다.

"모두를 데리고 여기서 대피해 줘요, 부탁합니다."

트리네는 고개를 끄덕였다.

"알았어요, 리오 씨. 그런데 괜찮겠어요?"

리오는 한숨을 쉬며 웃어 보였다.

"후훗, 죽기밖에 더 하겠습니까?"

리오는 다시 맨티스 퀸이 있는 곳으로 향했다.

트리네는 리오의 뒷모습을 잠시 바라보다 맨티스 크루저들과 일행들을 돌아보며 중얼거렸다.

"……행운을!"

달려간 리오는 맨티스 퀸 앞에서 걸음을 멈추고 디바이너를 땅에 박아 세웠다. 그는 빛을 발하고 있는 맨티스 퀸을 바라보며 기와 체력을 약간이라도 더 보충하기 위해 정신을 가다듬었다.

'아까 너무 무모한 짓을 했군. 이럴 줄 알았으면 피했다가 다시 기회를 엿보는 건데 말이야. 그 마법의 위력을 계산하지 못해서 생각 외로 충격이 커. 이대로 이길 수 있을까?'

맨티스 퀸에게서 뿜어지던 빛은 순간 사라졌다. 그 빛이 있던 장소에는 갑옷을 입은 한 여자가 서 있었다. 인간과 다를 바 없는 모습이었지만 그 여자의 피부는 짙은 회청색을 띠고 있었다. 눈 역시 붉게 반짝였다. 오른손에 들린 거대한 낫은 그녀가 맨티스 퀸과 동일한 존재라는 것을 알려 주었다.

맨티스 퀸은 리오를 바라보며 말했다.

"상당히 강했다, 인간. 내 본모습을 힘으로 드러내게 한 건 여신 요이르 님 외에 네가 처음이다. 실력은 인정해 주지. 그러나 그 대가는 죽음뿐이다!"

리오는 쓴웃음을 지을 뿐이었다. 대꾸를 해야겠지만 기와 체력을 회복하고 있는 현재의 그에게는 호흡 하나하나가 중요했다.

"홋, 무서워서 말을 잃은 모양이군. 그럼 좋다. 최대한으로 빨리 끝내 주지! 그리고 네가 숨긴 인간들과 도망치는 노예들도 모두 함께!"

맨티스 퀸은 낫을 휘두르며 재빨리 리오에게 다가왔다. 그러나 리오는 움직이지 않았다.

"죽어랏!"

파앙.

순간 낫과 검이 충돌하는 소리가 들렸다. 맨티스 퀸의 낫은 리오의 목 바로 근처에 정지해 있었다. 리오는 여전히 미소를 띤 채 맨티스 퀸을 바라보며 말했다.

"훗, 2부의 시작이 화려한데?"

디바이너로 맨티스 퀸을 밀어낸 리오는 반격을 개시했으나 맨티스 퀸은 가소롭다는 듯 자신의 낫을 가볍게 휘둘렀다.

티잉

"크앗!"

리오는 오른손을 붙잡으며 고통에 찬 표정을 지었다. 어느새 주인의 손을 떠난 디바이너는 리오의 뒤로 날아가 박혔다. 충격에 의해 마비된 오른팔이 회복되자마자 리오는 재빨리 뒤로 물러서서 디바이너를 다시 잡고 자세를 취했다.

'이, 이럴 수가?'

리오는 도저히 이해할 수 없었다. 지금의 공격은 자신의 체력이 최대인 상태에서 막았어도 결과가 비슷했을 정도의 엄청난 것이었다. 아마 웬만한 전사가 그 공격을 받았다면 검과 함께 몸이 잘려 나갔을 것이다. 자신의 검을 튕겨 낼 정도의 힘을 가진 전사는 지금까지 바이론 한 명밖에 보지 못했던 리오는 긴장하지 않을 수 없었다.

"후훗, 놀랐나, 인간? 하지만 대단했어. 공격을 막아 내다니 말이야. 그럼 몇 번을 버티는지 볼까?"

맨티스 퀸은 다시금 낫을 휘둘렀다. 리오는 디바이너를 양손으로 잡아 맨티스 퀸의 두 번째 공격을 막아 냈다. 그러나 막았다고는 해도 그의 몸은 뒤로 쭉 밀려나고 말았다.

"으윽!"

맨티스 퀸의 공격은 야속하게도 계속됐다. 그때마다 리오의 몸은 계속 뒤로 밀려 나갔고, 결국 리오는 힘을 이기지 못해 멀찌감치 날려 가고 말았다.

겨우 자세를 바로잡은 리오는 급히 머리를 굴리기 시작했다.

'이해가 가질 않아! 저런 스피드의 공격에 이 정도의 파워가 실려 있다니! 아냐, 뭔가 있어! 그것을 밝혀내야 해!'

그사이 맨티스 퀸은 리오 앞에 다가와 또다시 공격을 퍼부었다. 리오는 사력을 다해 그 공격을 막았으나 결과는 마찬가지였다.

"리오 님! 그렇게 싸우시면 안 됩니다!"

그때 리오의 귀에 다급한 목소리가 들려왔다. 리오가 돌아보자 련희가 두 손을 입에 모으고 고함을 질렀다.

"공격을 피하세요! 피하면서 싸우세요!"

리오는 무슨 소리인가 하며 다시 공격을 받아 냈다. 이번엔 무릎이 꺾이고 말았다. 맨티스 퀸은 그 틈을 놓치지 않고 자신의 낫으로 리오를 내리찍으며 소리쳤다.

"죽어라!"

리오는 간신히 몸을 옆으로 굴려 공격을 피했다.

쿠우우우웅.

맨티스 퀸의 낫이 지면에 박히자 지진이 난 듯 지면이 크게 울렸다.

그것을 본 리오는 설마 하며 다시 자세를 바로잡았다. 맨티스 퀸은 낫을 가볍게 휘두르며 리오에게 다시 공격을 가했다. 리오는 공격을 다시 받아 내며 한 가지 가정을 해 보았다.

'저 낫…… 엄청난 무게를 가지고 있군. 저 정도의 무게를 움직일 힘이 맨티스 퀸에게 있나……? 그래 무명도도 그렇지! 한번 해보자!'

리오는 곧 디바이너를 멀리 던져 버렸다. 날아간 검은 근처의 지면에 박혔다. 그는 웃으며 너덜너덜해진 얼굴의 붕대에 손을 가져갔다.

"한쪽 눈만으론 귀찮군. 어쨌든 결론은 뒷면, 아니면 앞면인가?"

그는 알 수 없는 말을 중얼대며 붕대를 뜯어냈다. 놀랍게도 실명된 그의 왼쪽 눈은 어느새 정상으로 돌아와 있었다. 곧이어 리오는 파라그레이드를 뽑았다. 하지만 검에 기를 주입하지는 않았다. 그는 그 상태로 자세를 취했다.

맨티스 퀸은 대소를 하며 소리쳤다.

"하하하하핫! 헛소리를 지껄이더니, 감히 그런 얇은 무기로 나에게 대적하겠다는 거냐? 부러질 것 같은데?"

리오는 씩 웃으며 대답했다.

"훗, 도박이라고나 할까? 안 되면 너만 좋은 일이니 걱정 마라. 자, 계속 덤벼 보시지?"

리오의 자신만만한 태도에도 불구하고 겨우 정신을 차린 루이체는 레이필의 옷자락을 붙잡은 채 어쩔 줄을 몰라 했다.

"어떡해요, 어떡해! 디바이너로도 받아 내지 못해 튕겨 나갔는데, 저런 소검 따위로 어떻게 저 낫을 받아 낼 수 있겠어요! 누가 오빠 좀 말려 줘요!"

레이필 역시 심각한 표정을 짓고 있었다. 련희는 고개를 푹 숙인 채 아무 말도 하지 않았다. 그러나 검에 대해 잘 알고 있는 트리네는 잠시 후 리오의 생각을 알겠다는 듯 고개를 끄덕이며 말했다.

"제 생각이 리오 씨의 생각과 같다면 저 소검이 어쩌면 오히려 가능성이 있을지도 몰라요."

"예?"

그 말에 루이체는 눈을 동그랗게 뜨고 트리네를 바라보았다. 다른 일행 역시 의아한 표정으로 그녀를 바라보았다. 트리네는 팔짱을 끼며 계속 말했다.

"잘만 하면 리오 씨가 맨티스 퀸의 엄청난 파워를 역이용할 수 있을 거예요. 하지만……."

련희는 눈을 동그랗게 뜨고 자신도 모르게 입을 열었다.

"하, 하지만이라면……?"

"저 소검이 얼마만큼 좋은 것이냐에 따라 이 방법의 성패가 달려 있어요. 물론 리오 씨가 가진 검이니 기대할 수는 있겠죠."

일행은 맨티스 퀸과 대치하고 있는 리오에게 다시 시선을 돌렸다.

맨티스 퀸은 자신의 낫을 위로 치켜든 채 곧 리오를 향해 돌진했다.

"잔재주는 포기해라, 우매한 인간!"

〈계속〉

외전 5
바람이 되고 싶었던 아이

UK 수도방위지부 BSP 소속 중 유일한 한국인 하리진. 그녀는 자신의 파트너 지크가 아침부터 점심때까지 계속 말이 없는 것에 궁금증을 느꼈다. 그녀는 지크에게 가까이 다가앉으며 이유를 물어보았다.

"이봐 지크, 아침부터 왜 그러고 있어? 만날 하던 유치한 개그도 안 하고……."

그러자 지크는 점심 식사로 배달된 햄버거의 종이 포장지를 풀며 피곤한 얼굴로 대답했다.

"응, 오늘 아침부터 헬스클럽에 다니거든."

그러자 리진은 이해가 안 간다는 표정을 지으며 다시 물었다.

"뭐라고? 헬스클럽? 다닐 사람이 따로 있지, 네가 왜? 게다가 헬스 다닌다고 그렇게 피곤한 표정 짓는다고?"

햄버거를 한입 씹어 삼킨 후, 지크는 천천히 대답했다.

"어머니께서 혼자 다니시기 좀 그러시다 해서 어머니와 같이 다니기로 했지. 그런데 첫날부터 좀 틀어졌어. 젠장."

"틀어져? 어떻게?"

리진은 더욱더 궁금한 표정을 지었다. 지크는 콜라를 한 모금 마신 후 계속 말했다.

"120킬로그램짜리 역기를 손가락으로 돌리다가 관장에게 걸렸거든. 어머니 몰래 관장에게 빌고 빌어서 겨우 관장 입을 막긴 했지만……."

자초지종을 들은 리진은 손으로 이마를 감싸며 고개를 설레설레 저었다.

"하긴, 그 지크가 어디 가겠어."

지크는 테이블에 엎드리며 한숨을 길게 내쉬었다. 리진은 그 모습을 보며 불쌍하다는 듯 혀를 찼다.

그때 순찰을 돌고 돌아오던 헤이그와 린 챠오가 그들이 있는 상황실 안으로 들어왔다.

"아니, 이 친구 오늘 왜 이래? 아침에도 넋이 빠진 얼굴로 출근하더니 말이야. 이봐 지크, 무슨 일 있는 건가?"

최고참 헤이그의 물음에 지크는 손을 휘휘 저으며 대답했다.

"예, 무슨 일 있어요."

"흠, 말과 행동이 다른 것을 보니 심각한 일이군. 아, 부장님께서 자네를 찾으시던데? 특별 임무가 있다고 그러시는 것 같아."

그러자 지크는 순간 시체처럼 팔을 테이블 밑으로 축 늘어뜨렸다. 그걸 보고 모두 깜짝 놀랐고, 헤이그가 대표로 물었다.

"아, 아니, 자네 뭐 하는 건가?"

지크는 조용히 대답했다.

"시체는 특별 임무를 못 맡거든요."

"그래, 왔군. 근데 어디 아픈가? 왜 등을 굽히고 들어와?"

BSP 수도방위지부 부장 처크 켄트는 지크가 등을 굽힌 채 들어오자 자신의 선글라스를 추켜올리며 물었다. 지크는 힘없이 미소 지었다.

"아, 시체놀이 하다가 진짜 시체가 될 뻔했죠. 그런데 왜 찾으셨나요, 할아버지?"

순간 처크 부장은 발끈하며 소리쳤다.

"여긴 엄연히 직장이야! 난 네 상관이고! 부장으로 불러, 부장!"

"에게? 루이에겐 아빠라고 부르라고 하시면서 차별하시네? 그리고 딱딱하게 부장님보다 할아버지가 더 좋잖아요."

처크는 시가를 입에 물며 인상을 찡그렸다.

"어쨌든 임무나 설명해 주지. 자네 여의도에서 일주일 전에 찍힌 괴한의 사진 봤겠지? BSP 사이에서만 공개된 사진인데, 거기 인물이 도대체 누군지 알 수가 없어. E급 바이오 버그 50여 개체를 일순간에 없애 버릴 정도로 강하다고, 목격한 BSP가 말하더군."

지크는 신기하다는 듯 말했다.

"그래요? 전 남자 사진이라서 보지도 않고 옆으로 넘겼는데, 그런 중요한 사진이었군요. 다시 보여 주실 수 있어요?"

처크는 그럴 줄 알았다는 듯 조용히 책상 위의 버튼을 눌렀다. 곧 뒤쪽의 거대 화면에 보라색 빛 덩어리를 휘두르고 있는 붉은 장발의 사내가 들어왔다.

뒤쪽에서 찍은 사진이었기에 얼굴도 잘 보이지 않았고, 이상하게도 직사광선에 노출된 부분이 많았기에 그냥 붉은 머리카락 외엔 정확히 알 수 없었다.

"자, 이 청년을 찾아오는 거야."

처크가 그렇게만 말하자, 지크는 어이없다는 듯 미소 지으며 대답했다.

"차라리 가시밭에서 바늘을 찾겠네요."

"계속 들어. 그날 한 번 나타났으면 찾아보라고 하지도 않아. 계속 나타나서 BSP들을 번번이 허탕치게 만들고 있지. 저번엔 C급 바이오 버그 두 개체를 일격에 처리한 일도 있어. 지금까지 BSP 중에서 C급 바이오 버그를 두 개체 이상 일격에 사살한 사람은 지크너 하나뿐이니까 우리 일에 불만을 가진 청년이라면 막을 사람은 결론적으로 너뿐이다. 그러니…… 졸지 마!"

선 채로 꾸벅꾸벅 졸고 있던 지크는 처크가 그 말을 하기가 무섭게 눈을 떴다. 처크는 보기 싫다는 듯 의자를 뒤로 돌리며 마저 말했다.

"이번 임무는 챠오와 함께하도록."

"네? 에이, 싫어요! 그런 애랑 어떻게 같이 다녀요! 리진하고 같이 다니는 것도 머리가 끓는데 챠오랑 같이 다니기는 정말 싫다고요!"

하지만 처크는 듣는지 마는지 목을 좌우로 풀며 그날의 신문을 펼쳐 들었다. 지크는 하는 수 없다는 듯 한숨을 내쉬며 뒤돌아섰다.

"예, 해 볼게요, 할아버지."

지크가 터벅터벅 나가자, 처크 부장은 뒤를 흘끔 바라본 후 조용히 중얼거렸다.

"불쌍한 녀석……. 그런데 챠오가 왜 지크랑 같이 임무를 수행하겠다고 특별 요청을 했을까? 나도 이해가 안 가는군."

임무 수행 중 사고로 오토바이가 망가진 탓에 지크는 하는 수 없이 챠오와 함께 BSP 순찰차를 타고 사진으로만 본 미지의 청년을 찾아다니기 시작했다.

내내 떫은 표정을 짓고 있던 지크는 심심한 듯 창문에 머리를 기대며 투덜댔다.

"이 차엔 카 오디오도 없니? 조용하니 무슨 사원 같잖아."

"……."

그러나 챠오는 대꾸 없이 묵묵히 운전만 할 뿐이었다. 지크는 인상을 찌푸렸다 다시 펴며 중얼거렸다.

"음, 어디 봅시다. 우리가 처음 만났던 게 4년 전인가? 넌 그때 중학생이었고…… 그때 수준은 지공으로 바위에 이름을 쓸 정도 밖에 안 되었지. 너희 할아버지는 주먹으로 돌산에 동양화를 그렸고……."

챠오는 여전히 말이 없었다. 지크는 계속 말했다.

"예전에 만났을 땐 나에게 도시락 가져다주고 학교에 데려다 달라고 조르기도 하고 해서 귀여웠는데. 흠, 그땐 아직 애라서 그랬나? 그때나 지금이나 달라진 건 신체 사이즈밖에 없는 것 같은데."

거기까지 말하자, 챠오는 그를 흘끔 바라본 후 나지막이 말했다.

"쓸데없는 얘기 말고 목표물이나 찾으시지."

지크는 씁쓸히 웃으며 말했다.

"옛날 얘기하는 데 쓸데없다니 섭하다, 야. 헤헷……."

둘이 말을 멈춘 지 10여 분 후, 차내에 설치된 비상경보기가 울렸다.

운전을 하던 챠오와 꾸벅꾸벅 졸던 지크는 정신을 바짝 차리며 무전기에 귀를 기울였다.

"YH(용산구 한강로)-12구역에 E급 다량 발생. 반복합니다, E급

다량 발생. 근처에 순찰 중인 경찰과 BSP들은 즉시 YH-12구역으로 가주시기 바랍니다. 반복합니다……."

통신을 듣던 지크는 고개를 흔들며 중얼거렸다.

"쳇, 이런. 루이가 오늘은 감기에 걸린 모양이군. 목소리가 영 아닌데……!"

순간 순찰차는 강하게 유턴을 하며 근처에 있는 YH-12구역을 향해 고속으로 질주하기 시작했다. 안전띠를 매지 않은 지크는 창문에 부딪힌 머리를 쓰다듬으며 중얼거렸다.

"윽, 이래서 이온부상 자동차는 싫다니까. 떠서 날아다니니 달리는 기분도 안 나고. 역시 바퀴 달린 것이 최고야."

챠오는 위성항법 장치로 위치를 확인하고 차를 계속 몰았다.

운이 없게도 근처를 순찰하던 BSP가 없었기에 경찰들은 고전을 면치 못하고 있었다. 게다가 평일인데도 아이들과 청소년들이 이상할 정도로 많아 상황은 더욱 나빴다.

"김 경장! 오늘 애들이 왜 이렇게 많은 건가?"

12구역의 경찰서장은 짜증을 내며 물었다. 경장은 큰 소리로 당당히 말했다.

"네! 오늘은 신작 게임이 출시되는 날입니다! 상당한 기대작인 탓에 아이들과 청소년들이 많은 것으로 생각됩니다!"

그러자 서장은 멍한 눈으로 경장을 바라보며 물었다.

"자네 자세히도 아는구먼? 어느새 들었나?"

"아, 저도 오늘 그 게임을 샀거든요."

김 경장은 손바닥 안에 들어갈 만큼 작고 투명한 크리스털 카트리지를 꺼내 들며 자랑스럽게 웃어 보였다.

서장은 한숨을 내쉰 후 사람들이 대피한 텅 빈 상가를 바라봤다.

보통 탄은 바이오 버그의 피부에 통하지 않는 탓에 경찰들은 탄환을 모두 B-6 철갑탄으로 바꿔 장전했다.

하지만 철갑탄이라 해도 보통 구경의 탄환은 BSP 전용 권총인 블래스터의 탄환보다 파괴력이 떨어지기 때문에 철갑탄의 최대 효과는 바이오 버그의 움직임을 막는 것에 불과했다.

"나온다! 녀석들이 나옵니다, 서장님!"

중무장을 한 전경이 급히 서장에게 외쳤다. 서장은 바짝 긴장을 하며 상가 쪽에서 슬금슬금 기어 나오는 존재들을 바라봤다.

여러 번 봐왔지만 볼 때마다 역겨웠다. 보통의 총탄은 박혀 봤자 피해를 주지 못했고, 보통 인간이 가하는 물리적 타격 따위는 통하지도 않는 무시무시한 존재. 영화에 나오는 외계인 같기도, 거대한 곤충 같기도 한 그들을 이 시대 사람들은 바이오 버그라고 불렀다. 환경오염과 전쟁이 사라진 지금, 그들은 근 20여 년간 인류 최대의 적으로 명성을 날렸다.

"좋아, 인정사정 볼 것 없다! 정확히 조준해서 기물들이 최대한 파손되지 않게 공격해라!"

제일 잘 지켜지지 않는 명령이 바로 이것이었다. 적의 산성 체액 공격을 피하기도 바쁜데 무슨 재주로 기물들이 파손되지 않게 적을 공격하란 말인가.

하지만 전국의 경찰서장과 경찰청장은 의례적으로 언제나 그렇게 명령을 내렸다.

"흠, 느려 터졌군."

그때 누군가의 목소리가 서장의 뒤쪽에서 들려왔다. 서장이 뒤를 돌아보기도 전에 경찰들의 머리 위를 넘어 홀연히 나타난 그는

481

단신으로 바이오 버그들의 앞에 섰다.

"뭐, 뭐야, 저 녀석은?"

190센티미터가 넘어 보이는 큰 키와 당당한 체구. 현대 의상과는 전혀 어울리지 않는 회색 망토 차림. 그리고 바람에 자유로이 흩날리는 붉은 장발. 바로 그 남자의 모습이었다.

"이봐! 여긴 애들 쇼하는 곳이 아냐! 어서 사라져!"

한 전경이 그 사나이에게 소리치자 붉은 머리카락의 남자는 뒤를 돌아본 뒤 조소를 터뜨렸다.

"쓰레기 같으니."

순간 소리를 질렀던 전경은 입과 코에서 피를 뿌리며 뒤로 날려가고 말았다. 깜짝 놀란 전경들은 그 사나이를 돌아봤다. 두꺼운 망토 밖으로 어느새 사나이의 손이 나와 있었다. 무얼 던진 것은 분명 아니었다.

그때 전경들 중 한 명이 크게 외쳤다.

"기공이다! 무협지에서 봤어!"

그러자 동료 전경들은 그 전경을 어이없다는 듯 쏘아봤다. 무협지를 너무 많이 읽은 것으로 낙인 찍힌 전경은 조용히 고개를 숙였다.

그사이, 정체불명의 남자는 자신의 망토 속에 들어 있는 보라색 검을 뽑아 들며 바이오 버그들에게 다가가기 시작했다.

사나이는 바이오 버그들 앞에 멈춰 서더니 미소를 띤 채 검으로 자신의 어깨를 툭툭 두드리며 말했다.

"자, 놀아 볼까, 친구들?"

그러자 바이오 버그들은 때를 기다렸다는 듯 남자를 향해 산성 체액 덩어리를 쏘아 대기 시작했다.

남자는 여전히 미소를 지은 채 자신의 망토를 강하게 휘둘렀다.

펑.

순간 망토에서 난 소리가 주위를 뒤흔들었다.

바이오 버그들이 쏜 산성 체액은 망토가 만들어 낸 공기의 벽에 가로막혀 지면으로 떨어졌다. 그러자, 바이오 버그들은 남자에게 직접 달려들기 시작했다.

"불쌍한 것들."

낮은 목소리와 함께, 남자의 주위엔 보라색의 검광이 어지러이 펼쳐졌다. 남자에게 달려들던 바이오 버그들은 순간 산산조각이 나며 사방으로 뿌려졌다.

"가, 강하다! BSP도 저 정도는 아닐 텐데?"

경찰서장은 눈으로 직접 보고도 믿을 수 없었다. 1초도 안 되어 바이오 버그들 십여 개체가 사라져 버린 것이다.

전경들이 감탄하고 있는 중에도 바이오 버그들의 수는 차츰 줄어들었다. 결국 남은 것은 단 두 마리뿐이었다. 남자는 어김없이 그 둘을 향해 몸을 날렸고, 지능이 상당히 낮은 수준인 E급 바이오 버그들은 도망이라는 것조차 생각을 못 하는지 그 남자에게 다시금 달려들었다.

"멈춰!"

그때 전경들 뒤에서 또 다른 그림자가 빠른 속도로 튀어나왔고, 사나이에게 달려드는 바이오 버그 두 마리의 머리를 푸른 검광과 함께 공중으로 날려 보냈다.

"오호, 뭐지?"

바이오 버그를 공격하려던 수수께끼의 사나이는 몸을 뒤로 날려 자신의 몫을 처리한 그 그림자와 거리를 벌렸다. 그림자는 씩 웃으며 남자를 향해 중얼거렸다.

"헤헷, 찾았다! 오늘 아침에 받은 명령을 바로 오늘 수행하게 되다니, 이거 운이 좋은데?"

그림자 지크는 무명도를 집어넣고 팔짱을 끼며 말했다. 남자는 자신의 검을 아스팔트에 살짝 박으며 실소를 터뜨렸다.

"후, 이건 또 어디서 굴러온 말 뼈다귀지? 귀찮게시리……. 볼일 없으면 꺼져라. 난 바쁜 몸이야."

"뭐?"

그 남자가 무시하는 말을 내뱉자 지크는 특유의 욱하는 성미가 발동됐다.

지크는 남자의 앞을 즉시 가로막았다.

"젠장! 남의 일거리를 다 망친 주제에 뭐 어쩌고 어째? 어차피 너랑 싸워야 할 것 같으니 지금 결판내는 게 어떨까? 바로 금년, 이번 달, 이번 주, 이 시간, 이 자리에서!"

지크는 손가락으로 땅을 찌르는 듯한 몸짓을 연속으로 해대며 소리쳤다. 남자는 우습다는 듯 고개를 살짝 끄덕이며 그의 제안에 응했다.

"푸, 좋아. 하지만 죽게 되어도 울지 마. 후훗."

"쳇, 너야말로 기도나 해 두시지!"

화가 날 대로 난 지크는 노호성을 지르며 남자에게 달려들었다. 남자는 여전히 얼굴에서 미소를 지우지 않은 채 여유 있게 검으로 방어 자세를 취했다.

"오오!"

전경들은 자신들이 온 목적을 잊은 채 앞에서 벌어지는 기인들의 활극에 넋을 잃었다. 챠오 역시 약간 떨어진 곳에서 그 모습을 지켜보았다.

484

지크의 공격 스피드는 전 BSP 중 최고였다. 게다가 두 번째로 빠른 BSP와의 속도 차이가 엄청났기 때문에 지크는 사실상 BSP 중 가장 강한 남자로 인정받고 있었다.

그러나 갑자기 나타난 정체불명의 남자가 지금 지크의 초속 공격을 모조리 막아 내고 있었다.

"네, 네 녀석……!"

수십 번의 공격에도 그 남자의 망토 끝조차 스치지 못했다. 붉은 장발의 남자는 가볍게 숨을 들이쉬며 지크에게 물었다.

"흠, 끝났나? 이제 버르장머리를 고쳐 줄까?"

남자의 말이 끝나자, 지크는 잔뜩 긴장하며 무명도로 방어 자세를 취했다. 아직 지크에게 공격이 가해진 것은 아니었지만 지크는 이상하게 자신이 밀리는 것을 느꼈다. 남자의 몸에서 뿜어지는 엄청난 살기에 지크는 긴장했다.

이윽고 남자의 직접 공격이 가해졌을 때 지크는 놀라지 않을 수 없었다.

파앙.

"크아악!"

남자의 일격을 막은 지크는 뒤로 죽 밀려나 결국 한 게임 매장 안에 처박히고 말았다.

남자는 싱겁다는 듯 자신의 보라색 검을 휘휘 돌리며 지크가 처박힌 매장을 향해 소리쳤다.

"후, 그 정도인가? 나랑 붙자고 큰 소리치던 기세는 어디 갔지? 장난을 칠 생각이면 빌고 꺼져라!"

"이런, 닥쳐!"

부서진 매장에서 화가 날 대로 난 듯 얼굴이 일그러진 지크가 곧

바로 튀어나왔다. 지크는 이를 갈며 그 남자에게 외쳤다.

"이 자식, 너 정말 날 화나게 했다! 박살을 내 주마!"

타악.

그러나 남자는 지크의 말을 들을 생각이 없었다. 왼손으로 지크의 목을 잡고 들어 올린 남자는 피식 웃으며 중얼거렸다.

"쳇, 수준 차도 모르는 얼간이와 상대할 시간 없지. 뭐, 이 세계에선 강한 축에 드는 녀석일지도 모르지만 넌 내 상대가 아냐. 어쨌든 기세는 맘에 들었으니 죽이진 않으마."

"크윽! 으아아악!"

곧바로 보라색 검광이 지크의 몸 위를 달렸고, 남자가 검을 멈춤과 동시에 지크의 몸 곳곳에서 피가 분출되었다.

남자는 지크를 옆으로 내던진 후 천천히 발길을 돌렸고, 바닥에 떨어진 지크는 쇼크로 의식을 잃은 듯 더 이상 움직이지 못했다.

"……음? 또 뭐야?"

가려던 남자는 앞에 머리를 위로 묶어 올린 여성이 공격 자세를 취하고 서 있자 의아한 표정을 지었다.

그 남자 앞에 선 챠오는 속으로 마른침을 꿀꺽 삼키며 남자의 움직임을 주시했다.

남자는 천천히 챠오를 향해 걸어갔다. 남자가 분명 무방비 상태로 걸어오고 있는데도 챠오는 아무 움직임도 취하지 않았다. 아니, 취하지 못했다. 남자는 꼼짝도 않고 서 있는 그녀의 옆을 지나가면서 조용히 말했다.

"동료인가 본데, 저 얼간이가 계속 저렇게 놔두면 과다출혈로 죽을 거다. 빨리 치료해 주는 게 좋을걸? 뭐, 싫으면 말고. 후후훗……."

남자는 챠오의 어깨를 톡톡 치고 걸음을 옮겼다.

"기, 기다려!"

순간 한 외침에 남자가 다시 뒤돌아보았다. 출혈 쇼크로 의식을 잃고 있을 지크가 어느새 천천히 일어서며 남자를 쏘아보았다.

남자는 아직 비틀대는 지크를 보며 속으로 생각했다.

'혈을 잘랐기 때문에 꽤 오래 움직이지 못할 텐데. 보통 인간치고는 빠른 회복력을 지녔군. 그렇다면 저 녀석이 바로 그 녀석인가……?'

남자는 웃으며 말했다.

"아직도 힘이 남았군, 후홋……. 정말 맘에 들었어. 네 이름이 듣고 싶은데?"

남자의 질문에, 지크는 피에 젖은 자신의 붉은 재킷을 벗어 던지며 대답했다.

"이 몸의 이름? 지크 스나이퍼 님이라고 한다. 다른 사람들은 날 지크라고 부르지만, 네 녀석은 필히 '지크 님'이라고 부르게 만들어 주지! 네 이름은 뭐냐!"

남자는 들고 있던 자신의 검을 집어넣으며 대답했다.

"리오, 리오 스나이퍼다. 그리고 지금 네 녀석과 싸워 봤자 나만 비겁한 놈이 될 것 같으니 승부는 다음으로 미루지. 피 빠진 얼간이와는 대결하고 싶지 않아."

그 말을 남긴 뒤, 자신을 리오라고 밝힌 남자는 곧 어디론가 사라져 버렸다. 지크는 분한 듯 주먹을 불끈 쥐며 중얼거렸다.

"젠장, 빌어먹을 녀석! 재수 없이 성이 똑같다니……."

중얼거리는 도중, 지크는 서서히 의식을 잃으며 바닥에 쓰러졌다.

멀어져 가는 지크의 의식 속에 들리는 것은 전경들의 웅성대는 소리뿐이었다.

지크가 당했다는 소식은 같은 BSP들 사이에서 충격적인 일이었다. 괴물로 통하는 지크를 너무도 간단히 쓰러뜨린 존재가 있다는 것은 심각한 일이 아닐 수 없었다.

모두 집합한 회의실에 무거운 침묵이 흘렀다. 그 침묵을 깨고 처음 말을 꺼낸 사람은 처크 부장이었다.

"……그 남자의 인상착의는 잘 봤겠지, 챠오?"

"예, 부장님. 미리 화면으로 저장해 뒀습니다.

"좋아. 지크의 상태는 어떤가, 헤이그."

헤이그는 걱정 말라는 미소를 지어 보이며 대답했다.

"워낙 생체 회복 능력이 뛰어난 녀석이라 이틀 후면 외상과 내상 모두 회복될 것입니다. 뭐, 저번처럼 휴가 달라고 소리소리 치겠지만 말입니다. 어쨌든 너무 걱정 마십시오, 부장님."

처크 부장은 고개를 끄덕였다.

"그렇겠군. 그럼 모두 듣게. 모두 알다시피 지크를 한순간에 엉망으로 만든 그 수수께끼 인물의 동기를 알 수 없다. 바이오 버그들을 우리보다 빨리 처리한다는 것은 좋은 일이지만 왜 BSP가 아니면서 그러고 돌아다니는지 알 수가 없어. 지크가 A급 바이오 버그에게도 그렇게 밀려 당한 적은 없었으니, 어쩔 수 없이 그 인물과 전투할 일이 생긴다면 주저 말고 지원을 요청하고 가급적이면 전투는 피하도록. 이 지시는 그 인물을 만났을 때만 적용되며, 나머지 상황은 보통 때와 마찬가지니 계속 수고해 주게. 이상 해산."

그 무렵, 본부 지하에 위치한 소형 병동에서 지크가 어머니의 간호를 받으며 편안히 쉬고 있었다. 워낙 회복 속도가 빨랐기에 지금은 침대에 누워 휴가를 보내는 것이나 마찬가지였다.

"걱정 마세요, 어머니. 내일 저녁쯤 되면 퇴원할 거고 모레 아침
엔 같이 헬스클럽도 갈 수 있어요."

"그래, 다행이구나."

지크의 말에 어머니 레니는 겉으로 애써 안심한 척하려고 했다.
그러나 속은 그렇지 않았다.

지크 역시 자신의 젊은 양어머니가 걱정한다는 것을 알고 있었
지만 안심시키는 데엔 말재주가 없는 탓에 그냥 웃고 있을 뿐이
었다.

"이봐, 당신 누구야! 으악!"

순간 병실 밖에서 시끄러운 소리가 들려왔고 지크와 레니는 깜
짝 놀라며 문 쪽을 바라보았다.

"지, 지크……?"

"걱정 마세요, 어머니. 제 옆에만 계세요!"

곧 문이 서서히 열렸고 조심스레 한 남자가 병실 안으로 들어 왔
다. 파란 단발의 남자였다.

지크는 리오라는 붉은 장발의 남자가 아니자 속으로는 약간 안
심하면서 그 불청객에게 물었다.

"이봐! 넌 또 뭐 하는 녀석이야!"

그 불청객은 낮은 목소리로 지크에게 되물었다.

"네가 지크인가?"

남자의 물음에, 지크는 피식 웃으며 대답했다.

"헤, 별 싱거운 녀석 다 보겠군. 네 말대로 이 몸이 세계에서 가장
빠른 사나이자 최강의 BSP 지크 스나이퍼 님이시다! 어쩔래?"

그러자 그 남자는 고개를 끄덕이며 지크를 향해 오라는 손짓을
했다.

"좋아, 따라와. 네가 갈 곳이 있다."

남자의 일방적인 말에, 지크는 황당한 듯 크게 화를 내며 그에게 소리쳤다.

"무슨 헛소리야! 아침에도 이상한 녀석을 만났는데 이번엔 더한 녀석이잖아! 가지도 않겠지만 만약 간다 해도 어머니 혼자 계시게 할 수는 없어!"

그때 지크의 뒤에서 귀에 익은 거친 목소리가 들려왔다.

"쳇, 말이 많은 자식이군……."

지크는 순간 깜짝 놀라며 뒤를 돌아보았다. 낮에 본 붉은 장발의 남자가 어느새 자기 뒤에 팔짱을 끼고 한심하다는 표정을 지은 채 서 있었다.

지크는 급히 어머니 레니를 보호하려 했으나 레니는 그들이 잠깐 얘기하는 사이 벌써 기절한 뒤였다.

"너, 너희 도대체 뭐야?"

지크는 마른침을 꿀꺽 삼키며 앞뒤에 서 있는 두 남자를 번갈아 바라보았다. 푸른 장발의 남자는 허공에 이상한 빛의 도형을 그리며 지크에게 자신을 소개했다.

"난 슈리메이어 반 스나이퍼다. 아는 사람들은 슈렌이라고 부르지. 넌 이제부터 진짜 직업으로 돌아가게 된다."

그 말에 지크는 눈썹을 움찔거리며 슈렌이라고 밝힌 남자에게 물었다.

"……뭐야, 다른 BSP 부서에서 스카우트라도 하러 온 거야?"

그러자 도형을 다 그린 슈렌은 감은 듯 만 듯한 눈으로 지크를 흘끔 바라보며 대답했다.

"아니."

슈렌의 간단한 대답에 지크는 인상을 찡그린 채 리오라는 남자에게 물었다.

"어이, 저 녀석 말투가 원래 저래?"

그러자 리오는 고개를 끄덕이며 중얼거렸다.

"그렇긴 하지. 하지만 화가 나서 눈을 뜨면 나도 못 말려."

"오호, 그래? 고약한 버릇이 있는 녀석이군. 헤헤헷……."

곧 허공에 그려진 도형을 중심으로 마치 그림이 찢어지듯 공기 중에 커다란 균열이 생겨났다. 슈렌은 리오와 지크를 바라보며 조용히 말했다.

"잔말 말고 빨리 가자."

슈렌의 말에, 리오는 헛기침을 한 후 지크에게 가자는 듯 엄지손가락을 까딱였다.

지크는 머리를 긁적이며 낮보다는 분위기가 좋아진 리오에게 물었다.

"이봐, 어디로 데려가는지 설명은 해 줘야 할 것 아냐. 천국인지 지옥인지 알아야 반항이라도 하지."

그러자 리오는 씩 웃으며 대답했다.

"둘 다 아냐. 좀 햇볕이 따갑긴 하지만 그래도 미인들만 있는 곳이지. 가 보면 알아. 여기 말 중에 '백문이 불여일견(百聞 不如一見)'이라는 말도 있잖아. 밑져야 본전에다가 성씨도 같은 사람끼리 설마 해하겠어?"

그러자 지크는 더욱 못 미더운 표정을 지으며 중얼거렸다.

"낮에 날 난도질한 녀석은 누구지……?"

"으아! 이거 뼹이 아닌데!"

보통 사람은 죽어서도 올 수 없는 신계에 도착한 지크는 천공에서 작렬하는 빛에 눈을 가리며 비명을 질렀다. 리오와 슈렌은 단련이 되었는지 약간 인상만 쓴 채 아직 환자복을 걸치고 있는 지크를 데리고 거리를 걸어갔다.

　지크는 리오의 말대로 상당한 미인들이 거리 곳곳에 서서 얘기를 나누고 있자 즐거운 듯 미소 지으며 감탄사를 터뜨렸다.

　"우, 여기 물 좋은데! 전부 모델들만 모인 것같이. 마이애미 해변도 이 정도는 아니겠다!"

　그러자 리오는 고개를 살짝 저으며 지크에게 귓속말을 던졌다.

　"이봐, 저 애들은 선신 천사들인데, 예쁘긴 하지만 너무 좋아할 건 없어."

　리오의 말에 지크는 이해할 수 없다는 듯 고개를 갸웃거렸다.

　"뭐? 아니 왜?"

　리오는 다시금 귓속말로 지크에게 말했다.

　"전부 중성이야."

　그 즉시 지크의 얼굴색은 달라졌다. 그는 리오에게 큰 소리로 물었다.

　"뭐? 그럼 다 가지고 있단 말이야!"

　그러자 주위에 있던 천사들이 모조리 리오와 지크, 슈렌을 바라보았다.

　리오는 엉겁결에 지크의 입을 막았으나 이미 말은 퍼져 나간 뒤였다. 지크도 자신의 말실수를 알았는지 미안하다는 웃음을 지으며 손을 흔들어 보였다. 슈렌은 갑자기 현기증이 온 듯 비틀거리며 둘에게 말했다.

　"도망치자."

셋은 곧 재빨리 거리에서 사라졌다. 그리고 선신계 천사들은 뭐 저런 인간들이 다 있냐며 잠시 투덜댔다.

　겨우 주신계 지역에 당도한 셋은 분수대에 앉아 한숨을 돌렸다.

　꽤 온도가 높은 탓에 지크가 결국 환자복 상의를 벗어 던지자, 그의 상반신을 본 주신 계열 여자 천사들은 비명을 지르며 멀리 도망쳤다. 그러자 지크는 또다시 리오에게 물었다.

　"아니, 저 애들은 또 왜 그래?"

　"응, 주신 할아버지가 정조 관념을 좀 강조하셔서…… . 그러면서도 그 할아범은 우리가 없을 때 젊은 천사들이랑 놀아나지."

　"오호…… 그래?"

　"아, 인간계 사람들이 하는 말 중에 '기도가 하늘에 닿았다'는 말이 있지? 다 거짓말이야. 무슨 재주로 신 혼자 그 많은 민원을 다 처리하겠어. 인간계를 맡은 상위, 중·상위 천사들이 민원을 처리하지. 꽤 많이 분포되어 있거든. 참고로 지금 거리에 돌아다니는 애들은 무직 천사들이야. 최하위 천사라도 저 애들에게는 존경의 대상이지. 아, 참고로 나와 슈렌, 그리고 너는 계급으로 따지면 최상위 천사와 같아."

　그 말을 들은 지크는 눈을 동그랗게 뜬 채 엄지손가락으로 자신을 가리키며 물었다.

　"뭐? 내가 천사랑 계급이 같다고? 그럴 리가! 난 BSP 중위라고!"

　"……뭐, 좀 있으면 알게 될 거야."

　"요오…… 여긴 또 어디야? 아테네 신전하고 비슷하게 생겼는데?"

　주신전에 도착한 지크는 신전 주위를 두리번거리며 리오와 슈렌에게 물었다. 슈렌은 고개를 살짝 끄덕이며 대답했다.

"기본 구조는 같아. 하지만 수십 배는 더 커."

"오."

지크는 크게 감탄하며 주신전 내부로 들어갔다.

그러나 건물의 겉에서 풍기는 웅장함과 중후함이 안에까지 이어지리라 생각했던 지크의 생각은 여지없이 깨지고 말았다.

수정들을 들고 이리저리 분주하게 뛰어다니는 남녀 천사들의 모습은 한창 바쁜 회사의 모습을 방불케 했다. 지크는 머리를 긁적이며 옆에 서 있는 리오를 툭 치더니 물었다.

"아니, 내가 생각했던 것과는 완전 다른데? 무녀들이 뭐 이상한 거 들고 다니고 그래야 신전 아닌가?"

그러자 리오는 피식 웃으며 대답했다.

"나도 처음엔 그렇게 생각했지. 하지만 이 신전은 주신전이라 선과 악, 빛과 어둠에 관련된 일을 다 처리하기 때문에 좀 바빠. 그리고 주신 할아범이 시끄러운 걸 좋아하시거든. 자, 어서 할아범이나 뵈러 가자."

지크는 약간 혼란스러운 표정으로 둘을 따라갔다.

곧 그들 셋은 커다란 문 앞에 도착했다. 리오와 슈렌은 지크를 보고 들어가라는 손짓을 하며 말했다.

"자, 들어가 봐. 너에게 하실 말씀이 꽤 많을 것 같다. 우리는 밖에서 기다리고 있을게."

"응? 응⋯⋯."

지크는 신을 만난다는 생각에 기분이 약간 무거웠다. 하지만 지금까지 리오와 슈렌에게 들어 본 바, 주신을 그리 겁내진 않아도 될 듯했다. 지크는 문을 열고 천천히 방 안으로 들어갔다.

"저⋯⋯ 주신이라는 분 계신가요?"

그러자 방 끝에서 커다란 의자에 앉아 거대한 책을 보고 있던 회색 옷의 노인이 책을 덮으며 크게 웃었다.

"하하하하핫…… 역시 듣던 대로 대단한 녀석이구나. 잘 왔다, 지크야."

"그러니까 주신이란 분 계시냐고요?"

회색 옷의 노인이 대답했다.

"내가 바로 네가 찾는 신 중의 신, 주신(主神) 하이볼크다."

"아, 안녕하세요."

지크는 인사한 후 머리를 긁적이며 주신 하이볼크 앞으로 천천히 걸어갔다. 그러고는 가만히 서서 하이볼크를 바라보았다.

잠시 지크와 시선을 마주하던 하이볼크는 피식 웃으며 지크에게 물었다.

"지크야. 넌 중세 영화도 못 봤느냐?"

"흑!"

지크는 아차 하며 주신 앞에 한쪽 무릎을 꿇었다. 그러자 주신은 웃으며 지크에게 말했다.

"아니다, 아니야. 상호 간에 복잡한 절차는 생략하자꾸나. 그건 그렇고 나를 기억 못 하겠느냐?"

"예?"

지크는 일어서서 주신의 얼굴을 뚫어지게 바라봤다.

잠시 후 지크는 혹시나 이게 인사법인가 하며 주신에게 똑같이 말했다.

"저, 혹시 저를 기억 못 하시겠어요?"

주신은 결국 웃음을 터뜨리며 지크에게 말했다.

"그래. 내가 말하는 것이 더 낫겠구나. 너와 난 네가 열 살 때 처음 만났단다. 그때 넌 바람처럼 자유롭고 싶다고 했지."

잠시 머리를 굴리던 지크는 손뼉을 치며 반가움을 표시했다.

"아하! 그때 저에게 무명도를 주신 그 할아버지군요! 이야, 오래
도 사셨네요? 하하하핫."

지크가 딱딱하게 굳어 있던 얼굴을 풀며 반갑게 소리치자, 주신
은 고개를 끄덕이며 말했다.

"그래, 기억하는구나. 그땐 정말 놀랐지. 열 살밖에 안 된 고아가
바람의 마음을 이해하고 있다는 것은 흔치 않은 일이었거든. 그땐
어린 너에게 아무 말 없이 무명도를 줌과 동시에 네 몸을 가즈 나
이트로 변형시켰지만, 지금은 네 나이가 충분하니 너에게 정식으
로 지위를 내려주마. 이제부터 너는 주신 직속 기사단 가즈 나이트
의 일원이다."

"오, 그래요?"

지크는 신기하다는 듯 빙그레 웃으며 고개를 끄덕였다. 하지만
BSP의 일이 생각났는지 다시 씁쓸한 표정을 지으며 말했다.

"음…… 고맙긴 하지만 전 원래 직업이 있는데요. 저 없으면 아
무 일도 못하는 사람들이라 돌아가 봐야……."

주신은 고개를 저으며 설명해 주었다.

"신계에 눌러앉으라는 뜻이 아니란다. 따지고 보면 여기처럼 재
미없는 곳도 없지. 나도 가끔씩 인간계에 내려가곤 하니까. 그리고
넌 나에게 받은 임무를 아직 끝내지 않았단다."

임무라는 말에, 지크는 고개를 갸웃거리며 주신을 바라보았다.

"예? 임무요? 저는 열 살 때 할아버지, 아니 주신님을 뵌 일밖에
없는데요?"

주신은 회색 수염을 쓰다듬며 고개를 끄덕였다.

"그때 나에게 한 말을 잊어버린 모양이구나. 그때 넌 나에게 두 번째로 말했지. 이 세상에 있는 바이오 버그들을 모두 없애고 싶다고. 그래서 난 해 보라고 했고, 넌 BSP가 되어 잘 활동하고 있지 않으냐. 내가 해 보라고 한 것은 곧 임무가 되는 거란다. 허허허헛……."

그러자 지크는 맘에 들었다는 듯 고개를 끄덕이며 크게 말했다.

"그럼 가즈 나이트라는 거 해 볼게요. 재미있을 거 같은데요?"

"허헛, 마음에 들었다니 잘됐군. 자, 이제 넌 특별한 추가 임무가 없으면 어디든지 자유롭게 나가 보거라. 아, 환자복은 보기 그러니 내 전속 비서 피엘에게 가보거라. 네 마음에 드는 새 옷을 줄 것이다."

"예, 그럼 수고하세요!"

지크는 크게 인사하며 주신의 방을 나갔다.

지크가 나가는 것을 본 주신은 읽던 책을 다시 펴며 조용히 중얼거렸다.

"바람이 들어왔으니, 이제 땅과 물, 두 명이 남았나?"

주신의 비서인 천사에게 옷을 받은 지크는 리오, 슈렌과 함께 주신전을 나섰다. 원래 직업과 말끔한 새 옷까지 받은 지크의 기분은 그야말로 하늘을 날 것 같았다.

리오와 슈렌은 차원 이동장으로 가는 도중에 지크에게 차원문을 여는 방법, 통과하는 방법, 그리고 가즈 나이트만의 특성과 시간차 등을 설명해 주었다.

곧 차원 이동장에 다다른 지크는 숨을 깊게 들이쉰 후 자신을 배웅해 주는 리오와 슈렌을 돌아보며 말했다.

"하…… 짧은 시간이었지만 정말 괜찮았어. 신계도 구경하고, 내가 불사의 전사라는 것도 알게 되었고, 새 옷도 받았고……. 그리고 너희 같은 좋은 녀석들도 알게 되었고 말이야."

"후훗, 녀석."

그 말에 리오는 씩 웃어 보였다. 슈렌은 별 표정 변화 없이 덤덤히 지크를 바라봤다.

지크는 엄지손가락을 들어 보이며 둘에게 마지막으로 말했다.

"나중에 또 보자고. 내가 살고 있는 세계하곤 시간 차가 엄청나니 내가 자주 놀러 올 테니까 말야. 헤헷……."

그때 리오가 약간 어색한 표정으로 지크의 어깨를 두드리며 말했다.

"이봐, 지금 나하고 슈렌은 사이도 좋고 성이 같다는 이유 하나로 의형제를 맺었거든? 꽤 오래되었긴 하지만, 어때, 너도 끼워 줄까?"

지크는 슈렌과 리오를 번갈아 보더니 고개를 끄덕였다.

"흠…… 헤헷, 좋지! 어차피 몇백 년 이상 지겹게 볼 사이인데 형제가 되는 것도 좋을 거 같군. 그런데 누가 형님이야?"

지크의 질문에 리오는 어깨를 으쓱하며 대답했다.

"글쎄. 그런 건 없는 게 더 좋을 것 같은데. 어쨌든 잘 가라, 지크. 나중에 네가 도움이 필요할 때면 언제든지 가 주지. 그리고 힘 좀 키우라고, 알았지?"

"쳇, 녀석…… 헤헷. 그럼 수고해."

"잘 가라."

슈렌의 낮은 인사말까지 들은 지크는 혼자 힘으로 차원 문을 열고 자신이 있던 차원으로 돌아갔다.

다음 날, 수도방위 BSP 회의실.

처크 부장은 대원들에게 지시를 하고 있었다. 특별한 지시는 없었다. 그냥 순찰만 잘하라는 것이었다.

"지크가 빠졌으니 챠오는 헤이그와 다니도록. 리진은 계속 케빈과 호흡을 맞추고……. 그런데 지크 녀석 하나 빠지니 조가 딱 맞는군. 좋다고 해야 할지 말아야 할지, 쯧쯧. 자, 해산."

"잠깐!"

그때 회의실 문이 열리며 한 청년이 눈에 쓴 선글라스를 손가락으로 들어 올리며 미소를 지었다.

지크를 본 처크 부장은 인상을 찌푸리며 소리쳤다.

"아니, 너 왜 지금 여기 있는 거야!"

그러자 지크는 미안하다는 듯 선글라스를 접어 앞주머니에 꽂으며 대답했다.

"헤헷, 어머니랑 헬스클럽에 갔다가 좀 늦었거든요. 죄송해요, 할아버지. 자, 이제 회의를 시작하시죠!"

지크는 자기 자리로 가서 앉은 후 껌을 꺼내 씹으며 처크가 말하기를 기다렸다. 처크는 한숨을 길게 쉬고 서류를 접으며 일어섰다.

"회의는 끝났으니 루이가 대신 좀 전해 줘. 난 저 녀석과 대면하면 피곤해."

루이는 자신의 삼각형 안경을 매만지며 딱딱한 목소리로 대답했다.

"예, 알겠습니다."

그런 후 부장을 비롯한 대원들은 모조리 회의실을 빠져나갔다. 회의실에 지크와 함께 남은 루이는 서류를 펼쳐 들며 지크에게 오늘 회의에 대해 말해 주었다.

"자, 들어. 우선 조가 변경되었고, 순찰 지역이 좀 바뀌었어. 그리고, 네 오토바이 수리가 끝났으니 찾아가."

지크는 머리를 긁적이며 루이에게 물었다.

"음, 그래? 근데 이모, 조가 변경되었다면 내 파트너는 누구야?"

루이는 회의실을 나가며 대답했다.

"넌 아직 부상 중이어서 파트너는 배속이 안 됐어. 정식 복귀 수속을 밟은 후 혼자 순찰해."

루이가 나간 후, 회의실에 혼자 덩그러니 남은 지크는 껌을 질경질경 씹으며 중얼댔다.

"젠장, 리오 녀석이나 보러 가야지."

하지만 리오는 신계에 있지 않았다. 불량스러운 태도와 연속되는 임무 실패로 인해 하이볼크에게 근신 처분을 받은 것이다. 다음번에 지크가 갔을 때, 근신에서 풀린 리오는 조용한 성격으로 변해 있었다. 게다가 이후 사탕발림이라 불릴 새로운 언어 습관을 익힌 뒤였다.

지크가 신계를 찾을 때마다 형제들은 조금씩 변해 있었다. 슈렌은 머리를 더욱 길러 장발을 유지했다. 리오는 머리카락을 묶기도 했다. 그리고 그의 친구이자 용제 바이칼도 새롭게 만났다.

"오, 친구라고? 혹시 숨겨 둔 애인 아냐? 남자치고는 너무 귀여운데? 몸매도 좋고. 헤헤헷."

"닥쳐."

지크의 우악스러운 팔뚝에 목이 휘감긴 바이칼의 얼굴은 금세 일그러졌다.

가즈 나이트로서 마주쳐야 할 지크의 모험은 그때부터 시작이었다.

〈외전 5 끝〉

용어 해설

◆ **종족**

가고일
악마의 모습을 한 석상. 하지만 마법에 의해 생명력을 얻게 된 괴물을 가고일이라 한다. 돌인 채로 돌아다니기 때문에 이기기가 쉽지 않다. 신전이나 유적의 문지기를 맡기도 한다.

글래시
식물이지만 동물처럼 움직이며 먹이를 찾는 육식 식물. 성격이 포악하고 식인을 즐긴다. 분열로 수를 늘리기 때문에 번식 속도가 기하급수적이지만 수명이 상상외로 짧다. 12신장 라우소의 심복으로 다른 세계에서는 나타나지 않는다.

몽마
나이트메어에 걸린 사람의 꿈이나 악몽에 등장하는 최하위 마족. 상대의 나쁜 기억을 통해 활동하고 에너지를 얻는다.

맨티스족
야생의 맨티스 크루저와 모습은 비슷하지만 높은 지능과 독특한 문화를 지닌 고대 종족이다. 신벌을 받아 봉인된 여신 요이르를 따르던 맨티스족은 맨티스 퀸과 함께 땅속에 묻히지만 요이르를 따르지 않는 평화로운 맨티스 족은 그대로 지저(地底)에 들어가 은둔생활을 하게 된다.

◆ 신

마그엘
망자를 관장하는 여신. 좀비나 스켈톤 등을 다스린다. 검은색을 좋아해 옷 역시 검은색을 즐겨 입는다.

12신장(神將)
이스마일, 요이르, 마그엘에게 각각 네 명씩 배속되어 있는 장수들. 힘은 1급 투천사에 비할 수 있다. 각자 섬기는 여신들을 위해 무슨 일이든 마다하지 않는 존재.

요이르
고대를 관장하는 여신. 고대의 생물, 즉 크라켄이나 사이크롭스 등을 다스리는 신이다. 반짝이는 물건을 좋아해 자신의 몸을 고대 보물로 치장하고 다닌다.

이스마일
분노를 관장하는 여신. 고대를 관장하는 여신 요이르, 망자를 관장하는 여신 마그엘과 함께 다니는 주신 계열의 신. 수하인 분노의 정령 퓨리는 인간을 버서커로 바꾼다. 자신의 몸을 붉은 실크로 감고 다닌다.

투천사(鬪天使)
전투를 위주로 활동하는 천사.

◆ 생물

바이오 버그(BIO bug)
2010년경, 세계 곳곳에 나타나기 시작한 괴생물체. 그 강함은 A++, A+, A, B++, B+, B, C++, C+, C, D++, D+, D, E급으로 나뉘어진다. 처음 그들이 나타났을 때 세계는 대혼란에 빠지고 말았으며, 규모가 작은 도시국가의 경우 정부마저 괴멸 직전까지 몰렸다.

신체 구조는 외부, 내부 모두 종류에 따라 다양하며, 거의 모든 바이오 버그는 인간이 혐오감을 가질 정도의 생김새를 가진다. 하지만 생존 능력은 지금까지 발견된 모든 생물체 중 으뜸이다. 가장 약한 E급 바이오 버그의 경우에도 38구경 탄환이 통과하지 않는 피부를 가지고 있고, 체온 역시 외부의 온도에 상관없이 일정해 영하 80°의 공기 중에서도 24시간 이상 활동이 가능하다. 힘에 있어서도 단련된 사람 이상의 힘을 가지고 있어 이미 스포츠가 되어버린 보통의 격투술로는 그들을 이길 수 없다. C+ 급 바이오 버그를 격투술로 제압할 수 있는 대한민국 지부 BSP 린 챠오의 경우, 보통 정권의 파괴력이 약 2600킬로그램이며 기력이 실린 장파의 경우 7톤 이상의 파괴력을 발휘한다(비교를 하자면, 헤비급 복서의 펀치 파괴력은 1톤에 가깝거나 상회한다).

인간과의 평화적 접촉은 절대 없고, 같은 바이오 버그 이외의 모든 생명체를 적대시한다. 이런 바이오 버그에 대항하기 위해 UN은 그들과의 전쟁을 선포하고, 2012년 대 바이오 버그 특수조직 BSP를 전 세계적으로 창설했다.

맨티스 나이트
강대한 몸집과 전투력, 그리고 무기 사용법을 알고 있는 무시무시한 종. 인간만큼의 지능도 지니고 있어 그 어떤 맨티스 크루저보다 강하다. 맨티스 퀸에 대한 절대적인 복종심을 지닌다.

맨티스 솔저
야생의 맨티스 크루저와 같은 종. 맨티스 나이트에 비해 전투력은 현저히 떨어진다.

맨티스 워커
야생 맨티스 크루저보다 덩치가 더 크고 힘도 세지만 전투력은 떨어진다. 전투보다 일을 위해 만들어진 종.

◆ 직업

암살자

1부에 나왔던 아사신과는 비슷하지만 본편에선 개인적인 직업으로 분류된다. 개인적으로 활동하는 탓에 그들은 육체적 기술 말고도 변장술이나 함정 제조를 추가로 익힌다. 스승에게 확실한 검증을 받은 후에야 비로소 암살자가 될 수 있다.

현자

명예직. 반드시 연륜이 있어야 현자라 불리는 것은 아니지만 대부분의 현자는 나이가 많다. 그들은 마법이나 학문 내지는 인격 등에서 사람들에게 최고라는 평가를 받아 현자라는 명칭을 얻게 된다.

◆ 무기

라도발트

12신장 라우소의 전용 무기. 라우소의 이름에 걸맞게 식물성이다. 강도나 절삭성은 상당히 뛰어나지만 불엔 약하다.

부적

주술이 쓰여 있는 동방의 물건. 서방의 스크롤과 같다. 마법 대신 정신술이 발동된다. 스크롤보다 휴대가 간편하지만 습기에 약하다.

블래스터

BSP 전용 대구경 권총. 오토매틱 형식과 리볼버 형식, 두 가지가 있다. 바이오 버그의 두꺼운 피부를 뚫기 위해 특별히 고안된 탄두와 작약을 사용하며, 그만큼 총의 반동도 심하다. 오토매틱 형식의 경우 리볼버 형식에 비해 반동이 적지만 정확성과 내구성은 떨어져 여성 대원들이 주로 사용한다. 대전차의 장갑에도 상당한 피해를 줄 정도의 위력을 가졌기 때문에 일반인이나 BSP를 제외한 군인에겐 절대 지급되지 않는다.

아사신 나이프
암살자 전용으로 만들어진 대형 나이프. 검이라고 불리기엔 짧지만 나이프라 부르기엔 길다. 칼등에 톱날과도 같은 요철이 있다. 그 요철은 상대의 혈관이나 내장 등에 확실한 타격을 주는 데 중점을 두고 설계되어 있다.

암기(暗器)
수리검과 같이 휴대가 간편하고 상대를 기습하기 좋게 만들어진 작은 무기의 통칭.

곡도(시미터 또는 삼쉬르)
초승달 모양으로 휘어진 칼을 말한다. 두꺼운 팔시온과는 개념이 다르다. 철저히 베기 위해 만들어진 검으로서, 칼의 휘어진 각도는 피부나 가죽을 베기에 유리하게 만들어졌다.

수리검
암기(暗器) 중 하나. 손바닥 안에 들어갈 만큼 작은 검으로 4방향이나 8방향으로 날이 뻗어 있다.

코랄
그레이 공작의 전용 검. 에인션트 소드로서, 그레이 공작이 젊었을 때 여행 중 얻은 것이다. 검의 강도와 예리함은 레드노드나 블루노드에 전혀 뒤지지 않는다.

파우란
기검(氣劍)이라 불리는 루카의 검. 바람의 속성을 지닌다. 검을 둘러싼 바람의 기운은 면도날보다 날카롭다.

◆ 기술

천공(穿孔)
지크의 기술. 물리적 타격과 기의 타격을 한번의 공격에 실어 보내는 기술이다. 본편엔 일격, 이격이라 하여 분류되어 있지만 원래는 주먹에 의한 물리적 타격이 들어가는 순간 기의 타격이 들어간다.

펜타그램
마법검 기술 중 하나로, 검을 중심으로 마법진을 그린 후 그 안에 있는 모든 물체에게 피해를 주는 대단위 파괴 기술이다. 하지만 발동이 너무 느리다.

◆ 방어술

발·루·사딘
고대어 주문. 흙과 돌 등을 뭉쳐 땅의 방패를 만드는 방어 주문이다. 뇌력이 실린 마법이나 공격을 방어할 수 있고, 물리적 강도도 뛰어나다.

◆ 공격술

미티오 드라이브
마력으로 주위의 돌이나 파편 등을 띄워 올린 후 그것으로 적을 공격하는 기술. 적과 아군을 가리지 않고 떨어지는 미티오 폴과 달리 적을 가려 공격할 수 있다. 하지만 그만큼 마력의 소모가 크다.

바이올릿
마법검 기술. 검에 저주를 걸어 자체적인 회복 능력이나 마법에 의한 회복 효과 등을 역으로 만든다. 이 기술이 걸린 검에 의해 난 상처에 회복 주문을 거는 것은 자살행위이다.

발도술(拔刀術)

검의 매끄러운 곡선을 최대한 이용한 신속의 기술. 날을 칼집 내부에 미끄러뜨리며 엄청난 속도로 칼을 뽑아 상대를 공격한다. 일격 필살의 의미가 담겨 있기에 상대가 방어를 하면 사용자는 크나큰 빈틈에 빠지고 만다.

베니싱

그레이 공작의 기술. 기를 이용해 몸을 일순간 가속시켜 초고속으로 상대를 찌른다. 이 기술을 받아 낸 사람은 역사상 케톤과 그의 조부 하롯밖에 없다.

염마강림(炎魔降臨)

진언문. 순수한 정신력으로 만들어진 화염의 거인을 직접 조종하여 적을 공격하는 기술이다. 정신력 소모가 막대하지만 일단 만들어진 화염의 거인은 사용자가 멈추거나, 공격당하거나, 지칠 때까지 계속 움직인다.

타이들 웨이브

리오의 기술. 기가 실린 날카로운 충격파를 파도처럼 적에게 날린다. 절삭성이 뛰어나며 범위도 넓다.

헌들 바인

고대어 주문. 마력에 의해 생성된 고열의 빛 덩이로 상대를 공격한다. 마력을 이용한 물리적 열 공격이므로 마력을 이용한 방어나 물리적 방어 자체까지 공격당한다. 이 마법의 순간적인 열은 보통의 기술로는 방어가 불가능할 정도로 강렬하다.

◆ 마법

나이트메어

나쁜 기억을 꿈에서 더욱 부각시켜 상대를 죽음에까지 이르게 만드는 저주. 서큐버스나 인큐버스 등 꿈과 관련된 마족들이 주로 사용한다.

데몬 프레스
사악한 힘을 에너지로 바꿔 상대방에게 폭발을 비롯한 물리적 타격을 주는 고위 흑마술이다. 상당히 강력하다.

디스펠
몸에 걸린 저주나 보조 마법 등을 풀어버리는 해제 마법. 마법의 사용자 수준이 높을수록 고위 주문을 해제할 수 있다.

라운드 소드
관통력이 좋고 범위가 넓은 광계(光系) 마법. 하지만 일직선으로밖에 움직이지 못한다.

라이트 스피어
광계(光系) 마법. 빛의 입자를 창과 같이 길고 날카롭게 만들어 상대를 관통한다. 폭발력이나 범위는 거의 없다고 봐도 무방하지만 그 관통력은 절대 무시할 수 없다.

차원결계
공간 왜곡을 이용해 만들어지는 결계의 통칭. 다른 힘으로 만들어지는 결계에 비해 상당히 강력하다.

프로텍트
보조 마법. 물리적 충격을 대신 막아주는 마법 배리어를 타인에게 생성시켜 준다. 사용자의 수준이 높을수록 방어력도 높다.

호밍 파이어(Homing Fire)
화염계 마법. 여러 개의 화염탄들이 유도성을 가지고 목표를 공격한다. 오버와처가 사용했던 마법이다.

딜 캐논

파이어 스톰과 썬더의 마법진을 결합해 만든 레이필의 합성 마법. 그 위력은 어마어마하다. 마법의 지속 시간이 길기 때문에 범위 또한 넓다. 하지만 이 마법을 쓰려면 두 마법진을 합성할 수 있을 만큼 원숙한 마법 실력이 필요하다.

마법의 장벽

마치 장막처럼 범위 내에 들어 있는 모든 생물의 기척을 지우는 마법이다. 기술자의 마력이 높을수록 장벽의 효과는 확실하다. 자신의 기척을 지울 수 있는 대신 적의 기척도 느낄 수 없다는 단점이 있다.

비상주문(飛翔呪文)

마력을 이용해 공중을 나는 마법. 사용자의 마력에 따라 나는 속도가 다르다. 하지만 기동성은 상당히 떨어진다.

빅 디퍼

빅 디퍼의 원래 뜻은 북두칠성이다. 여기에 나오는 빅 디퍼는 일곱 개의 화염탄을 동시에 쏘는 마법으로서, 레이필이 개발한 독자적인 마법이다.

액티브

마력으로 피술자의 몸을 잠시 동안 활성화하는 마법. 하지만 마법의 지속 효과가 떨어지면 배 이상의 피로가 몰려온다.

어스퀘이크

지계(地系) 마법. 마력을 이용해 인공적인 지진을 만들어 낸다. 범위가 좁긴 하지만 자연적인 지진에 비해 파괴력이 뛰어나다.

파이어 레인

화염계 마법으로, 화염을 비처럼 상대에게 떨어뜨린다. 범위는 넓지만 위력은 낮은 편.

파이어 스톰

화염계 마법. 화염 섞인 폭풍으로 적을 공격하는 마법이다. 범위도 넓고 위력도 뛰어난 마법이지만 바람이 너무 강한 지형에선 쓸모 없다.

홀리 볼

신성 마법. 정신력으로 단단히 뭉쳐진 구체를 이용해 상대를 공격한다. 구체의 강도는 다이아몬드를 상회할 정도다. 사용자의 마력이 높으면 구체 스스로 적을 공격하게 만들 수도 있다.

◆ 그 밖의 용어

나찰(羅刹)

다른 세계에서 온 과학자 와카루가 만든 생체기계병기. 엄청난 힘과 속도를 자랑하지만 강철로 된 껍질 속에 든 것은 특수하게 만들어진 세포질이다. 현재는 초기 단계. 생물을 잡아먹음으로써 에너지 보충을 한다.

프로토타입(prototype)

원형(原形). 어떤 창조물의 기본적인 형태를 말할 때 흔히 쓰는 용어다. 완전한 형태는 아니지만 완전형에 가까우며, 테스트 등에 사용된다.

바람정령

정령이라고는 하지만 사실은 루카의 또 다른 의식체라고 하는 것이 옳다. 보통 때는 나오지 않다가 전투 시에 튀어나와 루카의 공격을 돕는다.

소환구슬

소환술사들이 환수를 부를 때 사용하는 구슬. 재료는 소환계에서 가끔씩 날아온다는 특별한 수정, 즉 환수의 눈물이다. 투명도에 따라 가치와 내재된 마력이 다르다.

이미지트레이닝

상상력을 동원해야 하는 수련법. 상상 속에서 자신이 겪을지도 모르는 상황을 만들어내 수련한다. 상상력이 높을수록 수련 효과가 좋지만 그렇지 않은 경우 지루한 나머지에 그대로 잠에 빠지곤 한다.

가즈 나이트 오리진 3

© 이경영, 2016

초판 1쇄 인쇄일   2016년 3월 31일
초판 1쇄 발행일   2016년 4월 7일

지은이   이경영
펴낸이   정은영
편집국장 사태희
책임편집 이지웅

펴낸곳   (주)자음과모음
출판등록 2001년 11월 28일 제2001-000259호
주소   (04083) 서울시 마포구 성지길 54
전화   편집부 (02)324-2347, 경영지원부 (02)325-6047
팩스   편집부 (02)324-2348, 경영지원부 (02)2648-1311
이메일   neofiction@jamobook.com

ISBN 978-89-544-3564-2 (04810)
     978-89-544-3561-1 (set)